신의 눈물 /神の涙/

/ 神の涙 /

신의 눈물

혜지원

1

봄비가 계속 내리고 있었다. 온화한 바람을 타고 습한 목재 냄새가 흘러나오고 있다.

냄새는 게이조의 아틀리에에서 흘러나왔다. 늘 그랬다. 바닥 한가득 흩날린 나무 부스러기는 겨울 동안 바싹바싹 말라 있었다. 하지만 이 시기만 되면 습기를 머금은 그 냄새를 주변에 흩뿌렸다. 익숙하게 맡아 온 냄새였다. 코를 찌르는 진절머리 나는 냄새. 유우는 여행용 가방에 짐을 담던 손을 멈췄다. 빗소리와 함께 자동차 다가오는 소리가 났다. 사람이 방문할 일이 좀처럼 없는 집이었다. 이따금 차 소리가 들린다 싶으면 으레 게이조의 작품을 옮기러 온 업자이기 마련이었다.

오늘은 업자가 온다는 이야기는 듣지 못했다. 유우는 일어나서 비에 젖은 창문 밖으로 눈을 돌렸다. 질퍽이는 자갈길을 흰색 사륜구동 자동차가 달리고 있었다. 삿포로札幌 번호판이었다.

"삿포로?"

종종 삿포로 번호판의 렌터카가 길을 헤매다 오는 경우는 있었다. 그러나 저 자동차는 렌터카가 아니었다. 자동차는 집 앞에서 멈췄다. 문이 열리고, 젊은 남자가 내렸다. 남자는 비에 젖는 것을 신경 쓰지도 않고 유우의 집을 가만히 바라보았다.

여행용 가방을 닫고 침대 밑으로 밀어 넣은 뒤 유우는 현관으로 향했다. 걸을 때마다 바닥이 삐걱거렸다. 그 소리를 들으니 저절로 한숨이 새어나올 것만 같았다. 나무 부스러기 냄새도, 바닥이 삐걱거리는 소리도 지긋지긋했다.

크록스 샌들을 신고 현관문을 열었다.

"저기, 무슨 볼일 있으신가요? 아니면 길을 잃으셨나요?"

"여기가 히라노 게이조平野敬蔵 씨 댁인가요?"

남자의 목소리는 딱딱했다. 유우의 모습을 보고도 표정에 변화는 없었다. 그렇다는 것은 게이조가 아이누인(역자주 : 아이누(Ainu) 족은 일본의 홋카이도, 러시아의 사할린 쿠릴열도 등에 분포하는 소수 민족으로, 외모나 풍습이 보통 일본인과 뚜렷하게 구분됨) 목조 작가라는 사실을 알고 있다는 것이다.

"할아버지에게 무슨 용건이신가요?"

"직접 만나서 이야기하고 싶은데. 몇 번이나 전화를 걸었지만 연결이 안 돼서요."

전화는 게이조의 아틀리에에만 있었고 게이조는 좀처럼 전화를 받지 않았다. 그래서 마을 사람들은 게이조에게 용건이 있을 때는 유우의 스마트폰으로 전화를 걸어 왔다. 그 또한 우울함의 원인 중 하나였다.

"죄송하지만, 할아버지는 지금 산에 들어가 계셔서 언제 돌아오실지 모르겠어요."

"산에 들어가 있다고요?"

남자의 눈썹이 치켜 올라갔다. 비에 젖은 머리카락이 이마에 달라붙어 있었다. 신장은 180센티미터가 조금 안 되었고, 얼굴은 갸름하고 말랐다. 아이누인으로는 안 보였으니 분명 본토 사람일 것이다. 연령은 20대 중반으로 보였다.

"네, 작품에 쓸 목재를 손에 넣기 위해 종종 산에 들어가시곤 해요."

국유림이든 사유림이든 게이조는 상관하지 않았다. 마음에 드는 나무를 발견할 때까지 산속을 배회하며 마음껏 나무를 베었다. 사유림의 나무를 함부로 벌목하는 바람에 지

주와 옥신각신하는 일도 자주 있었다.

'본래 이 주변 산들은 모두 아이누의 것이었어.' 그것이 게이조의 주장이었다.

"그렇군요. 그러면 언제 돌아오는지는 모르나요?"

"네."

"오자키 마사히코尾崎雅比古입니다. 괜찮다면, 게이조 씨가 산에서 돌아오면 연락 주시겠습니까?"

남자는 청바지 주머니에서 작은 가죽 케이스를 꺼내 안에서 명함을 한 장 뽑았다. 명함에는 오자키 마사히코라는 이름과 스마트폰 번호, 메일 주소가 적혀 있을 뿐이었다.

"실례지만, 그쪽 이름은?"

"유우. 히라노 유우平野悠예요."

"히라노 게이조 씨의 손녀?"

"네."

"그럼 번거롭겠지만, 게이조 씨가 산에서 돌아오면 꼭 연락해 주세요."

"어떤 용건인지 가르쳐 주실 수 없나요? 할아버지가 돌아오셔도 오자키 씨를 만나 줄지 어떨지 모르겠어요. 할아버지가 조금 괴짜거든요."

"게이조 씨에게 직접 이야기하고 싶습니다."

오자키의 말투가 어느새 바뀌었다.

"아, 네. 알겠습니다."

오자키의 말투에 압도당한 유우는 한 발 물러섰다.

"그럼, 잘 부탁드립니다."

오자키는 인사를 하고는 발을 돌린 후 차에 올라탔다. 유우는 연기에 휩싸인 듯한 기분으로 멀어져 가는 자동차의 뒷모습을 지켜봤다.

비는 다음 날이 되자 그쳤다. 4월의 홋카이도北海道 특유의 마른 공기가 비로 인해 한 곳에 모인 습기를 쓸어 넘겼다. 푸른 하늘은 쾌청했다. 게이조가 산에서 내려온 흔적은 없었다.

"이제 슬슬 내려와요, 할아버지."

유우는 남쪽으로 펼쳐진 산줄기를 원망스러운 시선으로 바라봤다. 게이조가 없을 때는 비 오는 날이라도 자전거로 통학해야만 했다. 비 오는 날에 자전거로 통학하는 것은 괴로웠다. 오늘 아침도 날씨가 맑다고는 하지만 길은 질퍽질퍽했다. 조심조심 자전거 페달을 밟아도 교복이나 양말에 흙탕물이 묻어 버리기 일쑤였다.

쾌청한 날씨와는 정반대로 우울한 기분으로 자전거에 걸터앉아 우울한 기분으로 페달을 밟았다. 20분 정도 지나자, 마을이 보이기 시작했다. 굿샤로屈斜路 호숫가에 있는 가와유川湯 온천거리였다. 옛날에는 나름대로 번영했다고 하지

9

만, 지금은 골든위크와 여름 방학을 제외하면 관광객의 모습도 뜸했다.

유우의 엄마는 이 마을에서 나고 자랐다. 그러나 다른 마을에 있는 고등학교에 진학했고, 삿포로의 대학으로 간 뒤로 이 마을에는 돌아오지 않았다.

그 이유는 충분히 이해할 수 있었다.

부모가 교통사고로 죽고 게이조에게 맡겨진 뒤로 유우는 하루하루가 지루하고 우울했다. 게다가 삿포로 같은 대도시에서는 자신의 출신 따위 신경 쓰지 않고도 살아갈 수 있었지만, 이 작은 촌 동네에서는 좋든 싫든 자신이 아이누인의 딸이라는 것을 자각해야 했다. 그것도 진절머리가 났다. 적어도 데시카가弟子屈 정도 되는 마을이었다면 반 친구들 중에도 아이누인 아이들이 많이 있어서 어깨가 움츠러들 일도 없었을 텐데.

수업 시간에 거의 딱 맞게 교실로 들어와 수업이 끝나면 재빨리 교실을 빠져나와 집으로 돌아간다. 앞으로 1년. 주문처럼 그렇게 외쳤다. 앞으로 1년 뒤, 다른 마을에 있는 고등학교에 진학하고 도시에 있는 대학교에 들어갈 것이다. 엄마가 그랬던 것처럼. 이 답답한 촌 동네와는 그걸로 안녕이다.

* * *

참을 수 없는 추위에 눈이 떠졌다.

오자키는 자동차 시동을 걸었다. 송풍구에서 흘러나오는 공기가 데워지기를 기다리며 손을 얹었다. 입김이 뿌옜다. 4월 중순인데도 기온은 영하에 가까웠다. 눈앞에 있는 굿샤로 호숫가는 옅은 어둠 밑으로 가라앉아 있었다.

주차장에서 차를 빼 편의점으로 향했다. 편의점 화장실에서 볼일을 보고 뜨거운 커피와 샌드위치로 이른 아침식사를 했다.

해가 떴다. 어제까지는 우중충하고 흐린 하늘이었지만 오늘 아침은 구름 한 점 없이 화창했다. 다시 호숫가 주차장으로 돌아와 스트레칭을 하며 차 안에서 잔 탓에 굳어 있던 몸을 풀었다. 한숨 돌리고는 자동차 보닛에 기대어 굿샤로 호수를 바라보았다. 아침 햇살을 받은 호수 표면이 반짝였다.

"자, 어떻게 할까."

혼잣말을 하고는 고개를 끄덕였다.

"확인해 봐야겠지."

오자키는 차에 올라 히라노 게이조의 집으로 향했다. 가던 도중 길가에 차를 세우고 시동을 건 채 기다렸다. 히라노 게이조가 부재중이라면 손녀딸은 자전거를 타든지 해서

학교에 갈 것이다. 여기에서는 히라노 게이조의 집으로 통하는 자갈길을 감시할 수 있었다.

30분이 채 지나기도 전에, 자전거를 탄 소녀가 나타났다. 흙탕물을 신경 쓰면서 페달을 밟고 있었다. 소녀의 모습이 보이지 않게 되기를 기다렸다가 오자키는 차를 출발시켰다. 히라노 게이조의 집 앞까지 간 뒤 차에서 내렸다.

집 현관에는 자물쇠가 잠겨 있었지만 별채 같아 보이는 건물은 문이 열려 있었다. 축축한 나무 부스러기 냄새가 코를 찔렀다. 가져온 손전등으로 방 안을 밝혔다. 바닥 한가득 나무 부스러기가 흩어져 있었다. 바이스가 비치되어 있는 작업대, 끌처럼 보이는 공구 몇 개와 목재용 톱이 있었다.

이 별채는 히라노 게이조의 아틀리에인 것 같았다. 방 안쪽 선반에 작품으로 보이는 나무 조각상들이 진열되어 있었다.

대부분이 불곰을 모티브로 한 것이었다. 연어를 먹는 불곰, 뛰어놀고 있는 새끼 불곰과 그걸 지켜보는 어미 불곰, 에조사슴을 잡는 불곰 모자, 초원을 유유자적하는 불곰, 어느 불곰이나 털의 질감이 생생했다. 가만히 바라보고 있노라면 지금이라도 당장 숨을 쉬며 움직일 것만 같았다. 불곰 조각상 틈에 늑대 조각상도 섞여 있었다. 형태로 보아 일본 늑대가 아니라 유럽이나 미국에 서식하는 회색 늑대 같았다.

"틀림없어."

오자키는 불곰과 늑대 조각상을 번갈아보면서 중얼거렸다. 몸의 떨림이 멈추지 않았다. 눈시울이 뜨거워졌다.

"어머니……."

히라노 게이조가 깎아 만든 작품을 앞에 두고 오자키는 눈물을 흘렸다.

* * *

"어라?"

현관 자물쇠를 열려는데 유우는 게이조의 아틀리에가 살짝 열려 있는 것을 깨달았다.

"이상하네."

아틀리에로 발길을 향했다. 정말 몇 밀리미터 정도였지만, 문이 완전히 닫혀 있지 않았다. 게이조는 자물쇠도 달지 않은 주제에 문단속에는 꽤나 신경질적이었다. 절대로 이렇게 어설프게 문을 닫는 일은 없었다.

문을 열고 안을 들여다보았다. 여느 때와 다름없는 난잡한 아틀리에였다. 바뀐 부분은 아무것도 없었다.

문을 닫으려다 손을 멈추었다. 뭔가가 마음에 걸렸다. 유우는 안으로 들어가 불을 켰다. 역시나 바뀐 것은 없었다. 게이조의 작품은 때로는 몇십만 엔의 가격이 붙어서 팔리는 경우도 있었다. 그러나 이 아틀리에에 도둑이 들어온 적은 없었다.

"어?"

바닥에 흩어진 나무 부스러기 일부에 아직 축축한 진흙이 묻어 있었다. 유우는 몸을 굽혀 확인해 보았다. 틀림없다. 진흙이었다. 누군가가 이 아틀리에 안으로 들어온 것이었다.

"뭐지."

유우는 일어나서 좌우를 둘러봤다. 아무도 없었다. 불곰과 늑대 조각상이 유우를 보고 있을 뿐이었다. 게이조의 작품은 대단하다고 생각한다. 하지만 결코 좋아질 수는 없었다. 정말로 살아 있는 것 같았기 때문이다. 당장이라도 움직일 것만 같았다. 이 집에 처음 왔을 때는 나무 조각상들이 한밤중에 돌아다니는 악몽을 자주 꾸곤 했다.

막연한 공포를 참으면서 도둑맞은 조각상이 없는지 확인했다. 몇 개가 진열되어 있는지는 알 수 없었지만, 도둑맞은 것이 있다면 공간이 비어 있을 것이다. 그러나 그런 공간은 없었다. 목조용 공구도 깔끔히 정돈되어 있는 것처럼 느껴졌다.

"뭐야, 도대체."

유우는 불을 끄고 아틀리에를 나와 문을 확실히 닫았다. 문득 자신을 오자키 마사히코라고 했던 남자가 생각났다.

그 남자가 왔던 것이다. 게이조의 아틀리에에 멋대로 들어왔다가 나간 것이다.

"말도 안 돼……."

유우는 집 주변을 둘러봤다. 하지만 그 사륜 자동차의 모습은 어디에도 없었다. 입술을 깨물고 현관 자물쇠를 열고 집 안으로 뛰어 들어갔다. 단단히 자물쇠를 걸어 잠그고 자기 방으로 향했다.

"할아버지, 빨리 산에서 내려오라고요."

유우는 침대에 누워 중얼거렸다.

2

게이조가 산에서 내려온 것은 그로부터 3일 후였다.

통나무를 쌓아올린 소형 트럭이 자갈길을 비틀비틀 달려와 집 앞에서 멈췄다. 트럭에서 내린 게이조는 여느 때보다도 수염이 덥수룩했다. 머리카락도 수염도 부스스했고, 덤으로 며칠 동안이나 씻지 않아 체취가 아주 고약했다. 큰 체구와 더불어 그 모습은 마치 불곰 그 자체였다.

유우는 평소에는 게이조가 씻기 전까지 가까이 가지도 않고 말도 섞지 않았다.

"할아버지, 아틀리에에 누가 들어간 것 같아요."

유우는 밖으로 나와 트럭에서 통나무를 내려놓고 있던 게이조에게 말을 걸었다.

"아틀리에에?"

"도둑맞은 건 아무것도 없는 것 같지만……. 참 그리고, 오자키 마사히코라는 사람이 할아버지를 만나러 왔어요."

"오자키……? 그런 녀석, 난 몰라."

"아틀리에에 멋대로 들어간 것도 그 사람인 것 같아요."

게이조는 끌어안고 있던 통나무를 아무렇게나 발밑에 던져두고는 아틀리에로 향했다. 그리고 안으로 들어가 몇 분도 채 안 되어 밖으로 나왔다.

"도둑맞은 건 아무것도 없군."

게이조는 그렇게 말하며 머리를 긁었다. 엄청난 양의 비듬이 떨어졌다. 유우는 얼굴을 찡그렸다.

"정말 오자키라는 사람 몰라요? 할아버지를 엄청 만나고 싶어 하던데……."

"몰라."

게이조는 쌀쌀맞게 고개를 젓고는 다시 트럭 짐칸에서 통나무를 내리기 시작했다.

"할아버지가 돌아오면 꼭 연락해 달라던데요."

"쓸데없는 짓 안 해도 돼."

"무서웠단 말이에요."

유우가 외치듯 말했다. 게이조가 움직임을 멈췄다.

"모르는 사람이 갑자기 찾아오질 않나, 그 다음 날에는 누군가가 아틀리에에 함부로 들어가질 않나, 그런데 할아버지는 연락도 안 되고, 정말 무서웠다고요."

"미안."

게이조는 유우를 똑바로 쳐다보았다.

"그 오자키라는 녀석은 어떤 녀석이냐?"

"젊은 남자였어요. 이십대 중반 정도?"

"짐작 가는 데가 없는데? 아무튼 난 씻을 테니까 어서 밥이나 준비해. 배가 고파서 견딜 수가 없군."

게이조가 통나무를 짊어들었다. 옷 위로도 근육이 튀어나와 있는 것을 알 수 있었다. 도무지 일흔 살로는 보이지 않았다. '열심히 일하고 잠 잘 자고 숲이나 논밭에서 나는 것만 잘 먹으면 병에 안 걸려.' 그것이 게이조의 입버릇이었다.

유우는 게이조를 등지고 집 안으로 들어갔다. 된장국은 미리 만들어 두었다. 남은 건 전기밥솥에 세팅해 둔 밥이 다 되기를 기다리며 메인 요리를 만드는 일뿐이었다.

어젯밤 동안 냉장고에서 꺼내 자연해동시켜 둔 사슴고기를 얇게 저몄다. 게이조가 잡은 에조사슴(북해도 사슴으로 꽃사슴의 아종. 다리와 목이 길어 전체적인 몸 높이가 높음)이었다. 게이조는 예순 살까지는 현역 사냥꾼이었다고 한다. 홀로 산에 들어

17

가 며칠씩이나 때로는 몇 주 동안이나 불곰을 쫓았다. 지금
도 산에 들어갈 때는 반드시 엽총을 휴대했다. 그리고 가끔
씩 에조사슴 고기를 대량으로 가져오곤 했다. 유우는 이 집
에 막 왔을 당시에는 에조사슴의 생고기를 만지는 것도 질
색했었다. 지금은 아무렇지도 않지만.

게이조가 아무 말 없이 집으로 들어와 그대로 욕실로 향
했다. 유우는 채소를 썰었다. 이 집에 오기 전까지는 요리
같은 건 해 본 적도 없었다. 느닷없이 게이조가 밥을 지으
라고 하는 바람에 부엌에서 멀뚱히 서 있었던 일을 지금도
생생히 기억하고 있었다.

하기 싫은 일을 억지로 하게 된 분풀이로 냉장고 안에 있
던 채소를 적당히 잘라 프라이팬에 볶아 소금과 후추로 적
당히 간을 한 것을 반찬으로 내놓았다.

맛은 당연히 최악이었고 유우는 거의 다 남겼었다. 하지
만 게이조는 그것을 전부 먹어치웠다.

"요리 실력이 계속 이런 상태라면 좀 곤란하겠는데."

식사 후 차를 마시면서 게이조는 나직이 말했다. 왠지 모
르게 그 말이 웃겨서 유우는 배를 잡고 웃었다. 그랬던 것
이 벌써 2년 전. 지금은 일식, 양식, 중식 등 어지간한 요리
는 레시피를 참고하지 않아도 만들 수 있게 되었다.

프라이팬에 마늘을 볶고, 향기가 올라올 즈음에 고기를

넣었다. 고기가 익을 즈음해서 양파, 양배추, 피망을 넣어 함께 볶아 낸 뒤 된장국을 미림과 일본주로 만든 조미료로 맛을 냈다. 조리를 끝냈을 때는 밥도 다 되어 있었다. 요리를 접시에 담아내고 밥을 담고 된장국을 그릇에 따랐다. 반찬은 절임과 낫토를 꺼내면 끝이었다.

타이밍을 재고 있기라도 했다는 듯이 게이조가 여느 때와 같은 회색 트레이닝복 상하의를 입고서 욕실에서 나왔다. 게이조는 냉장고에서 캔맥주를 꺼낸 뒤 테이블에 앉았다. 그리고 그대로 마시기 시작했다. 식사할 동안에는 늘 캔맥주를 딱 한 캔만 마셨고 식후에는 소주를 마시다가 취하면 자러 갔다.

"잘 먹겠습니다."

게이조는 에조사슴으로 만든 된장볶음에 젓가락을 뻗었다. 언제나 그랬다. 처음에는 반찬만 먹었다. 게이조에게 반찬은 맥주 안주였다. 그러다 맥주를 다 마시고 나면 된장국과 절임으로 밥을 먹었다.

"얼마 전에 마을에서 너희 담임을 만났다."

게이조가 입을 열었다.

"으응."

유우는 건성으로 대답했다.

"너 구시로釧路나 오비히로帯広에 있는 고등학교에 가고

싶다고 했다면서?"

유우는 대답하지 않았다.

"그러면 기숙사나 하숙집을 빌려야 하잖아. 그럴 돈이 어디 있다고."

"아르바이트 할 거예요."

"시답잖은 소리. 고등학생이 아르바이트로 생활비 벌면서 공부는 언제 해?"

"공부도 제대로 할 거예요."

게이조는 캔맥주를 힘껏 들이켰다. 그리고 냉장고에서 한 캔 더 꺼내와 캔을 땄다. 식사 중에 새 맥주를 따는 것을 보는 건 오랜만이었다.

"무슨 일이 있어도 이 집을 나가고 싶은 거냐?"

유우는 고개를 끄덕였다.

"나가고 나면 다시는 안 돌아올 생각이고?"

유우는 다시 고개를 끄덕였다.

"알았다. 그러면 작품을 몇 점 팔자. 한 100만 엔 정도는 될 거다. 할아버지로서 해 줄 수 있는 일은 그 정도야."

"고마워요, 할아버지."

수업료는 장학금으로 마련할 수 있다. 그러나 그 외에 드는 생활비를 어떻게 해야 할지 고민하던 참이었다. 게이조에게 돈이 없다는 것은 알고 있었다.

게이조는 그 뒤로 아무 말도 하지 않은 채 늘 그랬듯 식사를 끝내고 소주를 마시기 시작하더니 취기가 돌자 자신의 침실로 조용히 사라졌다.

＊　＊　＊

　라우스 마을羅臼町의 항구에서는 구나시리国後 섬이 또렷이 보였다. 오호츠크해는 몹시 거칠었다. 차가운 바닷바람이 불어닥쳐 왔다. 오자키는 그 바람을 있는 힘껏 들이마셨다. 얇은 상의 한 벌만으로는 몸이 떨릴 정도의 추위였지만 신경 쓰지 않았다. 아니, 오히려 상쾌할 정도였다.

　고향이 쓰나미에 집어 삼켜진 이후로 오자키는 해안선에 접근하는 것을 피해 왔다. 까닭 모를 공포가 가슴 속에 자리 잡고 있었기 때문이었다. 하지만 이곳 시레토코知床반도에서는 엄청난 추위와 맑은 공기 덕에 그런 공포마저도 날아가 버렸다. 사람살이가 얼마나 보잘 것 없는지 체감할 수 있었다. 같은 해안선이라도 게센누마気仙沼의 해안선과 이곳은 모든 것이 너무나도 달랐다.

　자신의 뿌리가 홋카이도에 있다는 것은 알고 있었지만 홋카이도를 찾아가려 한 적은 없었다. 도시를 동경해 도시로 나왔고, 대학교 수업 따위는 뒷전으로 하고 여기저기 놀러

다니던 도중 대지진과 쓰나미가 몰려왔고, 고향은 모조리 파괴되었다.

어머니와 연락이 닿지 않아 마음을 졸였었다. 일주일 후 피난소에서 어머니의 모습을 발견했을 때, 얼마나 안도하고 자신의 인생을 뉘우쳤던가.

어머니는 임시 주택에서 살게 되었지만 함께 살자는 오자키의 제안을 완강하게 거부했다. 후쿠시마福島 원전에서는 여전히 방사선이 계속 새어 나오고 있었다. 이곳에도 어떤 영향이 있을지는 당연히 알 수 있다. 이런 곳에 하나뿐인 아들을 있게 할 수는 없었다. 어머니는 심지가 굳은 여자였다. 한번 이렇다 하고 결심하면 누구도 그 결의를 뒤집을 수는 없었다.

오자키는 도쿄로 돌아갔고 성실하게 공부를 하기 시작했다. 1년이 흐르고 2년이 지나 그때의 재해와 후쿠시마 원전 사고가 서서히 잊혀가는 것에 초조함을 느끼며 대학을 졸업했고, 취직을 했다. 일주일에 한 번은 반드시 어머니에게 전화를 걸었고 오봉(역자주 : 일본의 추석으로 양력 8월 15일이다)이나 설에는 반드시 귀성했다. 재해가 있기 전에는 되돌아보지 않았던 것들에 마음을 쏟았다.

손바닥에 고통을 느끼며 오자키는 정신을 차렸다. 오자키는 어느새 주먹을 굳게 쥐고 있었다. 손톱이 손바닥 살을 파고들었다.

"춥다."

항구에 멈춰선 지 30분 가까이 지나 있었다. 정말이지 한계에 달해 있었다.

차로 돌아가 시동을 걸었다. 스마트폰을 꺼냈다. 히라노 게이조가 산에서 돌아왔다는 연락은 없었다. 그로부터 5일이 지났다.

"잠깐 상황을 보러 가 볼까."

혼잣말을 하며 기어를 드라이브로 넣었다. 위에서 엄청난 소리가 나서 공복 상태라는 것을 깨달았다. 어제 점심으로 자루소바를 먹은 뒤로 위장에는 물밖에 들어 있지 않았다.

지갑 안에 남아 있는 것은 만 엔 지폐 2장과 잔돈뿐이었다. 기름이 부족했기에 쓸데없는 지출은 될 수 있는 한 피해야만 했다.

"역시나 이대로는 안 되겠지?"

얼굴을 찡그리며 사이드브레이크를 풀었다. 천천히 차를 선회시키며 굿샤로 호숫가를 향해 액셀을 밟았다.

히라노 게이조를 만나면 모든 것이 극적으로 바뀔 것이다. 그 때문에 홋카이도에 온 것이다. 어머니의 목소리가 오자키를 이 땅으로 불러낸 것이다.

〈은의 물방울 내리고 내리는 주변에, 금의 물방울 내리고

내리는 주변에〉

오자키는 어머니가 자주 입에 담던 말을 흥얼거렸다.

도로는 지평선 너머로 쭉 뻗어 있었다. 속도가 너무 나지 않도록 조심하면서 오자키는 차를 운전했다.

3

"정말 괜찮은 거예요, 게이조 씨?"

큰소리를 내며 차에서 내린 것은 우라노 다츠오浦野辰夫였다. 아칸阿寒호수에 있는 고급 호텔의 사장이다. 우라노는 멋대로 집으로 들어왔다.

"몇 번을 말해, 좀 전에 전화로 이야기했잖아."

게이조는 얼굴을 찌푸렸다.

"그야 게이조 씨가 작품을 파는 일이 좀처럼 없다 보니, 저도 놀래서 허겁지겁 날아왔다고요."

어미를 끄는 것은 홋카이도 사람 특유의 말투였다. 유우는 우라노를 위해 차를 내왔다.

"오호, 유우 고마워. 여전히 귀엽구나."

"그런 말 듣고 기뻐할 나이는 아니에요."

유우는 우라노가 좋았다. 일본인이지만 아이누인에 대한

편견이 전혀 없었다. 편견은커녕 게이조 같은 아이누인 목조 작가의 작품을 굉장히 좋아했다. 마음에 드는 작품을 마구 사들여서는 자신의 호텔 로비에 장식하곤 했다.

"아아, 맞다. 얼마 전에 도쿄에 다녀왔어. 자, 선물."

유우는 우라노가 왼손에 들고 있던 종이봉투를 건네받았다. 바로 포장을 뜯었다. 도쿄에서 유명한 가게의 디저트 세트였다.

"우라노 아저씨, 고마워요."

"뭘, 그런 걸 가지고."

우라노는 기분 좋은 듯 미소 지었다.

"손녀 비위 맞춰 줘 봤자 안 깎아 줄 거야."

"그런 생각은 한 적도 없어요. 게이조 씨, 아틀리에로 갑시다. 어떤 작품을 받아 갈지 정해야죠."

우라노에게 이끌려 게이조는 자리에서 일어났다. 유우도 두 사람을 따라갔다. 아틀리에에 들어가자마자 우라노는 방 안 쪽 바닥에 놓인 조각상 쪽으로 향했다.

"그건 안 돼!"

게이조가 호통 치듯 말했다.

"게이조 씨, 제발요. 이건 제가 300만 엔 낼게요."

우라노는 갓 태어난 손자를 보는 듯한 시선으로 그 작품을 바라보았다. 늑대 무리와 대치하고 있는 어미 불곰. 새끼 불곰 두 마리는 어미의 등 뒤에 숨어 있었다. 높이는 70센티미터였고, 폭이 50센티미터 정도 되는 큰 나뭇조각이었다. 어미 불곰은 늑대들을 위협하듯이 일어서서 양 팔을 번쩍 들고 있었다. 늑대들은 몸을 굽혀 어미 불곰의 등 뒤에 있는 새끼 불곰들을 노리고 있었다. 불곰도 늑대도 모두 털을 바짝 세우고 있었는데 마치 털 하나하나를 통나무에서 그대로 깎아낸 듯 질감이 생생했다. 유우도 이 작품은 좋아했다.

"그건 1,000만 엔을 줘도 안 팔아."

"게이조 씨⋯⋯."

"다른 걸 골라 봐."

"이제는 안 낚이시는구만."

우라노는 당장이라도 울 듯한 표정을 지으며 불곰과 늑대 무리에서 떨어졌다. 30분 가까이 시간을 들인 후, 그는 구입할 세 점의 작품을 골랐다. 불곰과 늑대, 그리고 흰꼬리수리. 세 점 모두 게이조가 마음에 들어 해서 내놓으려 하지 않았던 것들이었다.

"할아버지⋯⋯."

유우는 게이조의 옷자락을 잡아당겼다. 자신의 고집 때문에 게이조가 목숨 다음으로 소중한 것들을 팔려 했다. 양심이 찔려 견딜 수가 없었다.

"됐어. 너는 가만히 있어."

"그럼, 내일이라도 당장 저희 직원에게 인계하겠습니다. 대금은 지금 바로 입금하는 걸로. 그러면 된 거죠?"

게이조는 우라노의 말에 고개를 끄덕였다. 세 명은 함께 아틀리에를 나왔다. 그때 자동차가 다가오는 소리가 났다. 그 사륜 자동차였다.

"할아버지. 저 차가 전에 이야기한 오자키라는 사람이에요."

오자키의 차가 우라노 차 뒤에 멈췄다. 우라노의 차는 벤츠였다.

오자키가 차에서 내렸다. 전에 만났을 때는 볼 수 없었던 수염이 덥수룩이 나 있었다. 사나운 느낌이 들었다.

"유우, 누구야 저 젊은이는?"

우라노가 귓가에 속삭였다. 유우는 고개를 가로저었다. 오자키는 곧장 이쪽을 향해 왔다.

"히라노 게이조 씨입니까?"

게이조 앞에 선 오자키는 입을 열었다.

"그렇소만, 당신은? 우리가 어디서 만난 적이 있나?"

"오자키 마사히코라고 합니다. 아뇨, 초면입니다."

"그래, 초면인 오자키 마사히코 군이 이런 늙은이에게 어쩐 일로?"

"저를 제자로 받아 주십시오."

그렇게 말하며 오자키는 정중하게 고개를 숙였다. 게이조가 눈을 동그랗게 떴다. 유우는 입을 멍하니 벌린 채 우라노와 서로의 얼굴을 마주 봤다.

* * *

"우연히 선생님의 작품을 볼 기회가 있었는데 마음 깊이 감동했습니다."

오자키는 유우가 건넨 차에는 손도 대지 않고 이야기하기 시작했다.

"나도 언젠가 이런 작품을 꼭 한번 만들어 보고 싶다고 생각했습니다. 그 정도로 선생님의 작품은 굉장했습니다."

"선생님이라고 부르지 마시오."

게이조가 말했다. 게이조는 불편한 듯이 얼굴을 찡그렸다. 게이조가 손수 만든 식탁은 4인용이었다. 게이조와 유우가 나란히 앉았고, 그 건너편에는 오자키와 우라노가 나란히 앉아 있었다. 우라노는 호기심 가득한 시선으로 오자키를 보았다.

"저를 제자로 받아 주십시오, 선생님."

오자키는 게이조의 말이 들리지 않았다는 듯이 자리에서 일어나 그 자리에서 바닥에 엎드렸다.

"그만두게나."

게이조가 말했다. 차분한 목소리였다. 화가 나면 날수록 게이조의 목소리는 낮고 차분해지곤 했다.

"어떻게든 선생님의 제자가 되고 싶어서 회사도 관두고 여기까지 왔습니다. 제발 부탁드립니다, 선생님."

"제자를 받은 적도 없고, 앞으로도 받을 생각은 없수다. 돌아가시오."

"선생님!"

"나는 그쪽 선생님이 아니오. 돌아가시오. 거 돌아가래도."

"자자자, 게이조 씨, 그렇게까지 매정하게 굴 필요는 없잖아요."

우라노가 두 사람의 이야기에 끼어들었다.

"게이조 씨는 독학으로 목조 작가가 되셨잖아요. 스승도 없었고, 형제나 제자도 없어요. 지금 도내에서도 세 손가락 안에 드는 명장인데 게이조 씨가 죽고 나면 아무도 그 기술을 전수받을 사람이 없다는 것은 큰 문제이지 않습니까?"

게이조는 어이가 없다는 얼굴로 우라노를 보았다.

"애당초 다른 작가들은 아들이 있어도 뒤를 잇지 못하는 경우가 많잖아요. 그런 때에 제 발로 제자가 되겠다고 직접 담판을 지으러 오다니 저는 꽤 장래성이 있다고 보는데요?"

"가, 감사합니다."

오자키가 우라노에게 머리를 숙였다.

"잘 될지 어떨지는 모르겠지만, 한번 시험해 보는 것도 나쁘지 않잖아요, 게이조 씨?"

"감사합니다. 잘 부탁드립니다. 선생님."

"나는 아무 말도 안 했수다."

"가능하다면 숙식을 하면서 배울 수는 없을까요?"

오자키의 말에 게이조는 말문이 막혔다. 그때, 유우가 테이블을 내리쳤다.

"안 돼요, 안 돼! 그건 절대로 안 돼요!"

들도 보도 못한 젊은 남자와 한 지붕 아래에서 살다니 절대로 용납할 수 없었다.

"오자키 군, 그건 아무리 그래도 좀 그래요."

우라노도 기가 막혔다.

"무리라는 것은 알지만 제 전 재산은 저 차와 안에 들어 있는 짐뿐입니다. 방을 빌릴 돈도 없고……."

"거 참 대책 없는 남자로구만, 당신은."

"죄송합니다. 일단 아르바이트를 하면서 목조 기술을 배운 뒤에 어느 정도 돈이 모이면 근처의 아파트라도 빌릴 생각입니다만……."

"돌아가. 돌아가시오. 말이 안 통하는구먼."

게이조가 말했다.

"그렇다면 이렇게 하는 건 어떨까요? 우리 호텔에서 숙식을 하면서 일하고 쉬는 날만 여기로 와서 목조 기술을 배우는 거죠."

"정말입니까?"

오자키가 눈을 반짝였다.

"우라노 씨, 당신 지금 무슨 얼토당토않은 소리를 하는 거요?"

게이조가 우라노에게 호통쳤다.

"게이조 씨, 전 보고 싶은 걸요? 게이조 씨가 어떻게 이 젊은이를 가르칠지. 게다가 잘 되면 게이조 씨가 죽은 뒤에도 좋은 작품을 만날 수 있을지도 모르는 일 아닙니까?"

우라노는 주눅들지 않고 되받아쳤다.

"거 참……. 맘대로 하쇼!"

게이조는 팔짱을 끼고 고개를 돌렸다.

늘 그런 식이었다. 우라노는 게이조를 다루는 데에 능숙했다.

"선생님, 감사합니다. 열심히 하겠습니다!"

오자키는 또 엎드려 절을 했다.

4

그 다음 화요일 학교에 가려고 현관에서 준비하고 있는

데 갑자기 문이 열렸다.

"안녕하세요."

오자키였다. 오자키는 정말로 우라노의 호텔에서 숙식하며 일하기 시작했고, 오늘이 첫 휴일이었다.

"안녕, 히라노 양. 선생님은?"

"아틀리에에 계셔요. 지금부터 학교까지 바래다주실 거예요."

"내가 데려다줄게. 잠깐 선생님께 말씀 드리고 올게."

오자키가 발을 돌렸다.

"오자키 씨, 안 그러셔도 되는데."

"괜찮아, 괜찮아. 이것도 제자가 할 일 중 하나야."

오자키는 유우의 말을 듣지 않고 아틀리에 쪽으로 갔다. 유우는 그 뒤를 따라갔다.

"그런데 선생님이라고 부르는 건 진짜 그만두는 게 좋을 거예요."

오자키가 발을 멈췄다.

"왜?"

"오자키 씨가 선생님이라고 할 때마다 할아버지 눈이 어두워졌어요. 그건 진심으로 화났다는 표시거든요."

"그래도 선생님은 선생님이니까……."

"자꾸 선생님이라고 하면 정말 쫓겨날지도 몰라요."

"알았어. 그럼 게이조 씨라고 부를게. 고마워."

오자키는 다시 걷기 시작했다. 아틀리에 문을 노크했다.

"게이조 씨, 이제부터 매주 화요일에는 제가 히라노 양을 바래다주겠습니다."

"그러시든가."

게이조의 목소리가 되돌아왔다. 모습은 보이지 않았지만 심기가 불편하다는 것을 알 수 있는 목소리였다.

"그럼 다녀오겠습니다."

오자키는 기세 좋게 문을 닫고는 안채로 돌아왔다.

"가자."

유우를 재촉하며 차에 올라탔다. 유우는 조수석으로 갔다. 자리에 앉자마자 유우는 놀랐다. 겉모습은 다소 그럴듯했지만 차 내부는 상당히 손상되어 있었다.

"중고로 싸게 나와서 뭘 따질 겨를이 없었어."

유우의 시선을 눈치챈 오자키가 말했다. 시동을 걸고 기어를 후진으로 넣었다. 방향 전환을 하는 데에 시간이 걸렸다. 운전을 잘하는 것 같지는 않았다.

"오자키 씨는 홋카이도 사람이에요?"

유우가 물었다. 오자키는 고개를 저었다.

"태어난 곳은 미야기宮城."

"흐음, 틀림없는 홋카이도 사람인 줄 알았어요. 그럼 홋카이도에는 종종 와요?"

"실은 이번이 처음이야."

유우는 고개를 갸웃했다. 도내에는 게이조의 작품이 전시되어 있는 곳이 몇 군데 있었다. 그래서 유우는 오자키가 그곳에서 게이조의 작품을 본 것일 거라 짐작했었다. 본토에서는 개인전을 열지 않는 이상, 좀처럼 게이조의 작품을 볼 수 있는 기회가 없기 때문이었다.

"어디서 할아버지의 작품을 봤어요?"

"어떤 사람 집에서."

"그 사람, 할아버지 작품의 팬인가요?"

"아마도? 엄청 소중히 간직했었거든."

유우는 입을 닫았다. 오자키의 말투에 당황한 것이었다. 그런 이야기는 꺼내고 싶지 않은 듯 했다.

"그보다 히라노 양. 게이조 씨가 돌아오면 연락해 달라고 부탁했었는데 보란 듯이 넘겨 버렸네?"

"할아버지가 쓸데없는 짓은 안 해도 된대서⋯⋯."

유우는 고개를 숙였다.

"게이조 씨는 어떤 사람이야?"

"어떤 사람이냐니⋯⋯. 꽉 막힌 데다 술주정뱅이예요."

"술주정뱅이라⋯⋯. 술을 잘 드시는구나?"

"옛날에는 매일 밤새 마셔 대고 종종 사람들과도 치고받고 싸웠다고 하던데 지금은 그렇지도 않아요."

'유우와 함께 살게 된 뒤로 게이조 씨는 주량이 정말 많이 줄었지.' 우라노가 그렇게 중얼거리는 것을 들은 적이 있었다.

"히라노 양은 다른 가족은 없어?"

"우리 엄마는 외동딸이었어요."

"할머니나 게이조 씨의 형제들은?"

유우는 고개를 가로저었다. 게이조는 그런 이야기를 하고 싶지 않아 했다. 엄마가 고등학교에 입학함과 동시에 집을 나가 죽을 때까지 돌아오지 않았듯이 그저 아이누인이기 때문에 생긴 문제가 얽혀 있을 거라 짐작만 할 뿐이었다.

"히라노 양의 어머니는 돌아가셨어?"

"아빠랑 같이 교통사고로요."

유우는 그날 학교에서 수업을 받고 있었다. 쉬는 시간이 되기 직전, 숨을 헐떡이며 교감 선생님이 교실 문을 열며 소리쳤었다.

"고토後藤, 당장 교무실로!"

무슨 일인가 했다. 교무실로 갔더니 체육 선생님이 유우의 손을 잡았다.

"일단 고토와 함께 병원으로 가겠습니다."

체육 선생님의 차를 타고 병원으로 향했다. 차 안에서 유우는 부모님이 교통사고를 당했다는 이야기를 들었다. 신호 대기를 하고 있던 아빠의 경차를 졸음운전을 하던 트럭이 부딪쳤다고 했다.

즉사였다.

"아…… . 미안. 괜한 이야기를 물어봤네."

오자키가 미안한 어투로 이야기했다.

"괜찮아요."

"자, 도착했어. 학교 끝나면 몇 시쯤 마중 나오면 돼?"

오자키는 교문 옆에 차를 세웠다.

"세 시에요."

"오케이. 민폐라고 생각되겠지만 앞으로 잘 부탁해."

차에서 내리려는 유우에게 오자키는 오른손을 내밀었다.
유우는 당황하며 손을 잡았다. 그 손은 차가웠다. 유우가
차 문을 닫자 차는 떠나갔다.

게이조는 오자키를 제자로 받을 생각이 조금만치도 없다.
오자키도 얼마 안 가 포기하고 모습을 감추겠지. 유우는 멀
어져 가는 차를 한 번 보고는 교문으로 들어갔다.

＊ ＊ ＊

히라노 게이조는 묵묵히 나무를 깎고 있었다. 깎인 나무
표면에 불곰 같은 모습이 희미하게 떠올랐다.

"뭘 하면 됩니까?"

오자키는 물었다. 대답은 없었다. 하는 수 없이 입구 가까이에 있던 빗자루와 쓰레받기를 들고 바닥에 흩어져 있는 나무 부스러기를 쓸었다. 쓸어도 쓸어도 쓸어낸 옆자리에서 나무 부스러기가 날아왔다. 일부러 그러는 건가 싶었지만 히라노 게이조는 나무를 깎는 일에 몰두해 있었다. 주변에 놔둔 몇 개의 조각칼로 번갈아가며 깎았다. 칼끝을 바라보는 눈빛은 칼날 그 자체였다.

오자키는 바닥을 쓸면서 띄엄띄엄 게이조의 작업을 지켜봤다. 아마 게이조는 목조 기술을 가르칠 생각이 전혀 없을 것이다. 오자키조차도 진심으로 목조 작가가 될 생각은 없었다. 그렇다 하더라도 무언가에 몰두하고 있는 사람의 모습은 아무리 보아도 질리지 않았다.

게이조가 두꺼운 한숨을 뱉어내며 조각칼을 내려놓은 것은 한 시간 정도 지난 뒤였다. 아직 해가 들지 않은 아틀리에는 쌀쌀했지만 게이조의 이마에는 굵은 땀방울이 올라와 있었다.

"뭐라도 마시겠습니까?"

오자키는 물었다.

"아직도 있었나?"

게이조는 심기불편한 얼굴과 목소리로 말했다.

"차라도 내올까요?"

"쓸데없는 짓 하지 마."

게이조는 자리에서 일어나더니 아틀리에를 나와 집 안으로 들어갔다. 오자키는 만들다 만 나뭇조각에 손을 댔다.

깎은 지 얼마 안 된 나뭇조각은 표면이 까끌까끌했다. 모양이 막 나오기 시작한 불곰은 그야말로 그냥 나뭇조각이었다. 그러나 작업이 진행되면 될수록 울퉁불퉁한 불곰에게 점차 생생한 질감이 생겨날 것이다. 그 순간을 보고 싶다. 오자키는 그렇게 생각했다.

조각칼을 손에 쥐었다. 오래된 손잡이는 거무스름했고 여기저기 움푹 패어 있었다. 게이조의 손가락이 닿은 부분이 닳아서 생긴 것이었다. 두께나 길이가 각기 다른 조각칼들은 모양도 제각각이었다. 어쩌면 게이조가 직접 만든 걸지도 몰랐다.

"함부로 만지지 마!"

등 뒤에서 호통소리가 울려 퍼졌다. 오자키는 고개를 움츠리며 조각칼을 원래 자리에 돌려놨다.

"죄송합니다."

"한 번만 더 작업도구에 멋대로 손을 댔다간 쫓겨날 줄 알아."

얼굴을 볼 것도 없이 게이조가 진심으로 화났다는 것이 전해졌다.

"정말 죄송합니다."

오자키는 머리를 숙였다.

"집 뒤에 헛간이 있다. 거기 청소나 해."

"네."

오자키는 얼굴을 들었다. 게이조는 손에 미네랄워터 병을 들고 있었다.

"점심은 어떻게 할까요? 괜찮으시면 제가 만들겠습니다."

게이조는 대답하지 않고 작업대 위에 있는 깎다 만 나뭇조각을 마주했다.

"완성되려면 얼마나 걸립니까?"

"글쎄. 한 달이면 끝날 때도 있고, 반년이나 걸릴 때도 있어."

게이조는 물을 한 모금 마시고 조각칼 하나를 쥐었다. 무언가에 집중한 듯 검은 눈동자가 빛나기 시작했다.

오자키는 아틀리에를 뒤로 했다. 게이조는 작업에 몰두하기 시작하면 무슨 말을 해도 대답하지 않기 때문이었다. 집으로 들어가 멋대로 냉장고 속을 확인했다. 남자 두 명 분의 점심을 만들기에는 충분한 식재료가 들어 있었다. 거실로 이동해 집 안을 둘러봤다. 오래된 단층 목조 가옥이었다. 겨울에는 분명 추울 것이다. 부엌과 거실 외에 방이 세 개, 그리고 욕실 하나. 게이조의 방을 들여다보고 싶은 충동이 일었지만 오자키는 그 충동을 억눌렀다. 조바심 낼 필요는 없다. 천천히 시간을 들여 히라노 게이조라는 사람을 알아 가면 된다.

집을 나와 뒤쪽으로 돌아갔다. 확실히 창고라기보다는 헛간이라고 부르는 쪽이 딱 들어맞는 오래된 목조 건물이 있었다. 헛간 전체가 비스듬히 기울어져 있었다. 여닫이가 낡아서 문을 여는 데에도 힘이 들었다. 어찌어찌 문을 연 후 오자키는 말문이 막혔다. 먼지가 날려 시야를 막았고 곰팡이 냄새가 코 속 가득 퍼졌다. 이미 몇 년 동안이나 사용하지 않은 것임에 틀림없었다. 그걸 청소하라는 말은 처음부터 내쫓을 생각인 것이었다.

"이 정도로는 물러나지 않습니다."

오자키는 차로 되돌아갔다. 우비에 목장갑, 선글라스 그리고 수건을 마스크 대신 얼굴에 휘감았다. 사이드 미러에 비친 자신의 모습은 마치 후쿠시마 원전 주변에서 제염작업에 종사하는 노동자 같았다. 방사능에 비하면 먼지나 곰팡이 따위는 아무렇지도 않았다.

양동이에 물을 푸고 부엌에서 행주를 몇 개 가져온 뒤 오자키는 헛간과의 전투를 개시했다.

* * *

오자키는 30분을 지각했다.

"미안, 미안. 지각해 버렸네."

오자키의 머리카락이 젖어 있었다. 막 샤워를 한 듯했다.

"게이조 씨가 헛간 청소를 하라고 해서."

"헛간을 청소했다고요?"

유우는 그 헛간 근처에는 가 본 적도 없었다. 오랫동안 방치된 탓에 기둥은 썩어서 기울어져 있었고 그 안에 수납되어 있는 것들이 어떻게 되어 있을지는 상상만 해도 오싹했다.

"스승님이 그렇게 하라고 시키면 그 일을 해야 하는 게 제자잖아."

오자키는 쓴웃음을 지었다.

"하지만 온몸이 먼지투성이인데다 곰팡이 냄새도 나고 참을 수가 없어서 급하게 씻고 왔는데, 그 결과 지각."

오자키는 경쾌하게 핸들을 돌리며 밝은 목소리로 말했다.

"왜 그렇게까지 해서 목조 작가가 되고 싶은 거예요?"

"게이조 씨의 작품을 보고 감동했으니까."

"요즘 같은 때에 아이누인 목조 작가는 먹고 살기도 힘들다고요."

게이조 외에도 평판이 좋은 목조 작가는 몇 명 있었다. 우라노 같은 호사가가 높은 가격으로 거둬가 주긴 했지만 그리 자주 있는 일은 아니었다.

대부분의 목조 작가들은 아칸 호숫가에 있는 아이누촌이

라 불리는 거리에 기념품 가게를 내고 그곳에 자신의 작품을 두고 팔리기를 기다렸다. 그것조차도 못하는 작가들은 나무 깎는 일을 그만두고 에조사슴 뿔에 조각을 한 액세서리를 만들어서 생계를 꾸려 갔다.

유우가 태어나기 훨씬 전에는 홋카이도에 오는 관광객들이 손에 잡히는 대로 아이누인이 만든 작품을 사던 시절이 있었다고 한다. 작품의 만듦새와는 상관없이 아이누인이 만든 불곰 조각상이라면 불티나게 팔렸었다. 그래서 많은 아이누인들이 죄다 나무 깎는 일에 손을 댔다고 한다. 하지만 지금은 시대가 변했다. 아이누촌의 기념품 가게에서 팔리는 것들은 싸고 가벼운 중국제 액세서리들뿐이었다.

"그렇겠지."

오자키가 생각 없는 듯이 대답했다. 유우는 그것이 왠지 탐탁지 않았다.

"할아버지조차도 목조 작가만 해서 먹고 사는 게 아니에요. 오자키 씨는 뭐든지 할 수 있는 본토 일본인이면서 왜 굳이 아이누인들이 사는 곳에 와서 목조 작가 따위를 하려는 거예요?"

유우는 화가 나는 자신을 참을 수가 없었다.

"일본인…… . 이라…… ."

오자키가 중얼거리듯 말했다.

"그래요, 일본인요."

"일본인은 아이누인에게 목조 기술을 배우면 안 돼?"

"그런 건 아니지만……."

오자키의 온화한 목소리에 유우는 맥이 빠진 채 대답했다.

"히라노 양도 게이조 씨가 만든 작품을 대단하다고 생각하지 않아? 불곰이나 늑대나 독수리, 올빼미. 어느 것 하나도 털이나 날개의 질감이 생생해서 당장이라도 움직일 것만 같잖아."

고개를 끄덕일 수밖에 없었다.

"그런 작품을 만들고 싶어. 순수하게 그렇게 생각할 뿐이야. 일본인이니 아이누인이니 그런 건 생각해 본 적도 없어."

"일본인이니까 그런 말을 할 수 있는 거예요."

말에 가시가 있었다. 알고 있었지만 유우는 그 가시를 지워낼 수 없었다.

"그럴지도 모르지……. 하지만 어찌 됐든 게이조 씨에게 목조 기술을 배우고 싶어. 게이조 씨가 아니면 안 돼."

따뜻한 목소리 속에는 단호한 울림이 있었다.

"마음대로 하세요."

유우는 퉁명스럽게 말했다.

"게이조 씨는 언제부터 나무 깎는 일을 시작한 거야?"

"잘 몰라요. 근데 옛날에는 사냥꾼이었대요."

"사냥꾼?"

"불곰 사냥꾼이요. 혼자서 산에 들어가서 불곰을 엽총으로 쏴서 잡았대요. 그런데 나이가 들고 힘들어져서 그만두었대요. 그만두기 전까지도 나무 깎는 일은 사냥하는 틈틈이 해 온 것 같은데 본격적으로 이 일을 시작한 건 사냥꾼을 은퇴하고 나서부터래요."

"그렇구나. 게이조 씨는 산에 있는 동물들을 상대했었군."

오자키는 오른손으로 핸들을 두드렸다.

"동물에 대해서 잘 아시겠구나. 그래서 그렇게 생생한 조각상을 만들 수 있는 거였어."

어린 아이처럼 들뜬 목소리가 차 안에 울려 퍼졌다.

"사냥꾼이었구나……. 그러면 냉장고 안에 있는 고기들은?"

"사슴고기예요. 지금도 가끔씩 사슴은 잡으셔요. 개체 수가 골치 아플 정도로 많이 늘어나서 좀 줄여 달라고 마을 사람들이 할아버지에게 부탁하기도 했고요."

"그렇구나. 그랬던 거였어……."

오자키의 말투는 마치 꿈이라도 꾸고 있는 듯한 말투였다.

"할아버지가 사냥꾼인 게 뭐가 그렇게 기뻐요?"

유우의 말에 오자키는 눈을 계속해서 깜빡였다.

"아니 그냥 뭔가 굉장한 거 같아서. 저기 히라노 양, 전에도 물어봤지만 친척들은 어떻게 돼? 설마 할아버지 한 명,

44

손녀 한 명이 다야?"

"몰라요."

유우는 말했다. 엄마에게서 뭔가를 들은 적도 없었고 게이조도 그런 이야기는 전혀 하지 않았다.

"그래?"

"별로 알고 싶지도 않고요."

그렇다. 내년 봄에는 이곳을 떠나 두 번 다시 돌아오지 않을 거다. 친척이 있든 없든 알 바 아니었다.

"오자키 씨는 친척들과 교류가 많아요?"

유우가 물었다.

"가족은 어머니 하나, 나 하나였어."

오자키가 말했다.

"어머니는 돌아가셨어. 나는 문자 그대로 천애고아고."

오자키는 미소 지었다. 유우는 이토록 쓸쓸한 미소는 본적이 없었다.

"어머니를 좋아하셨나요?"

유우는 자신이 한 말에 놀랐다. 원래는 어떻게 돌아가신 거냐고 물어보고 싶었다. 그런데 입에서 나온 말은 완전히 다른 것이었다.

"좋아했어. 하지만 소중히 대하지 않았지."

오자키는 미소 지은 채 말했다. 하지만 유우의 눈에는 오자키가 울고 있는 것처럼 보였다.

5

게이조는 한 치의 흐트러짐 없이 나무를 깎고 있었다. 돋보기안경 속의 눈은 깜빡이는 일조차 잊고 있었고 발밑에는 많은 양의 나무 부스러기가 쌓여 있었다.

올빼미다. 아직은 윤곽조차 드러나 있지 않았지만 게이조가 깎고 있는 것은 틀림없이 올빼미다. 게이조가 있는 곳에 막 왔을 당시에는, 게이조가 깎고 있는 나무가 불곰이 될지 늑대가 될지 올빼미가 될지 혹은 인간이 될지 전혀 짐작도 가지 않았다. 하지만 지금은 어느 정도 작업이 진행되어 게이조가 의도하는 것이 무엇인지 알 수 있게 되었다.

"줄무늬올빼미?"

유우는 게이조가 한숨 돌린 틈을 타서 물었다. 게이조가 눈만 움직이며 유우를 봤다.

"뭐야. 웬일로 차를 다 내어 오고. 용돈 떨어졌냐?"

게이조는 조각칼을 작업대에 내려놓고 자신이 막 깎은 나무 표면을 오른손 엄지손가락으로 어루만지기 시작했다. 그렇게 하면 나무가 '여기는 이렇게 해', '거기는 저렇게 해.'

하며 가르쳐 준다는 것이었다.

"딱히 그런 건 아니에요."

"뭐, 됐어. 마침 목이 마른 참이었어."

게이조는 나무에서 손을 뗐다. 울퉁불퉁한 손 여기저기에 자잘한 나무 부스러기가 붙어 있었다. 유우는 찻주전자와 찻잔을 올린 쟁반을 작업대에 놓고 찻잔에 차를 따랐다. 곁들여 먹을 간식으로 준비한 것은 도라야(화과자로 유명한 브랜드)의 양갱이었다. 찻잎도 양갱도 모두 우라노에게 받은 것들이었다.

"할머니는 어떤 사람이었어요?"

양갱을 입 안 가득 넣고 차를 후루룩 마시고 있는 게이조에게 물었다. 할머니는 이미 10년 전에 유방암으로 돌아가셨다는 것만 알고 있었다.

"아닌 밤중에 웬 홍두깨냐?"

"그냥 궁금해서요."

"말이 많은 여자였어. 남이 하는 일에 참견하지 않으면 직성이 풀리지 않았지. 짜증나는 여자였어."

게이조가 얼굴을 찡그렸다.

"왜 그런 여자와 결혼한 거예요?"

"옛날에는 결혼 상대를 스스로 정할 수 없었어. 말도 안 되는 이야기지."

"엄마는 할머니를 닮았어요?"

"얼굴은 네 할머니를 닮았지. 성격은 나를 닮았고. 완고하고 무뚝뚝한 데다가 무슨 생각을 하고 있는지 잘 몰랐지."

확실히 엄마는 과묵했다. 그리고 이거다 하고 결정한 일은 끝까지 밀고 나갔었다.

"할아버지는 친척 같은 건 없어요?"

며칠 전 오자키와 이야기한 뒤로 계속 게이조의 친척이 신경 쓰였었다. 여태껏 누가 있든지 간에 상관이 없다고 생각했다. 하지만 게이조의 친척이라면 자신에게도 친척이었다. 아무것도 모른다는 것은 문제였다.

"이 주변에서 살면 먹고 살 수 없다면서 다들 어딘가로 가버렸어. 삼촌이나 고모도 먼 옛날에는 편지를 자주 보내왔지만 지금은 왕래가 없어져서 살아있는지 죽었는지도 몰라."

게이조의 말에는 가시가 있었다. 먹고 살 수 없어서가 아니라 아이누인으로서의 삶이 싫어서 떠난 친척들이 있었을지도 모른다.

엄마처럼. 그리고 나처럼.

"할아버지는 외동이에요?"

게이조가 고개를 저었다.

"여동생이 있었어. 가출해서 삿포로로 간 뒤로는 소식이 끊겼어."

"이름이 뭔데요?"

"사토코聡子였나?"

"였나라니, 자기 여동생이잖아요."

"이미 50년 가까이 얼굴도 보지 못했어. 까먹을 만도 하지. 자, 수다는 여기까지. 이제 일해야 해."

게이조가 조각칼을 손에 쥐었다. 작업에 집중하기 시작하면 유우가 하는 말은 게이조의 귀를 그저 스쳐 지나갈 뿐이었다. 유우는 텅 빈 쟁반을 팔에 낀 채 게이조의 아틀리에를 뒤로 했다.

* * *

골든위크는 눈이 돌아갈 만큼 바빴다. 잇달아 단체 손님이 찾아오는 바람에 낮 동안에는 문자 그대로 쉴 틈도 없을 정도였다. 성수기에는 휴일을 반납하고 일하기로 되어 있었다. 그래서 게이조를 찾아가지 못하고 오자키는 계속 일만 해야 했다.

골든위크가 끝나고 손님들의 발길이 뜸해졌다. 그래서 여름 방학 시즌이 되기 전까지는 주말을 제외하면 느긋하게 보낼 수 있을 듯했다. 2주 만에 휴가를 받은 오자키는 게이조의 집으로 향했다.

아칸 호수에서 데시카가까지 국도 241호를 따라 동쪽으로 향한 뒤 거기에서 국도 243호를 따라 북상했다. 게이조의 집으로 가려면 도중에 국도 391호로 들어가야 했지만 그대로 243호를 타고 올라갔다. 굿샤로 호숫가를 남쪽으로부터 시계 방향으로 나아간 다음, 호수 끝에 튀어나온 와코토和琴반도에 붙어 있는 캠핑장 주차장에 차를 세웠다. 오자키는 차에서 내린 뒤 호숫가로 갔다. 호수에서 불어오는 바람은 차갑고 건조했다.

아칸 호수는 관광지화가 진행되어 호숫가 어디에 서 있어도 인공물이 눈에 들어왔다. 마슈摩周 호수도 관광객이 많았다. 그러나 그 두 개의 호수에 비하면 굿샤로 호수는 거의 손을 대지 않았다고 해도 될 정도였다. 바다로 착각할 만큼 웅대한 호수면, 그리고 그 한가운데에 떠올라 있는 나카지마中島. 그 외에는 아무것도 없었다. 훌륭할 정도로 아무것도 없었다.

"이거야말로 홋카이도지."

오자키는 중얼거리며 난간을 뛰어넘어 호숫가로 갔다. 호수에 손을 집어넣었다. 물은 얼음처럼 차가웠다.

"할머니도 여기에서 굿샤로 호수를 바라봤었을까? 어머니는 본 적 없으시죠? 보고 싶으셨나요?"

물에 손을 담근 채 혼잣말을 했다. 하지만 한계는 곧바로 찾아왔다. 차가움은 고통을 동반했고 결국엔 손가락 감각이 없어졌다. 그러고 보니 아칸 호수의 북쪽은 아직 얼음이 덮여져 있었다. 오자키는 젖은 손을 허벅지에 찔러 넣고 감각이 돌아오기를 기다렸다.

"역시 홋카이도야, 얕보면 안 되겠어."

오자키는 차로 돌아가 시동을 걸었다. 왔던 길을 돌아간 뒤 도중에 왼쪽으로 꺾고 호수 면을 따라 길을 북쪽으로 올라갔다. 숲속으로 뚫린 도도道道(홋카이도를 지나는 도로명)였다. 호수의 남쪽 기슭에는 아이누 자료관과 고탄 온천이 늘어서 있었다. 조금 더 나아가면 이케노유池ノ湯 온천, 좀 더 북상하면 스나유砂湯가 있었다. 스나유에는 전망대와 선물 가게, 캠핑장이 있었고 호숫가에서는 뜨거운 김이 올라오고 있었다. 겨울철에는 큰 고니도 찾아온다고 했다.

'나는 이곳에 겨울까지 있을 것인가.'

오자키는 자문했다. 가능하다면 겨울의 굿샤로 호수를 온몸으로 느껴 보고 싶었다.

무자비한 한기에 뒤덮인 이 땅에서 내가 무엇을 보고, 무엇을 느낄지 알고 싶었다. 나에게 흐르는 피가 무엇을 호소하는지를 알고 싶었다.

도도는 중간부터 굿샤로 호수를 벗어나 가와유 온천을 향해 동쪽으로 꺾였다. 계기판 시계는 이제 곧 여덟 시를 가리키려 했다. 유우는 이미 등교했을 것이다. 와코토반도에 들르지 않았다면 차로 바래다줬을 텐데.

예상대로 늘 있던 장소에 유우의 자전거는 없었다. 오자키는 차를 세우고 게이조의 집 문을 노크했다. 아무도 나오지 않았다. 게이조는 아틀리에에 있는 듯했다. 오자키는 멋대로 집으로 들어가 주전자를 가스레인지에 올렸다. 물이 끓는 동안 차로 돌아가 커피 끓일 도구를 챙겼다. 게이조의 집에는 녹차나 홍차 티백밖에 없었다. 스스로 커피 중독임을 인정하는 오자키에게 있어서 커피를 마시지 못하는 시간은 고문과도 같았다.

수동 제분기로 원두를 갈아 종이 필터로 커피를 내렸다. 서버에 담긴 커피를 보온 용기에 넣고 역시 차에서 가져온 머그컵 두 개를 들고 아틀리에로 향했다.

"안녕하세요."

인사를 한 후 아틀리에로 들어갔다. 나무를 깎는 리드미컬한 소리가 들려왔다. 오자키는 아틀리에로 들어감과 동시에 발을 멈추고 눈을 크게 떴다.

2주 전까지만 해도 그것은 그냥 통나무였다. 그 통나무가 올빼미로 다시 태어나려 하고 있었다. 게이조는 오자키에게 눈길 한 번 주지 않고 나무를 깎고 있었다. 작업하고 있는 부분은 크게 펼친 날개였다.

날개 하나하나를 세세하게 때로는 대담하게 깎아 내고 있었다.

지상에 있는 먹잇감을 노리며 하강하는 올빼미.

올빼미가 사냥을 하는 모습은커녕, 실물조차 본 적이 없었다. 그렇지만 오자키의 뇌리에는 올빼미가 사냥하는 광경이 생생하게 떠올랐다. 올빼미 날개가 바람을 가르는 소리마저 들려오는 듯한 기분이 들었다.

보고 싶다. 참을 수 없는 충동에 휩싸였다. 게이조가 깎고 있는 올빼미는 생생했다. 하지만 그것은 아직 중간 과정에 불과했다. 게이조가 완성시킨 작품은 어느 것이든 그 내부에서 생명을 연소시키고 있는 것만 같은 리얼함으로 보는 사람에게 다가왔다.

보고 싶다. 게이조가 부엉이에게 생명을 불어넣는 그 순간을 이 눈으로 보고 싶다.

"춥다. 문 닫아."

게이조의 목소리에 정신을 차렸다.

"죄송합니다."

손을 뒤로 돌려 문을 닫고 조심스럽게 게이조에게 다가갔다.

"선생님, 커피를 끓였는데 드시겠습니까?"

게이조는 대답하지 않고 그저 묵묵히 나무를 깎았다.

"선생……."

한 번 더 말을 걸려다가 오자키는 입을 닫았다.

"게이조 씨, 커피 드시겠습니까?"

게이조의 손이 멈췄다.

"아까부터 좋은 향기가 난다 했더니. 직접 끓인 거야?"

오자키는 쓴웃음을 억눌렀다. 게이조는 선생님이라는 말에는 절대로 반응하지 않을 거라 다짐한 것이었다.

"네, 커피가 없으면 못 사는 체질이거든요."

오자키는 조각 도구가 난잡하게 놓인 테이블 위에 머그컵을 놓고 커피를 따랐다. 머그컵을 건네자 게이조는 마시기 전에 향기를 맡았다.

"제대로 된 커피를 마시는 게 몇 개월 만인지. 유우는 커피가 쓰기만 하고 맛없다면서 끓여 주질 않아."

"직접 끓여 드시면 되잖습니까?"

"작업하는 것만으로도 힘들어."

게이조는 커피를 홀짝였다. 맛이 마음에 들었는지 눈꼬리가 내려갔다.

"맛있군. 특별한 원두인가?"

오자키는 고개를 가로저었다.

"아뇨, 주머니가 가난해서 그냥 슈퍼에서 파는 원두를 샀어요. 가루로 된 거 말고 원두째로 사서 마실 때마다 갈아서 정성스레 내리면 나름대로 맛있어집니다."

게이조가 고개를 끄덕였다.

"한동안 얼굴을 비추지 않기에 관둔 줄 알았다."

"골든위크 기간에 접어드는 바람에 쉬려 해도 쉴 수가 없었습니다. 그렇게까지 바쁠 거라는 이야기는 미처 듣지 못했습니다."

"나는 골든위크나 여름 방학 기간에는 아칸 호수 근처에도 안 가. 이 주변도 시끌벅적하게 관광객들이 찾아오지. 건너편은 그 몇십 배고."

"연휴 중에도 계속 작업을 하셨군요. 그러면 히라노 양을 어디 데려가거나 하지는 않았습니까?"

"유우는 공부했어."

게이조가 얼굴을 찌푸렸다.

"유우는 이곳에서 나가고 싶어 해. 그러기 위한 유일한 방법은 공부해서 도시에 있는 고등학교에 가는 거거든."

오자키는 커피를 입에 댔다. 게이조는 맛있다고 했지만 산미가 너무 강했다. 원두째로 샀지만 역시 산화가 진행되고 있었다. 가능하다면 생두를 사서 직접 로스팅하고 싶었지만 아직은 그게 가능할 만큼 여유가 없었다.

"히라노 양의 기분도 이해 못하는 건 아니지만, 저는 여기가 좋은 곳이라고 생각합니다."

"아이누인이라는 자신의 뿌리를 잘라 내고 싶은 거지."

게이조는 태연하게 말했다. 말과 표정에서도 고뇌를 드러
낼 만한 것은 찾아볼 수 없었다.

"뿌리 말입니까……?"

"아이누는 아이누야. 뭔 짓을 하든 그건 변하지 않아. 하
지만 유우는 아직 어려서 모르는 거지."

게이조는 머그컵을 옆에 두고 조각칼을 손에 쥐었다.

"언제쯤 완성될 예정입니까?"

오자키는 물었다.

"글쎄……. 열흘 후나 2주 후나 아니면 한 달 후든가. 언
젠가 정신을 차려 보면 더 이상 깎을 필요가 없다는 걸 깨
닫게 돼. 그게 언제가 될지는 나도 잘 몰라."

"무슨 올빼미인가요?"

"줄무늬올빼미다."

"완성될 거 같으면 꼭 알려 주세요."

"왜?"

"완성되는 순간을 제 눈으로 직접 보고 싶습니다."

게이조는 고개를 끄덕였다.

"약속은 못 하겠지만 염두는 해 두지."

"부탁드립니다. 그런데 잠깐 이대로 보고 있어도 됩니까?"

"커피를 끓여 준 보답이다. 맘대로 해."

"감사합니다."

오자키는 정중하게 머리를 숙였다.

* * *

집이 가까워지니 카레 냄새가 흘러나왔다. 게이조가 요리를 할 리는 없었다. 마당 앞에 오자키의 차가 세워져 있었다.

집으로 들어가자, 오자키가 부엌에 있었다.

"어서 와. 오늘 저녁은 사슴고기로 만든 카레야."

"이제 안 오는 줄 알았어요."

미소 짓는 오자키에게 퉁명스럽게 대답하고 유우는 자기 방으로 직행했다. 여느 때 같았으면 곧바로 교복에서 사복으로 갈아입었을 테지만 그럴 기분이 들지 않았다. 허름한 집 안에 생판 모르는 남이 있었다. 딱히 들여다보는 것도 아닐 텐데 신경이 쓰이는 것은 자의식이 너무 강한 탓일까. 한숨을 억누르고 침대 밑에 밀어 넣어둔 여행용 가방을 끌어당겼다. 언제나처럼 옷이나 소지품을 정성스레 집어넣었다.

모든 것이 싫어져 혼자 조용히 울던 밤 언젠가는 이 집을, 이 마을을 떠날 거라 자신에게 맹세했었다. 그 예행연습으로 여행용 가방에 필요하다고 생각되는 것들을 집어넣어 본 것이 그 시작이었다.

속옷이나 옷을 가지런히 개서 배치를 잘 생각하면서 여행용 가방에 넣었다. 세면도구와 화장도구가 들어간 파우치 두 개, 마음에 드는 신발 그리고 부모님의 유품이 들어간 나무상자. 아무렇게나 때려 넣었다가는 여행용 가방 덮개가 닫히지 않았다. 배치를 잘 생각하면서 짐을 꾸리다 보면 그 행위가 유우의 기분을 차분하게 만들어 주었다. 그래서 지금은 하루에 한 번은 짐 꾸리기에 몰두하게 되었다. 만족할 정도로 짐이 꾸려지면 집어넣은 것들을 원래대로 되돌리고 텅 빈 여행용 가방을 침대 밑으로 밀어 넣었다.

기분이 홀가분해진 유우는 사복으로 갈아입고 방을 나왔다. 부엌에 오자키의 모습은 없었다. 냄비는 가스레인지에 올려진 채 불은 꺼져 있었다. 오자키의 차는 아직 세워져 있었다. 게이조의 아틀리에에 간 것이었다.

뚜껑을 열어 안을 들여다보았다. 속 재료에 간이 알맞게 배고 잘 익은 것이 한눈에 보였다. 카레 냄새를 맡으니 공복이 느껴졌다. 전기밥솥에는 물을 채운 흰 쌀이 들어 있었다. 오자키는 전기밥솥의 스위치를 누르는 것을 잊은 채 아틀리에로 간 듯했다.

시각은 오후 네 시 반을 넘어갈 즈음이었다. 유우는 전기밥솥의 스위치를 켜고 식기 선반에서 맥주용 컵을 꺼냈다. 다섯 시 전후로 작업을 끝내고, 가볍게 샤워를 한 뒤 맥주를 마시면서 저녁밥을 먹는 것이 게이조의 일과였다. 식후에는 물을 섞은 소주를 마셨다.

옛날의 게이조는 엄청난 주정뱅이였다고 한다. 취하면 남들에게 시비를 걸었고 금방 싸움으로 번졌다. '유우가 오고 난 뒤로 게이조 씨 술버릇도 차분해졌어. 그런 사람도 손녀딸에게는 꼴사나운 모습을 보여 주고 싶지 않은 거지. 유우가 엄청난 일을 한 거야.' 이 근방 사람들에게 몇 번이나 그런 말을 들었었다.

엄마는 술 취한 게이조에게 온갖 욕설을 듣거나 두들겨 맞은 적이 있었을까? 그래서 친정 이야기를 거의 하지 않았던 걸까.

취해 가는 게이조를 보면서 유우는 늘 엄마 생각에 잠겼다. 엄마가 그리웠다. 아빠가 보고 싶었다. 가족 셋이서 행복하게 살았던 때로 돌아가고 싶었다.

"간만에 기분 좋았었는데……."

유우는 고개를 저었다. 다시 한번 짐을 꾸리면서 기분 전환할 시간은 없었다. 쓸데없는 일은 머리에서 쫓아내고, 지금 해야 할 일에 집중하자.

냉장고를 열었다. 가장 밑의 단에 게이조가 좋아하는 삿포로 맥주 캔이 가지런히 놓여 있었다. 어젯밤에는 두 캔밖에 없어서 내일이라도 당장 게이조의 차를 타고 사러 가야 하나 싶었다. 부엌 구석에 슈퍼마켓 비닐봉지가 놓여 있었다. 안에는 소주병이 들어 있었다. 게이조가 늘 마시는 상표였다. 오자키가 눈치 있게 사 온 걸까, 아니면 게이조가 사 오라고 시킨 걸까? 당연히 후자일 것이다.

게이조는 나무 깎는 일과 사냥과 술 외에는 관심이 없었다. 게다가 집 안에 술이 떨어지면 무시무시한 얼굴로 화를 내곤 했다. 이 집에 처음 왔을 때는 한밤중에 자전거를 타고 편도 30분이나 걸리는 편의점까지 술을 사러 간 적도 있었다.

밖이 소란스러워졌다. 오자키의 목소리였다. 웬일인지 게이조는 평소보다 빠르게 작업을 끝낸 것 같았다. 오자키가 성가셨을지도 모른다. 유우는 욕실로 향하며 게이조가 갈아입을 옷과 목욕 수건을 준비했다.

"마치 쇼와昭和(역자주 : 일본의 연호. 1926년 12월 25일~1989년 1월 7일) 시절 주부 같네."

어딘가에서 본 TV 드라마가 떠올랐다. 쇼와 시절의 주부들은 난폭한 남편에게 불만 한마디 하지 못하고 헌신했다. 말도 안 되는 이야기였다. 하지만 지금의 유우는 게이조에게 맡겨진 처지였다. 게이조가 혼자 있는 것을 좋아한다는 것은 이미 알고 있었다. 아무리 손녀라지만 유우와 함께 사는 것은 게이조에게 있어서도 고통일 것이다.

"참자, 참자. 앞으로 조금만 참으면 돼."

유우는 노래 부르듯이 말하며 부엌으로 돌아갔다.

6

자전거 페달에 체중을 실으려 했을 때 클랙슨 소리가 들렸다. 오자키의 차가 유우를 향해 왔다. 유우는 자전거에서 내렸다.

"안녕, 히라노 양? 학교까지 바래다줄게, 타."

오자키는 창문으로 얼굴을 내밀었다.

'고맙습니다.' 마음속으로만 그렇게 생각하며 무뚝뚝한 얼굴로 차에 올라탔다. 오후부터 비가 내린다는 예보가 있었다. 아침부터 비가 내렸다면 게이조가 바래다주었겠지만 그게 아닌 이상 일기예보는 늘 어긋나는 법이라고 우겨대며 바래다주지 않는다. 어차피 비가 내리면 게이조가 학교까지 마중 나오게 될 것이다. 그리고 그 다음 날 비가 내리지 않아도 자전거는 학교에 세워 뒀으므로 결국 게이조가 바래다주게 되어 있다. 그렇다면 처음부터 바래다주면 좋을 법도한데, 이 당연한 이치가 게이조에게는 통하지 않았다.

"안녕하세요."

서먹서먹하게 인사하고 안전벨트를 맸다.

"휴일은 내일 아니었어요?"

"어제 게이조 씨에게서 전화가 왔었어. 줄무늬올빼미를 오늘 완성시킬 거라고. 그래서 우라노 씨에게 양해를 구하고 휴일을 앞당겼어."

유우는 눈을 동그랗게 떴다. 게이조가 남에게 그런 배려를 한 것은 본 적이 없었다.

"게이조 씨가 작품을 완성시키는 모습을 직접 보고 싶어서 집요할 정도로 부탁했어. 말로는 알았다고 해도 막상 그때가 되면 무시해 버리는 타입이잖아, 게이조 씨."

"네, 그런 타입이죠."

"그래서 필사적으로 부탁했어."

오자키는 명랑하게 말하고는 차의 방향을 바꾸었다.

"별일이네요."

"그게 별일이야?"

"별일이랄까, 할아버지가 제자 같은 걸 받은 적도 없었고 가끔 우라노 씨가 작업하는 모습을 보여 달라고 해도 단칼에 거절했거든요. 오자키 씨에게 아틀리에에서 작업하는 걸 보여 주다니 말도 안 돼요."

"나도 조만간 쫓겨나는 건가 했어."

"얼마 전에 만든 카레가 굉장히 맘에 드셨나 봐요. 다음 날도 그 다음 날도, 혼자 그 카레를 드셨어요. 또 만들게 해야겠다면서요."

"혼신을 다한 카레였으니까. 비록 카레 루는 시장에서 파는 지극히 보통 카레였지만."

시장에서 파는 카레 루라고는 생각되지 않았다. 한 입 먹으니 처음에는 단맛이 입 안에 퍼졌다. 그 뒤에는 매콤함이 감돌고 깊은 맛이 나는 카레였다.

"진짜 그냥 시장에서 파는 카레 루였어요?"

"재료를 볶을 때, 카레 가루와 함께 볶는 거야. 그렇게 하면 향이 올라오지. 그러고 나서 루를 넣을 때 초콜릿도 함께 넣는 것이 비결이지."

"초콜릿이요?"

"단맛도 나고 또 카카오 향이 좋은 느낌을 내거든."

"와, 오자키 씨, 카레 가게에서 일 했었어요?"

오자키가 고개를 저었다.

"어머니가 만드는 걸 보고 외운 거야."

오자키의 목소리에 쓸쓸함이 감돌았다. 어머니 이야기는 금기였다. 유우도 마찬가지였다. 부모님 이야기는 물어보는 것도 싫었고, 이야기하고 싶지도 않았다. 그래서 입을 닫았다.

"게이조 씨가 마실 술, 더 사 놓지 않아도 괜찮을까?"

오자키가 입을 열었다. 일부러 밝은 척 하려는 것처럼 보였다.

"맥주는 있는데 소주는 부족할지도 모르겠어요. 작품을 다 완성한 뒤에는 평소보다 술을 더 마시거든요."

"그렇구나. 축배 같은 건가. 그럼 나도 같이 마실까?"

"취하면 못 돌아가잖아요."

"하룻밤 신세지지 뭐."

"그건 안 돼요."

"날 너무 경계하는 거 같은데……. 아 참, 저녁으로 먹고 싶은 거 있어? 내가 할 수 있는 요리라면 만들어 줄게."

"고기감자조림이요."

무심코 말이 입 밖으로 튀어나왔다.

"고기감자조림 정도는 직접 만들 수 있지 않아?"

"누군가가 만들어 주는 걸 먹고 싶은 거라고요."

오자키가 부러웠다. 오자키는 어머니가 만들어 준 카레의 맛을 재현할 수 있었다. 유우의 엄마는 유우가 요리를 배우기도 전에 돌아가셨다.

"오케이. 고기감자조림 말이지?"

오자키의 말이 끝남과 동시에 빗방울이 차의 정면 유리를 때렸다.

"일기예보보다 빨리 내리네."

오자키가 하늘을 올려다봤다. 하늘이 온통 납빛 구름으로 뒤덮일 것 같았다.

* * *

아틀리에는 조용했다. 평소 같았으면 아틀리에에서 나무를 깎는 리드미컬한 소리가 들려왔겠지만, 오늘은 그런 것도 없었다. 안개가 주변을 뒤덮고 있었다. 아틀리에 전체가 안개에 휩싸인 듯한 착각이 들었다.

오자키는 기척을 죽이고 아틀리에로 들어갔다. 게이조가 완성 직전의 줄무늬올빼미를 앞에 두고 눈을 감고 있었다. 입 안에서 무언가를 중얼거리는 듯했지만 무슨 말인지 들리지 않았다. 좀 더 가까이 가고 싶었지만 게이조는 그것을 허락하지 않는 분위기를 내뿜고 있었다.

이것은 의식이다.

오자키는 문득 깨달았다. 이것은 줄무늬올빼미에 생명을 불어넣기 위한 신성한 의식이었다. 게이조는 무의식중에 가슴 앞으로 양손을 모았다. 게이조의 중얼거림은 불경과 비슷했다. 듣고 있는 사이에 오자키마저도 엄숙한 기분에 잠겼다.

밖에 자욱이 껴 있는 안개가 아틀리에 틈 사이로 들어왔다. 마치 게이조가 중얼거리는 말이 안개를 불러들이는 듯했다. 아틀리에의 내부는 안개로 가득 차 마침내 이 세상인지 저세상인지 알 수 없는 세계로 변모해 갔다.

"시작한다."

게이조의 목소리에 오자키는 정신이 들었다. 안개 같은 건 어디에도 없었다. 게이조가 조각칼에 손을 뻗었다. 꿈을 꾼 듯한 감각이 남아 있었다. 줄무늬올빼미는 거의 완성되었다고 해도 과언이 아니었다. 윤곽은 완전히 잡혀 있었고 날개 하나하나까지 섬세하게 칼이 닿아 바람이 불면 휘어질 것만 같은 질감이 있었다. 크게 펼친 양 날개는 먹잇감을 덮치기 바로 직전의 사냥꾼의 집중과 긴장을 나타냈고 구부러진 갈고리 발톱은 나이프의 칼끝처럼 날카로웠다. 화룡점정을 남겨 둔 것은 말 그대로 눈이었다. 생생하게 움직이는 전신과 비교했을 때 눈은 아직 나뭇결에 불과했다.

조각칼의 칼끝이 눈과 가까워졌다. 울퉁불퉁한 손이 조각칼을 섬세하게 움직여 갔다. 그냥 나뭇결에 불과했던 동그란 눈에 생명이 불어 넣어졌다.

조각칼이 나무를 깎는 소리밖에 들리지 않았다. 게이조는 숨을 멈추고, 오자키는 숨을 들이마셨다.

"좋아."

게이조가 읊조리며 칼끝을 왼쪽 눈으로 옮겼다. 줄무늬올빼미의 오른쪽 눈이 오자키를 응시하고 있었다. 왼쪽 눈도 금세 마무리되었다. 시간으로 치면 5분도 채 걸리지 않았을 것이다. 그러나 게이조가 작업을 시작하기 전의 줄무늬올빼미와 작업을 끝낸 뒤의 그것은 완전히 다른 것이었다.

"굉장하다……."

오자키는 무심코 내뱉었다.

"항상 눈을 마지막으로 마무리하지. 눈에 생명이 깃들게 되면 완성이다."

게이조가 조각칼을 내려놓았다.

"납품할 데는 정해졌습니까?"

"난 그때그때 깎고 싶은 걸 깎아. 그뿐이지. 섣불리 주문을 받아 봤자 좋은 게 안 나와."

"초보의 의견이지만 이 줄무늬올빼미는 굉장한 작품이라고 생각합니다."

"그래."

게이조가 미소 지었다.

"내가 깎은 줄무늬올빼미 중에서 최고다."

게이조의 옆모습은 마치 망령이 떨어져 나간 것처럼 온화했다.

"방금 깎기 전에 뭔가 중얼거리셨죠? 뭐라고 하신 겁니까?"

"아, 그거? 유카라다."

"유카라요?"

"아이누의 신화 같은 거야. 넌 정말 아무것도 모르는구나."

"죄송합니다."

오자키는 고개를 숙였다.

"굿샤로 호숫가의 남쪽 기슭에 아이누 자료관이 있어. 진심으로 목조 작가가 되고 싶다면 그곳에 견학 가서 아이누에 대해서 조금은 공부하도록 해."

"그렇게 하겠습니다."

게이조가 일어났다.

"그럼, 마셔 볼까."

"이런 시간부터요?"

"축배다. 그리고……."

게이조가 말을 얼버무렸다.

"그리고요?"

"유우가 돌아오기 전에 빨리 취하고 자야 해. 너무 많이 취하면 인사불성이 되거든."

게이조는 자조하듯이 말하고는 슬픈 미소를 지었다.

"뭔가 안주가 될 만한 걸 만들어 봐. 마시자."

"아, 저는 이따 히라노 양을 마중가야 하는데요……."

"시답잖은 소리 하지 말고. 점심 즈음되면 잘 거야. 그러면 저녁 즈음에는 술도 깨어 있겠지."

"그렇겠네요……."

게이조가 문을 열고 밖으로 나갔다. 오자키는 그 뒤를 쫓아갔다. 어느새 안개가 비로 변해 본격적으로 내리고 있었다.

＊ ＊ ＊

처음에는 게이조도 상태가 좋았다. 마른 오징어와 구운 빙어, 시금치 무침을 안주 삼아 맥주를 두 캔을 마셨고 다음에는 뜨거운 물을 섞은 소주로 옮겨 갔다. 소주가 네다섯 잔을 넘어갔을 즈음 눈이 처지기 시작했고 말투도 거칠게 변했다.

술주정이었다. 취기가 진행될수록 점점 인사불성이 되어 갔다.

"게이조 씨, 이제 점심때도 지났고 슬슬 그만 마셔야……."

"뭐라고?"

흐리멍텅한 눈이 오자키를 노려봤다.

"나한테 지금 마시지 말라는 거야? 네가 지껄인 거냐?"

"네, 제가 말했습니다."

소주가 든 유리잔이 날아왔다. 오자키는 아슬아슬하게 피했지만 잔은 등 뒤의 벽에 부딪혀서 깨졌고 바닥으로 흩어졌다.

그러고 보니 언젠가 우라노가 말했었다. 게이조가 술을 마시기 시작하면 조심하라고. 맨정신일 때에는 티가 나지 않았지만 게이조는 울분이 가득 쌓인 인생을 보내 왔을지도 모른다.

오자키는 잠자코 일어나 깨진 유리잔을 치웠다. 예전에 일했던 직장에서도 비슷한 술주정을 하던 남자가 있었다. 취하면 취할수록 사람들에게 시비를 걸었다. 그런 술주정뱅이에 대한 최선의 대처법은 상대를 안 하는 거라고 배웠다.

"술 내놔!"

게이조가 고함지르듯이 말했다. 오자키는 묵묵히 유리잔을 치웠다.

"내 말 듣고 있어?"

모은 파편을 신문지로 감싸서 쓰레기통에 넣었다. 걸레로 자잘한 파편을 찾으면서 젖은 바닥을 닦았다.

"싱거운 녀석."

게이조가 일어섰다. 눈은 더욱 처졌고 꽉 쥔 주먹은 떨고 있었다.

"히라노 양이 돌아오기 전에 술이 안 깨면 곤란하지 않습니까?"

오자키는 말했다. 상대해 주면 안 되는 걸 알면서도 말하지 않을 수 없었다.

"뭐라고?"

"히라노 양에게 그런 모습 보여도 돼요?"

게이조가 눈을 계속 깜빡였다. 흐릿한 눈 속에 희미하게

이성의 불빛이 켜진 듯한 기분이 들었다.

"유우……."

게이조는 중얼거리듯 말하고는 오자키에게서 등을 돌렸다.

"에잇……. 이제 잘 거다! 유우에게 마중 가기 전에 깨워."

게이조가 안방으로 모습을 감추자 오자키는 어깨에 힘을 뺐다. 퉁명스럽게 대하는 모습밖에 본 적은 없었지만 게이조가 손녀딸을 소중히 여기고 있다는 것만은 확실했다.

"자 그럼, 고기감자조림을 만들고 나서 나도 한숨 자야겠다."

오자키는 하품을 억누르며 부엌으로 이동했다. 고기감자조림을 만들고 있는데, 게이조의 침실 쪽에서 코 고는 소리가 크게 들려왔다. 온 집안이 흔들릴 것 같은 무시무시한 코골이였다.

"마치 불곰 같네."

고기감자조림을 완성한 뒤에도 코골이가 멈출 기미는 없었다. 거실 소파에 가로누웠지만 도저히 잠을 잘 수 있을 것 같지가 않았다. 오자키는 집을 빠져나와 아틀리에로 향했다.

문을 열었다. 작업대 위에 가만히 놓여 있는 줄무늬올빼미가 갑자기 날아와 덮칠 것만 같은 착각에 휩싸였다. 열린 문으로 들어온 희미한 빛이 줄무늬올빼미를 생생하게 비추었다. 불을 켜고 문을 닫았다. 줄무늬올빼미를 전후좌우로 관찰했다. 보면 볼수록 탄성이 나올 것 같은 조각상이었다. 대담하면서도 섬세한 터치는 어머니 방에 있었던 불곰 조각상과 흡사했다. 역시 그 불곰은 게이조가 깎은 것이었다. 문제는 어떻게 어머니가 게이조가 만든 조각상을 손에 넣은 것일까, 어째서 그것을 소중히 다루었던 걸까라는 이야기다.

어머니의 방에 불곰 조각상은 어울리지 않았다. 특별한 이유가 있는 게 아니라면 혼수로 가지고 온 장롱 위에 장식해 놓고 매일같이 손질하거나 하지는 않았을 것이다.

〈은의 물방울 내리고 내리는 주변에, 금의 물방울 내리고 내리는 주변에〉

무슨 노래인지는 모르겠지만 그렇게 노래 부르며 불곰 조각상에 붙은 먼지를 터는 어머니를 몇 번인가 본 적이 있었다.

그러나 쓰나미로 집이 떠내려갔고 그 불곰의 행방도 알수 없게 되었다. 피난처에 있던 어머니는 무엇보다도 불곰의 행방을 마음에 두며 오자키가 이유를 물어도 슬프게 고개만 저을 뿐이었다.

피난소 생활로 몹시 지쳐 있던 어머니를 더 이상 추궁하고 싶지는 않았기에 나중에 불곰에 대해 제대로 물어보자고 마음먹었다. 하지만 바쁜 일상에 치여 사는 사이 어머니는 돌아가셨고, 어째서 그 불곰 조각상이 어머니에게 있어서 그토록 소중했는지 그 이유를 알 기회도 잃고 말았다.

그 불곰이 게이조의 작품이라는 것을 알게 된 것은 우연이었다. 신주쿠新宿의 어느 백화점에서 홋카이도 특산물 전시회가 있었는데, 그 한구석에 아이누인 작가들이 만든 조각상을 전시한 코너가 마련되어 있었다. 그곳에 진열되어 있던 불곰 조각상을 보고 오자키는 뒤통수를 두들겨 맞은 듯한 충격을 받았다. 사이즈는 전혀 달랐다. 하지만 불곰의 털에 나타나 있는 생생함은 틀림없었다. 어머니가 소중히 했던 불곰을 깎은 사람과 동일한 사람이 이 불곰을 깎은 것이었다. 불곰에는 만든 사람의 이름만 적혀 있을 뿐이었다. 히라노 게이조. 전시회 스태프에게 물어봐도 자세한 것을 몰라서 오자키는 집에 돌아와 컴퓨터로 검색을 했다.

알아낸 것은 게이조의 생년월일과 살고 있는 지역, 그리고 목조 작가로서 인기를 얻어서 본격적으로 시작하게 된지는 10년 안팎 정도라는 것 밖에는 없었다. 10년 하고도 조금. 즉, 어머니의 그 불곰은 히라노 게이조가 목조 작가로서 각광을 받기 이전 작품이라는 말이었다. 어머니는 어떻게 그 불곰을 손에 넣었던 걸까. 그리고 어째서 그토록 소중히 다루었던 걸까.

알고 싶었다. 모르는 채로 가만히 있을 수가 없었다.

"그래서 지금 나는, 이곳에 있는 거야."

오자키는 줄무늬올빼미에게 말을 걸었다.

7

홋카이도에는 장마가 없었다. 예전에는 그랬을 것이다. 하지만 최근 들어 7월에는 비 오는 날이 더 많았다. 온난화로 인해 모든 게 다 변해 버렸다고 어른들은 말했다. 그래도 마슈 호수는 여전히 옛날처럼 안개에 덮여 있을 때가 많았고 겨울에는 겨울 나름대로 무서울 만큼 추웠다.

빗소리 사이로 자동차 엔진 소리가 들렸다. 오자키의 차였다. 일요일은 바쁠 텐데 무슨 일일까.

"게이조 씨의 트럭이 안 보이는데?"

오자키는 멋대로 집으로 들어왔다.

"할아버지는 외출하셨어요."

"어디로?"

"몰라요. 오자키 씨야말로 오늘은 쉬는 날도 아닌데 무슨 일로 왔어요?"

"대체 휴일이랄까? 오늘은 면접이 있어. 그리고 집을 구해야 하거든."

"면접? 집?"

"우라노 씨 덕분에 집세도 안 들고 밥값도 안 드는 생활을 해서 월급이 잔뜩 남았거든. 우라노 씨가 돈을 조금 빌려주시면 집을 얻을 수 있을 것 같아."

"근처에 살 생각이에요?"

오자키가 아이 같은 얼굴로 미소 지었다.

"면접은 또 뭐예요?"

"가와유 에코 뮤지엄센터에서 직원을 모집하고 있어."

가와유 에코 뮤지엄센터라는 것은 환경청 산하의 시설이었다. 운영은 NPO 단체와 자원봉사자들이 하고 있었다.

"진심으로 목조 작가가 될 생각이군요."

"그렇지 않았으면 이런 곳에 오지 않았겠지. 근데 뭘 보고 있어?"

오자키는 유우가 손에 들고 있는 태블릿 단말기에 흥미를 보였다.

"마슈 호수의 안개 폭포요."

유우는 태블릿을 오자키에게 건넸다.

"이 시기에 안개가 마슈 호수에 폭포처럼 흘러내릴 때가 있어요."

태블릿 화면에는 인터넷에서 받은 안개 폭포를 찍은 사진과 동영상이 나오고 있었다. 6월에서 8월에 걸쳐 구시로 습원에서 피어오른 안개가 바람을 타고 흘러가 마슈 호수를 둘러싼 산 가장자리에 모여 이른 아침이 되면 산 표면에서 호수 면을 향해 흘러내려 간다. 그것을 안개 폭포라고 칭했다.

"와, 그거 정말 대단하네."

오자키는 차례차례로 사진을 확대했다.

"한번 보고 싶긴 한데, 할아버지께 부탁해도 데려가 주지도 않고……. 뭐, 간다고 반드시 볼 수 있는 것도 아니지만."

"조건이 있구나……. 다음에 한번 가 볼까?"

오자키가 무심코 던진 말에 유우는 눈을 동그랗게 떴다.

"가자고요? 마슈 호수에?"

"여기로 이사 오면 안개 낀 일요일에는 마슈 호수에 가 보자. 네 시에 일어나면 시간은 맞을 테고……. 일어날 수 있겠어?"

"진짜 괜찮아요?"

"아니, 히라노 양이 보고 싶어 하니까. 나도 보고 싶기도 하고."

"일어날게요."

유우는 말했다. 운전면허를 따지 않으면 혼자서는 마슈 호수에 갈 수 없었다. 면허를 딸 즈음에는 이 마을을 떠나 있을 것이다. 그러니 자신이 안개 폭포를 볼 일은 영원히 없을 거라 포기하고 있었다. 그래서 인터넷으로 안개 폭포의 영상을 모아 그걸 바라보는 걸로 스스로를 달래고 있었다. 만약 이 두 눈으로 직접 안개 폭포를 볼 수만 있다면 일찍 일어나는 일 따위는 아무것도 아니었다.

"그럼 좋은 집이 빨리 구해지기를 빌어 줘."

"네, 오자키 씨, 고마워요!"

오자키의 얼굴에 개구쟁이 같은 웃음이 번졌다.

"게이조 씨가 히라노 양을 끔찍이도 아끼는 것 같으니까 이렇게라도 점수를 따 둬야지. 그럼 다녀올게."

오자키는 왔던 때와 마찬가지로 분주하게 떠났다.

유우는 태블릿을 손에 쥐었다. 가장 좋아하는 안개 폭포 사진을 확대했다. 산 표면을 흘러내리는 안개에 아침 햇살이 맞닿아 황금빛으로 빛나고 있었다.

"보고 싶어. 정말 볼 수 있을까?"

읊조린 뒤 얼굴을 찌푸렸다. 오자키의 말이 생각났기 때문이다.

'게이조 씨가 히라노 양을 끔찍이도 아끼는 것 같으니까.'

"그럴 리가 없어."

유우가 이 집에 왔을 때부터 게이조는 퉁명스러웠다. 부모를 잃고 슬픔에 빠져 있는 손녀에게 따뜻한 말 한 마디 걸어 주지 않았다. 안개 폭포 일도 그랬다. 마슈 호수에 데려다 달라고 부탁해도 '시답잖은 소리.' 한마디로 정리했다.

"할아버지는 혼자 있는 게 좋은 거지. 내가 있으면 방해만 될 뿐이야."

* * *

면접은 싱거울 정도로 간단하게 끝났다. 우라노의 추천이 컸을 것이다. 면접을 담당한 스태프는 오자키가 지참해 온 운전면허증과 이력서를 눈으로 대충 훑고 몇 개 정도의 형식적인 질문을 한 뒤에 '언제부터 출근할 수 있습니까?'라고 물었다. 처음 3개월은 연수 기간이라서 세후 15만 엔. 연수 기간이 끝나고 정규직이 되면 얼마 정도의 수당이 붙어서 급료는 조금 더 오른다. 대도시였다면 15만 엔 정도의 급료로는 빠듯하게 생활할 수밖에 없었겠지만 여기라면 이야기가 달랐다.

에코 뮤지엄센터를 나온 뒤, 이번에도 역시 우라노에게 소개받은 부동산으로 향했다. 안내받은 것은 여러 개의 온천장에 둘러싸인 주택가 한쪽에 지어진 오래된 단독 주택이었다.

지어진 지는 30년. 방 배치는 3DK(방이 3개에 식사 공간과 부엌이 일체화된 집). 그렇게 해서 월세는 2만 5천 엔, 전세 보증금은 한 달 치 월세였다. 우라노에게 돈을 빌리면 지금이라도 당장 계약할 수 있었다.

"그렇게 싸도 되는 겁니까?"

"빈집으로 두는 것보다는 낫잖아요. 집주인 분도 우라노 씨가 부탁하면 그 이상 더 달라고도 못하고요. 보증인은 우라노 씨가 되어 주신다고요?"

"네, 우라노 씨에게 부탁드려 놨습니다."

'게이조 씨가 작품을 완성할 때마다 연락해 줘. 그러면 보증인이 되어 줄게.'

우라노는 그렇게 말했다. 하지만 줄무늬올빼미가 완성된 걸 전하지 않았던 것은 왜였을까. 왜냐하면 그것은 오자키 자신에게 있어서도 특별한 작품이기 때문이었다. 게이조가 누군가에게 보여 주려고 마음먹기 전까지는 그 아틀리에에서 조용히 장식되어 있는 편이 나았다.

수중에 있는 돈으로 선금을 지불하고 가계약을 끝냈다. 인감은 싸구려 도장이었지만 그렇다고 해서 문제가 될 것도 아니었다.

게이조의 집으로 돌아왔다. 게이조는 아직 귀가하지 않았고, 유우의 모습도 보이지 않았다. 자전거를 타고 어디로 나간 듯했다.

아틀리에로 들어가 줄무늬올빼미를 바라봤다. 보면 볼수록 굉장한 작품이었다. 도대체 어떤 기교를 구사해야 통나무에 이만큼의 생각을 집중시킬 수 있는 걸까. 기억 속에 있는 어머니의 불곰과 눈앞에 있는 줄무늬올빼미를 비교해 보았다. 기억은 애매했지만 불곰의 털은 좀 더 거칠었던 느낌이 들었다. 작품을 많이 깎으면서 게이조의 실력도 더욱 나아진 것이다.

얼마나 시간이 지났을까. 눈에 피로를 느낀 오자키는 눈 자위를 문질렀다. 오래된 목조 아틀리에였지만 여러 개의 조명이 작업대를 전후좌우에서 비추도록 설치되어 있었다. 그 조명에 비춰진 줄무늬올빼미는 눈부실 듯이 빛나서 장시간 바라보고 있으니 눈이 피곤해졌다.

오자키는 시선을 벽 쪽으로 옮겼다. 아틀리에 자체는 다다미 여섯 장 정도의 넓이였지만 작품이나 나무 조각용 도구 등이 난잡하게 놓여 있어서 실제보다 좁게 느껴졌다. 좌우 벽에는 선반이 만들어져 있었고, 게이조 자신이 마음에 들어 한 조각상과 자료로 사용될 것 같은 서적들이 진열되어 있었다. 안쪽 벽 왼쪽에는 그 자리에 어울리지 않는 철제 로커가 있었고, 다이얼식 자물쇠가 달려 있었다. 아마도 엽총이 들어 있을 것이다. 엽총은 주의깊게 보관해야 할 의무가 있었다. 아틀리에 자체의 문에도 튼튼한 자물쇠가 달려 있는 것은 그 때문이었다.

그럼에도 불구하고, 낮 동안 아틀리에 문이 잠겨 있는 일은 없었다. 이곳은 평화로운 마을이었다. 선반에 있는 책을 몇 권 펼쳐 봤다. 각국의 여러 사진사가 찍은 야생 동물의 모습을 담은 사진집뿐이었다. 회색 늑대 조각상 같은 것들은 이런 사진집을 참고로 해서 깎은 걸지도 모른다.

사진집과 사진집 사이에 숨어 있듯 한 권의 책이 껴 있었다.

꽤 여러 번 읽었는지 표지는 너덜너덜해져 있었고 표지의 등 쪽은 노란빛을 띠고 있었다. 타이틀은 '아이누 신요집神謠集'이라고 되어 있었고, '지리 유키에 편역'이라고 적혀 있었다. 아이누족의 유카라를 일본어로 번역한 것이었다. 첫 편은 '부엉이 신이 직접 부른 노래'라고 되어 있었다. 오자키는 그 페이지를 펼쳐 제일 처음 한 줄을 읽고 숨이 멎는 것만 같았다.

〈은의 물방울 내리고 내리는 주변에, 금의 물방울 내리고 내리는 주변에〉

어머니가 자주 흥얼거리던 노래였다. 책을 쥔 손의 떨림이 멈추지 않았다. 목이 말라서 견딜 수가 없었다. 눈 안쪽의 고통이 심해졌다. 고통을 참으면서 유카라를 읽었다.

"은의 물방울 내리고 내리는 주변에, 금의 물방울 내리고 내리는 주변에."

줄무늬올빼미 신은 그렇게 노래 부르면서 넓은 하늘에서 춤을 추었다. 그리고 부잣집 아이들 속에 섞여 있던 가난한 집 아이를 가엾게 여기고, 그 아이의 집으로 가서 금은보화를 나눠 주었다.

〈은의 물방울 내리고 내리는 주변에, 금의 물방울 내리고 내리는 주변에〉

줄무늬올빼미 신이 그렇게 노래 부르며 집 안을 날아다니면 날갯짓을 할 때마다 금은보화가 나타나 바닥으로 떨어지며 흩어졌다.

원래부터 착한 마음씨를 갖고 있던 그 집 사람들은 금은보화로 풍족해졌어도 교만해지지 않고 마을 사람들과 행복을 나누었다. 줄무늬올빼미 신은 자신이 사는 곳으로 돌아가 사람들의 마을에서 일어난 일을 다른 신들에게 알렸고, 자신이 마을을 떠난 뒤에도 사람들이 평화롭게 사는 것을 보고 미소 지었다. 그리고 이야기는 이렇게 마무리되었다.

"나도 인간들 뒤에서 언제까지나 인간들의 땅을 지키고 있겠습니다."

그저 그런 시시한 신화였다. 그러나 〈은의 물방울 내리고 내리는 주변에, 금의 물방울 내리고 내리는 주변에〉라는 구절은 상상력을 무한대로 증폭시키는 주문인 것 같았다.

다른 유카라도 한번 훑어보았다. 한 시간이면 다 읽을 수 있을 정도의 분량이었다. 판권장이 있는 페이지 밑에 뭔가가 연필로 쓰여 있었다. 희미해서 읽기 어려웠지만 어떻게든 집중해서 판독해 낸 결과, 그것은 '사토코'라는 글자였다.

자동차 소리가 들려왔다. 트럭 엔진 소리였다. 게이조가 돌아온 것이다. 황급히 사진집과 책을 선반에 되돌려 놓고 아틀리에를 나왔다. 게이조의 트럭은 저 너머에서 달려오고 있었다. 앞을 가로막는 것이 아무것도 없었기 때문에 멀리서도 엔진 소리가 들렸다.

집으로 들어가 가스레인지에 주전자를 올리고 커피를 끓일 준비를 했다. 아직도 가슴이 요동치고 있었다.

〈은의 물방울 내리고 내리는 주변에, 금의 물방울 내리고 내리는 주변에〉

줄무늬올빼미의 노래가 머릿속에서 메아리쳤다. 어머니의 노랫소리가 되살아났다.

"뭐야, 오늘은 쉬는 날이냐?"

집으로 들어오자마자 게이조가 말했다.

"대체 휴일입니다. 새 직장 면접을 보고 나서 집도 구하고 왔습니다."

"새 직장?"

"에코 뮤지엄센터에서 일하기로 했습니다. 그곳에서 일하면 이곳에 종종 얼굴을 비출 수도 있고요. 우라노 씨가 추천해 준 덕분에 일사천리로 결정되었습니다."

"그렇게도 이 일을 하고 싶은 거냐?"

"네. 잘 부탁드립니다."

오자키는 고개를 숙였다.

"혹시 줄무늬올빼미에 대한 이야기를 우라노 씨에게 했어?"

"아뇨, 그건 게이조 씨 곁에 두어야 한다고 생각해서요."

"좋아. 나무 깎는 법을 가르쳐 주마."

게이조가 말했다. 오자키는 고개를 들었다.

"정말입니까?"

"물이 끓고 있잖아. 빨리 커피 끓여."

게이조는 오자키의 말에는 대답하지 않고 소파에 앉더니 트림을 했다. 오자키는 갈아낸 원두를 종이 필터에 옮기고 끓는 물을 돌려 부은 뒤 잠시 뜸을 들였다.

〈은의 물방울 내리고 내리는 주변에, 금의 물방울 내리고 내리는 주변에〉

머릿속에서 어머니의 노랫소리가 멈추지 않고 울려 퍼졌다.

8

저녁식사를 끝내자 게이조는 아틀리에로 갔다. 그러더니 일을 끝낸 오자키가 와서는 아틀리에로 직행했다. 두 시간 혹은 세 시간, 두 사람은 아틀리에에 틀어박혀 있었다. 게이조는 저녁식사 때에 술을 마시는 것도 그만두었다. 도대체 뭘 하고 있는지 신경 쓰여서 유우는 아틀리에를 엿본 적도 있었다. 게이조가 나무를 깎았고, 오자키가 가만히 그 모습을 바라보고 있었다. 단지 그것뿐이었다.

오자키가 처음으로 진지한 눈빛을 하고 있었기 때문에 게이조가 오자키에게 나무 깎는 법을 가르치고 있다는 것은 유우도 알 수 있었다. '보고 배워라.' 과연 게이조다운 방식 이었다.

레슨이 끝나자 두 사람은 안채로 돌아왔다. 그리고 게이 조는 술을 마시기 시작했다. 오자키는 직접 준비한 저녁밥, 대개는 편의점 도시락을 먹으면서 이러쿵저러쿵 서로 열심 히 이야기를 주고받았다.

'바보 같아.' 유우는 생각했었다. 요즘 같은 때에 목조 작 가로 먹고 살 수 있을 거라고 진심으로 생각하는 걸까. 아 칸 호수나 마슈 호수에 오는 관광객들도 아이누인이 만든 조각상 따위에는 눈길도 주지 않았다. 우라노 같은 호사가 가 있으니까 게이조는 어떻게든 먹고 살아갈 수 있는 거였 다. 그러나 호사가의 눈에 들만한 목조 작가는 해마다 줄고 있었다.

죽던가, 이 일을 단념하고 조각칼을 내려놓던가. 뒤를 이 으려는 젊은이도 없었다. 유우의 주변에 있는 아이누인 젊 은이들이 이야기하는 것은 온통 도시로 나가는 꿈뿐이었다. 아이누인이 아이누인이 아닐 수 있는 곳, 도쿄. 아이누에 대해서는 거의 모르는 많은 사람들 속에 섞여서 평범하고 행복한 인생을 손에 넣는 것이었다. 엄마도 그랬을 것이다. 아이누인이라는 골치 아픔에서 벗어나기 위해 이 마을을 나온 것이었다. 그런데 일본인인 오자키가 굳이 인생을 내던지려고 하는 이유를 알 수 없었다.

내년 3월이 얼른 왔으면 좋겠다. 다른 마을에 있는 고등학교로 가서 또 다른 마을에 있는 대학으로 간 다음, 마지막에는 도쿄로 갈 것이다. 아이누인에 대해서도 게이조에 관해서도 머리에서 지워 버리고 자유로운 인생을 살 것이다.

문을 노크하는 소리가 났다.

"네."

"히라노 양, 미안. 잠깐 괜찮아?"

오자키의 목소리였다. 유우는 여행용 가방을 침대 밑으로 밀어 넣었다. 오늘의 짐 꾸리기는 스스로도 완벽하다고 생각했었는데, 분했다.

"왜요?"

문을 열었다. 오자키의 볼은 살짝 붉었고 내쉬는 숨에서는 알코올 냄새가 났다.

"게이조 씨가 억지로 먹여서 말이야. 오늘밤은 아틀리에서 잘 건데 이불 같은 게 어디에 있는지 가르쳐 줄래?"

"거실 소파에서 자면 되잖아요. 아틀리에는 추워요. 외풍이 횡횡 들어온다고요."

"하지만 내가 묵는 거 히라노 양이 꺼려 했잖아."

"자주 묵는 건 싫지만 가끔이면 괜찮아요. 게다가 내일은 비가 올 거래요. 오자키 씨가 묵으면 아침에 학교까지 바래다줄 수도 있잖아요."

"아, 그런 거라면."

오자키의 시선이 어깨 너머 방 안을 맴돌았다.

"여자애 방을 그렇게 빤히 보는 거 아니에요."

"미안, 미안. 뭔가 신기해서."

유우는 오자키를 내쫓듯이 하며 거실로 이동했다.

"할아버지는요?"

"이미 잠드셨어. 최근에 나랑 같이 밤늦게까지 작업을 하니까 눈이 피로하신 것 같아. 눈이 피로해지면 어깨가 결린다고 하시더라고."

확실히 요 며칠간 게이조의 안색은 좋지 않았다.

"가르치는 걸 관두면 될 텐데."

"그러면 내가 곤란해."

오자키가 얼굴을 찡그렸다.

"이불 가지고 올 테니까 기다려요."

"나도 도울게."

"됐어요."

오자키를 말리고 유우는 거실과 게이조의 방 사이에 있는 방으로 향했다. 낡은 장롱과 재봉틀이 놓여 있는 다다미 네 장 반 정도의 방이었다. 예전에 할머니가 썼던 방이라고 한다. 벽장에서 베개와 이불, 담요를 꺼내 거실로 옮겼다. 오자키가 식탁 위에 늘어선 조각칼을 바라보고 있었다.

"그거 전부 주문 제작으로 만든 거예요."

유우의 목소리에 오자키가 고개를 돌렸다.

"역시."

"기성품으로는 깎고 싶은 대로 깎을 수가 없대요. 오비히로에 있는 금속 공장에서 만든 거예요. 주문이 까다로워서 애먹었다고 공장 사람이 이야기했었어요."

"게이조 씨는 전부 깎는 용도에 맞춰서 사용하시니깐."

유우는 가지고 온 이불을 소파에 놓았다. 꽤 오래된 소파였지만 삐걱거릴 기미는 보이지 않았다.

"저기, 히라노 양은 말이야 불곰을 실제로 본 적 있어?"

유우는 고개를 저었다.

"아뇨."

요즘에는 불곰이 사람 사는 마을에 모습을 나타내는 일도 드물지는 않았다. 하지만 다행히도 아직까지 맞닥뜨린 적은 없었다.

"북방여우라면 종종 봤지만요."

"역시 홋카이도 사람이라고 해서 누구든지 불곰을 볼 수 있는 건 아니구나."

"보고 싶어요?"

"응, 나무를 깎기 위해서는 실제로 보는 편이 나을 거 같아."

"동물원에 가면 되잖아요."

"야생의 불곰이 보고 싶어."

"폰폰산에 가 보지 그래요?"

"폰폰산?"

가와유와 굿샤로 호수 사이에는 몇 개의 산이 있는데, 폰폰산은 그중 하나였다. 일 년 내내 여기저기서 수증기가 피어오르고 있었다.

"네. 그 산은 지면의 열기 때문에 눈도 쌓이지 않고 따뜻해서 여러 동물들이 모여 있대요. 이 시기에는 어떨지 모르겠는데 겨울이라면 불곰도 폰폰산으로 이동하지 않을까요? 겨울잠을 자지 않아도 되니까요."

"그렇구나. 산에 있겠구나."

오자키가 부엌에서 물을 끓이기 시작했다. 커피를 끓이려는 것 같았다. 물이 끓는 것을 기다리며 수동 제분기에 원두를 넣고 핸들을 돌리기 시작했다. 원두 양으로 봐서 유우가 마실 몫도 끓이려는 것이었다. 커피는 좋아하지 않았지만 오자키가 끓이는 커피는 쓴맛이 약하고 아무것도 넣지 않아도 살짝 달아서 좋아했다.

"에코 뮤지엄센터에서 일하다 보면 조만간 볼 수 있지 않을까요? 등산길 정비라든가, 야생 동물의 개체 수 체크 같은 일로 산에 들어갈 일이 많이 있을 테니까요."

"이 주변에 사냥꾼들이 많이 있을까?"

"옛날에는 많이 있었던 거 같은데……. 다들 나이 먹고 그만둔 거 같아요. 엽총 면허 갱신도 점점 번거로워졌고요. 그래서 에조사슴이 말도 안 되게 불어났다고 할아버지는 말씀하시지만요."

"엽총 면허라는 게 그렇게 번거로운 거야?"

오자키는 다 갈아낸 원두를 종이 필터에 옮겼다.

"모두들 경찰이 한심하다고 했죠. 그 때문에 젊은 사람들이 사냥꾼이 되려 하지 않는다고."

물이 끓었다. 오자키는 끓는 물을 원두 위에 구석구석 붓고 그대로 잠시 뜸을 들였다. 근사한 향이 감돌았다.

"해 볼까나."

갈아낸 원두에 뜨거운 물을 부으며 오자키가 말했다.

"해 보다니, 사냥꾼을요?"

"응."

"한심해요."

유우는 말했다.

"그래?"

"목조 작가도 그렇고, 사냥꾼도 그렇고 진짜 한심하다고요. 둘 다 언젠가는 사라질 직업이에요."

"그럴지도 모르겠지만 나 같은 사람이 조금이라도 늘어나면 사라지는 것을 늦출 수 있지 않을까?"

"한심해요."

유우는 같은 말을 되풀이했다. 오자키는 바보다. 같이 있으면 피곤했다. 언제까지 여기 있을 생각인 걸까. 3월이 빨리 왔으면 좋겠다. 빨리 여기서 나가고 싶다.

"있잖아요, 왜 여기로 온 거예요? 여기서 뭘 하고 싶은 거예요?"

오자키가 머리를 긁적였다.

"나도 잘 모르겠는데?"

"역시 한심해요."

"그런가……. 그래도 커피는 잘 끓이잖아? 자, 다 됐다. 식기 전에 마셔."

커피가 담긴 머그컵을 받아들고 한입 마셨다. 과일 향이 나면서도 살짝 달았다. 오자키는 바보였지만 이 커피를 계속 마실 수 있다면 조금은 참아 줄 수 있었다.

"그럼, 전 제 방으로 돌아갈게요. 자기 전에 불 끄시고요."

머그컵을 양손으로 감싸며 유우는 오자키에게서 등을 돌렸다.

＊ ＊ ＊

　오자키는 이마에 맺힌 땀을 닦았다. 산에 오르기 시작했을 때는 약간 쌀쌀해서 바람막이를 입고 있었지만 도중에 벗어 버렸다. 태양의 고도가 높아지면서 온도가 올라갔고 몸이 달아오르는 것이 멈추지 않았다. 가방의 사이드 포켓에 넣어 둔 물도 이미 한 병 비워 버렸다. 남은 것은 한 병. 나중에 누군가에게 얻어 마셔야 할지도 몰랐다. 입고 있는 셔츠도 땀으로 축축했다. 반팔 셔츠도 준비했어야만 했다.

　모코토藻琴산은 굿샤로 호수의 거의 정북 쪽에 위치한 고도 1,000미터의 산이었다. 등산 도입부와의 고도차는 200미터. 오늘은 에코 뮤지엄센터의 스태프와 공원 자원봉사자라고 불리는 지자체 자원봉사자가 등산길 정비를 맡았다. 겨울 동안 눈의 무게를 견디지 못하고 쓰러진 나무를 처리하거나 등산길을 따라 펼쳐진 로프를 바꾸기 위해서였다.

　정상이 바로 눈앞이었기 때문에 공원 자원봉사자들은 일이 다 끝난 듯한 얼굴로 담소를 나누고 있었다.

　"스기야마杉山 씨!"

　오자키는 자원봉사자들 중에서 연배가 있는 남자에게 말을 걸었다. 60대 후반이라지만 다리와 허리가 곧았고 시종일관 웃음이 끊이지 않는 사람이었다.

"옛날에는 임업에 종사하셨다고 하셨죠?"

"먼 옛날 일이지, 먼 옛날."

"그럼 이 주변 산에 대해서는 잘 아시겠네요?"

"뭐, 대부분의 산에 대해서는 알고 있지. 자, 정상이군."

눈 아래에 굿샤로 호수가 펼쳐져 있었다. 동쪽으로 눈을 돌리니 나무들 사이로 햇빛을 받아 빛나는 오호츠크해도 볼 수 있었다.

"젊었을 적에는 임업이라기보다는 소총을 짊어 메고 이 산 저 산을 돌아다녔지."

"사냥꾼이셨습니까?"

주름이 잘게 진 구릿빛 얼굴은 사냥꾼이라기보다는 바닷 사람이라는 느낌이 강했다.

"임업을 그만둠과 동시에 엽총 면허도 반납했지만."

"이 주변에서 불곰이 있는 산은 얼마나 되나요? 역시 폰 폰산뿐입니까?"

"폰폰산뿐만 아니라 이 산에도 있어. 하지만 여름에는 사 람들이 많아서 좀처럼 나오질 않아."

"불곰도 역시 인간을 무서워합니까?"

스기야마가 얼굴을 찡그리며 고개를 끄덕였다.

"이 세상에서 가장 무서운 것은 인간이니까. 하지만 최근 에는 인간의 무서움을 모르는 불곰도 있어. 사냥꾼이 줄어

들어서 인간의 무서움을 모르는 불곰들이 늘고 있지. 자네, 불곰을 보고 싶은 건가?"

"네. 야생 불곰을 멀리서 관찰할 수 있는 장소가 없나 해서요."

"그렇다면 긴무토에 가 보면 되겠군."

"긴무토요?"

에코 뮤지엄센터 내에 게시되어 있는 굿샤로 호수 주변의 지도를 머릿속으로 그렸다. 가와유와 굿샤로 호수 중간 부근에 위치한 연못이었다. *湯沼*라고 적고 긴무토라고 읽는 듯했다.

"그곳은 야생 동물들이 물을 마시는 곳이야. 조금 떨어진 곳에 텐트를 치고 그 안에서 지긋이 기다리고 있으면 물을 마시러 온 불곰을 볼 수 있을지도 모르지."

"쉽게 갈 수 있습니까?"

"임간 도로가 있지만 허가를 받지 못하면 못 들어가니까 걸어서 들어갈 수밖에 없어. 에코 뮤지엄센터에서 두 시간 정도야."

"의외로 가깝군요."

"하지만 사람 하나 없는 숲속을 지나가야 하니까 꽤나 골치지. 까딱 잘못했다가는 산신을 화나게 만들 수도 있고."

"산신이라고요……?"

"아이누인들이 그렇게 말했었어. 아무 볼일도 없는데 숲이나 산에 들어오면 산신의 화를 산다고. 불곰도 산신이야."

아이누어로 불곰은 기문카무이라고 불렀다. 산신이라는 의미였다.

"스기야마 씨, 괜찮으시면 시간 있을 때에 긴무토까지 함께 가 주시면 안 되겠습니까?"

"나랑? 에이, 그러지 마. 그런 곳에 가 봤자 아무런 할 일도 없다고. 여름에 관광객을 상대로 하는 투어가 있을 텐데 거기 붙어서 가면 되잖아?"

"하지만 그건 사람이 너무 많아서 동물들이 가까이 안 오지 않을까요?"

"그렇긴 한데……."

"저기……."

가까이에 있던 도쓰카 게이코戸塚啓子가 대화에 끼어들었다. 에코 뮤지엄센터의 스태프였다.

"긴무토라면 게이조 씨에게 데려다 달라고 하면 되지 않을까요? 게이조 씨, 그 근처 숲에 자주 가니까요."

"뭐야, 자네가 소문으로만 듣던 게이조 씨의 제자인가?"

스기야마가 얼빠진 소리를 냈다.

"예, 뭐……."

"김새는군. 그럼 불곰 같은 건 내가 아니라 게이조 씨에게 물어 보면 되잖아. 나랑은 다르게 게이조 씨는 계속 불곰을 잡아 왔었는데."

"게이조 씨는 성미가 까다로우셔서 좀 망설여지네요."

"확실히 성미가 까다롭지만 총 쏘는 실력 하나는 출중했지. 보통 사냥꾼은 가지 않을 법한 곳에도 종종 홀로 들어가서 며칠 뒤에는 불곰을 잡아 산을 내려오곤 했지."

"저도 게이조 씨에게 대적할만한 사냥꾼은 없다고 들었어요."

도쓰카 게이코가 말했다. 그녀도 가와유에서 나고 자란 토박이였다.

"보통 사냥꾼들이 가지 않을 만한 곳이라면 낭떠러지나 절벽이요?"

"불곰이 지나다니는 길, 이른바 짐승길이라고 하지. 인간의 다리로는 무서워서 도저히 다가갈 수도 없는데 게이조 씨는 성큼성큼 걸어가지. 불곰에 대해선 전부 불곰에게 배웠다면서. 대단해 그 사람. 불곰에 관해서는 누구보다도 잘 알고 있지. 그래서 나무를 깎을 때도 박력이 있어."

"그렇게 대단한 사냥꾼이었나요?"

"불곰 사냥은 그만두었지만 지금도 에조사슴 잡을 때 동원되곤 해. 어느 누구보다도 에조사슴을 많이 잡은 사람이 게이조 씨지."

아틀리에에 놔둔 열쇠가 잠긴 로커가 생각났다. 그 안에는 분명 엽총이 들어 있을 것이다. 엽총을 끌어안고 산속을 걷는 게이조를 상상해 봤다. 조각칼보다는 그쪽이 훨씬 잘 어울리는 것 같은 기분이 들었다.

"도쓰카 씨, 게이조 씨가 솜씨 좋은 사냥꾼이라는 걸 누구에게 들었어요?"

오자키는 도쓰카 게이코에게 물었다.

"아버지요. 아버지는 사냥꾼은 아니셨지만 이 주변 아이누족 사람들과 사이가 좋아서 여러 이야기를 알고 있어요."

"아버님께 이야기를 들을 수 없을까요?"

"이야기라니, 어떤?"

"가와유에 대한 이야기요. 모처럼 연이 닿아 이곳에서 일하게 됐으니까 역사든 뭐든, 여러 가지를 알고 싶거든요."

오자키의 말에 도쓰카 게이코는 웃음을 보였다. 자신들의 고장에 누가 관심을 보이는 것에 대해 기분 나빠할 사람은 없었다.

"지난달부터 장폐색을 앓으셔서 입원해 계세요. 적적하신 거 같으니까 분명 기뻐하실 거예요. 이번 주 일요일에라도 가 볼래요?"

"아무쪼록 잘 부탁드립니다."

오자키는 호들갑스럽게 머리를 숙였다.

* * *

　문을 노크하는 소리에 눈이 떠졌다. 아직 어두웠다. 알람
대용으로 쓰고 있는 스마트폰을 보니 오전 세 시 반이었다.
몸을 뒤척이며 이불을 머리에 뒤집어썼지만 문을 두드리는
소리는 멈추지 않았다.

　"뭐야, 대체."

　유우는 머리를 긁으며 일어났다. 불을 켜고 문으로 다가갔다.

　"할아버지? 왜요?"

　"나야, 나."

　오자키의 목소리가 돌아왔다.

　"이 시간에 무슨 일이에요?"

　"히라노 양, 일요일에는 마슈 호수에 안개 폭포를 보러 가
기로 약속했잖아."

　유우는 까맣게 잊고 있었다.

　"히라노 양이 가고 싶다고 했던 거 아니었어?"

　"잠깐만 기다려요. 금방 준비할게요."

　"차에서 기다리고 있을 테니까, 서둘러."

　오자키의 기척이 멀어졌다. 유우는 잠옷에서 평상복으로
갈아입고 욕실에서 세수를 했다. 창밖에는 아직 별이 반짝
이고 있었다. 시험 전에 밤을 샜던 때를 빼면 이런 시간에

일어나는 것은 처음이었다.

게이조의 침실에서 코고는 소리가 들려왔다. 오자키에게 목조 기술을 가르치고 있는 탓에 요즘 들어 잠자리에 드는 시간이 늦었다.

반팔 셔츠만으로는 으스스해서 유우는 얇은 카디건을 꺼내 입었다. 흐트러진 머리에는 스프레이로 물을 뿌렸다. 그것만으로도 어느 정도 괜찮아졌다. 스니커즈를 신고 밖으로 나왔다. 오자키의 차 헤드라이트가 눈부셨다. 조수석에 앉고 문을 닫으니 오자키가 곧바로 액셀을 밟았다.

국도로 나왔다. 아직은 캄캄하다 생각했는데 동쪽 하늘은 이미 밝았다.

"홋카이도는 일출이 빠르네."

오자키가 말했다.

"해가 이미 떠 있어. 앞으로 30분 정도 지나면 산이나 숲 위로 얼굴을 내밀려나?"

"일출 시간 같은 거 신경 써 본 적이 없어요."

"뭐, 그 나이 때는 그렇지."

국도를 달리고 있는 것은 오자키의 차뿐이었다. 헤드라이트가 어둠을 가르듯이 일직선으로 뻗어 있었다.

"이렇게 이른 시간에 가지 않으면 안개 폭포는 볼 수 없는 거예요?"

"에코 뮤지엄센터에 물어보니까 해가 높이 뜨면 안개가 사라진대. 일출 때부터 일곱 시 정도까지가 찬스래."

"볼 수 있을까요?"

말하면서도 가슴이 떨려왔다. 안개 폭포를 보고 싶다. 안개 폭포를 보고 나서 이 마을과도 작별할 거다.

"한 번에 안개 폭포를 볼 수 있는 건 정말 운 좋은 사람이래. 뭐 꼭 오늘이 아니더라도 다음 주, 다음 주가 안 되면 다다음 주. 올해가 안 되면 내년. 그런 마음가짐으로 있어야 된대."

"그렇구나."

유우는 오자키에게서 얼굴을 돌렸다. 내년은 없다. 봄이 되면 이 마을에서 나갈 것이다. 그리고 두 번 다시 돌아오지 않을 거다. 두 손을 깍지 끼고 눈을 감고 기도했다.

'산신님, 부탁이에요. 이번 여름에 저에게 안개 폭포를 보여 주세요.'

"제3전망대가 안개 폭포를 보기에는 제일 좋대. 이제 금방이야."

차의 속도가 내려갔다. 국도 391호에서 도도 52호로 들어갔다. 이대로 조금만 지나면 커브가 연속으로 나오는 고갯길이 나오고 그 앞에 마슈 호수의 제3전망대 주차장이 모습을 드러낼 것이다. 동쪽 하늘은 완전히 밝아졌고 이제는 별도 보이지 않게 되었다.

"차가 굉장히 많이 서 있네."

오자키의 중얼거림을 듣고 앞을 보니 주차장에는 이미 몇 대의 차가 세워져 있었다.

"안개 폭포 사진을 찍기 위해서 매일 아침 아마추어 카메라맨들이 모인다고 하더라고."

오자키가 빈 공간에 차를 세웠다. 확실히 제3전망대는 카메라를 단 삼각대들이 늘어서 있었고 그 뒤에는 아마추어 카메라맨들이 서 있었다.

"오늘 안개 폭포가 나오려나 봐요. 그러니까 모두들 저러고 있는 거겠죠?"

"매일 아침 모인다고 했잖아. 그러지 않으면 볼 수 없을 정도로 잘 안 나와."

오자키가 시동을 끄고 차에서 내렸다. 유우는 황급히 뒤를 쫓았다.

"안녕하세요. 어때요, 안개 폭포는?"

오자키는 카메라맨들에게 말을 걸었다.

"오늘은 글렀어. 바람이 있어서."

"그러게 말이야. 뭐 오늘은 상태만 보는 거고, 진짜는 이제부터지."

"바람이 불면 안 되는 겁니까?"

"어, 안개가 흘러가 버리거든."

오자키와 카메라맨들의 대화를 들으며 유우는 전망대의 난간을 잡았다. 눈 아래에는 마슈 호수가 펼쳐져 있었다. 마슈 호수를 둘러싼 산들의 정상에는 안개가 자욱이 껴있었지만 카메라맨들이 말하는 대로 바람에 휩쓸려 길게 뻗어 있었다. 그래도 유우는 숨을 죽였다. 이제 막 떠오른 햇빛을 받아 마슈 호수의 수면이 황금빛으로 빛나고 있었다. 금빛 호면에 떠오른 섬 나카지마는 왠지 과자 같았다.

유우는 스마트폰을 꺼내 사진을 찍었다. 아침 햇살을 받은 굿샤로 호수는 몇 번 본 적이 있었지만 마슈 호수는 처음이었다.

"찍어 줄까?"

목소리를 듣고 뒤를 돌아보니 오자키가 서 있었다. 카메라맨들은 돌아갈 준비를 하고 있었다.

"오늘은 안개 폭포 절대 안 나온대. 다들 빠삭하시네. 사진 찍어 줄 테니까 스마트폰 이리 줘."

오자키의 말에 순순히 스마트폰을 건넸다. 오자키가 사진 찍을 자세를 잡자, 자연스럽게 미소가 떠올랐다.

"역광이니까 플래시 터트릴게. 괜찮지? 자, 웃어 봐."

스마트폰이 빛을 냈다.

"고마워요."

스마트폰을 건네받고 다시 호수 쪽으로 고개를 돌렸다.

금빛 호면은 시시각각 그 색이 변했다. 금색에서 흰색, 흰색에서 파랑색. 때때로 흘러내려온 안개가 호수 표면의 변화에 맞춰 춤추고 있는 것 같았다.

"굿샤로 호수의 일출도 아름답지만 마슈 호수도 굉장하네."

오자키가 말했다.

"네."

"이쯤에서 안개가 나오면 환상적일 텐데."

"네."

"안개 폭포를 만날 때까지 매주 일요일에 와 볼래?"

"네."

"네밖에 할 말이 없는 거야?"

"네."

유우는 뒤돌아보며 웃었다.

"조금 더 있어도 돼요?"

"응."

오자키도 웃었다.

"오자키 씨, 고마워요."

"별말씀을."

두 사람은 웃으면서 한동안 마슈 호수를 바라보았다.

9

에코 뮤지엄센터에서 도쓰카 게이코와 만나 그대로 데시카가 시내에 있는 병원으로 향했다. 빈손으로 병문안을 가는 것이 좀 그랬지만 아무것도 못 드시는 상태라고도 했고 꽃을 좋아하실 거라고 생각되지도 않았다. 그래서 결국 "말동무가 되어 주시면 기뻐하실 거예요."라는 게이코의 말에 묻어가기로 했다.

게이코의 아버지, 히로아키弘明는 내과 공동 입원실에 입원해 있었다. 코에 관을 넣은 상태였지만 말하는 데에 불편함은 없는 것 같았다.

"아버지, 지난번에 이야기했었죠? 새롭게 동료가 된 오자키 마사히코 군이에요."

"처음 뵙겠습니다. 오자키입니다."

"반가워요. 게이코의 애비입니다. 일부러 여기까지 와 주셔서 고마워요. 가와유에 대해서 알고 싶다고요?"

"예. 모처럼 가와유에 살면서 일하게 됐으니까 많은 걸 알고 싶어서요. 투병 중이신데 괜찮을까 싶지만요."

"괜찮아요, 괜찮아. 계속 누워만 계셔서 적적하셨을 거예요. 저는 잠깐 접수처에 다녀올게요."

게이코는 그렇게 말하고 병실을 나갔다.

"예전부터 성질이 급한 애였어요."

"시원시원해서 저는 좋은 걸요."

"뭐 저래 보여도 아내로 맞아 준 남자가 있는 걸 보면 좋은 점도 분명 있겠죠. 오자키 군은 히라노 게이조의 제자라면서요?"

"예."

오자키는 접이식 의자를 침대 옆으로 옮겨와서 앉았다.

"이런 저런 일이 있었지만 어찌어찌 제자로 받아 주셨습니다."

"별일이군. 그 녀석 제자 같은 걸 두는 타입이 아닐 텐데."

"게이조 씨를 알고 있는 사람들은 모두 똑같은 말을 하더군요."

"그 녀석은 골치 아픈 아이누인이니까요."

히로아키는 얼굴을 찌푸렸다.

"골치 아프다는 게 술버릇에 대한 건가요?"

"엄청난 술고래에 술주정뱅이였죠. 젊었을 때부터 엄청났어요. 그건 부친의 피를 물려받은 거죠."

"게이조 씨의 아버님도 술고래셨습니까?"

"밤만 되면 언제나 비명이 들려왔어요. 술에 취하면 마누라를 때렸지. 뭐 그 당시 아이누인의 삶은 혹독했으니까 그 마음을 이해 못하는 건 아니지만……. 부친이 취해서 난폭하게 굴기 시작하면 게이조는 어린 동생을 데리고 집 밖으로 도망쳐서 부친이 취해서 뻗을 때까지 숨어 있곤 했죠."

"그랬군요."

"그때는 자신은 어른이 되어도 절대로 술은 마시지 않겠다고 했지만 결국에는 술꾼이 되었고, 취하면 자기 마누라를 때렸지. 피는 못 속이는 거예요."

"지금은 주량을 억누르고 있는 것 같습니다만……."

"손녀딸이 왔으니까. 외동딸은 게이조의 술버릇과 폭력을 몹시 싫어해서 고등학교에 입학함과 동시에 집을 나갔어요. 그 뒤에 부인도 죽어 버려서 여태껏 혼자 살아왔죠. 가족의 소중함을 절실히 느꼈을 거예요."

"동생 분은요?"

오자키가 입을 열음과 동시에 게이코가 돌아왔다.

"많이 기다렸죠? 어라, 이미 이야기하고 있는 거예요?"

"아뇨, 아버님의 혀가 잘 돌게끔 워밍업 정도로만 하고 있던 참이에요."

"그래, 잠깐 게이조의 이야기를 하고 있던 참이었다."

"그러고 보니 아칸 호수의 우라노 씨가 또 게이조 씨의 개인전을 열고 싶다면서 여기저기 돌아다니고 있는 거 같아요."

게이코는 히로아키의 침대 옆 테이블에 있는 전기 주전자의 물을 찻주전자에 따랐다.

"개인전이요?"

"네. 도쿄나 삿포로에서 열고 싶다던데요."

"끈질긴 사람이야, 우라노는. 정말 미련해."

히로아키가 말했다.

"끈질기다니 그게 무슨 뜻입니까?"

"전에도 그랬어요."

게이코가 찻잔에 차를 따르면서 말했다.

"그런데 게이조 씨의 허락을 받지 않고 멋대로 움직였고 결국에는 게이조 씨가 개인전 같은 건 할 생각 없다고 하셔서 그걸로 끝났죠."

"하지만 아무리 미련한 사람이긴 해도 이번에는 좀 다를지도 모르지."

"히라노 양을 위해서일지도 모릅니다."

오자키는 찻잔을 받아들었다.

"유우를 위해서요?"

"네. 히라노 양, 내년에 고등학생이 되잖아요? 아무래도 다른 마을에 있는 고등학교에 가고 싶어 하는 것 같아서……. 그렇게 되면 학비는 물론이고 하숙비라든가 이래저래 돈이 드니까요."

"그래서 게이조 씨가 개인전을 열기로 한 거구나. 그게 아니었으면 아무리 우라노 씨라도 힘들죠."

"그 녀석이 만든 거라면 큰 작품이면 100만 엔 정도로 나갈 거야."

"얼마 전에도 우라노 씨가 작품을 샀습니다."

"아아, 호텔 로비에 새로 들여 놓은 거 말이죠? 관광객들이 넋을 놓고 봤어요."

"다른 마을에 있는 고등학교로 간 다음에 대학교는 삿포로나 도쿄인가……. 유우도 이 동네를 떠나는구먼. 그리고 두 번 다시 돌아오지 않겠지."

히로아키의 목소리는 쓸쓸했다.

"돌아오지 않나요?"

"다들 그래요. 특히 아이누족 아이는요. 이런 곳에 있으면 싫어도 자신이 아이누족이라는 것을 의식하며 살아가야 하죠. 하지만 도시로 나가면 아이누에 대해서는 모르는 녀석들이 대부분이죠. 그 편이 마음 편하겠지."

오자키는 찻잔 속을 들여다봤다. 찻줄기가 떠올랐지만 곧게 세워질 것 같지는 않았다.(역자주 : 찻줄기란 찻잎의 줄기 부분으로, 찻줄기가 빠져나와 찻잔 안에서 세로로 곧게 세워지면 길조라고 여긴다.)

"애써 술을 참고 있을 텐데, 결국 또 외톨이로 돌아가겠구만."

"괜찮습니다. 히라노 양이 나가도 제가 있으니까요."

"오자키 군도 어수룩하군요. 손녀와 제자하고는 이야기가 다르죠."

"그건 그렇죠. 그럼 이제 가와유 이야기를 해 주십시오."

오자키는 화제를 바꾸었다.

"가와유의 어떤 것을 알고 싶은가요?"

"뭐든지요. 추억담이라도 좋으니 들려 주세요."

"그래. 뭐부터 이야기를 해 볼까요……."

히로아키는 환히 웃었다. 결국 히로아키의 옛날이야기는 두 시간 가까이 이어졌다. 마지막에는 가래가 끓기 시작해서 게이코가 아직 할 말이 많아 보이는 히로아키를 말렸다.

"오래 잡아 둬서 죄송합니다."

"또 와요. 언제라도 환영이니까."

히로아키는 시원섭섭한 듯했다.

"마지막으로 하나만요……. 게이조 씨의 여동생은 지금 어디에 있을까요?"

"게이조의 여동생? 그러고 보니 그 아이는 가출했었죠. 지금도 어디에 있는지는 알 수 없지 않을까요?"

"가출이요?"

"경찰이 이 주변 일대를 수색하는 바람에 큰 소동이 일었던 적이 있어서 기억해요. 확실히 데시카가 역에서 열차를 타고 구시로 역에서 내렸다는 것까지는 확인되었던 거 같은데 그 뒤의 발자취는 알아내지 못했을 거예요."

데시카가 역이라면 지금의 마슈 역을 말하는 것이다.

"언제쯤의 일입니까?"

"아마 그 아이가 열다섯, 열여섯 때가 아니었을까 싶네요. 이미 50년도 더 된 이야기죠."

"여동생분의 이름은요?"

"총명하다의 총聰자를 써서 사토코."

그 신요집에 적혀 있는 글자였다.

"굉장히 머리가 좋은 아이였죠. 중학교 성적도 언제나 1등이었어요. 그런데 집에 돈이 없어서 고등학교에도 가지 못했지. 불쌍했어요."

"그랬군요. 알려 주셔서 감사합니다. 또 오겠습니다."

오자키는 정중하게 고개를 숙이고 게이코를 재촉하며 병실을 나갔다.

* * *

오자키가 찾아온 것은 저녁 즈음이었다. 언제나처럼 차에서 내리더니 아틀리에로 직행했다. 유우는 부엌에 가서 물을 끓였다. 아침 햇살을 받은 마슈 호수의 모습이 아직도 뇌리에 선명했다. 그걸 보여 준 오자키에게 차를 끓여다 줘도 천벌을 받지는 않을 것이다. 마음에 든 허브티를 넣은 보온병과 머그컵 두 개를 쟁반에 올렸다. 크록스 샌들을 신고 밖으로 나갔다. 한여름 같은 햇볕이 내리쬐고 있었다. 아침에는 강했던 바람도 완전히 멎었고 이맘때라는 생각이 안 들 만큼 기온이 올라가 있었다.

아틀리에의 문이 열려 있었다. 더위에 질린 게이조가 열어 둔 것이었다. 열린 문으로 게이조와 오자키의 목소리가 흘러나왔다.

"정말로 하실 겁니까? 개인전."

유우는 발을 멈췄다.

"우라노에게 부탁했어."

개인전? 우라노? 유우는 고개를 갸웃했다. 전에도 우라노가 개인전 이야기를 들고 온 적이 있었지만 게이조는 단칼에 거절했었다.

"히라노 양을 위해서입니까?"

"이래저래 돈이 드니까. 개인전을 열면 작품도 어느 정도 팔 수 있다는군. 저 녀석 하숙비나 생활비를 내려면 빡빡하거든."

게이조의 목소리에는 패기가 없었다. 유우는 그 자리에서 바로 뒤돌아서 안채로 돌아갔다. 쟁반을 테이블에 두고 소파에 몸을 내던졌다.

"안 듣는 게 나았어."

유우는 혼잣말을 했다.

게이조는 비록 무뚝뚝했지만 손녀인 자신은 소중히 여겼다.
그렇지만 이 마을에서 게이조와 함께 사는 것은 견디기 힘
들었다. 그래서 나가기로 결심한 것이었다. 아무것도 몰랐
다면 마음 편히 나갈 수 있었을 것이다. 뒤도 보지 않고 그
저 미래를 향해 발을 내딛었을 것이다. 하지만 자신을 위해
게이조가 자존심을 버렸다는 것을 알아 버렸다. 이제는 마
음 편히 나갈 수 없었다. 마음 한편에 찝찝함을 느끼며 몇
번이나 뒤를 돌아보며 나가게 될 것이다.

"오자키 마사히코 바보!"

유우는 쿠션에 얼굴을 묻고 외쳤다. 웅얼거리는 소리가
울려 퍼졌다. 계절에 맞지 않는 더위가 원망스러웠다. 문이
닫혀 있었다면 두 사람의 대화는 들리지 않았을 것이다. 문
이 닫혀 있었다면 유우는 노크를 했을 테고 두 사람은 대화
를 중단했을 것이다.

"개인전이라니, 사람들 앞에 나서는 거 엄청 싫어하면서."

게이조의 심기 불편한 얼굴이 눈에 선했다. 엄마는 게이
조의 이야기를 거의 하지 않았다. 유우가 아직 어렸을 때
할아버지는 어디 있어? 어떤 사람이야? 라고 물었을 때, 슬
쩍 내뱉듯이 한 말을 잊을 수 없었다.

"최악의 인간."

엄마는 그렇게 말했었다. 그래서 혼자가 되어 이곳에 처

음 왔을 때는 불안해서 견딜 수가 없었다. 엄마가 최악이라고 했던 할아버지는 도대체 어떤 사람인 걸까? 그런 할아버지와 함께 살아야만 하는 자신은 어떻게 되는 걸까.

　게이조는 무뚝뚝하고 붙임성이 없었다. 하지만 그뿐이었다. 최악은 아니었다. 게이조 나름의 방식으로 유우를 받아들였고, 애지중지했다. 술도 절제하게 되었다.

　엄마가 최악이라고 했던 것은 분명 술에 취한 게이조를 말하는 것이었다. 종종 축 쳐져 버린 눈에서 구제불능인 모습이 보일 때도 있었다. 그래도 게이조는 어떻게든 자신을 억누르고, 술 마시는 것을 멈추고 자신의 침실로 들어가곤 했다. 유우를 위해 스스로를 억눌렀다.

　알고는 있었지만 그래도 이곳에는 있을 수 없었다.

　"모르는 편이 나았어."

　유우는 또 외쳤다.

　"뭘 모르는 편이 나았다는 거야?"

　오자키의 목소리에 놀라 벌떡 일어났다.

　"몰래 엿듣지 마요!"

　"몰래 엿듣다니……? 히라노 양이 멋대로 외치는 바람에 그게 어쩌다 들린 것뿐이야."

　"뭐 하러 온 거예요?"

　"게이조 씨가 커피를 마시고 싶다고 하셔서……. 어라?

차 끓여 둔 거야?"

오자키의 눈이 테이블 위에 놓인 쟁반 위에 머물렀다.

"혹시 방금 전에 우리 이야기 들은 거야? 그래서 모르는
게 나았다고 한 거야?"

"아니에요."

유우는 고개를 저었다.

"히라노 양은 신경 쓸 필요 없어. 부모라는 건 자식을 위
해서 할 수 있는 일은 뭐든지 하게 되어 있으니까. 할아버
지와 손녀라도 그건 마찬가지야."

"아니라고요."

유우는 다시 고개를 저었다. 그게 아니었다. 히라노가家
가 아이누족만 아니었다면 유우는 이렇게까지 빨리 집을 나
갈 생각은 하지 않았을 것이다.

"아니에요."

"그래 아니구나. 내가 착각했네. 그렇다고 해 둘게. 차 잘
마실게."

오자키는 쟁반을 들고 나갔다.

"아니에요."

유우는 밖으로 나간 오자키를 향해 같은 말을 내뱉었다.

＊ ＊ ＊

통나무를 앞에 두고 오자키는 어찌할 바를 몰랐다. 높이 50센티미터, 직경 30센티미터 정도의 통나무였다. 껍질은 깔끔하게 벗겨져 있었다. 아틀리에 구석에 놓여 있던 통나무를 건네주면서 게이조는 맘대로 깎아 보라고 했다. 하지만 어디를 어떻게 깎아야 좋을지 감도 안 잡히지 않았다.

"생각해 봤자 별 수 없어, 한심하기는. 너는 초보야. 깊이 생각할 거 없이. 그냥 깎으면 돼."

게이조의 엄한 목소리가 날아왔다. 알고 있었다. 생각해 봤자 불곰이나 올빼미를 깎을 수 있는 것은 아니었다. 기술도 없었다. 불곰이나 올빼미를 직접 본 적도 없었다. 그리고 무엇보다 자신이 무엇을 깎고 싶은지도 몰랐다.

"할 마음이 없다면 이제 가르치지 않을 거다."

게이조가 말했다. 자비 없는 울림이었다. 오자키는 조각칼에 손을 뻗었다. 게이조의 손놀림을 머릿속에 떠올렸다. 어깨너머로 배운 거라도 괜찮다. 일단 깎아 보는 거다.

나뭇결에 조각칼 날을 갖다 댔다. 아주 조금 힘을 준 것만으로도 칼끝이 나무에 파고들었다. 날을 너무 깊게 찔러 넣으면 깔끔하게 깎이지가 않는다. 나무 표면을 훑듯이 조각칼을 미끄러뜨렸다. 날의 각도가 너무 얕았다. 대패로 깎은

115

가쓰오부시처럼 나무 표면을 얇게 저민 느낌이 되어 버렸다. 한 번 더.

이번에는 아까보다 더 깊게 날을 갖다 댔다. 아무 생각하지 않고 조각칼을 밀어냈다. 처음보다는 잘 됐다. 매끈했던 통나무 표면에 홈이 생겼다.

"그 느낌으로 계속 파."

게이조의 목소리가 날아왔다. 날을 갖다 대고 밀어냈다. 또 홈이 생겼다. 다시 날을 대고 밀어냈다. 이번에는 칼날을 갖다 대는 각도를 바꿨다. 지금까지보다는 깊게 그러나 너무 깊지 않을 정도로. 각도가 정해지자 아까와 마찬가지로 조각칼을 밀어냈다. 아까보다 더 깊은 홈이 파졌다. 각도를 바꾸고 밀어내는 힘의 세기를 바꿔가며 여러 번 파냈다. 이윽고 시야에는 조각칼 날 끝과 통나무 표면밖에 들어오지 않게 되었다. 얕은 홈, 깊은 홈, 긴 홈, 짧은 홈 여러 개의 홈들이 기하학적인 무늬가 되어 통나무의 표면이 조금씩 모양을 바꿔 갔다.

그 변화가 재밌었다. 자신이 통나무를 다른 것으로 바꾸어 가고 있다고 생각하니 마음이 들떴다. 갖다 대고 밀어낸다. 갖다 대고 밀어낸다. 단지 그것뿐인 단조로운 작업인데도 질리지가 않았다. 날 끝의 각도, 밀어내는 힘을 살짝 바꾸는 것만으로 통나무에 새겨지는 홈도 형태를 바꿨다.

"이제 됐어."

게이조의 목소리에 정신을 차렸다. 작업대와 바닥에 나무 부스러기 투성이였다. 오자키는 조각칼을 작업대 위에 두었다.

"소질이 없지는 않군. "

게이조가 손을 뻗어 오자키가 깎은 통나무의 표면을 훑었다.

"그렇습니까?"

"처음은 그렇다 치더라도 그 뒤에는 주저하지 않고 팠지? 그렇게 하면 돼, 괜찮네. 이 통나무, 너한테 줄 테니까 뭔가 제대로 만들어 봐."

"하지만 저는 조각칼도 없고……."

게이조는 아틀리에의 구석 선반에서 기름 범벅으로 거무스름해진 나무 상자를 가지고 왔다.

뚜껑을 여니 몇십 자루나 되는 조각칼이 들어 있었다.

"이제는 안 쓰게 된 조각칼이다. 너 정도는 날만 갈면 이걸로도 충분할 거야."

"잘 쓰겠습니다."

"가을이 오기 전까지 뭔가 만들어 봐. 만듦새에 따라서 정식 제자로 받을지 어떨지 결정하겠다."

"그런 법이 어디 있습니까? 저 이곳에서 취직까지 했는걸요?"

"네 사정은 내 알 바 아냐. 오늘은 여기까지다. 돌아가."

"잠깐 차 정도는 마시게 해 주십시오."

게이조와 함께 아틀리에를 뒤로 하고 안채로 이동했다. 유우의 모습은 보이지 않았다. 자기 방에 틀어박혀 있는 듯했다. 식탁 위에 식기들이 놓여 있었다.

"유우, 밥은 어쨌냐?"

게이조가 목소리를 높였다.

"전자레인지로 데우면 되게끔 만들어 뒀으니까 알아서 먹어요!"

유우의 방에서 날이 선 목소리가 돌아왔다.

"뭐야, 저 말버릇은. 무슨 일 있었나?"

"글쎄요."

오자키는 시치미를 뗐다. 게이조는 부엌으로 가서 냉장고를 열고 직접 저녁밥 준비를 시작했다.

"너도 먹고 갈 거야?"

"그래도 되나요?"

"유우가 많이 만들어 뒀어."

오자키도 부엌으로 이동해서 게이조를 도왔다. 채소와 두껍게 썬 두부조림, 구운 연어 네 점, 푸른 채소무침, 바지락 된장국이 유우가 준비한 반찬이었다.

된장국이 든 냄비를 가스레인지에 올리고 조림과 구운 연어를 전자레인지에 데웠다. 무침에는 가쓰오부시를 뿌리고 간장을 둘렀다. 전기밥솥에 들어 있는 밥을 밥그릇에 담은 뒤 두 남자의 만찬이 시작되었다. 물론 게이조는 식사를 하기 전에 캔맥주를 딴 후 맛있다는 듯이 소리를 내었다.

"게이조 씨가 나무를 깎을 때에는 처음부터 완성했을 때의 이미지가 머릿속에 있는 거죠?"

오자키는 구운 연어를 젓가락으로 찌르면서 물었다.

"그럴 때도 있고, 아닐 때도 있어."

"아닐 때라고 한다면 어떨 때인가요?"

"깎고 있는 도중에 나무가 이렇게 깎으라고 말해 줄 때가 있어."

"나무가요……?"

"예를 들면 불곰이 연어를 잡고 있는 모습을 깎고 싶다고 생각해도 나뭇결에 따라서는 안 될 때가 있어. 그럴 때는 불곰을 포기하고 나무가 깎으라는 대로 깎지."

"그렇군요."

"너는 그런 건 생각 안 해도 돼. 그냥 깎아. 깎고 깎고 마구 깎아."

"알겠습니다."

게이조가 젓가락을 손에 들고 조림을 입으로 옮겼다.

"싱겁구면."

오자키도 조림을 먹었다. 확실히 맛은 싱거웠지만 국물의 풍미가 살아 있어서 맛있었다.

"항상 싱겁다고 말하는데도 듣질 않아."

"맛있는데요? 정성이 제대로 들어가 있어요."

오자키가 그렇게 말하자 게이조는 의아한 듯이 얼굴을 찌푸렸다.

"정성이라고?"

"네, 정성이요."

오자키는 미소 지으며, 된장국을 마셨다.

"한심하기는."

게이조는 얼굴을 찌푸린 채 맥주를 들이켰다.

"이거, 일부러 싱겁게 한 것 같아요."

"일부러?"

"술도 마시는데 식사도 짜게 하면 몸에 나쁘잖아요. 히라노 양이 게이조 씨의 건강을 신경 쓰고 있는 거 같아요."

"그렇게 세심한 녀석이었나?"

말과는 정반대로 게이조는 온화한 눈빛으로 조림을 보았다.

"좋은 아이예요, 히라노 양은."

"그건 나도 잘 알고 있어. 하지만……."

게이조는 말을 집어삼켰다. '하지만 언젠가 이곳을 떠날 거다.' 오자키는 소리를 내지 않은 채 속삭였다.

"다음 주에는 안 와도 돼."

게이조가 말했다.

"왜요?"

"산에 들어갈 거다. 작품에 쓸 나무를 해 올 거야."

"저도 따라가도 됩니까?"

"넌 일을 해야 하잖아. 한 번 산에 들어가면 4, 5일은 계속 머물러 있을 거야."

"그렇게나요……?"

"아직 일한지 얼마 안 돼서 휴가는 못 낼 거 아냐? 제대로 휴가를 받게 되면 데려가 주마."

게이조가 다 비운 맥주 캔을 찌그러뜨렸다.

"그러면 일단 함께 산에 들어가서 도중에 저만 하산하는 건 어떻습니까?"

"불곰이 나올지도 몰라. 혼자서 불곰에 맞설 수 있겠어?"

"불곰 퇴치용 종을 갖고 가겠습니다."

게이조가 웃었다.

"요즘 불곰은 종 같은 건 본 체도 안 해."

"그렇습니까?"

"불곰 사냥꾼이 많이 있었을 때는 말이지, 불곰도 사람을 무서워했어. 종은 철, 철은 총, 총은 인간이었지. 그래서 종소리가 들리면 쏜살같이 도망쳤어. 하지만 지금은 불곰 사냥꾼이 거의 없어. 어린 불곰들은 인간이 무서운 존재라고는 생각하지 않으니까 반대로 종소리가 들리면 다가오지."

"정말입니까?"

"시험해 보든가."

"사양하겠습니다."

"잘 생각했어. 산을 얕보면 보복이 돌아오지."

게이조는 부엌으로 가서 냉장고를 열었다. 새 맥주를 꺼내어 뚜껑을 당겼다.

"하루에 한 캔 아니었나요?"

"가끔은 괜찮아."

게이조는 오자키에게서 등을 돌리고 맥주를 마셨다.

10

관동 지역에 장마가 그쳤다는 뉴스가 스마트폰에 표시되었다. 비가 지붕을 두드리는 소리가 끊임없이 이어졌다. 홋카이도에는 장마가 없을 텐데, 최근 몇 년간 6월에서 7월에 걸쳐 비 오는 날이 많았다. 유우는 일기예보로 오늘 비가 올 것이라는 것은 알고 있었지만, 한 가닥 희망을 걸고 일찍 일어났다. 하지만 이렇게 비가 내리면 안개 폭포는 나오지 않을 것이다. 다시 잠자리에 들려 했지만 잠들지 못하고 결국 영어 교재를 펼치고 공부에 몰두했다.

집 안은 조용했다. 게이조는 다시 산으로 들어갔다. 게이조의 신경질적인 얼굴을 보면서 식사할 필요도 없었고 좋아하는 것을 마음껏 먹을 수가 있었다. 마음이 해방되는 것을 느꼈다. 이 집을 나가 혼자 살기 시작하게 되면 언제든 마음 편히 자유롭게 있을 수 있을 것이다.

갑자기 클랙슨이 울려 퍼졌다. 창밖으로 눈을 돌리니 오자키의 차가 세워져 있었다. 스마트폰 화면에는 오전 일곱 시 반이라고 표시되어 있었다. 현관으로 가 보니 오자키가 머리카락과 옷에 묻은 빗방울을 털고 있었다.

"어쩐 일이에요?"

"이렇게 비가 오면 안개 폭포는 무리일 것 같아서 다시 잠 들려고 했는데 잠이 안 와서."

"그래서요?"

"한가하기도 해서 히라노 양과 데이트라도 할까 하고."

"데이트요?"

"어디 가고 싶은 곳 없어? 데려가 줄게. 마침 게이조 씨도 없고 이럴 때 아니면 못 나가잖아?"

"구시로에 가고 싶긴 한데……."

"오케이. 가자."

오자키는 발길을 돌려 밖으로 나가려 했다.

"잠깐만 기다려요. 금방 준비할 테니까 커피라도 마시고 있어요."

"준비라니 이미 옷 다 갈아입은 거 아냐?"

"여자는 준비할 게 많다고요!"

유우는 소리를 지르며 자신의 방으로 돌아갔다.

＊ ＊ ＊

고찬포라고 하는 홋카이도가 근거지인 대형 서점에서 참고서와 시험 문제집을 샀다. 가와유에는 큰 서점이 없었기 때문에 인터넷으로만 책을 주문해 왔었는데 책의 후기만으로 판단해야 하는 것은 힘들었다. 역시 실제로 책을 손에 들고 볼 수 있다는 것은 굉장했다.

사고 싶은 것을 다 산 뒤, 옆에 붙어 있는 유니클로로 이동했다. 여름용 블라우스와 셔츠, 바지를 둘러보았지만 하나같이 갖고 싶은 것들뿐이라 뭘 사야 할지 망설여졌다. 부족한 용돈 안에서 해결하기에는 갖고 싶은 옷들을 다 살 수는 없었다.

"다 사면 되잖아?"

유우의 뒤를 따라 오던 오자키가 말했다.

"그랬다간 이번 달 용돈 다 없어져요."

"만 엔까지라면 내가 선물해 줄게."

"오자키 씨가 왜 저에게 선물을?"

"낮에는 일하고 밤에는 작업만 하다 보니 집세랑 식비밖에 쓰질 않아서 월급이 꽤 남았거든."

"정말 괜찮아요?"

"히라노 양의 기분이 좋으면 게이조 씨의 기분도 좋아지거든. 나에게도 메리트가 있어. 자, 어서."

오자키의 말에 힘입어 블라우스와 바지를 샀다.

"고마워요. 정말 기뻐요."

마음속에 있는 말이 입 밖으로 튀어나왔다.

"별말씀을. 그렇게 기뻐해 주니까 선물하는 보람이 있네. 그럼 슬슬 점심 먹으러 갈까? 어디 맛있는 곳 알고 있어?"

"가 보고 싶은 카페가 있는데요, 괜찮아요?"

구시로에 도착하기 전부터 오므라이스가 맛있는 걸로 SNS상에서 유명한 카페가 머리에서 떠나지 않았었다.

"카페, 말이지? 좋아. 가자."

밖으로 나오자 비가 본격적으로 쏟아지고 있었다. 우산을 썼지만 하반신이 금방 젖었다. 유우와 오자키는 자동차까지 뛰어 올라탔다. 오자키가 시동을 걸고 카 라디오를 틀었다.

"어디 일기예보 나오는 채널이 없으려나."

유우는 스마트폰으로 카페를 검색했다. 어플로 지도를 띄운 뒤 화면을 오자키에게 보여 줬다.

"여기인데요, 길 찾아갈 수 있겠어요?"

"응, 어떻게든 되겠지, 뭐~."

오자키의 홋카이도 사투리는 서툴렀다. 평소였다면 짜증을 냈겠지만 오늘은 절로 미소가 지어졌다.

"근데 잠깐만. 이거 빗줄기가 잦아들지 않으면 좀 위험하겠는데?"

빗물이 폭포처럼 앞 유리를 흘러 내려갔다. 와이퍼를 최고 속도로 해도 시야가 확보되지 않았다. 오자키는 카 라디오 튜너를 돌려 일기예보를 하고 있는 방송국을 찾고 있었다.

"어, 한다. 한다."

일기예보에서는 구시로 지방 여기저기서 게릴라성 호우가 내리고 있지만 몇십 분 정도 지나면 그칠 거라고 했다.

"밥 다 먹고 나서 잠깐 스포츠용품점에 가고 싶은데, 괜찮아?"

"전혀 상관없어요. 뭐 살 거예요?"

"등산용품. 언젠가 게이조 씨를 따라 산에 들어가게 될지도 모르니까."

일기예보가 끝나고 아나운서가 전국 뉴스를 읽기 시작했다.

"정말 가와유에서 목조 작가가 될 거군요."

머리에 떠오른 문구가 그대로 입으로 나와 버렸다.

"가와유, 좋은 곳이잖아. 싫어?"

"싫어요."

"그건 히라노 양이 아이누인이라서?"

유우는 오자키의 얼굴을 봤다. 유우를 무시하는 것도 아니었고 얼버무리는 것도 아니었다. 오자키의 눈빛은 사뭇 진지했다.

"홋카이도는 싫어요."

유우는 말했다.

"싫어도 제가 아이누인이라는 것을 의식해야만 하니까요. 하지만 내지로 가면 도쿄에 가게 되면 그런 거 더 이상 신경 쓰지 않아도 되니까요."

"그렇구나. 히라노 양은 도쿄로 갈 거구나."

"오자키 씨는 도쿄에 있었죠? 도쿄에 있을 동안 주변에 아이누인이 있을지도 모른다고 생각한 적 있어요?"

오자키가 고개를 저었다.

"없어."

"거 봐요. 그러니까 도쿄에 가고 싶은 거예요. 저는 도쿄를 동경하고 있어요."

"하지만 도쿄는 외로운 곳이야."

오자키가 말하던 도중에 입을 닫았다. 라디오에서 흘러나오는 뉴스에 정신을 뺏긴 듯했다. 유우가 뉴스를 들으려고 신경을 귀에 집중하려는 순간, 오자키가 채널을 바꿨다.

"빗줄기가 조금 약해진 건가."

오자키가 기어를 드라이브로 넣고 액셀을 밟았다. 여전히 앞 유리에는 빗물이 폭포처럼 흘러내리고 있었다.

"무슨 일이에요?"

유우는 오자키의 옆에 대고 말을 던졌다.

"무슨 일이라니, 뭐가?"

"도쿄는 외로운 곳이라고 했잖아요."

"내가 그랬나?"

오자키가 시치미 떼는 것처럼은 보이지 않았다. 하지만 어딘가 넋을 놓은 듯한 얼굴로 핸들을 잡고 있었다. 아나운서가 읽고 있는 뉴스에서는 '살인 사건'이라는 단어가 들렸던 것 같은 기분이 들었다. 오자키는 그 뉴스를 듣고 동요한 걸까.

"오자키 씨, 괜찮아요? 비가 아까랑 전혀 변함없는데요?"

"그렇긴 한데 이제는 배가 고파서 죽을 거 같아."

오자키가 웃었다. 평소와 다름없는 천진난만한 미소였다. '설마, 아니겠지.'

유우는 머릿속으로 생각하며, 머리를 긁었다.

* * *

집으로 돌아올 때는 비가 개었다. 오자키는 집으로 들어가 불을 켰다. 소파와 침대와 냉장고, 세탁기밖에 없는 집은 썰렁했다. 소파에 누워 스마트폰을 손에 들었다. 뉴스 사이트를 열었다. 이목을 끄는 기사가 맨 위에 게재되어 있었다.

'경시청은 오늘, 올해 3월에 일어난 전 동일본전력의 사장, 구마가이 야스오熊谷康夫 씨 살인 사건과 관련하여 범인 중 한 사람으로 여겨지는 용의자 모리 다쓰키毛利樹(28세)를 체포했다고 발표했다. 구마가이 씨는 올해 3월, 골프를 하던 중 어떤 이에게 납치당한 뒤 살해되었다. 사체는 며칠 후 다마가와多摩川의 하천 부지에서 발견되었다. 경시청은 수사본부를 조직하고 수사원 100명을 투입해서 수사에 임했지만, 수사는 암초에 부딪혔다. 용의자 모리 다쓰키는 혐의를 부인하고 있다고 한다.'

다른 뉴스 사이트를 펼쳐 봤지만 기사 내용은 비슷비슷했다.

"다쓰키, 잡혀 버린 건가⋯⋯."

스마트폰을 내던지고 오자키는 천정을 올려다보았다. 전구 알이 빛나고 있었다.

"설마, 아직도 도쿄에 있었을 줄이야. 멍청한 것도 정도가 있지, 다쓰키."

오자키는 소파에서 일어나 힘없는 발걸음으로 부엌으로

향했다. 커피 원두를 제분기에 넣고 핸들을 돌리며 갈기 시작했다. 유우와 갔던 구시로의 카페는 식사는 맛있었지만 커피는 원두가 산화되어 있었다. 커피에 집착하게 된 것도 다쓰키와 만나고 나서부터였다. 다쓰키가 끓인 커피를 한번 마시면 더 이상 산화된 원두로 끓인 커피는 못 마시게 된다.

"멍청해, 다쓰키. 정말 멍청하다고."

막 끓인 커피를 마시며 오자키는 나직이 말했다.

11

모리 다쓰키와 나카타 겐고中田健吾를 만난 것은 2012년 7월 16일이었다.

그날은 요요기代々木 공원에서 '원전 반대 10만 명 집회'라는 이름을 내건 데모가 이루어질 예정이었다. 트위터를 통해 데모에 대해서는 알고 있었지만 당일 아침까지도 설마 자신이 그 데모의 한복판에 있게 될 거라고는 상상도 하지 않았었다. 그 정도의 대참사가 일어났는데 몇만 명이나 되는 사람들이 고향을 잃고 임시 주택 같은 곳에서 불편한 생활을 강요받고 있는데도 어떻게 원전을 다시 가동할 수 있는 걸까. 오갈 곳 없는 분노가 늘 가슴 속에서 불타고 있었다. 그와 동시에 결국은 어느 누구도 아무것도 할 수 없다는 체념도 있었다.

그러나 아침에 눈을 떴더니 분노가 체념을 짓눌렀다.

'데모하러 가자.'

세수를 하며 마음을 정했고 페이스북으로 데모가 있을 장소와 시간을 확인했다. 요요기 공원은 사람들로 몹시 혼잡했다. 여기저기서 깃발이 펄럭였고 현수막이 걸려 있었고 격렬한 구호가 터져 나오고 있었다. 하지만 사람이 너무 많은 나머지 분노는 사그라져 어딘가로 사라져 갔다. 그 대신 마음에 자리 잡은 것은 강한 위화감이었다.

이곳에 모인 것은 도쿄와 그 주변에 사는 사람들이었다. 쓰나미에 휩쓸린 것도, 방사선을 뒤집어 쓴 것도, 고향을 잃은 것도 아니었다. 그 큰 쓰나미가 오기 전까지 원전을 지방으로 몰아넣고 전력을 마음껏 사용했었던 인간들이다. 그랬음에도 마치 자신들의 죄는 없었던 것 마냥 원전 반대를 외치고 있었다.

이건 아니다. 당신들에게 원전을 규탄할 자격은 없어. 그전에 먼저 자신들의 죄를 인정해야만 해. 그리고 원전이 들어선 지방의 주민들에게 진심으로 사과해야만 해. 속죄를 하고 난 뒤에 원전 반대 운동을 하는 것이 도리야.

오자키는 사람들의 소용돌이에서 떨어졌다. '여기는 내가 있어야 할 장소가 아니다.' 이제서야 그것이 명백해졌다. 한시라도 빨리 이곳에서 벗어나고 싶었다.

하라주쿠原宿역 방면에서는 데모에 참가한 사람들의 대열이 끊임없이 이어졌다. 오자키는 하라주쿠는 포기하고 산구바시參宮橋 방면으로 발길을 돌렸다. 요요기 공원을 따라 이어진 길도 사람들로 흘러 넘쳤지만 하라주쿠로 향하는 것보다는 나아 보였다. 하지만 산구바시역도 데모에 참가하려는 사람들로 넘쳐났다.

오자키는 역에는 다가서지 않은 채 요요기역을 향했다. 역이 가까워짐에 따라 인파도 줄어들었다. 한시름 놓음과 동시에 공복을 느꼈다. 눈에 들어온 라멘집으로 들어갔다. 차슈멘을 주문하고 있는데 오자키와 동년배로 보이는 남자 두 명이 가게로 들어와 옆자리에 앉았다.

가게 안은 텅 비어 있었다.

'굳이 옆에 앉지 않아도 되는데.'

오자키는 혀를 차려는 것을 참았다. 두 사람도 차슈멘을 주문했다. 오자키의 바로 옆에 앉은 남자가 미소를 지었다.

"이봐, 왜 데모에서 빠져나온 거야?"

무시하려 했지만 허물없는 말투에는 정겨운 울림이 담겨 있었다. 게센누마 지역의 사투리였다.

"게센누마 사람이에요?"

오자키는 무심결에 물었다.

"고등학교까지. 그쪽도?"

"아, 네."

"그런데 어째서 데모 도중에 빠져 나온 거야?"

같은 고향 출신이라면 자신의 기분을 이해해 줄지도 몰랐다. 오자키는 그렇게 생각하고 입을 열었다.

"저곳은 내가 있을 장소가 아니다, 그렇게 생각했어요. 저뿐만이 아닙니다. 지진 피해를 입은 사람들, 원전 사고로 고향에서 쫓겨난 사람들과 저곳에서 시위 구호를 외치고 있는 사람들과는 양립할 수 없어요."

게센누마 사투리를 쓰는 남자가 웃었다. 그리고 오른손을 건넸다.

"그쪽 말이 맞아."

그렇게 말한 사람이 모리 다쓰키였다. 다쓰키의 옆에 있는 사람은 나카타 겐고였다.

* * *

가부키초歌舞伎町에 온 것은 오랜만이었다. 라멘을 먹은 뒤, 모리 다쓰키가 한 잔 하지 않겠냐고 권유한 것이었다. 아파트에 돌아가 봤자 혼자 끙끙댈 거라는 걸 알고 있었다.

그래서 그 유혹을 받아들였다. 두 사람이 안내한 곳은 골든 거리에 있는 작은 바였다. 예순은 훨씬 넘었을 법한 마담이 카운터 안에 있을 뿐 손님의 모습은 없었다. 모리 다쓰키와 나카타 겐고는 카운터 끝에 있는 스툴에 걸터앉았다. 오자키는 모리 다쓰키의 옆에 앉았다.

뭘 마실 거냐고 묻기에 맥주라고 대답했다. 오자키는 슬쩍 가게 안을 둘러봤다. 오래된 영화와 연극 포스터가 벽 사이에 붙어 있었다. 카운터와 칸막이 자리가 하나. 손님이 열 명 정도 오면 자리가 꽉 찰 정도로 좁았다.

유리잔과 병맥주가 나왔다. 모리 다쓰키가 맥주에 손을 뻗어 유리잔에 부어 주었다. 두 사람이 주문한 것은 탄산을 섞은 위스키였다.

"건배!"

모리 다쓰키의 목소리에 잔을 맞추고 맥주를 마셨다.

"짜증난다고 생각하면 흘러들어도 괜찮아. 아까 했던 이야기 말인데 왜 그 데모에 위화감을 품은 거야?"

모리 다쓰키는 유리잔에 든 술을 한 번에 반 정도 들이킨 뒤에 입을 열었다. 오자키는 맥주를 입에 머금고 천천히 삼켰다.

"3.11(동일본 대지진)이 없었으면 알면서도 모른 체했을 주제에. 처음엔 그렇게 생각했어."

"역시나."

나카타 겐고가 고개를 끄덕였다. 굵직한 목소리였다.

"늘 그런 생각을 해. 예를 들어 원전이 있는 지자체에서 선거가 있다고 치자? 그럼 원전 추진파가 반드시 이길 거야. 그러면 그 데모에 참가할 법한 사람들은 분명 이렇게 말하겠지. 정말 지독한 곳이다. 그런 꼴을 당하고도 아직도 원전에 빌붙어 살고 싶은 거냐고."

두 사람이 고개를 끄덕였다.

"하지만 원전이 있는 곳에서 태어난 사람들도 속마음으로는 원전을 싫어하는 게 아닐까 하는 생각이 들어. 어쩔 수 없어서 받아들였지만 지금에 이르러서는 원전 없이는 살아갈 수 없다고 믿게 된 거지."

"그래서?"

"그 데모에 모인 몇만 명이나 되는 사람들이 정말 조금씩만 전기를 절약하면 그걸로 원전 한 기 정도는 필요 없게 되지 않을까? 데모 같은 걸 하는 것보다 그쪽이 훨씬 착실하고 건설적이지 않을까 싶어."

맥주가 입을 매끄럽게 했다.

"우리들도 그렇게 생각해."

모리 다쓰키가 말했다.

"그리고 저 녀석들은 절약 같은 건 금세 잊어버릴 거라는

135

생각도."

모리 다쓰키의 말에 나카타 겐고가 몇 번이나 고개를 끄덕였다.

"데모만 놓고 보아도 내년만 되면 아무도 모이지 않게 될 거야. 화장실 갈 때 마음 다르고, 나올 때 마음 다른 게 일본인이거든."

나카타 겐고는 탄산을 섞은 위스키를 다 마시고 마담에게 한 잔을 더 주문했다.

"이 녀석은 후쿠시마 출신이야. 겐고의 할아버지와 할머니는 원전에서 20킬로미터 정도 떨어진 곳에 살고 계셨어."

모리 다쓰키가 나카타 겐고의 어깨를 두드렸다.

"그거 참, 뭐라 말해야 좋을지……."

"50년 이상 살고 있던 집과 밭을 빼앗겼어. 하지만 국가는 아무것도 해 주지 않고 동일본전력도 어물쩍 회피하면서 보상금을 제대로 지불하려고 하지 않지."

나카타 겐고는 주먹을 쥐었다. 바위처럼 거친 주먹이었다.

"뭐, 어두운 이야기는 이쯤 해 두자. 모처럼 연이 닿아 마사히코와 만났는데 말이야."

모리 다쓰키는 오자키를 이름으로만 불렀다.

"우리를 부를 때도 다쓰키, 겐고라고 불러."

오자키는 애매하게 고개를 끄덕였다.

"그럼 마시자."

한 번 더 유리잔을 맞추고 술을 마셨다. 화제는 각자의 일
이나 취미로 옮겨 갔고, 오자키도 맥주를 다 마시자 탄산을
섞은 위스키로 바꿨다. 다쓰키는 편의점에서, 겐고는 경비
회사에서 아르바이트를 하고 있다고 했다. 그리고 휴일에는
후쿠시마로 가서 지역 부흥을 위해 자원봉사를 하고 있는
듯했다.

"나도 갈까?"

오자키가 말했다. 문득 깨닫고 보니 마시기 시작한지 두
시간 가까이 지나 있었다. 취기가 돌았다.

"가다니, 후쿠시마에?"

"그래, 자원봉사 말이야. 후쿠시마에서 훨씬 떨어진 곳에
서 데모를 하는 것보다 훨씬 보람이 있을 거 같은 기분이
들어. 중간에 어머니의 상태도 보러 갈 수도 있고."

"어머니가 혹시 임시 주택에 계셔?"

오자키는 고개를 끄덕였다.

"다쓰키의 가족은?"

"아버지 어머니 두 분 다 쓰나미에 떠내려가서 돌아가셨어."

"그렇구나……."

"그래도 시신이 금방 발견됐으니까 그나마 나은 편이지."

"다쓰키."

겐고가 다쓰키를 재촉했다.

"아, 벌써 이런 시간인가. 슬슬 가야겠다. 근데 후쿠시마에서 자원봉사 하겠다는 이야기, 진심이야?"

"응."

"그럼, 시간 될 때 연락해 줘."

휴대전화 번호와 메일 주소를 교환했다. 오자키는 두 사람과 헤어진 뒤, 전차를 타고 집으로 돌아가 잠이 들었다. 그리고 다음 날 아침 눈을 떴을 때 자원봉사에 대한 이야기는 머릿속에서 완전히 잊혔다.

* * *

부고가 도착한 것은 가을이 무르익을 즈음이었다. 도쿄는 아직 따뜻했지만 게센누마는 아침저녁으로 쌀쌀함이 더 심해졌다. 일을 마무리하고 점심은 뭘 먹을까 생각하고 있는데 휴대전화의 착신음이 울렸다.

전화를 건 사람은 기시모토 구니오岸本邦夫였다. 어머니의 임시 주택 옆에 살고 있는 나이 많은 남자였다. 어머니에게 무슨 일이 있을 때는 바로 알려 달라고 전화번호를 알려 주었었다.

"기시모토 씨, 어쩐 일이에요?"

좋지 않은 예감을 받으며 전화를 받았다. 지금까지 기시모토에게서 전화가 걸려 왔던 적은 없었다.

"오자키 군, 큰일 났어. 어머니가……, 어머니가……."

"어머니가 어쨌는데요?"

"어제 아침에 모습을 본 게 마지막이라 상태를 보러 갔는데 어머니가 부엌에서 쓰러져 계셨어."

오자키는 침을 삼켰다.

"그래서요?"

"구급차를 부르고 오는 걸 기다리고 있는 중인데 어머니 몸이 차가운데다 숨을 쉬질 않아."

오자키는 휴대전화를 떨어뜨릴 뻔했다. 온몸에서 힘이 빠져나갔다.

"여보세요? 오자키 군?"

"드, 듣고 있습니다."

"지금 당장 이쪽으로 와야겠어. 아아, 구급차가 도착한 것 같아."

"지금 당장 그쪽으로 향하겠습니다."

오자키는 전화를 끊고 상사에게 보고했다. 집에 돌아가지 않고 회사에서 바로 도쿄역으로 직행한 뒤, 신칸센에 올라탔다.

하지만 어머니는 이미 죽어 있었다. 사인은 뇌경색. 야밤에 쓰러진 이후 그대로 숨을 거둔 것이 아닐까 하고 의사가 말했다. '발견이 빨랐다면, 어쩌면…….' 이라는 말과 함께.

즉, 어머니는 혼자 지냈기 때문에 돌아가셨다. 임시 주택에서 독신 생활을 강요당했기 때문에 돌아가신 것이다.

* * *

장례식이 끝난 후 임시 주택에 있는 어머니의 짐을 처분하기로 했다. 특별한 것은 없었다. 어머니가 애착을 느끼던 것들 대부분은 쓰나미에 떠내려갔다. 임시 주택에 있었던 것은 식탁 겸용인 고타쓰와 석유 난방기, 냉장고와 장롱, 거기에 조리 도구와 식기 정도였다.

장롱 위에 불곰 조각상이 놓여 있었다. 어머니가 예전부터 소중히 여겼던 그 조각상은 아니다. 그것은 쓰나미에 떠내려가 버렸다. 장롱 위에 있는 것은 손바닥에 올라갈 정도의 다른 새로운 작은 조각상이었다. 깎는 방법이나 도장도 난잡했다.

"기시모토 씨, 이 조각상, 어머니가 어떻게 손에 넣었는지 모르시나요?"

뒷정리를 도우러 와 준 기시모토에게 물었다.

"아아, 그거 말인가. 저 건너편에 살고 있는 사토佐藤 씨

가 올 봄에 홋카이도로 여행을 갔는데 그걸 들은 어머니께
서 아무것이라도 좋으니까 아이누인이 깎은 불곰 조각상을
사다 달라고 부탁했었어."

"그랬군요……."

"사토 씨 말로는, 어느 선물가게에서 적당히 눈에 들어온
걸 사 왔다고 했던 거 같은데 이렇게 될 줄 알았으면 좀 더
제대로 된 걸 사 줬으면 좋았다면서 밤새 자리를 지키며 울
었지."

어머니에게 있어서 그 불곰 조각상은 어떤 의미를 가지고
있었던 걸까. 알고 싶었다. 궁금해서 견딜 수가 없었다. 하
지만 그 답을 알고 있는 것은 어머니뿐이었고, 이제 어머니
는 계시지 않았다.

게센누마에서 도쿄로 돌아오는 신칸센 안에서 오자키는
다쓰키에게 전화를 걸었다.

"기억해? 나 마사히코인데. 원전 반대 데모 도중에 빠져
나왔던."

"물론, 기억하고말고."

다쓰키의 밝은 목소리에 오자키는 구원받은 듯한 기분이
들었다.

12

학교에서 돌아오니, 경찰차가 집 앞에 세워져 있었다.

'할아버지에게 무슨 일이라도 생긴 건가?' 순간 그런 생각이 들어 자전거 페달을 밟는 다리에 힘이 들어갔다. 경찰차에서 엔도遠藤 씨가 내렸다. 가와유 온천의 경찰이었다. 이미 정년에 가깝다고 했다.

"유우, 지금 하교하는 거야?"

"네, 무슨 일 있나요?"

유우가 묻자 엔도 씨는 얼굴을 찡그렸다.

"그게 말이야, 게이조 씨 문제야."

"문제라니, 사고라도 난 거예요?"

게이조는 산에 들어갈 때는 반드시 엽총과 손도끼를 가지고 갔다. 그렇다 하더라도 불곰에게 불의의 공격을 받으면 조금도 버틸 수가 없다.

"그게 말이지, 게이조 씨는 사유림에도 멋대로 들어가잖아. 게다가 멋대로 나무도 베고. 땅 주인이 거기에 열이 받아서 다음번에 또 멋대로 산에 들어오면 용서하지 않겠다고 예전부터 주의를 했었는데도 게이조 씨가 또 그 산에 들어간 거야. 그게 이번에 발각되는 바람에 땅 주인이 경찰에 신고해서……. 게이조 씨, 지금 데시카가 서에 있어."

"체포된 거예요?"

"체포된 건 아니야. 그냥 땅 주인에게 사과하고 두 번 다시는 멋대로 산에 들어가지 않겠다고만 하면 우리도 땅 주인을 타일러서 서로 좋게 좋게 끝낼 텐데, 게이조 씨가 사과를 안 하니까. 답답한 양반 같으니라고."

'이 주변의 산은 모두 원래 아이누족의 것이었다.' 게이조의 입버릇이 머릿속에 되살아났다.

"유우가 게이조 씨에게 좀 말해 줬으면 해서. 저 고집불통 늙은이도 손녀 말이라면 이야기를 들을지도 모르잖아?"

"알겠어요. 제가 갈게요."

"그럼 경찰차로 데려다줄 테니까, 타."

유우는 가방을 집 안에 던져두고 옷도 갈아입지 않은 채 경찰차 뒷좌석에 올라탔다. 경찰차에 타는 것은 처음이었다. 내부는 보통 차와 다를 바 없었는데도 압박감이 강했다. 마치 자신이 범죄자가 된 듯한 착각에 사로잡혔다.

"그리고 게이조 씨의 트럭은 하이랜드 고시미즈小清水의 주차장에 그대로 세워져 있어. 누가 가지러 가 줄 사람 없으려나?"

하이랜드 고시미즈는 모코토산 등산길 입구에 있는 레스트 하우스였다.

"알아볼게요."

순간 머리에 떠오른 것은 오자키의 이름과 얼굴이었다. 스마트폰으로 오자키에게 전화를 걸었다.

"어라, 히라노 양이 웬일로 전화를 다 하네?"

오자키의 목소리는 평소와 다름없이 덜렁댔다.

"할아버지가 경찰에 잡혀갔어요."

"왜?"

오자키의 목소리 톤이 올라갔다. 유우는 경위를 설명했다.

"그 땅 주인에게 사과만 하면 끝나는 거네."

"네, 저도 그렇게 생각해요."

"그런데 게이조 씨가 사과를 안 하는구나?"

"고집불통이니까요. 이 주변 산은 원래는 모두 아이누족의 것이었다고 고집을 부리면서 물러나질 않아요."

"히라노 양이 설득하면 어떻게든 되지 않을까? 일단 트럭 건은 잘 알겠어. 내가 다른 사람한테 부탁해서 함께 찾으러 갈게. 무슨 일 있으면 또 연락해."

전화가 끊겼다. 유우는 맥이 빠졌다. 오자키라면 트럭을 회수한 뒤에 경찰서에 와 줄 거라 생각했었다. 석연찮은 기분을 끌어안으며 유우는 스마트폰을 교복 주머니에 넣었다.

"지금 전화한 사람, 아는 사람이야?"

엔도 씨가 물어왔다.

"네, 할아버지 제자예요."

"아아, 지난번부터 에코 뮤지엄센터에서 근무하는 사람이구나. 아직 젊지? 요즘 같은 때에 목조 작가가 되고 싶다니, 참 별난 사람이야."

"네, 정말 별난 사람이에요."

"그런 사람이 제자인 것도 게이조 씨 답구만."

엔도 씨가 웃었다. 유우는 도저히 웃을 기분이 아니었다.

* * *

게이조는 심기 불편한 얼굴로 접이식 의자에 앉아 있었다. TV 드라마에서 본 취조실 같은 방이었다.

"뭐야, 경찰 녀석들. 너까지 데리고 온 거냐."

유우를 보자마자 게이조는 더욱더 얼굴을 일그러뜨렸다.

"왜 사과를 안 하는 거예요?!"

유우는 게이조에게 대들었다. 유우의 사나운 얼굴에 놀랐는지 게이조의 눈이 동그래졌다.

"사과는 무슨 사과야?"

"사유림에 멋대로 들어가서 멋대로 나무를 벴잖아요. 잘못한 건 할아버지잖아요."

"바보 같은 소리. 이 주변 산은……."

"옛날에는 모두 아이누족의 것이었어! 알아요. 질리도록

145

들었는걸요."

"그러면."

"이제는 시대가 변했다고요. 우리들은 아이누인이기도 하지만, 일본인이라고요. 일본의 법률을 지켜야만 해요. 옛날에는 아이누족의 것이었으니까 무슨 짓이든 해도 된다는 논리는 이제는 어딜 가도 안 통해요."

"나는 아이누인이야."

게이조가 말했다. 차분한 목소리였다.

"나 자신을 일본인이라고 생각한 적 없어. 왜냐하면 일본이라는 나라에게 대접받은 적이 한 번도 없기 때문이지."

"지금 무슨 소리를 하는 거예요, 할아버지?"

"너는 아무것도 몰라. 아이누의 피가 싫어서 견딜 수가 없나 본데 학교에서 놀림당하는 게 고작인 주제에 그 정도 일로 움츠러들기나 하고. 우리들은 학교 친구뿐만이 아니라, 본토 사람 모두에게 괴롭힘을 당하고, 학대당하고, 착취당해 왔어. 죽은 아이누인도 엄청나게 많다고.".

유우는 입술을 깨물었다. 게이조는 분노했다. 남아 있는 분노가 땀구멍이란 땀구멍에서 뿜어져 나오는 것 같았다.

"네 말대로 시대는 변했어. 마치 옛날 일 같은 건 없었던 것처럼 모두가 평등하다느니 뭐니 하면서 잠꼬대 같은 소리를 지껄이게 되었지. 아이누인도 본토 사람도 모두 같은 일본인이니까 법률도 평등하게, 세금도 평등하게? 그딴 거 내가 알까 보냐. 우리들은 학대당하는 대신, 어느 산에 들어가든지 허용되었었어. 산에서 불곰을 잡든 사슴을 잡든 그건 아이누의 자유였어. 나무를 베는 것도 그랬어. 그렇게 하지 않았으면 우리들의 인내도 길게는 이어지지 않았을 거야. 본토 사람들은 그걸 알고 있었지."

"할아버지……."

"나는 아이누인이다. 너처럼 자신의 피를 부끄러워하지 않아. 그러니까 이 주변 산에는 당당하게 들어가서 필요한 것을 산에서 가지고 돌아오지. 도대체 누구에게 사과를 하라는 거냐?"

"저를 위해서 사과하세요."

유우가 말했다. 스스로도 놀랄 정도로 낮은 목소리였다.

"뭐라고?"

"할아버지가 체포되어서 교도소에 가게 되면 난 어떡하라고요. 나 혼자 남게 되잖아요. 아이누인이기 전에, 할아버지는 누군가의 부모잖아요. 제 할아버지잖아요. 그렇다면 나를 지켜 줘요."

"너를 위해서……."

게이조는 말을 되새기며 고개를 끄덕였다.

"그래, 유우를 위해서……."

게이조는 자리에서 일어나 방을 나갔다. 유우는 허겁지겁 뒤를 쫓았다. 게이조가 복도 끝 모퉁이를 도는 바람에 모습이 보이지 않았다.

"죄송합니다."

복도 너머에서 게이조의 큰 목소리가 들려왔다.

"잘못했습니다. 용서해 주십쇼."

유우는 목소리가 들리는 쪽으로 갔다. 게이조가 경찰관과 작업복 차림의 중년을 향해 고개를 푹 숙이고 있었다.

"가, 갑자기 무슨 일입니까?"

경찰관이 화들짝 놀랐다. 작업복을 입은 남자도 당황해했다.

"그러니까 보시다시피 사과하는 중입니다."

"그치만 당신, 아까까지는 절대로 사과하지 않겠다고……."

"손녀의 말을 듣고 정신을 차렸소. 면목 없습니다."

"아니 뭐 정 그러시다면……. 두 번 다시 우리 산에는 들어가지 않겠다고만 약속한다면 저는 그걸로 충분합니다만……."

작업복을 입은 남자가 말했다.

"이제 두 번 다시 그쪽 산에는 들어가지 않겠수다. 맹세하지요."

게이조는 한 번 더 정중하게 머리를 숙였다.

* * *

　가와유까지는 엔도 씨가 경찰차로 바래다주었다. 유우도 게이조도 일절 말을 하지 않았다. 어색한 공기를 불식시키려 엔도 씨가 이런저런 말을 걸었지만 거기에도 대답하지 않았다. 결국엔 엔도 씨도 포기하고 입을 닫았다. 경찰차는 황혼 속을 마치 영구차처럼 가와유를 향해 달렸다.

　집 앞에는 게이조의 트럭과 오자키의 차가 세워져 있었다. 경찰차가 오자키의 차 뒤에 섰다. 집에서 오자키가 나오는 기색은 없었다.

　"수고 많으셨습니다, 게이조 씨. 그러니까 이제 그 사람의 산에는 들어가지 않는 게 좋아요. 다음에는 정말 체포될지도 모른다구요."

　"알고 있어."

　게이조는 경찰차에서 내리더니 곧바로 아틀리에로 향했다.

　"신세 많이 졌습니다."

　유우는 엔도 씨에게 인사하고 집으로 들어갔다. 현관에 오자키가 있었다.

　"어떻게 됐어? 괜찮아?"

　오자키는 바깥의 상태를 신경 쓰고 있었다. 경찰차가 멀어져 가는 소리가 들리자 안심한 듯이 숨을 뱉었다. 유우는

149

오자키의 물음을 무시하고 자기 방으로 향했다.

"저기 히라노 양, 왜 그래? 무슨 일 있었어?"

문 너머로 오자키의 목소리가 들렸다. 유우가 대답하지 않자 결국 오자키의 기척도 사라졌다. 교복에서 평상복으로 갈아입고, 침대 밑에서 여행용 가방을 꺼냈다. 그리고 평소처럼 짐 꾸리기를 시작했다. 하지만 평소처럼은 되지 않았다. 손이 떨려서 옷이 개지지 않았다. 빈틈없이 집어넣으면 필요한 물건이 전부 들어갈 정도의 여행용 가방이 좁게만 느껴졌다. 가지런히 개지 못한 니트를 내팽개치고 유우는 침대에 몸을 내던졌다. 엎드린 채로 베개에 얼굴을 묻었다. 바로 눈물이 나왔다. 이렇게도 힘들고 괴로운데 게이조는 고작 그 정도라고 말했다. 마치 유우가 어리광이나 부리는 겁쟁이라는 듯이.

확실히 옛날 아이누인과 비교하면 지금의 아이누인은 축복받은 걸지도 모른다. 하지만 괴롭다는 것은 변함없었다. 너무 힘들어서 마음이 뭉개져 버릴 것 같은 현실은 똑같았다.

'나는 아이누의 피를 부끄러워하지 않아.' 게이조의 목소리가 몇 번이나 되살아났다.

'그건 할아버지가 강하니까요.' 경찰서에서 그렇게 말하고 싶었지만 말하지 못했다. 게이조의 말은 총알처럼 유우의 마음을 관통했다.

'너는 불쌍하고 비겁해.' 말로는 하지 않았지만 게이조는 그렇게 말한 것이다. 유우에게만 하는 말이 아니었다. 유우의 엄마에게도. 그리고 아이누인이라는 사실을 싫어하고 부끄러워해서 고향을 벗어나 숨죽이며 살고 있는 아이누인 모두를 게이조는 규탄한 것이다.

분하고 슬펐다. 한심했다.

이성을 잃지 않았던 이유는 그곳이 경찰서였기 때문이었다. 누가 볼지도 몰랐기 때문이었다. 처음으로 게이조가 진지하게 마주보며 마음속에 있는 말을 내뱉어 주었다. 그런데도 주변 사람들 눈을 의식하는 자신이 더욱 한심했다.

문을 두드리는 소리에 유우는 정신을 차렸다.

"히라노 양, 커피 끓였는데 마실래?"

오자키의 목소리가 울렸다.

"필요 없어요."

"그러지 말고. 열심히 원두를 갈아서 정성들여 끓인 혼신의 커피야. 안 마시면 후회할 걸."

오자키의 목소리는 다정했다. 유우를 진심으로 배려해 주는 것이 전해졌다.

"히라노 양?"

"마실 테니까 거기 놔 둬요."

"그래. 근데 게이조 씨는 결국 어떻게 됐어?"

"할아버지한테 직접 물어보면 되잖아요."

날 선 목소리가 나왔다. 다시 자기혐오에 휩싸인 유우는 얼굴을 덮었다.

* * *

게이조는 줄무늬올빼미 조각상의 표면을 손끝으로 어루만지고 있었다. 그 옆모습은 험상궂었고 거칠게 깎인 채 방치된 나뭇조각 같았다.

"커피 끓여 왔습니다."

오자키는 그 옆모습에 대고 말을 걸었다. 게이조는 대답을 하지 않고 조각상을 계속 어루만지고 있었다.

"히라노 양, 울었어요."

머그컵을 올린 쟁반을 작업대에 두고 오자키는 커피를 마셨다. 유우에게 말한 대로 혼신의 커피였다. 하지만 맛도 향도 단조로웠다.

"나는 고향을 버린 아이누인이 싫어."

아무 전조도 없이 게이조는 입을 열었다.

"고향을 버린다는 건 가족을 버린다는 거다. 가족을 버린다는 건 자신이 소속되어 있는 사회를 버린다는 거다. 사회를 버린다는 건 오랜 시간 걸쳐 가꾸어 온 문화와 관습, 신앙을 버린다는 거다."

"무슨 말인지 알겠습니다."

"나는 내가 아이누라는 것이 싫지 않아."

게이조는 손을 뻗어 자신의 머그컵을 쥐었다.

"엄청나게 끔찍한 일을 당해 왔고 괴로움을 겪어 왔어. 그래도 내가 본토 사람이 아니라 아이누라서 다행이라고 생각해."

게이조는 말을 끊고 커피를 홀짝였다. 오자키는 이야기가 이어지기를 기다렸다.

"나에게는 아이누의 세계관이 아주 선명해. 세상은 신들의 것이고 인간은 그곳에 살고 있는 하찮은 존재야. 숲, 산, 강, 호수, 바다 모든 곳에 신들이 있고 세상을 빛내고 있지. 그래서 우리들 아이누인은 산에 들어가기 전에 늘 신에게 용서를 빌지. 그리고 에조사슴이나 불곰을 잡으면 기도를 올리지."

게이조가 다시 커피를 마셨다.

"산에 있으면 신을 마주하는 듯한 기분이 들어. 너무 기뻐서 견딜 수가 없어. 본토 사람이 오기 전의 아이누로 돌아간 것 같은 기분이 되지. 그런데 어째서 이걸 버리고 도시로 가야만 하는 거냐?"

게이조가 오자키를 봤다. 오자키는 고개를 저었다.

"이런 멋진 세계를 버린다는 건 어리석은 짓이야. 그래서 싫은 거다. 하지만 내 여동생도 내 딸도 고향을 버렸다. 그리고 이번에는 손녀딸도 떠나려 하고 있어. 내가 틀린 거냐?"

"게이조 씨는 옳다고 생각합니다."

오자키는 대답했다.

"하지만 유우에게 상처를 주고 울게 만들었어."

"아이들은 원래 상처받고 우는 법이에요."

"정말 그렇게 생각하나?"

"네. 아이들은 어른들이 생각하는 것보다 씩씩해요. 그리고 상처받은 만큼 강해져요. 울고 나면 다음부터는 같은 일로는 울지 않게 되죠. 게이조 씨도 어릴 때는 그랬잖아요?"

게이조가 고개를 끄덕였다. 희미하게 뜬 눈은 과거의 기억을 쫓고 있는 듯했다.

"무슨 일이 있었던 겁니까?"

오자키의 물음에 게이조가 일의 전말을 이야기하기 시작했다.

"그랬군요……."

게이조의 이야기가 끝나자, 오자키는 고개를 끄덕였다.

"이해할 수가 없어. 나는 내가 옳다고 생각해서 한 일로 남에게 사과한 적은 없었어. 오늘 일도 나는 무엇 하나 잘못했다고 생각하지 않아. 도대체 뭐가 사유지, 사유림이라는 거냐? 산도 정비하지 않고 내팽개쳐 둔 주제에. 나 같은 사람이 가끔씩 들어가서 나무를 베고 사슴을 잡으니까 산과 숲도 풍족함을 유지하고 있는 거야. 그런 것도 모르는 주제에……. 그런 일로 사과할 생각은 추호도 없었어. 하지만 유우가 틀렸다고 하니까 혹시나 내가 틀렸을지도 모른다고 생각해 버렸지. 그래서 사과했어. 설마 손녀의 말 한마디에 지금까지의 인생을 저버릴 만한 짓을 할 거라고는 꿈에도 생각하지 못했어."

"히라노 양을 그만큼 소중히 여기고 있다는 거 아니겠습니까?"

게이조는 시선을 머그컵으로 떨궜다.

"하지만 그 녀석도 이곳에서 떠나겠지. 나와 아이누의 피, 신들이 사는 세상을 저버리고 도시로 가겠지."

오자키는 입을 여는 대신 커피를 홀짝였다. 할 말이 떠오르지 않았다.

"에조사슴이 터무니없이 늘어나고 있어. 사냥꾼 수가 격감했기 때문이지. 불곰을 잡을 사냥꾼도 이젠 거의 없어. 그러면 그 다음에는 불곰이 늘어날 거다. 겨울이 되어도 죽은 에조사슴이 그 안을 굴러다닐 테니까. 겨울잠을 자지 않는 불곰도 늘어날 거야. 그렇게 되면 늘어난 불곰들이 먹이를 찾아 마을로 내려올 것이고, 인간이 습격당하는 사고도 늘어날 거다. 하지만 불곰을 잡을 사냥꾼은 없어. 그럼 어쩔 셈이냐? 자위대라도 동원해서 불곰을 몰살시키기라도 할 건가?"

"저는 잘 모르겠습니다."

"아무도 몰라. 다들 아는 척하고 있을 뿐이지."

게이조가 얼굴을 들어 오자키의 눈을 엿보았다.

"너는 어떻게 여기에 왔냐?"

"어떻게라뇨. 오늘 무슨 일이 있었는지 걱정이 되어서……"

"그런 말이 아니라 넌 도시에 살고 있었잖아. 아무 불편함 없는 생활을 보내고 있었을 텐데 어째서 여기로 온 거냐고."

"도시는 온통 불편함 투성이예요."

오자키는 말했다.

"마음이 점점 깎여 나가거든요."

"그러니까 왜 왔냐고 묻잖아."

게이조는 다 알고 있는 게 아닐까. 문득 하늘의 계시 같은 생각이 머리에 떠올랐다. 게이조는 모든 것을 다 알고도 자신을 받아 준 것은 아닐까.

"아이누의 세상을 만나 보고 싶어서요."

"어째서?"

"지금의 일본은 잘못되었다고 생각하니까요."

"그렇군."

게이조가 커피를 다 마셨다.

"오늘 커피는 맛이 없군."

게이조의 말에 오자키는 쓴 웃음을 지었다.

13

한 달에 두 번, 주말에 재해지에 다니게 된 지 1년이 지났다. 매번 아침 일찍 신주쿠 니시구치新宿西口로 집합한 후 겐고가 지인에게서 빌린 오래된 봉고차를 타고 재해지로 향했다.

재해지에 가면 정부가 하는 말이 모두 엉터리였다는 것을 잘 알 수 있었다. 복구 작업은 전혀 진행되고 있지 않았다. 여전히 많은 사람들이 임시 주택에서의 삶을 강요당했고 그렇지 않은 사람들은 고향을 버릴 것을 강요당하고 있었다.

"정말, 정부와 동일본전력은 뚜껑 열리게 하네."

재해지에서 귀가하던 차 안에서 겐고는 언제나 그렇게 말했다. 때로는 투박한 주먹으로 자동차 핸들을 두드리며. 이후에 알게 된 일이지만, 겐고는 예전에 자위대원이었다고 한다. 지진 직후 소속된 부대와 함께 재해지로 들어갔고 그곳에서 수많은 시체를 봤다고 말한 적이 있었다. 그 이야기를 할 때의 겐고의 눈은 빨려 들어갈 것처럼 어두웠다.

"그들에게 중요한 건 경제라고, 경제. 재해지 복구 같은 건 뒷전이야. 아니 그보다도 대지진이 일어났던 것 자체를 잊어버리고 싶은 거지, 일본인은."

다쓰키가 말했다. 다쓰키는 시니컬한 남자였다. 대학 졸업 후 IT 관련 회사에서 일했지만 곧바로 그만두었고, 그 뒤로는 아르바이트로 겨우겨우 생계를 유지하고 있었다.

"어떻게 하면 좋을까?"

오자키가 중얼거렸다. 어떻게 하면 이 상황이 바뀔까. 어떻게 하면 괴로워하고 있는 사람들이 구제받을 수 있을까. 어떻게 하면 일본인은 정신을 차릴까. 돈으로는 행복을 살 수 없다. 많은 사람들이 그렇게 말하면서도 실제로는 모두가 돈을 바라고 있었다. 자신의 행복은 소홀히 한 채 돈 버는 데에만 혈안이었다. 이건 잘못되었다. 모두 알고 있을 것이다. 그런데도 다들 아무것도 하려 하지 않았다.

재해지에 갈 때마다 조바심이 더해갔다. 어머니의 죽음이 등 뒤를 무겁게 짓눌렀다.

"그만큼 많은 사람이 죽은 게 사실은 이 나라에서 원전을 없애기 위해서였다고 생각하면 조금은 마음이 편해지긴 하지만."

다쓰키는 그렇게 말하면서 가지고 온 텀블러 속의 커피를 마셨다. 다쓰키는 커피 중독이었다. 하루에도 몇 잔이나 커피를 마셨다.

"원전은 없어질 것 같지도 않아. 이렇게 되면 재해로 죽은 사람들만 그냥 개죽음인 거지."

겐고가 말했다. 말 속에 분노가 가득 차 있었다.

"목숨을 부지한 사람들도 구제받지 못할 거야."

오자키도 입을 열었다. 다쓰키가 발밑에 놓인 편의점 비닐봉투를 넘기려 했지만 오자키는 거절했다. 재해지에서 돌아올 때는 늘 식욕이 없어졌다.

수도권이 가까워지자 주위가 밝아졌다. 방대한 전력을 소비해서 밤에도 낮과 다를 바 없는 밝기를 유지하고 있기 때문이었다.

"절전은 처음 딱 1년뿐이었어."

다쓰키가 커피를 마시면서 말했다.

"여름에 반팔 하나만 입고 전차를 타면 너무 춥잖아."

겐고가 말했다.

"그런데 겨울에는 반대로 땀범벅이 되지. 그렇게까지 따뜻하게 할 필요 없잖아? 여기가 북극도 아니고. 원전 반대랍시고 데모하는 녀석들도 대책 없이 전기를 쓰고 있는 거에 대해선 아무 말도 하지 않아."

"그 녀석들은 아무것도 몰라."

"다들 바보라니깐."

아마도 오자키가 합류하기 전부터 다쓰키와 겐고는 비슷한 대화를 반복해 왔을 것이다. 그리고 아무리 자원봉사를 하면서 피해 복구에 힘써도 아무것도 바뀌지 않는 현 상태에 울분이 더해지고 무력감에 시달렸을 것이다.

"어떻게든 해 보라고!"

겐고가 또 자동차 핸들을 두드렸다.

"어떻게든 해 보라니, 뭘 하라는 거야?"

다쓰키가 콜라 캔을 땄다.

"누군가가 책임을 지게 하는 거지. 당연한 거 아냐?"

"책임이라니, 누가 책임을 지라는 거야?"

"그건 총리대신이지 않을까."

"총리에게 책임을 지게 한다고? 너 가끔 재밌는 말을 하는구나."

"나는 진지하게 말하는 거야. 말 돌리지 마, 다쓰키."

"아무리 그래도 그건 무리야. 넌 어떻게 생각해, 마사히코?"

"난 겐고 말에 찬성이야."

오자키가 말했다.

"찬성이라니, 너도 총리에게 책임을 지게 할 생각인 거냐?"

"그런 말이 아니라 누군가는 책임을 져야 한다는 말이지."

"이봐, 이봐. 마사히코 너까지 겐고에게 동화되지 말라고."

다쓰키가 웃음을 자아내려 일부러 들뜬 목소리로 말했다.

하지만 웃는 사람은 아무도 없었다.

"너희들 지금 진심이야? 진심이라면 하나 묻겠는데, 도대체 누구에게 책임을 지게 할 생각이야?"

"정치가는 아무래도 힘들겠지?"

겐고가 말했다.

"경비도 삼엄할 테고."

"대체 무슨 소리를 하는 거야, 겐고. 경비는 또 뭐고, 머리가 어떻게 된 거 아냐?"

"역시 동일본전력 관계자겠지?"

오자키가 입을 열었다.

"그렇게 되겠군."

겐고가 고개를 끄덕였다.

"야, 그러니까 지금 무슨 이야길 하는 거냐고?"

다쓰키가 안달을 냈다.

"평범한 방법으로 책임을 추궁해 봤자 의미 없잖아."

겐고가 말했다.

"그래. 이러쿵저러쿵 핑계 대며 내뺄 뿐이고 재판도 이길 수 있을지 어떨지도 모르고."

오자키는 다쓰키의 눈을 들여다 봤다.

"그러니까 어떻게 할 작정이냐고 묻잖아."

"납치해서 책임을 인정하게 만들고 그 모습을 영상으로

찍어서 인터넷에 올리던가 해야지."

오자키는 겐고에게 시선을 보냈다.

"겐고는 전직 자위대원이었으니까 어쩌면 어떻게든 되지 않을까 싶어서."

"나도 비슷한 생각을 했었어."

겐고가 입가를 일그러뜨렸다.

"진심으로 하는 말이야, 마사히코?"

"진심이야. 줄곧 그런 생각을 했었어."

다쓰키가 팔짱을 꼈다.

"납치를 하게 된다면……. 대상은 당시의 동일본전력의 사장이나 회장?"

"그렇게 되겠지."

"진짜로 할지 말지는 일단 제쳐두고 먼저 그때 사장이나 회장이었던 사람들이 지금 어디에 살고 있고 뭘 하고 있는지 알아볼까?"

다쓰키의 말에 오자키와 겐고는 고개를 끄덕였다.

14

게이조의 목소리가 귀에 박혀 떠나질 않았다.

'나는 아이누인이다. 너처럼 자신의 피를 부끄러워하지 않아.'

알고 있었다. 자신이 괴로운 현실로부터 눈을 돌리고 그저 도망치려 한다는 것을. 도망만 쳐서는 아무것도 변하지 않는데도 그걸 알면서도 도망치려 하고 있었다. 나는 게이조처럼은 될 수 없다. 아이누인의 인권이나 삶이나 문화를 지키기 위해 싸우는 사람들처럼은 될 수 없다.

내 몸 하나 건사하기에도 벅찼다. 대도시의 북적임에 뒤섞여서 아무 일도 없었던 걸로 하고 싶다. 옹졸할지도 모른다. 비겁할지도 모른다. 하지만 나는 그것밖에 할 수 없다.

유우는 가슴이 애달프고 괴로웠다. 그걸 떨쳐내고 싶어서 여행용 가방에 짐을 채워 넣었다. 다 채우고는 다시 꺼내고, 다 꺼내고는 다시 채워 넣었다.

예전에는 몰두할 수 있었다. 짐을 채워 넣으면서 새로운 생활을 상상하는 걸로 짜증나는 현실을 잊을 수 있었다. 그러나 게이조의 말을 들은 뒤로는 뭔가가 바뀌어 버렸다. 몰두는 할 수 있었다. 그러나 머리에 떠오르는 것은 새로운 생활이 아니라 여기에 혼자 남겨질 게이조의 모습이었다.

"아빠랑 엄마가 있었다면……."

짐 꾸리기를 관두고 유우는 침대에 몸을 내던졌다. 요즘
들어 수면 부족이 이어졌다. 졸린데도 잠들 수가 없었다.
그저께는 수업 중에 꾸벅꾸벅 조는 바람에 선생님에게 야단
맞고 반 친구들의 비웃음을 샀다. 얼굴에서 불이 뿜어져 나
올 정도로 부끄러웠다.

'자야 하는데.' 그렇게 생각하면 할수록 눈이 말똥말똥해
져 갔다. 게이조의 목소리가 점점 볼륨을 키워 갔다.

'나는 아이누인이다. 너처럼 자신의 피를 부끄러워하지
않아.'

"몰라."

유우는 중얼거렸다. 부모님이 살아 계셨다면 이런 곳에서
생활할 일은 없었을 것이다. 자신의 몸에 아이누의 피가 흐
르고 있다는 것도 모른 채 살았을 것이다. 이런 기분을 느
낄 일도 없었을 것이다.

"몰라, 몰라, 몰라."

주문처럼 같은 말을 중얼거렸다. 그러자 이번에는 경찰서
에서 머리를 숙이는 게이조의 모습이 뇌리에 떠올랐다. 그
때, 게이조는 유우를 위해 자존심을 꺾었다. 게이조가 자신
에게 버럭 화를 낸 것은 충격이었지만 그 모습에는 가슴이
아팠다. 그것을 게이조에게 강요한 자신에게 혐오감조차 들

었다. 그리고 동시에 감동도 느꼈었다.

나는 사랑받고 있다고. 게이조에게 있어서 소중한 존재라고.

자신과 살게 되면서 그 완고했던 게이조가 버린 것, 포기한 일이 얼마나 많을까. 그에 비하면 나는 무엇을 버리고, 무엇을 포기한 걸까.

"미안해요, 할아버지."

하지만 이곳을 떠나고 싶다는 마음은 흔들리지 않았다. 게이조에게 미안해서 견딜 수가 없었다.

어느새 창밖이 밝아졌다. 스마트폰을 봤다. 이제 곧 오전 세 시가 되려 했다. 공부를 끝내고 여행용 가방의 짐 꾸리기를 시작한 것은 자정부터였다. 얼마나 짐 꾸리기를 반복했던 걸까. 침대에 누운 지는 아직 한 시간 정도밖에 지나지 않았을 것이다. 유우는 방을 나왔다. 발소리를 감추고 욕실로 갔다. 앞으로 한 시간 안에 오자키가 올 것이다. 또 마슈 호수에 가는 것이다. 세수를 하고 눈물로 부운 눈꺼풀을 어떻게든 해야만 했다.

게이조의 침실에서 엄청난 코골이가 들려왔다. 평소 같으면 얼굴을 찡그리지만, 오늘만큼은 코골이가 가엽게 느껴졌다.

주차장에는 평소보다 많은 차가 세워져 있었다. 제3전망대에 늘어선 삼각대 숫자도, 아마추어 카메라맨의 수도 많았다.

"오늘은 다들 어쩐 일입니까?"

오자키가 안면이 있는 카메라맨에게 물었다.

"오늘은 나올 거 같으니까 모두 들떠 있는 거지."

"나올 거 같다니 안개 폭포가요?"

"당연히 안개 폭포지, 엉뚱하기는. 저기 봐봐."

카메라맨은 호수의 남쪽을 가리켰다. 호수 위로 밀어낸 듯우뚝 솟아있는 산 위로 짙은 안개가 한곳에 모여 있었다.

"저 안개가 빵빵해지면 산 표면을 따라 호수 표면으로 떠내려 올 거야. 그게 안개 폭포지."

오자키는 뒤돌아봤다. 유우가 스마트폰을 보면서 이쪽으로 오고 있었다.

"히라노 양, 오늘은 볼 수 있을 거 같대."

오자키의 목소리에 유우는 스마트폰을 상의 주머니에 집어넣고 달려왔다.

"정말요? 그래서 오늘 사람들이 많은 거예요?"

유우의 눈꺼풀은 부석부석했다. 화장으로 가리려 했지만

부질없는 노력이었다.

"괜찮은 거죠, 오늘은?"

오자키는 카메라맨 쪽으로 얼굴을 향했다.

"아직 몰라. 가능성은 높지만 바람이 불면 다 허사지."

다른 카메라맨들은 흥겹게 떠들거나 담배를 피우고 있었다. 그러나 그 표정들에는 평소와 다른 긴장이 내포되어 있는 듯했다.

"왠지 두근두근하네요."

유우가 말했다.

"응, 목이 마르네."

오자키는 침을 삼켰다.

"뭐, 오늘 안 되더라도 내일이 있으니까. 아마 요 며칠 내로 반드시 안개 폭포가 나올 거야."

"어떻게 그걸 알고 계십니까?"

"안개 폭포를 하루 이틀 찍으러 다닌 줄 알아? 경험이야, 경험."

카메라맨은 삼각대에 세팅한 카메라를 만지작거리기 시작했다. 파인더를 들여다보면서 카메라의 위치를 미세하게 조정하고 있었다.

"오랜 경험으로 비추어 봤을 때, 오늘 안개 폭포가 나올 가능성은 몇 퍼센트입니까?"

"75퍼센트."

오자키는 다시 얼굴을 남쪽으로 향했다. 산 위에 머물러 있는 안개 덩어리가 점점 커져 갔다. 카메라맨들도 수다를 멈추고 각자의 카메라를 마주하기 시작했다. 유우도 카메라 모드로 해 둔 스마트폰을 폭포 쪽으로 돌렸다.

그 사이에도 산 정상의 안개 덩어리는 점점 크기를 부풀려갔다. 언제 포화 상태에 달해도 이상하지 않게 느껴졌다. 하지만 마른침을 삼키며 기다리던 중, 어디선가 한숨 소리가 들려왔다.

"젠장, 바람이 나왔구만."

"정말이군. 바람아, 제발 멈춰라."

바람이 불지 않던 전망대에 동쪽에서 바람이 불어 닥쳐왔다. 잔잔해서 거울처럼 깨끗했던 마슈 호수의 호면에도 잔물결이 일기 시작했다.

"안 돼……."

유우가 중얼거렸다.

"빌자, 바람이 멎기를."

"네."

유우는 스마트폰을 든 채로 손을 모았다. 오자키도 그 모습을 따라했다.

'부디 바람이 멎기를.'

유우에게 안개 폭포를 보여 주고 싶었다. 밤새 무엇 때문에 울었는지는 모르겠지만, 이 소녀는 분명 상처받았던 것이다. 안개 폭포를 보는 걸로 그 상처가 조금이라도 아물 수 있다면 무슨 일이 있더라도 보여 주고 싶었다.

유우를 보고 있으면 자원봉사로 재해지를 방문했을 때 만났던 소녀가 떠올랐다. 부모님을 쓰나미로 여의고, 그녀는 조부모님의 집에서 생활하고 있었다. 유우와 비슷한 나이의 아이었다. 조부모님 앞에서 그녀는 항상 웃었다. 그러나 혼자가 되면 그 얼굴은 일그러졌다. 눈물을 참으려고 이를 악물었다.

어느 날, 오자키는 아직 잔해 투성이인 주택가에서 소녀를 발견했다. 주택가라고 해봤자 주변에는 아무것도 없었다. 대부분의 가옥들이 쓰나미에 떠내려가 남아 있는 것은 기초 공사 흔적뿐이었다.

"왜 그래?"

오자키는 멈춰 서있는 소녀에게 말을 걸었다.

"여기, 우리 집이었어요."

그녀는 기초공사의 흔적을 가리켰다.

"여기가 현관, 여기가 복도, 이쪽은 화장실이고 여기는 욕실, 저쪽이 거실이고 거실 안쪽은 주방. 아빠와 엄마의 침실이 여기고, 2층은 제 방과 객실, 그리고 여기에 계단이 있었어요. 전부 떠내려갔어요."

소녀는 말했다.

"아빠와 엄마가 소중히 간직했던 것들도 제가 소중히 간직했던 것들도요."

그리고 소녀는 목놓아 울기 시작했다. 오자키는 어찌해야 좋을지 몰라 소녀의 손을 잡았다. 소녀가 울음을 멈출 때까지 계속 잡았다. 주변이 어두컴컴해지기 시작했을 즈음, 소녀의 눈물이 멈췄다.

"고맙습니다."

소녀가 말했다.

"고맙긴. 저기, 내일 일출을 보러 가지 않을래?"

"일출이요?"

"응, 내일 아침 다섯 시 반에 여기서 기다릴 테니까."

오자키는 그렇게 말하고 소녀에게 손을 흔들었다.

다음 날, 오자키가 약속 장소에 갔을 때 소녀가 기다리고 있었다. 어제와는 다르게 교복을 입고 있었다.

"일출을 보고 나면 바로 학교에 가려고요. 할머니께서 평소보다 일찍 일어나서 도시락을 만들어 주셨어요."

오자키는 소녀를 차에 태우고 바다로 향했다. 주위는 아직 어두웠지만 바다가 가까워 오자 수평선이 빨갛게 물들어 있었다.

"예쁘다……."

차에서 내린 소녀가 중얼거렸다.

구름 하나 없었다. 하늘 위로는 아직 별이 반짝이고 있었다. 수평선 부근은 빨갰다. 그것이 하늘을 향해 올라가자 오렌지에서 노란색, 그리고 엷은 흰색으로 그러데이션이 이어졌다. 흰색부터 다음은 엷은 파랑, 짙은 파랑, 남색 그리고 검정으로 다시 그러데이션이 이어졌다.

"태어나서 줄곧 여기 살았는데 이런 건 처음 봐요."

"그건 좀 아깝네."

오자키는 말했다.

"하루 중에서 가장 아름다운 시간이야. 바다 가까이 살고 있는 사람들의 특권이기도 하고."

소녀는 대답하지 않았다. 진지한 눈빛으로 아침노을을 바라보았다. 오자키는 입을 닫았다.

이윽고 수평선 위의 한 점이 강하게 빛났다. 바다가 밀어 올리듯 태양이 모습을 나타냈다. 태양은 믿어지지 않을 만큼 빨갛게 빛나고 있었다. 하늘로 올라가는 태양과 물안경처럼 변한 해수면에 비친 태양이 딱 붙어 있었다. 태양이 올라가면서 두 개의 태양은 세로로 퍼졌고, 결국에는 두 개로 분열되었다.

"와……!"

소녀의 입에서 감탄이 새어 나왔다. 말로 표현되지 않는 목소리였다.

"와……!"

소녀는 다시 외쳤다.

"와……!"

오자키도 따라해 보았다. 이 장면에서는 어떤 말보다 어울리는 감탄사였다.

태양이 떠올랐다. 해수면이 그 빛을 반사하며 무수히 많은 금가루를 흩뿌리듯 반짝이고 있다. 태양이 더욱 떠올랐다. 해수면에 오렌지빛 길이 나타났다. 빛이 반사되어 그렇게 보였다. 그 길은 바다 건너 저 멀리 천국으로 통해 있는 것처럼 느껴졌다.

"고마워요."

소녀가 말했다.

"별말씀을."

오자키는 대답했다.

"왠지 잘 모르겠지만 기분이 엄청 가벼워졌어요. 태양은 참 대단하네요."

"응, 맞아."

오자키의 말에 소녀는 고개를 끄덕이고 심호흡을 했다.

그때의 소녀의 옆모습은 지금도 눈에 선명했다. 자연의

아름다움은 사람의 마음을 치유해 준다. 그래서 유우에게 안개 폭포를 보여 주고 싶었다. 자연의 아름다움에 감동을 받고 치유되는 유우의 얼굴을 보고 싶었다.

"이거 글렀는데."

카메라맨이 그렇게 말하고는 카메라를 삼각대에서 떼어 냈다.

"어렵나요?"

"어어, 바람이 세졌어. 이거 봐, 안개가 흩어지기 시작했어."

카메라맨의 말대로 산 정상의 안개가 바람을 받아 덩어리에서 몇 가닥이 길게 가로로 뻗어나갔다.

"저렇게 되면 허탕이지."

"그런 거예요?"

유우가 입을 열었다.

"응, 허사야. 거의 20년 가까이 여기 오고 있으니까 알 수 있어. 봐봐. 다른 녀석들도 돌아갈 준비를 시작했어. 어떻게든 되지 않을까 하고 버티는 건 촌뜨기나 하는 짓이지."

"그렇군요……."

유우는 낙담했다. 기대가 컸던 만큼 실망도 컸을 것이다.

"아가씨, 학생인가?"

"네."

"어디서 왔는가?"

"가와유요."

"그렇다면 안개 폭포를 보고 난 뒤에 학교에 가도 늦지 않잖아?"

"네?"

"내일이나 모레쯤엔 안개 폭포가 반드시 나올 거야. 조금만 더 힘내서 보러 오면 될 거야. 어쩌면 살짝 지각할지도 모르지만 하루 정도는 괜찮아."

"내일이나 모레에는 반드시 볼 수 있는 거예요?"

"틀림없어."

카메라맨이 힘차게 고개를 끄덕였다. 유우가 오자키를 봤다. 유우가 혹시나 지각할지도 모른다는 건, 유우를 학교에 보내고 난 뒤에 직장으로 향하는 자신은 틀림없이 지각한다는 의미였다.

그렇다 하더라도.

"내일도 와 볼래?"

오자키는 말했다.

"네!"

유우가 환하게 웃었다. 눈가의 붓기가 어느샌가 사라져 있었다.

                    * * *

"유우가 웃고 있었어."

나무를 깎으면서 게이조가 말했다.

"그렇습니까?"

"내가 잡혀가고 난 뒤로 계속 불편한 얼굴이었어. 근데 오늘 아침에 너랑 돌아오고 난 뒤로는 웃고 있었어."

"아침에 마중 나왔을 때는 눈이 퉁퉁 부어 있었는데 말이죠."

슬며시 유우가 남몰래 울었다는 것을 전하고 싶었다.

"그랬군…… . 항상 일요일에는 아침 일찍부터 나가는 것 같던데, 어딜 가는 거야?"

"마슈 호수에요. 히라노 양이 안개 폭포를 보고 싶대서요."

"안개 폭포라…… ."

"게이조 씨는 본 적 있습니까?"

"옛날에. 아버지를 따라 카무이누프리에 올라갔을 때 봤어."

"카무이누프리요?"

"마슈산을 말하는 거다."

마슈 호수의 남동쪽으로 우뚝 솟아 있는 외륜산의 하나였다. 외륜산 중에서는 가장 높았다.

"아침 일찍부터 올라갔군요."

오자키의 말에 게이조가 웃었다.

"산에 들어간 것은 안개 폭포를 보기 3일 전이었다. 아버지가 사냥하는 거에 끌려가서 산속에서 묵었었지."

"그 말은 즉, 등산길을 오른 게 아니었군요."

게이조는 당연하다는 듯이 고개를 저었다.

"아침부터 안개가 깊었어. 이거 잘하면 안개 폭포를 볼 수 있을지도 모르겠다고 아버지가 말했었지. 안개 폭포라는 말을 아이누어로 말했었는데 뭐라고 불렀었는지는 기억이 잘 안 나는군."

"그래서요?"

"마슈 호수를 내려다 볼 수 있는 장소까지 갔어. 외륜산 위에 안개 덩어리가 생겨나더니 이윽고 그것이 호수를 향해 산 표면을 타고 흘러내려 갔지. 그 광경을 보며 아버지는 기도했었어. 아버지는 그게 산신이 마슈 호수의 물을 마시러 가는 표시라고 말씀하셨어."

"굉장했나요?"

"나는 빨리 집으로 돌아가서 이불을 뒤집어쓰고 자고 싶을 뿐이었어. 아직 꼬맹이였으니까."

"그게 다인가요……?"

"그게 다다."

게이조가 다루는 조각칼이 차례차례로 나무 부스러기를 만들어 냈다. 이제 막 깎기 시작해서 작품의 윤곽조차 명확

하지는 않았지만 오자키는 불곰이지 않을까 하고 생각했다.

그때, 청바지의 뒷주머니에 넣어 둔 스마트폰이 진동했다. 모르는 전화번호가 표시되었다.

"잠시 실례하겠습니다."

게이조에게 양해를 구하고 오자키는 아틀리에를 나갔다. 자신의 차에 올라탄 뒤 전화를 받았다.

"여보세요?"

"마사히코야?"

겐고의 목소리가 귀에 날아들었다.

"내 전화번호, 어떻게 안 거야?"

오자키는 물었다. 지금 쓰는 스마트폰은 다쓰키와 겐고와 헤어지고 나서 손에 넣은 것이었다. 두 사람에게는 전화번호도 메일 주소도 가르쳐 주지 않았었다.

"그보다도 뉴스 봤어?"

"대답해. 어떻게 이 번호를 알아낸 거야?"

"너 그 스마트폰 다치카와立川에서 샀지?"

'사정이 있는 스마트폰을 싼 가격으로 손에 넣을 수 있는 가게가 있어.' 그걸 가르쳐 준 것은 겐고였다. 겐고라면 그 가게 사람들에게서 전화번호를 알아낼 수 있었을지도 모른다.

"다쓰키가 잡혔어."

"알고 있어."

"어떻게 해야 하지? 그 녀석, 말하려나?"

"글쎄."

오자키는 차가운 목소리로 말했다.

"뭐야, 그 말투는."

"아무래도 좋으니까."

"네가 제일 배짱 두둑하구나."

겐고의 목소리는 상기되어 있었다.

"다쓰키가 잡혔다는 뉴스를 보고 난 뒤로 난 잠을 잘 수가 없어."

오자키는 한숨이 나오려는 것을 참았다.

"너 지금 어디에 있는 거야?"

"그건 알려 주지 않겠다고 그때 이야기했잖아."

"그렇지만 혼자 도망쳐 있으니까 불안해서 견딜 수가 없어. 합류하지 않을래? 둘이서 함께 도망치자."

"안 돼."

오자키는 겐고의 말을 딱 잘라 거절했다.

"냉정하게 굴지 말고."

"이봐, 겐고. 우리들은 언젠가는 잡혀. 다쓰키가 잡혔던 것처럼 말이야. 경찰은 바보가 아냐. 언제 잡힐지는 모르겠지만, 나는 그 사이에 하고 싶은 일이 있어. 너랑 함께 있으면 그걸 할 수 없어."

"하고 싶은 일? 장난치지 마. 우리들은 경찰에게서 도망 다니고 있다고."

"장난치는 거 아니야. 끊을게. 두 번 다시 전화하지 마."

"잠깐만, 마사히코!"

오자키는 전화를 끊고 스마트폰의 전원을 껐다. 되도록 빠른 시일 내로 다른 스마트폰으로 바꿀 필요가 있었다.

"겐고는 너무 허둥댄단 말이지."

스마트폰을 주머니에 집어넣은 뒤, 차에서 내리려고 얼굴을 들었다. 안채 현관 앞에 유우가 서 있었다. 유우는 불안한 얼굴로 오자키를 바라보고 있었다.

"어디 나가?"

오자키는 쾌활하게 말을 걸었다.

"잠깐 친구 만나고 올게요. 근데 전화 누구한테서 온 거예요?"

"아는 사람, 왜?"

"오자키 씨가 무서운 표정을 지으니까 신경 쓰여서……."

"마음이 잘 안 맞는 녀석한테서 온 전화였어. 난 호불호가 금방 얼굴에 드러나잖아."

오자키는 웃었다.

"그래요? 그럼 됐고요."

유우가 자전거에 걸터앉았다.

"점심 준비해 뒀으니까 전자레인지에 돌려서 먹어요."

"내 거도 있어?"

"매주 마슈 호수에 데려다 주는 보답이에요."

"그 정도는 식은 죽 먹기지."

"그럼 다녀오겠습니다."

유우가 페달에 체중을 실었다. 자전거가 움직이기 시작하더니 조금씩 속도가 붙었다.

푸른 하늘이 펼쳐져 있었다. 하늘의 파랑과 땅의 초록이 선명했다.

"더워질 거 같네……."

오자키는 읊조리고는 아틀리에로 발을 돌렸다. 게이조는 계속 나무를 깎고 있었다. 발밑에 떨어진 나무 부스러기의 양이 늘어났다. 오자키는 빗자루와 쓰레받기로 흩어진 나무 부스러기를 긁어모았다.

"여름 휴가는 받을 수 있는 거냐?"

게이조가 물었다.

"7월 말에서 8월은 성수기라 쉴 수가 없지만 9월로 접어들면 교대로 휴가를 길게 가는 걸로 이야기되어 있습니다."

"그럼 휴가를 받으면 너도 산으로 들어와라."

"네?"

"들어가고 싶잖아, 산에."

"아, 네. 그래도 되나요? 데려가 주시는 겁니까?"

180

게이조가 고개를 끄덕였다.

"하지만 힘들 거야. 너는 어린애가 아니니까, 난 최소한의 도움만 줄 거야. 거의 노숙이나 다름없고 먹을 것도 몸을 움직이기 위해 필요한 최소한의 것만 가지고 갈 거야."

"알겠습니다."

"피곤하다느니 어떻다느니, 쓸데없는 소리 지껄이면 버려두고 갈 테니까."

"알겠습니다.

오자키는 같은 말을 반복했다. 머릿속이 끓는 듯한 느낌이 들어 다른 말이 떠오르지 않았다. 게이조와 산에 들어간다. 그것은 아이누의 세계관을 만날 수 있다는 말이었다. 신들의 세계에 비집고 들어간다는 말이었다.

"얼굴이 벌겋다."

게이조의 손이 멈췄다.

"기뻐서 흥분한 겁니다."

"기쁘긴 뭐가 기쁘냐. 칠칠치 못하기는."

게이조는 다시 나무를 깎기 시작했다. 바로 집중했다는 것을 알 수 있었다. 이윽고 오자키의 존재도 잊은 채 한곳에 몰두해서 깎기 시작했다. 나무를 마주하는 게이조에게는 다가가기 어려운 엄숙함이 있었다. 게이조는 나무를 깎는 것으로 나무에 생명을 불어넣고 있었다. 나무에게 있어서 게이조는 창조주였다. 생명을 불어넣으려는 게이조와 생명이 불어넣어지고 있는 통나무는 봐도 봐도 질리지가 않았다.

15

구마가이 야스오라는 사람이 2011년 3월 11일 당시의 동일본전력 사장이었다. 지금은 동일본전력을 퇴사하고 자회사의 고문으로 들어가 있었다. 자택은 세타가야구 오쿠사와世田谷区奥沢.

"자택까지 알고 있어?"

다쓰키의 보고에 오자키는 고개를 갸우뚱했다.

"당시의 동일본전력 간부들의 동정을 쫓고 있는 녀석들이 있어. 그 녀석들에게 물어봤어. 틀림없어."

다쓰키가 대답했다. 겐고는 주변을 살폈다. 점심시간이라기에는 아직 일렀다. 패밀리 레스토랑은 한산했다.

"이 녀석, 동일본전력을 관둔 뒤에 미국으로 도망가 있었어. 그러다 세간의 관심이 식은 틈을 타 귀국한 뒤로는 떵떵거리며 살고 있어."

다쓰키의 목소리에는 증오와 모멸이 뒤섞여 있었다.

"책임을 지게 한다면 역시 이 녀석이지 않을까?"

"알아보기도 쉽고 말이지."

겐고가 말했다.

"하지만 책임을 지게 한다는 게 말로는 쉽지만 어떻게 할
건데?"

"문제는 바로 그거야."

오자키의 말에 다쓰키가 얼굴을 찡그렸다.

"생각하는 것만으로는 아무것도 안 돼. 일단 이 녀석의 집
을 보러 가자."

겐고가 일어났다. 다쓰키가 두뇌파라면, 겐고는 두말할
것 없이 행동파였다. 좀처럼 결론이 나지 않는 토론을 싫어
했고 일단 몸부터 움직이려했다.

"그러네. 일단 사전 조사를 하러 가 볼까. 여기에서 금방
이기도 하고."

오자키 일행은 시부야渋谷에 있었다. 오쿠사와라면 도요
코선東横線으로 지유가오카自由が丘나 덴엔초후田園調布까지
가서 그 다음은 걸어가면 됐다.

패밀리 레스토랑을 나와 역으로 향했다. 다쓰키는 스마트
폰을 노려보고 있었다. 구마가이 야스오의 집 위치를 지도
어플로 확인하고 있는 듯했다.

"가장 가까운 것은 메구로선目黒線 오쿠사와역이지만 지
유가오카 근처니까 지유가오카에서 걸어가자."

일요일의 시부야역은 복잡했다. 도요코선의 급행전차도 혼잡했다. 완행전차는 그렇게 혼잡하지만은 않았다. 서로 상의하지 않았지만 오자키 일행은 완행전차의 전차가 정차해 있는 홈으로 발을 옮긴 후, 전차에 올라탔다.

"그거 알아, 마사히코?"

전차가 움직이기 시작하자 다쓰키가 속삭이듯 말했다.

"뭘?"

"반원전 데모에 자주 얼굴을 내미는 녀석들 말이야, 공안들에게 감시당하고 있나봐."

"공안이라면 경찰?"

다쓰키가 고개를 끄덕였다.

"감시해서 뭘 어쩌겠다는 거지?"

"글쎄. 테러라도 일으킬 작정인가 싶어서 걱정하고 있는 거 아냐?"

"정말 위험한 생각을 하는 녀석들은 데모 같은 거 안 할 텐데 말이지."

겐고가 말했다.

"그거, 우리 이야기야?"

오자키가 물었다. 겐고와 다쓰키는 쓴 웃음을 지을 뿐 대답하지 않았다.

지유가오카 역에서 내린 후, 다쓰키를 따라 걸었다. 역의 남쪽 출구로 나와 동쪽으로 향한 뒤 막다른 곳에서 비교적 큰 거리를 따라 남쪽으로 내려갔다.

"예전에 이 주변에 살았었어."

다쓰키가 말했다.

"고등학교 시절의 동급생과 함께 방을 빌려서. 그 녀석이 허세가 좀 있었는데 어떻게든 지유가오카에서 살고 싶다면서 물건을 찾았었지만 우리들 예산으로 빌릴 수 있는 집은 결국 오쿠사와 근처밖에 없었어. 그 녀석, 주변에는 자기가 지유가오카에 살고 있다고 떠벌리면서 전차도 메구로선은 절대로 타지 않고 지유가오카까지 걸어가서 도요코선을 탔지. 바보 같지 않냐?

"지유가오카가 그렇게 좋아?"

겐고가 말했다.

"나는 안 좋아해. 그래서 메구로선만 이용했었어. 지유가오카를 벗어나서 메구로선 구역까지 오면 여기가 꽤나 서민적인 거리거든."

오쿠사와역 앞의 교차로에서 왼쪽으로 꺾었다. 그대로 300미터 정도 가서 좁은 길목에서 다시 왼쪽으로 꺾었다.

"이 부근일 텐데."

다쓰키가 발을 멈추고 주변 건물을 둘러봤다. 단독 주택과 연립 주택이 혼재되어 있었다.

"저거 아냐?"

겐고가 가리킨 것은 주변 건물 중에서도 유달리 모던한 느낌의 단독 주택이었다. 직선적인 디자인이었고 콘크리트가 둘러져 있었다. 평수는 30, 40평 정도일 것이다. 큰 차고가 골목에 맞닿아 있었고 그 위에 집이 세워져 있었다. 한눈에 봐도 꽤나 돈이 들었다는 것을 알 수 있는 집이었다.

미리 짜 둔 것도 아닌데 오자키 일행은 일제히 걷기 시작했다. 콘크리트로 된 집 앞을 그냥 지나쳤다. 표찰이 눈에 들어왔다. '구마가이'라고 적혀 있었다.

"역시 저 집이군."

걸으면서 겐고가 말했다.

"역시나."

다쓰키가 말했다.

"집으로 돌아갈 수 없는 사람이 얼마나 많은데 저런 호화스러운 집에 잘도 살고 있구만."

"그뿐만이 아냐. 몇천만, 어쩌면 억이 넘는 퇴직금도 받고 지금도 자회사에서 많은 돈을 받고 있어.

"그 돈을 복구 비용으로 기부하면 좋을 텐데."

"그렇게 할 리가 없잖아."

오자키는 다쓰키와 겐고의 대화에 귀를 기울이면서 뒤돌아 봤다.

집은 주위를 찍어 누르듯이 세워져 있었다. 무미건조한 임시 주택에서 생활하는 노인들의 얼굴이 차례로 뇌리에 떠올랐다가 이내 사라져갔다.

16

"전 동일본전력 사장 살해에 연관되어 있는 걸로 여겨져 체포된 모리 다쓰키 용의자는 경찰의 취조에 묵비권을 행사하고 있는 걸로 밝혀졌습니다."

뉴스방송에서 여자 아나운서가 원고를 읽고 있었다. 유우는 잔기(일본의 튀김요리인 가라아게唐揚げ의 홋카이도 방언)에 젓가락을 뻗다 말고 손을 멈췄다.

"아무래도 침묵으로 일관하는 것 같네요."

뉴스 해설자가 말했다.

"사건 관여에 대한 일을 포함해 완전히 입을 닫고 있는 상태라고 합니다."

"경찰은 여러 명의 범행으로 간주하고 있는 듯합니다만……."

캐스터가 중간에 끼어들었다. 해설자가 고개를 크게 끄덕였다.

"저도 여러 명의 범행이라고 생각합니다. 경찰로서는 어떻게 해서든 용의자의 입을 열게 해서 공범의 이름과 거처를 잡아내고 싶은 상황이겠죠."

해설자는 의기양양한 얼굴로 떠들고 있었다.

"이런 뉴스에 관심이 있는 거냐?"

게이조가 맥주 캔을 기울이며 물어왔다. 순간 심장이 멎을 것 같았다.

"별로 특별히 관심이 있는 건 아니에요."

"그런 것 치고는 밥 먹는 것도 잊은 채 TV를 보고 있던 걸?"

"그냥 궁금했던 것뿐이라니까요."

유우는 퉁명스럽게 말하고는 잔기를 입으로 옮겼다.

"안개 폭포를 보고 싶다고 했다며?"

게이조가 화제를 바꾸었다.

"아, 네."

"어째서 그렇게 안개 폭포를 보고 싶은 거냐?"

"우연히 스마트폰으로 안개 폭포의 사진을 발견했어요. 그러다보니 어떻게든 제 눈으로 직접 보고 싶어져서……. 마침 가까운 데 살고 있기도 하고요. 내일도 갈 거예요."

"내일은 학교가잖아?"

"오자키 씨가 바래다주니까 괜찮아요."

"그렇군……."

게이조는 다시 맥주에 입을 갖다 댔다. 밥과 된장국에는 손도 대지 않았다. 지금은 잔기와 야채조림을 맥주 안주 삼고 있었다.

"저기, 할아버지가 산에 들어가 있을 때 봤던 것 중에 가장 아름다웠던 게 뭐예요?"

"아름다웠던 것?"

게이조가 당황한 듯한 표정을 지었다.

"예를 들면 아침 햇살을 받은 산 표면이라든가 그런 거요. 반드시 산에 있어야만 볼 수 있는 풍경이요."

"불곰 가족이려나?"

게이조가 나직이 말했다.

"네? 불곰요?"

"이맘때 무렵이었어. 나는 산 위쪽에서 아래를 내려다보고 있었어. 200미터 정도 아래에 숲이 탁 트인 곳이 있었는데 종종 그곳에서 새끼 불곰들이 놀았어. 그곳에서 기다리고 있으면 어미 불곰이 오니까 잡을 수 있을 것 같았거든."

유우는 젓가락을 내려놓았다. 아름다운 풍경에 대해서 물었는데, 불곰이 나왔다. 게이조의 이야기가 어떻게 이어질지 강한 호기심이 일었다.

"새끼 불곰 두 마리가 있었고 서로 뒤엉켜 놀고 있었어. 참 귀여웠지. 그리고 내 예상대로 그곳에 어미 불곰이 모습을 나타냈어."

"어떻게 됐어요?"

"나는 총을 겨눴지. 그랬더니 어미 불곰이 내 존재를 눈치
챘어."

"200미터나 떨어져 있었는데도요?"

게이조가 고개를 끄덕였다.

"살기를 느낀 거지. 어미 불곰은 이빨을 드러내고 나를 노
려봤어. 설마가 아니고, 200미터 떨어진 곳에서 정확히 나를
노려봤어. 털을 바짝 세워서 몸이 두 배 정도는 부풀어져 보
였어. 어미 불곰이 그런 상태인데도 새끼 불곰들은 노는 데
에 정신이 팔려서 전혀 눈치채지 못했지. 그러더니 어미 불
곰은 나와 새끼 불곰들을 가로막듯이 이동하고선 불쑥 일어
섰어. 자신을 방패로 삼고 새끼 불곰들을 지키려 한 거지."

"불곰이요?"

"200미터 정도는 내 실력으로는 빗나갈 수가 없는 거리
야. 하지만 쏠 수 없었어. 무슨 일이 있어도 새끼 불곰을 지
키려는 기백에 진 거지. 내가 총을 내려놓으니 어미 불곰은
새끼 불곰들의 엉덩이를 걷어차듯이 하면서 숲속으로 도망
갔어. 내가 산에서 본 가장 아름다운 것은, 그 불곰의 새끼
를 생각하는 마음이야."

"왠지 알 거 같아요."

유우는 말했다.

"그래서 할아버지의 조각상에는 어미 불곰과 새끼 불곰이 함께 있는 게 많은 거구나."

"그래. 자각하진 못했는데 지금 이야기하면서 알게 됐네. 그때의 어미 불곰의 얼굴이 여기에 깊이 새겨져 있지."

게이조는 자신의 가슴을 가리켰다.

"그 어미 불곰에게 경의를 표하며 나도 모르는 사이에 불곰 가족의 모습을 나무에 새겨 버리곤 하지."

그렇게 말한 뒤 게이조는 맥주를 비웠다. 남아 있던 밥과 된장국도 후루룩 들이켰다.

"그럼, 씻고 잔다."

게이조는 자리에서 일어서더니 뒤도 돌아보지 않고 욕실로 향했다.

* * *

"빨리, 빨리."

유우는 뒤돌아서 오자키를 재촉했다. 주차장은 거의 꽉 차 있었다. 제3전망대는 아마추어 카메라맨들이 북적대고 있었다. 오늘은 집에는 들르지 않고 곧바로 등교하기 위해 교복을 입고 있었다. 이제 곧 여름 방학인데도 쌀쌀했다.

"오자키 씨, 빨리요. 놓쳐 버릴지도 몰라요."

오자키는 30분 지각했다. 차로 날아왔지만 그래도 어제보다 15분 가까이 늦었다.

"아가씨, 오늘도 왔는가?"

늘 오자키와 대화를 나누던 카메라맨이 유우에게 미소를 지었다.

"안녕하세요. 오늘은 어때요?"

"나올 거야."

카메라맨은 기쁘게 말했다.

"정말로요?"

"어제보다 바람이 훨씬 적어. 좀 무서울 정도야. 이런데도 안개 폭포가 나오지 않는다면 벼락을 맞을 거야."

아마추어 카메라맨들의 분위기도 어제와는 달랐다. 잡담은 하지 않고 카메라를 마주하고 있었다.

"오, 형씨도 왔구만."

오자키가 숨을 헐떡이며 전망대로 올라왔다. 어째서인지는 모르겠지만 어젯밤은 흥분해서 잠에 들지 못했다고 한다. 그래서 지각한 거라고 했다.

"아아, 어제보다 안개 덩어리가 크네요."

호수의 남쪽을 바라보며 오자키가 말했다.

"오늘은 괜찮을 거야. 잘 봐 둬."

카메라맨은 그렇게 말하고는 자신의 카메라를 마주보았다. 삼각대에 장착된 수십 대의 카메라가 같은 방향을 향해 있었다. 카메라에서 길게 뻗은 렌즈는 마치 엽총 같았다. 모두가 거물이 잡히길 바라며 총구를 겨눴다. 하늘에 떠오른 구름이 빨갛게 물들어 있었다. 그리고 잔잔한 호수 면이 그 구름을 비추고 있었다. 먼동이 텄지만 아직 태양의 모습은 없었다.

"떴다!"

누군가의 목소리가 울려 퍼졌다. 그것을 신호로, 모두가 일제히 카메라의 셔터를 누르기 시작했다. 포화 상태가 된 안개가 산 표면을 따라 천천히 흘러내려 왔다. 처음에는 느릿한 움직임이었지만 가속이 붙으면서 산 표면의 숲을 집어삼켰다. 거대한 아메바 같았다. 안개는 부풀어 오르며 퍼지더니 흘러내려 갔다.

"굉장해……!"

오자키의 중얼거림이 셔터 소리 사이로 들렸다. 카메라맨들은 말없이 계속 셔터를 누르고 있었다. 이어지는 셔터 소리는 마치 머신 건의 총소리 같았다.

안개 폭포의 선단이 호면에 부딪히며 전후좌우로 퍼졌다. 안개에는 질량이 느껴졌지만, 호면은 조금도 흔들리지 않았다. 산 표면을 따라 안개가 끊임없이 흘러내려 왔고 호면에 부딪히고는 퍼져 나갔다. 푸른 하늘과 빨갛게 물든 구름을 비추고 있던 호면이 유백색으로 칠해져 갔다.

"어때, 아가씨. 일찍 일어난 보람이 있지?"

"네."

유우는 고개를 끄덕였다.

"스마트폰 있는데 사진 안 찍어?"

그 말을 듣고 깨달았다. 사진을 찍는다는 것을 완전히 잊고 있었다. 유우는 스마트폰을 꺼내 들고 사진을 찍었다. 다른 카메라맨들처럼 열중하며 셔터를 눌렀다.

산 표면을 타고 내려온 안개는 마슈 호수의 호면에 부딪히고 퍼지기를 계속하며, 단 몇 분 만에 초여름 색채가 선명했던 풍경을 흰색과 검은색의 흑백 세계로 바꾸었다. 머신건처럼 울려 퍼지던 카메라 셔터 소리도 어느새 멈추었다. 전망대는 정적에 휩싸였다.

"다들 뭔가를 기다리고 있는 것 같은데요?"

오자키가 카메라맨에게 속삭였다.

"조금 있으면 안개가 살짝 엷어져서 잘하면 동쪽에 있는 저 산 위로 해가 뜰 거야. 그게 또 어마어마하게 장관이거든."

유우는 스마트폰으로 시계를 확인했다. 시간은 꽤 여유가 있었다.

흑백의 세계가 조금씩 오렌지빛으로 물들어 가는 것을 알 수 있었다. 아침 햇살이 비춰 들어 왔다.

"히라노 양, 사진, 사진."

오자키가 어깨를 두드렸다. 유우는 환상적인 광경에 넋이
빠져서 또 사진을 찍는 것을 잊고 있었다.

"고마워요."

오렌지빛이 노란빛으로 바뀌어 갔다. 아니, 노란빛이라기
보다는 황금빛이었다. 안개와 호수 면이 황금빛으로 빛나고
있었다.

"온다."

카메라맨이 파인더를 들여다보며 말했다. 어느새 카메라
의 방향도 바뀌어 있었다. 옅어지는 안개 너머로 동쪽 산 위
가 한층 더 밝게 빛나고 있었다. 윤곽이 선명한 반원이 모습
을 드러냈다. 붉게 타오르는 태양이었다. 금빛 안개 속에서
태양만이 아찔할 정도로 빨갰다. 다시 셔터 소리가 울려 퍼
졌다. 계속되는 머신건의 총성 같은 소리가 고막을 울렸다.
유우는 스마트폰을 교복 주머니에 집어넣고 양손을 가슴 앞
에서 모았다. 가슴이 떨렸다. 이제 사진 같은 건 아무래도
좋았다. 이 아름다운 광경을 자신의 눈에 새길 것이다.

태양이 산 위로 올라왔다. 안개 틈을 빠져나온 태양빛이
여러 개의 줄기가 되어 마슈 호수의 호면에 쏟아졌다. 눈물
이 볼을 타고 흐르는 것이 느껴졌다. 그 눈물을 닦을 생각도

들지 않았다. 눈을 깜빡이는 것이 아까웠다. 너무나도 장대하고 우아한 광경에 신의 숨결마저 느껴질 것만 같았다.

'그렇구나. 그래서 먼 옛날 사람들은 순수하게 신을 믿었던 거야. 안개와 호수와 태양이 만들어내는 아름다움은 신이 아니면 만들어 낼 수 없어. 그러니까 신은 있어. 옛날 사람들은 옛날에 이 땅에 살았던 아이누인들은 지금과 같은 광경을 보며 신의 존재에 확신을 품었던 거야. 그리고 눈으로 본 광경과 현상에 신의 이름을 부여하고 신화를 엮어서 자손 대대로 이야기로 전해 왔어.'

"그렇구나……. 그런 거야."

태양이 점점 더 올라갔다. 안개가 조금씩, 하지만 확실히 옅어져 갔다. 그와 동시에 환상적인 광경도 희미해져 갔다.

"그렇구나라니, 뭐가?"

오자키가 물었다.

"신은 정말로 있구나 하고 생각했어요."

유우는 대답했다.

"있을까?"

"있어요. 저 느꼈다고요."

"그럼, 다행이네."

"다행이라니, 뭐가요?"

"히라노 양에게 안개 폭포를 보여 줄 수 있어서 정말 다행이야."

"네, 정말 고마워요. 보답으로 오자키 씨가 할아버지를 화나게 만들어도 한 번은 제가 풀어 드릴게요."

"고작 한 번?"

"네, 딱 한 번."

유우는 웃었다.

＊ ＊ ＊

직장에 도착하니 웬일로 TV가 켜져 있었다. 오자키가 일을 시작한 뒤로 이곳의 TV 전원이 들어와 있는 것은 손에 꼽을 정도였다. 화면에서는 뉴스 방송이 나오고 있었다. '전 동일본전력 사장 살인 사건의 용의자 침묵으로 일관'이라는 자막이 눈에 들어왔다.

"마음은 충분히 이해하지만 ……."

오카자키岡崎라는 직원이 TV를 보며 혼자 중얼거렸다.

"나도 동일본전력의 임원 녀석들은 용서 못해. 하지만 그렇다고 사람을 죽이는 건 또 다른 이야기지."

오카자키의 말에 반응하는 직원은 없었다. 모두 업무 준비로 바빴다. 그러나 오자키는 자신의 몸이 긴장되는 것을 멈출 수가 없었다.

언젠가는 들킬 것이다. 경찰은 반드시 찾아올 것이다. 하지만 그 날은 되도록 멀수록 좋다.

"오자키 군, 오늘은 뭘 할 거야?"

도쓰카 게이코가 물어왔다.

"오늘은 스기야마 씨에게 부탁해서 가이드워크 실습을 할 겁니다."

"숲 산책이군. 좋겠네, 한가하면 서류 일을 도와 달라고 하려 했는데."

가이드워크란 에코 뮤지엄센터가 하고 있는 서비스 중 하나였다. 뮤지엄센터를 방문한 관광객이 신청하면 스태프가 가이드가 되어 뮤지엄센터 주변의 산과 숲을 안내한다. 20, 30분 정도의 산책이었지만 지형이나 볼 만한 곳을 파악해 두지 않으면 가이드 일을 잘 해낼 수 없었다.

도쓰카 게이코가 리모콘으로 TV의 전원을 내렸다. 오자키는 몸에서 힘이 빠져나가는 것을 느꼈다.

"오카자키 씨, 이제 일할 시간이에요."

"예, 예. 일하면 되잖아요, 일하면."

TV가 꺼지면, 그곳은 평소와 다름없는 직장이었다.

"안녕하쇼."

활기찬 목소리와 함께 스기야마가 모습을 드러냈다. 작은 등산용 가방을 등에 메고 발밑에는 트레킹 슈즈를 장착했다. 가방에는 등산용 지팡이가 2개 꽂혀 있었다.

"오자키 군, 준비는 되었나?"

"스기야마 씨, 잠깐 기다려 주실 수 있나요? 점심, 편의점에서 사 올게요."

"그럴 줄 알고 아내에게 만들어 달라고 했어."

스기야마는 가방을 등에서 내려놓았다. 가방 안에서 보자기로 싼 네모난 것을 꺼냈다.

"스기야마 집안 특제 도시락이야."

"받아도 되나요?"

"아내한테 내가 젊은이에게 먹일 거라고 했더니 의욕이 넘쳐서 말이지. 늙은이가 만든 거라 간은 좀 싱겁지만 참고 먹어 줘."

"무슨 말씀이십니까. 감사히 먹겠습니다."

오자키는 도시락을 받아들고 자신의 가방에 집어넣었다.

"그러면 가 볼까?"

"네, 그럼 다녀오겠습니다."

직장 동료들에게 말하고 오자키는 스기야마의 뒤를 따라갔다.

산책로가 정비되어 있어서 봄부터 가을에 걸쳐서는 특별한 장비 없이도 대자연을 만끽할 수 있었다. 겨울에는 스노우 슈즈를 신고 트레킹도 즐길 수 있게 되어 있었다.

이 시기의 숲은 숨이 턱 막힐 정도로 초록빛 일색으로 물들어 있었다. 짧은 여름에 쏟아져 내리는 태양빛을 두고 서로 싸우듯이 식물들이 일제히 입을 벌리고 하늘을 향해 발돋움하고 있었다.

"이거 뿌려 둬."

숲에 들어가기 전, 스기야마가 분무기를 건넸다.

"뭡니까, 이게?"

"집에서 직접 만든 방충제야. 모기나 파리매뿐만이 아니라 진드기도 막을 수 있지. 요전에 모코토산 등산로를 정비할 때 모기한테 엄청나게 물렸었어."

오자키는 쓴 웃음을 지었다. 확실히 그때는 여기저기를 모기랑 파리매에게 물려 험한 꼴을 당했었다. 모기에게 물린 뒤에는 그저 가려울 뿐이었지만 파리매에게 당하면 물린 곳을 중심으로 퉁퉁 부어서 고통이 동반되었다. 붓기와 고통이 가라앉는 데에 4, 5일이나 걸렸다.

"이 방충제에 무슨 성분이 들어가 있나요?"

분무기로 방충제를 얼굴이나 팔에 뿌리면서 오자키는 물었다.

"여러 가지. 산에 자주 들어가는 사람은 다들 벌레 퇴치를 할 만한 것들을 몇 가지 알고 있어서 그걸 사용하지."

"그렇군요."

"옛날 사람들은 그런 걸 하지 않았지만 먹을 게 좋아지고 난 뒤로는 물리는 일도 많아졌지."

스기야마는 웃었다. 오자키는 분무기를 돌려줬다. 스기야마는 사이드 포켓에서 꺼낸 종을 가방에 달았다.

"불곰 퇴치용인가요?"

"만일을 위해서지."

"게이조 씨가 말한 건데요, 요즘 불곰은 사냥꾼이 적어져서 인간을 무서워하지 않게 되었대요. 종을 달고 걸어 다니면 오히려 다가온대요."

"그런 일이 생길지도 모르겠군."

스기야마는 종을 일부러 흔들었다. 맑은 소리가 울렸다.

"다만 나는 종을 달고 산을 걸어 다니면서 불곰과 마주친 적은 없어. 뭐, 종소리로 불곰을 마주치지 않도록 하는 용도보다는 일종의 부적이지."

스기야마가 걷기 시작했다. 오자키도 어깨를 나란히 하고 걸었다.

"불곰 대책은 종뿐입니까?"

"일단 이것도 가지고 왔지만."

스기야마는 가방의 왼쪽 면을 두드렸다. 단검이 들어 있는 나무 칼집 같은 것이 매달려 있었다.

"겐나타剣鉈야."

"겐나타요?"

"칼끝이 긴 나이프 같은 거야. 뭐, 이런 걸 가지고 있어도 눈앞에 불곰이 나오면 의미 없지만. 이것도 부적 같은 거야."

"칼로는 불곰을 당해낼 수 없나요?"

"총이 없으면 무리야. 옛날 아이누인은 화살로 불곰을 잡았다는 이야기가 있지만, 그것도 화살촉에 독을 발랐었지."

"그렇군요."

"일본에서 가장 크고 가장 센 짐승이니까. 뭐, 맞닥뜨리면 단념할 수밖에 없어."

오자키는 주위를 살폈다. 이 주변에 불곰이 나온다는 이야기는 들어 본 적이 없었다. 그렇다 하더라도 스기야마의 이야기를 들은 뒤로는 공포가 가슴 속에서 스멀스멀 퍼져 나갔다.

"걱정하지 마. 보통은 그 녀석들 쪽에서 먼저 우리 존재를 알아차린다고. 그리고 살짝 떨어져서 가 주지. 새끼들을 데리고 있거나 굶주린 불곰이 아닌 이상, 먼저 싸움을 일으키려는 녀석은 없어. 그런 짓을 하는 건 인간들뿐이야."

스기야마는 또 종을 흔들었다. 종소리와 함께 숲을 헤치고 들어갔다. 여기저기서 벌레 날개 소리가 들렸지만 다가오지는 않았다. 스기야마의 방충제가 효과가 있는 걸지도 모른다. 숲속으로 나아가면 나아갈수록 공기가 농밀해지는 듯한 착각에 빠졌다. 도시보다 산소가 짙었다. 마이너스 이온으로 충만했다. 숨을 쉴 때마다 세포가 활성화되어 갔다.

"얼굴이 풀렸어, 오자키 군."

뒤를 돌아본 스기야마가 말했다.

"그렇습니까?"

"인간은 두 갈래로 나뉘지. 숲에 들어오면 생기가 넘치는 인간과 그렇지 않은 인간. 숲과 궁합이 맞지 않은 녀석들은 바다로 가고 싶어 하지."

"알 것 같습니다. 하지만 이쪽에는 강과 호수도 있으니까 바다보다 낫네요."

"싱겁기는. 낫고 안 낫고의 문제가 아냐."

스기야마가 웃었다.

"이 주변은 홋카이도 가문비나무 숲이야. 한 번 빙 둘러봐도 20분도 안 걸리니까 그 뒤에 쓰쓰지가하라つつじヶ原까지 좀 더 가 볼 텐가?"

쓰쓰지가하라 자연 등산길은 가와유에서 이오산硫黄山까지 이어지는 산책로였다. 6월부터 7월에 걸쳐 이소쓰쓰지(홋카이도 남부에 분포하는 고산 식물)의 군생이 한 번에 개화해서 주변 일대가 꽃밭처럼 된다.

"화산 활동 때문에 이 주변은 토양이 그다지 좋지 않아. 하지만 가문비나무는 끄떡없지."

산책로를 걸으며 스기야마가 눈에 들어온 식물이나 동물에 대해서 간단하게 설명해 주었다.

풀산딸나무, 계피자기, 두루미꽃, 만병초, 오색딱다구리에 박새, 땅에 떨어져 있는 동물의 대변을 발견하고는 이거는 북방여우, 또 이거는 에조사슴이라고 알려 주었다.

"이 주변에는 줄무늬올빼미는 없습니까?"

"옛날에는 그럭저럭 있었는데 말이야. 요즘에는 눈에 안 띄네. 여기뿐만이 아니라 홋카이도 전체에서도 줄어든 듯해. 구시로에 맹금류 수의사가 있는데 빨리 손을 쓰지 않으면 멸종할지도 모른다고 걱정했어."

"맹금류 수의사요?"

"세상에는 여러 종류의 사람들이 있어."

스기야마가 또 웃었다.

"뭐, 줄무늬올빼미뿐만이 아냐. 흰죽지참수리부터 해서 죄다 하나같이 개체 수가 줄고 있어."

"서식지 환경이 파괴되고 있기 때문입니까?"

스기야마가 고개를 끄덕였다.

"차에 치이거나, 펼친 날개가 고압 전선에 부딪혀서 감전사하거나 이유는 여러 가지지. 다음은 납 중독이려나?"

"납 중독이요?"

"게이조 씨 같은 솜씨 좋은 사냥꾼이 줄어들어서 요즘에는 하나같이 허접스러운 놈들뿐이야. 그런 녀석들이 에조사슴을 쏘면 급소를 빗겨 나가고 에조사슴은 도망쳐 버리지. 하지만 총알이 박혀 있으니 그 사이 어딘가에서 객사하지. 그러면 그 총을 맞고 죽은 사슴고기를 맹금류가 먹는 거야."

"아아"

오자키는 고개를 끄덕였다.

"총알이 납이니까 그 때문에 중독을 일으키는 거군요."

"꽤 전부터 납탄은 금지되었지만 그래도 사용하는 녀석이 줄지를 않아. 나쁜 놈들."

이야기하는 동안 에코 뮤지엄센터의 지붕이 시야에 들어왔다. 산책로를 한 바퀴 빙 돌고 온 것이었다.

"그러면 쓰쓰지가하라에 가 볼까?"

오색딱따구리 오솔길이라고 불리는 산책로로 들어간 뒤 조금 걸어가자 쓰쓰지가하라 자연 등산길의 입구를 나타내는 간판이 보였다.

"왼쪽이 가문비나무고, 오른쪽은 활엽수 숲이야. 줄무늬올빼미가 있다고 한다면 이런 활엽수 숲에 있지. 앞으로 쭉 나아가면 이번에는 눈잣나무들이 펼쳐지지. 활엽수림과 눈잣나무들 사이에 이소쓰쓰지 꽃밭이 펼쳐져 있어."

"아직도 펴 있나요?"

"그럴 거야."

"저……. 눈잣나무는 높은 산 위 쪽이라든가, 고도가 높은 곳에 피는 거 아닙니까?"

"여기만은 특별하지. 고산 눈잣나무와는 다르게 나무 높이도 그럭저럭 돼."

"그렇구나……."

"원래 신의 땅이니까."

스기야마가 또 웃었다.

"자, 숲이 펼쳐졌군. 저 너머가 꽃밭이야."

스기야마의 말을 듣고 나니 가만히 있을 수 없어졌다.

"잠깐 실례하겠습니다."

오자키는 빠른 걸음으로 스기야마를 제쳤다. 정말이었다. 숲 너머에 꽃밭이 펼쳐져 있었다. 1미터도 채 안 되는 높이의 진달래나무에 작고도 흰 꽃이 무수히 많이 달라붙어 있었다. 마치 환상의 세계와도 같은 광경이었다. 이소쓰쓰지 군생을 보기 위한 나무 테라스가 설치되어 있었고, 오자키는 그곳에서 발을 멈추었다.

"해질녘에 오면 정말 예쁘다고."

뒤따라 온 스기야마가 말했다.

"저녁노을을 받아 이소쓰쓰지 꽃이 황금빛으로 빛나지. 그걸 보고 있으면 확실히 이곳은 특별한 장소구나, 신들이 사는 곳이구나 하는 생각이 들지."

"저녁노을 말입니까……?"

이소쓰쓰지 꽃이 저녁노을을 받아 빛나는 모습은 쉽게 상상할 수 없었다.

'유우를 데려오자.' 문득 그런 생각이 들었다.

내년 봄에는 유우는 이곳을 떠난다. 그 전에 이 주변의 여러 아름다운 풍경을 유우에게 보여 주자.

"이소쓰쓰지는 언제까지 피어 있습니까?"

"앞으로 일주일 정도이려나?"

스기야마의 말에 오자키는 크게 고개를 끄덕였다.

17

다쓰키와 겐고가 교대로 구마가이 야스오를 일주일 동안 감시했다. 오전 일곱 시 반에 오쿠사와의 자택에 검은색 세단이 왔고 구마가이 야스오는 뒷자석에 올라탔다. 회사가 있는 도라노몬虎ノ門까지 다른 곳에 들르지 않고 여덟 시 조금 넘어 출근했다. 퇴근 시간까지 대부분을 사내에서 보냈고 다섯 시 반이 지나면 다시 검은 세단으로 귀가했다. 술을 마시러 가지도 바람을 피우지도 않았다.

"토요일에는 골프를 쳤어."

다쓰키가 말했다.

"골프 치러 갈 때도 차를 타나?"

"그래. 항상 차 안에 있어. 발붙일 틈도 없는 느낌이야."

"누군가가 노리고 있다고 생각하고 있겠지."

겐고가 햄버그스테이크를 입에 가득 넣으며 말했다. 셋이서 만날 때는 항상 패밀리 레스토랑에서 만났다.

"타겟을 바꿀까?"

오자키는 시선을 겐고에게 향했다. 겐고는 고개를 저었다.

"또 누가 있어, 전무나 상무? 사장이 아니면 의미가 없어."

"그렇긴 하지."

오자키는 머리 뒤로 깍지를 꼈다.

"게다가."

다쓰키가 입을 열었다.

"재해 당시의 임원들 대부분은 퇴직금을 잔뜩 받고 나온 뒤에 해외로 도망갔다고. 구마가이도 1년 가까이 미국에 있었는데, 아내가 일본으로 돌아가고 싶다고 우겨서 돌아온 거 같아."

"놀고들 있구만."

겐고가 얼굴을 일그러뜨렸다.

"응, 놀고들 있지."

오자키는 커피에 입을 대고 얼굴을 찌푸렸다. 패밀리 레스토랑의 커피는 마실만한 게 못되었다. 그걸 알고 있으면서도 주문할 때에 무심코 '커피'라고 말해 버렸다.

"그래서 어떻게 할래? 구마가이가 이래서는 손쓸 도리가 없어."

다쓰키가 겐고를 향해 말했다.

"1년 365일 같은 행동을 반복하는 사람은 없어. 반드시 어느 시점에 평소와는 다른 행동을 취할 거야."

"그건 그렇지만 언제 다른 행동을 취할지는 우리가 알 수 없잖아. 세 명밖에 없는 데다 마사히코는 직장인이고. 우리도 먹고 살기 위해서는 아르바이트를 계속해야 하고."

"그럼 그만둘까, 이 일?"

겐고는 나이프와 포크를 내려놓았다. 햄버그스테이크가 올라와 있던 철제 접시는 마치 씻은 지 얼마 안 된 것처럼 깨끗해져 있었다.

"그만두는 건 싫어."

오자키는 말했다.

"나도 싫어."

겐고도 고개를 끄덕였다. 다쓰키는 어깨를 들썩였다.

"회사, 그만둘까 싶어."

오자키는 다시 커피에 입을 대고는 아까와 마찬가지로 얼굴을 찡그렸다. 커피 잔을 받침째로 테이블 끝으로 밀어냈다.

"쥐꼬리만큼이지만 퇴직금이 나올 거야. 저금해 둔 거랑 합치면 두 달 정도는 생활할 수 있을 거야. 개인 사정에 의한 퇴직이라서 실업 수당은 3개월은 기다려야 받을 수 있을 거고……."

다쓰키와 겐고는 가만히 오자키의 이야기에 귀를 기울이고 있었다.

"그 두 달간, 내가 구마가이를 감시할게. 다쓰키와 겐고는 부지런히 아르바이트를 해서 돈을 모아. 이래저래 나갈 돈이 많아질 거잖아?"

두 사람이 고개를 끄덕였다.

"두 달간 구마가이가 매일 같은 행동을 취하는 것 같으면 포기하자. 하지만 찬스가 있는 것 같으면 실행하자. 어때?"

"우리는 상관없지만 마사히코는 회사 관둬도 괜찮은 거야?"

"다쓰키와 겐고를 만나기 전부터 왠지 모르겠지만 그만둘까 생각했었어. 그러니까 신경 쓰지 않아도 돼."

불곰 조각상이 가끔씩 뇌리를 스쳤다. 그게 대체 무엇인지, 왜 어머니가 그토록 소중히 다루었었는지. 어떻게든 알고 싶었다. 하지만 그걸 알기 위해서는 시간이 필요했다. 주말 이틀 만으로 알아낼 수 있는 것은 한정되어 있을 것이다. 분명 불곰의 비밀을 찾는 일은 어머니의 뿌리를 찾는 일이 될 것이다. 시간이 걸린다. 계속 회사 생활을 하고 있다가는 결말이 나질 않을 것이다. 줄곧 그렇게 생각했었다. 그러므로 이건 좋은 기회였다.

"굉장해, 마사히코."

겐고가 낮은 목소리로 말했다. 눈가가 살짝 젖어 있었다.

"네가 거기까지 결심하고 있을 줄이야, 대단해."

"딱히 그렇게 대단한 건 아니야."

"겸손 떨지 말라고. 나도 다쓰키도 다시 한번 허리띠를 졸라맬게. 해 보자. 그 녀석들이 반드시 책임을 지게 만들자."

겐고가 오른손을 내밀어 왔다. 오자키는 쓴 웃음을 지었다. 다쓰키는 또 어깨를 들썩였다. 겐고가 손을 거둘 기미가 안 보여서 오자키는 어쩔 수 없이 그 손을 잡았다. 겐고는 잡은 손에 힘을 꽉 주었다.

"우리 셋이서 한번 해 보자."

"나왔다, 열혈 겐고."

"우리 셋이서 한번 해 보자."

다쓰키의 목소리를 짓누르듯 겐고가 같은 대사를 반복했다.

18

오자키의 문자가 도착한 것은 수학 문제와 씨름하고 있을 때였다. 아무 생각 없이 열어 본 문자에는 안개 폭포 사진이 여러 장 첨부되어 있었다.

"그때 같이 있던 아저씨에게 사진을 보내 주실 수 없냐고 부탁했었어. 우리 둘 다 안개 폭포에 정신이 팔려서 사진을 많이 못 찍었잖아. 아마추어라고는 해도 굉장하지 않아? 예쁜 사진들뿐이야. 그때 봤던 아저씨에게 감사하네."

문자를 읽으면서 낯익은 카메라맨의 얼굴을 떠올리며 "감사합니다."라고 중얼거렸다. 오자키의 문자에 적힌 대로 이 사진도 저 사진도 숨이 멎을 정도로 아름답고 극적인 사진들이었다. 유우가 스마트폰으로 찍은 사진이랑은 레벨이 달랐다.

"엄청난 사진들뿐이에요! 프린트해서 방에 장식하고 싶어요!"

유우는 답장을 쳤다. 곧바로 또 오자키에게서 답장이 왔다.

"그렇게 나올 줄 알았어. 어떤 사진이 가장 마음에 들어? 다음에 구시로에 가게 되면 제대로 된 사진관에서 프린트해서 줄게."

유우는 스마트폰의 화면을 응시했다. 스크롤을 내리면서 오자키가 보내 준 사진들을 한 장씩 음미했다.

"세 번째 사진이 좋아요!"

마음에 드는 사진을 정해서 오자키에게 전달했다. 산 표면을 흘러 내려오는 안개 폭포의 한 부분이 아침 햇살을 받아 자줏빛으로 빛나고 있는 사진이었다.

"오케이. 조금 큰 사이즈로 프린트해서 제대로 된 액자로도 만들자. 그렇게 해서 벽에 장식해 두면 그 아저씨도 기뻐할 거야."

"구시로에 갈 때는 저도 또 데려가 줄 거예요?"

"물론이지. 그럼 여름 방학이 되면 구시로에 가자."

"고마워요."

"다음주 중으로 히라노 양에게 보여 주고 싶은 게 있는데, 해질녘 즈음에 같이 가 줄래?"

"보여 주고 싶은 게 뭔데요?"

"비밀. 기대해. 그럼 잘 자."

오자키와의 문자를 끝내고 유우는 다시 수학 문제에 매달렸다. 하지만 오자키의 문자가 오기 전으로 집중력을 되돌리는 것은 어려웠다. 멋진 사진 덕에 기분이 들떴다. 구시로에 가면 어디부터 들를지 생각해 버렸다.

"아, 구시로라고 하니까……."

구시로에 대해 생각하는 사이에 기억이 자극되었다. 비가 억수같이 내리던 주차장에서 자동차 라디오에서 들려온 뉴스가 귓가에 되살아났다. 아마 재해 당시의 동일본전력의 사장이 살해된 사건이었다.

스마트폰으로 검색을 하니 연관된 주제가 화면에 주르륵 나열되었다. 어떤 사건이었나 싶어서 뉴스 기사를 중심으로 대충 훑어보았다. 사건이 일어난 것은 3월. 동일본전력의 전 사장이었던 구마가이가 골프 중에 모습을 감췄고 며칠 뒤 사체로 발견되었다는 기사였다. 경찰에 따르면 골프 코스 옆에 있는 숲속으로 구마가이가 공을 때려 넣었고 그 공을 찾고 있는 사이에 누군가에게 납치당한 듯했다. 구마가이의 사인은 뇌좌상. 경찰은 수사본부를 세우고 범인의 행방을 쫓았다.

그리고 며칠 전 용의자 한 명이 잡혔다. 모리 다쓰키, 28세로 아르바이트를 하며 생계를 유지하고 있었다. 경찰은 이 용의자를 추궁하며 공범의 정보를 얻으려 하고 있었다.

인터넷으로 알아낸 것은 그 정도였다. 28세라고 한다면 오자키와 동년배이다. 가와유에 오기 전까지 오자키가 어디서 뭘 하고 있었는지 유우는 모른다. 분명 게이조도 모를 것이다. 그런 걸 신경쓰는 타입은 아니었다.

"설마⋯⋯."

유우는 스마트폰을 책상 구석에 놓았다. 오자키는 사람을 죽일 만한 인간이 아니다. 조금 무신경한 부분은 있지만 다정하고 배려가 깊었다. 애당초 살인을 저지르고 도망치고 있는 인간이 이런 시골 오지에서 목조 작가를 목표로 할 리가 없었다. 에코 뮤지엄센터에서 일할 리가 없었다.

게이조가 집으로 들어오는 소리에 생각이 중단되었다. 요즘 들어 게이조는 저녁식사 후에도 아틀리에로 이동해서 나무 깎는 일에 몰두했다. 개인전은 가을에 예정되어 있었다. 개인전에 늦지 않게 시간을 맞추려는 것이었다. 우라노의 이야기에 따르면 지금까지 게이조는 합동전으로 작품을 출전한 적은 있었지만 개인전은 해 본 적이 없다고 했다. 우라노가 권유해도 고집스럽게 계속 거절했었다고 한다. 그래 왔던 것을 유우를 위해서 스스로 우라노에게 개인전을 할 수 없겠냐고 머리를 조아렸던 것이다.

유우는 문제집을 덮고 방을 나왔다. 게이조가 캔맥주에 입을 대고 있었다.

"뭐, 안주라도 드실래요?"

게이조가 눈을 동그랗게 떴다.

"공부는 다 한 거야?"

저녁밥 정리가 끝나면 공부에 집중하기 위해 집안일은 하지 않았다. 1년 전 게이조에게 그렇게 선언했었다.

"잠깐 한숨 돌리는 거예요. 토란이나 오징어 조림이 아직 남아 있어요. 그리고 회 곤약이라도 괜찮다면 금방 내올게요."

게이조가 고개를 끄덕였다. 먹겠다는 의미였다.

조림을 냄비에 담고 불을 올리고 회 곤약은 얇게 썰어서 튜브형 고추냉이를 곁들였다. 완성된 것을 들고 갔더니 게이조에게서 나무 향기가 감돌았다. 작업복 여기저기에 나무 부스러기가 달라붙어 있었다.

"자기 전에 제대로 씻어요. 이대로 자면 이불이 엉망진창이 될 테니깐."

"알고 있어. 고맙다."

게이조는 젓가락으로 집은 토란을 유우를 향해 들어올렸다.

"별말씀을."

"공부는 잘 되고 있냐."

유우는 고개를 끄덕였다.

"기말시험도 학년에서 5등이었고, 모의시험도 좋은 성적이었어요. 선생님도 지망하는 학교에 합격하는 데에 문제없대요."

"그렇구만……. 매일 밤 열심히 하니까."

"저도 고마워요, 할아버지."

"뜬금없이 뭐냐?"

"그게, 저 때문에 개인전을 열게 되어서 늦게까지 나무를 깎고 계시니까요."

게이조의 얼굴에서 표정이 사라졌다. 게이조는 부끄러우

면 항상 그랬다.

"정말 감사하고 있어요. 그걸 알아 주셨으면 해서요."

"가족을 위해서다."

게이조가 말했다. 얼굴은 무표정인 채로.

"가족을 위해 내가 할 수 있는 일을 한다. 그것뿐이니까 감사할 필요는 없어."

유우는 이곳을 떠날 것이다. 나가서 두 번 다시 돌아오지 않을 생각일 것이다. 그걸 알고 있으면서 게이조는 유우를 위해 학비와 생활비를 마련하려고 하고 있었다.

"그래도 고마워요."

게이조가 캔맥주를 다 마셨다.

"한 잔 더 마셔도 돼?"

유우는 고개를 끄덕이고 부엌에서 새 맥주를 가져왔다.

"할아버지, 오자키 씨 말이에요, 여기에 오기 전에는 어디서 뭘 했었는지 들은 거 있어요?"

"아니. 왜, 신경 쓰이냐?"

게이조는 캔 뚜껑을 따서 맥주에 입을 댔다.

"그냥요, 그냥."

"도쿄에 있었다는 것 정도밖에 몰라. 나도 물어본 적 없고 녀석도 이야기한 적 없어. 에코 뮤지엄센터에서의 평판은 좋은 것 같아. 사람 대하는 태도도 좋고, 어떤 일도 싫은 내색

하지 않고, 컴퓨터도 잘 쓰고."

"컴퓨터 정도는 누구든지 잘 써요."

"나는 못 써."

유우는 어깨를 움츠렸다.

"오자키 씨는 어떤 사람인 거 같아요?"

"멍청하고."

게이조의 얼굴에서 표정이 돌아왔다.

"한심한 녀석이지."

유우는 미소 지었다. 게이조는 오자키를 마음에 들어 했다. 험하게 이야기한다는 것은 그 반증이었다.

"나무 깎는 것뿐만이 아니라 불곰이나 줄무늬올빼미도 실제로 보고 싶다고 하더군. 그런데 불곰은 둘째 치고 줄무늬올빼미는 요즘 들어선 좀처럼 볼 수 있는 게 아니야."

"그러고 보니 저도 본 적 없어요."

"불곰 말이냐?"

"불곰도 그렇고, 줄무늬올빼미도요. 할아버지의 작품으로 대신 본 셈 친 것뿐이죠."

게이조의 얼굴이 흐뭇해졌다.

"내가 깎은 조각상은 실물보다도 더 실물 같지."

"오자키 씨, 보러 갈 생각인 걸까……."

'데려가고 싶은 곳이 있어.' 오자키의 문자가 머리를 스쳤다.

"불곰이나 줄무늬올빼미를 보러 간다고? 관둬. 가자고 해도 절대로 따라가지 마. 초보자가 산에 들어간다고 쉽게 볼 수 있는 것도 아니고 무리를 하면 보복을 당할 거야."

"그럼, 할아버지가 데려다 줘요."

"바보 같은 소리. 너나 오자키를 데려가면 내가 무서워질 뿐이야."

무섭다는 말은 홋카이도 방언으로 피곤해진다는 의미였다.

"가족을 위해서인데 그 정도는 괜찮잖아요."

유우는 입술을 삐죽 내밀었다. 진짜 줄무늬올빼미를 보고 싶었다. 문득 마음속에 깃든 생각이, 어느새 강렬한 욕구로 변모했다.

* * *

"수고 많으십니다."

큰소리와 함께 제복 차림의 경찰이 모습을 나타냈다. 오자키는 컴퓨터를 조작하고 있던 손을 멈췄다.

"다케야竹谷 씨, 좀 이르지 않아요?"

경찰을 응대하기 위해 센터장인 야마구치山口가 자리에서 일어났다.

"다들 알다시피 골든위크와 여름 휴가 기간 말고는 이 주변 경찰은 한가하니까."

다케야라고 불리는 경찰이 웃었다. 여자 직원 한 명이 탕비실로 향했다. 차를 준비하려는 것이었다.

"일단 회의실로."

야마구치가 다케야를 데리고 갔다. 두 사람의 모습이 사라지자, 오자키는 도쓰카 게이코에게 말을 걸었다.

"방금 저 사람, 어디 경찰이에요?"

"데시카가요. 데시카가 경찰서에서 근무하는 다케야 순사부장."

"무슨 일인가요?"

"여름 휴가 성수기를 대비해서 관광객의 사고나 미아 대책에 경찰과 구청과 우리가 제휴되어 있어요. 제휴라고 해도 대단한 일은 못하지만요. 오늘은 그것 때문에 회의하러 온 거 아닐까요?"

"그렇군요……."

오자키는 다시 컴퓨터를 마주했다. 다쓰키가 입을 열지는 않았을 것이다. 알고는 있지만 목이 말라 왔다. 다쓰키가 묵비권을 행사해도 언젠가 교우 관계에서 겐고의 이름이 떠오를 것이다. 이윽고 오자키의 존재도 알려지게 될 것이다.

"시간이 부족하려나……."

오자키는 중얼거렸다.

"왜요, 그 입력 작업이 그렇게 힘들어요?"

도쓰카 게이코가 물어왔다.

"아뇨, 다른 일 때문에……. 잠깐 실례하겠습니다."

탕비실로 향했다. 차를 다 끓인 여자 직원이 찻잔을 쟁반에 올려놓고 있는 참이었다.

"제가 가지고 갈게요."

여직원에게서 쟁반을 거의 뺏듯이 하고 회의실로 발을 옮겼다. 문을 노크했다.

"차 준비되었습니다."

"들어와."

야마구치의 목소리가 들리는 것을 기다렸다가 문을 열었다. 다케야는 제모를 벗고 편안한 모습으로 미소 짓고 있었다.

"어라? 신입이구만."

다케야가 오자키에게 고개를 돌렸다.

"네. 오자키라고 합니다."

오자키는 쟁반을 두 사람 사이에 놓았다.

"말투를 보아하니 이곳 토박이는 아니로군."

"예. 홋카이도 안을 여기저기 돌아다녔습니다만, 여기가 마음에 들어서 자리를 잡을까 싶습니다."

"좋아. 좋아, 아주 좋은 일이구만. 이주자가 늘어나 주지 않으면 데시카가 마을도 점차 쇠락할 거라고. 안 그런가,

야마구치 씨?"

"그러기 위해선 일이 많이 생겨야죠. 이곳 경찰이나 인심이 마음에 들어도 생활비를 벌지 못하면 이주하려고 해도……."

아무래도 두 사람의 회의는 진즉에 끝난 것 같았다. 이 상태로 세상 돌아가는 이야기를 즐기고 있는 것이었다.

"그럼 실례하겠습니다."

"그래, 열심히 해. 가능하면 신부도 얻어서 아이를 많이 만들어 주면 고맙겠구먼."

"누구 좀 소개시켜 주시겠습니까?"

"도시 사람은 대단하구만. 경찰관에게 여자를 소개해 달라는 건가?"

다케야가 웃었다. 오자키는 인사를 하고 회의실을 뒤로 했다.

"무슨 바람이 분 거예요? 자진해서 차를 나르다니."

자리로 돌아오자 도쓰카 게이코가 가까이 다가왔다.

"어떤 성품을 가진 경찰관인가 해서요."

"제복을 입고 있긴 하지만, 그냥 시골 아저씨예요."

"그런 것 같더군요."

"참, 잊고 있었는데, 저거 오늘 아침에 스기야마 씨가 오자키 씨에게 주라며 가지고 왔어요."

도쓰카 게이코가 복사기 옆에 있는 선반을 가리켰다. 선반에 책 몇 권이 쌓여 있었다.

  "저게 뭐예요?"

  "식물도감에 동물도감, 그 외 여러 가지. 이걸로 가이드 워크 공부를 하래요."

  "도움이 되겠네요."

  오자키는 도감을 손에 쥐었다. 모든 도감들에 상당한 내공이 담겨 있었다.

  "스기야마 씨, 오자키 군이 마음에 든 것 같아요."

  "게이조 씨도 그렇고 스기야마 씨도 그렇고, 저는 연배가 있으신 분들에게 인기가 많은 거 같아요."

  오자키는 미소 지은 뒤, 도감을 옆구리에 끼고 자신의 책상으로 돌아갔다. 다케야의 반응만 봐서는 경찰은 아직 아무것도 파악하지는 못한 것 같았다.

  바지 주머니에 집어넣은 스마트폰이 진동했다. 근무 중에는 매너 모드로 설정해 두었다. 전의 그 번호는 겐고에게서 온 전화였다. 오자키는 전화를 받는 대신에 스마트폰의 전원을 껐다. 오늘 중으로 새 스마트폰을 구해야만 한다고 생각했다.

  "도쓰카 씨, 오후에 잠깐 밖에 나가도 될까요?"

  "데이터 입력이 다 끝나면 오늘은 뭘 해도 괜찮아요."

"알겠습니다."

"여름 성수기로 돌입하면 눈이 돌아갈 정도로 바빠질 테니까 그때까지 충전 잘해 둬요."

도쓰카 게이코의 말에 오자키는 고개를 끄덕였다. 그리고 오자키는 점심이 채 되기도 전에 데이터 입력을 끝냈다.

* * *

오자키는 구시로까지 차를 달려 스마트폰을 새로 샀다. 나온 김에 스포츠용품점에도 들러 트레킹 슈즈를 한 켤레 장만했다. 차 안에서 막 구입한 스마트폰을 설정하고 알려야 할 사람들에게 새로운 전화번호와 메일 주소를 적은 문자를 일제히 전송했다. 집세가 싸고 식비도 게이조의 집에서 먹는 일이 많은 덕에 주머니 사정에는 여유가 있었다. 옛날 같았으면 스마트폰을 새로 사는 일에도 각오가 필요했을 것이다.

스마트폰에 설치한 앱으로 일기예보를 확인했다. 오전에 본 일기예보에서는 내일은 종일 흐릴 거라고 했지만 앱에서는 내일 오후부터는 맑을 거라는 예보로 바뀌어 있었다. 유우에게 문자를 쳤다.

'히라노 양, 내일 외출하자. 다섯 시 정도에 집으로 마중 갈게. 게이조 씨에게는 미안하지만 혼자서 저녁 드시라고 하고. 그리고 전화번호랑 메일 주소가 바뀌었어. 다시 등록해 줘.'

이 시기의 일몰 시간은 오후 일곱 시 전후였다. 여섯 시까지 쓰쓰지가하라에 도착하면 저녁 노을 시간과 딱 맞을 것이다.

도중에 드라이브 스루에서 산 햄버거를 입에 넣으며 차머리를 북쪽으로 향했다. 곧바로 가와유로 돌아갈 생각이었지만 도중에 마음이 바뀌었다. 데시카가 마을에서 차를 서쪽으로 돌려 아칸 호수로 향했다. 오랜만에 우라노의 얼굴이 보고 싶어진 것이었다.

여름 휴가 전의 평일이었지만 우라노의 호텔은 나름대로 북적였다. 프론트에 자리잡은 낯익은 스태프에게 인사한 뒤 우라노가 있는지 물었다. 스태프는 로비 한쪽 구석을 가리켰다. 우라노가 혼자서 로비에 전시되어 있는 조각상을 닦고 있었다. 우라노는 양복 재킷을 입고 있지 않고 와이셔츠의 소매를 걷어 올린 모습이었다. 이 호텔에서는 로비 곳곳에 게이조를 필두로 한 아이누의 대표적인 목조 작가들의 작품들이 전시되어 있었다. 우라노는 한가할 때마다 작품들의 위치를 바꾸고, 닦고, 바라보고는 흡족해하곤 했다.

"사장님!"

가까이 다가가며 말을 걸자 우라노가 뒤돌아봤다.

"아이고, 오자키 군. 아까 막 문자를 받은 참이었어. 스마트폰 바꾼 거야?"

"예. 스마트폰을 새로 사러 구시로에 갔었는데요, 돌아오는 도중에 왠지 사장님 얼굴이 몹시 보고 싶어져서요."

"빈말이라도 기분 좋구만. 차라도 한 잔 할까, 오자키 군? 내가 쏘지."

오자키는 우라노에게 등 떠밀리며 호텔을 나왔다. 아칸 호숫가에 펼쳐진 관광지 안에 우라노가 마음에 들어 하는 찻집이 있었다. 주변을 내다볼 수 있는 창가에 자리를 잡고 우라노는 커피를 두 잔 주문했다.

"아, 오자키 군은 커피에 꽤나 까다로웠지? 여기 커피는 괜찮다고 생각하지만, 어떻게 홍차나 다른 걸로 할까?"

"커피면 충분합니다."

오자키는 웃었다.

"그래, 게이조 씨는 어떤가? 내가 개인전 작품은 어떻게 되어가고 있냐고 물어도 끝까지 잘 되고 있다고만 하니까 말이지. 제일 중요한 작품은 보여 주지도 않고."

"매일 밤늦게까지 깎고 계셔요."

"정말이야? 게이조 씨가? 반주도 안하고?"

"믿어 주세요."

"아니 아니, 게이조 씨를 옛날부터 알고 있는 사람으로서 도저히 믿을 수가 없구만. 고집불통에 앞뒤 꽉 막힌 사람이 게이조 씨라고."

"하지만 히라노 양을 위해서 여는 개인전이니까요. 게이조 씨도 할 때는 한다고요."

"그래, 유우를 위해서지. 단 하나뿐인 가족이니까. 그래서 게이조 씨도 열심히 하고 있구만."

주문한 커피가 나왔다. 오자키는 입을 댔다. 여느 때와 마찬가지로 산미가 강했다. 원두가 산화되어 있었다. 하지만 이 근방의 찻집에서 나오는 다른 커피들보다는 그나마 나았다.

"사장님은 게이조 씨의 부인이나 따님과 면식이 있었습니까?"

"게이조 씨와 알게 된 건 게이조 씨가 나무를 깎기 시작하고 나서부터니까, 그때에는 이미 부인은 돌아가셨고 딸은 집을 나간 뒤였지. 하지만 이런저런 이야기는 들었어."

"게이조 씨와 따님은 사이가 나빴습니까?"

우라노는 쓴 웃음을 지었다.

"게이조 씨는 지금보다도 훨씬 거칠었어. 특히 본토 사람에 대해서는 노골적으로 적의를 드러냈다고 하더라고. 그 때문에 따님도 자주 괴롭힘을 당했다는 이야기가 있어. 그랬으니 사이가 좋을 리가 없지. 아버지 때문에 자신이 괴로운 꼴을 당했으니까."

우라노가 손을 들어 점원을 향해 "한 잔 더."라고 말했다.

우라노의 컵은 이미 텅 비어 있었다.

"자주 둘이서 큰소리치며 싸우는 소리가 밖에까지 들려왔다고 해. 그러다 게이조 씨가 따님을 때리는 소리가 들리면 집 안이 조용해졌다고 하더군."

우라노가 이야기하는 히라노 가족의 모습을 쉽게 상상할 수 있었다. 지금의 게이조 씨는 둥글둥글해진 듯하지만 말투 여기저기서 거칠게 깎인 칼날 같은 것이 얼굴을 드러낼 때가 있었다.

"딸은 고등학교 입학과 동시에 이 마을을 나가서 두 번 다시 돌아오지 않았어. 누군가가 그랬었어. 여동생과 같다고."

"사토코 씨 말이군요."

"그런 이름이었나? 뭐, 동생 분도 게이조 씨와의 생활이 싫어져서 가출했다는 이야기였어."

"가와유에 사는 사람 중에서 사토코 씨나 히라노 양의 어머니에 대해서 잘 알고 있는 사람은 없을까요……?"

우라노가 주문한 커피가 나왔다. 우라노는 새 커피에 입을 대더니 고개를 갸웃거렸다.

"그러고 보니 이발소 할머니가 소꿉친구 아니었던가?"

"이발소라 하면, 초등학교 근처에 있는 미용실 말씀하시는 건가요?"

"거기야, 거기. 모코토 미용실이었나. 거기에 예전에 은

퇴한 할머니가 계셔. 아직 돌아가셨다는 이야기는 못 들었으니까, 잘 계시지 않을까?"

"그 할머니가 사토코 씨의 소꿉친구……."

"그리고 데시카가에 마슈 식당이라는 정식집이 있는데 거기 여주인이 게이조 씨 딸의 고등학교 동창생이야."

우라노가 다시 커피에 입을 댔다.

"그런데 그런 걸 알아서 어쩔 셈이야, 오자키 군?"

"뭐, 이래저래요. 그래도 도움 많이 되었습니다. 역시 사장님을 만나러 온 것이 정답이었네요. 다음번에 답례로 커피 끓여 드릴게요. 제가 끓이는 커피, 최고거든요."

오자키는 그렇게 말하고 우라노에게 고개를 숙였다.

19

오자키는 중고 경차를 지인에게 거의 공짜로 물려받았다. 그 경차를 타고 매일 아침 오쿠사와로 향했다. 도중에 편의점에서 산 빵과 주먹밥으로 허기를 달래며 구마가이가 출근하는 것을 기다렸다. 검은 세단이 오고 구마가이 야스오가 올라타는 것을 확인한 뒤 세단을 미행했다. 월요일부터 금요일까지, 세단은 판에 박은 것처럼 항상 구마가이를 자택에서 회사까지 바래다주었다.

토요일은 골프. 검은 세단 대신 구마가이가 직접 핸들을 잡은 은색 세단이 관동 주변 골프코스로 향했다. 사이타마, 지바, 군마, 가나가와 등 두 달 사이에 구마가이는 가나가와 현 안에 있는 골프 코스를 세 번이나 갔었다. 아마도 회원일 것이다.

한다면 그곳밖에 없었다. 골프 경기 중에 구마가이가 혼자가 되는 순간을 노리는 것이다.

일요일 늦은 밤, 늘 가는 패밀리 레스토랑에 모인 다쓰키와 겐고에게 그 사실을 알렸다.

"골프 코스라고……."

겐고가 눈살을 찌푸렸다.

"초보라서 공을 숲속으로 자주 때려 넣을 거야. 공을 찾으러 왔을 때가 찬스 아닐까."

"그 외에도 골프치고 있는 녀석들이 있을 텐데 그런 상황에서 습격해서 납치한다고? 그게 가능해?"

다쓰키가 말했다. 커피를 마시고 있었다.

"전기충격기 같은 걸 사용하면 어떻게든 되지 않을까?"

오자키의 말에 겐고가 웃었다.

"너, 전기충격기로 사람이 기절할 거라고 생각하는 건 아니겠지?"

"아니야?"

"그건 영화 속에서만 그래. 감전돼서 잠깐 동안만 꼼짝 못하게 될 뿐이고, 기절 같은 건 안 해."

"그럼, 어떻게 하지? 나이프 같은 걸로 협박해서 말을 듣게 할까?"

"이게 제일이지."

겐고가 양팔로 사람의 목을 조르는 시늉을 해 보였다.

"슬리퍼 홀드(팔뚝으로 목을 졸라 기절시키는 레슬링 기술)."

다쓰키가 말했다.

"그래. 슬리퍼 홀드로 제압하는 것이 제일 나아."

"그래?"

다쓰키가 감탄한 듯이 몇 번이나 고개를 끄덕였다. 마치 어린 아이들의 대화 같았다. 우리들은 정말로 사람을 납치하려고 하는 걸까.

"먼저 그 골프장을 꼼꼼히 사전 조사해 둬야겠어."

겐고는 맥스 그릴 라이스 세트를 깔끔하게 먹어치웠다.

"우리가 골프를 하는 거야?"

다쓰키가 눈을 동그랗게 떴다.

"멍청아. 저녁에 몰래 잠입하는 거지."

"그런 거지, 역시?"

"필요한 것들도 우선 정리해 놔야 해. 먼저 차가 필요해.

늘 타던 봉고차를 빌릴 수도 없고……. 마사히코의 경차로는 너무 작아. 게다가 은신처 같은 곳도 필요할 거야. 구마가이를 납치하면 그곳에 감금할 거야."

"후쿠시마로 데리고 가자."

오자키는 입을 열었다.

"후쿠시마?"

"출입 금지 구역이라면 사람들 눈을 신경 쓰지 않아도 되잖아. 게다가 책임을 지게 하기에는 딱 좋은 장소야."

"딱인 게 아니라, 거기밖에 없어."

다쓰키가 고개를 끄덕였다.

"후쿠시마에서 사죄하게 하는 거지. 원전 바로 옆에서."

"그래, 후쿠시마야. 그 녀석을 후쿠시마로 데리고 가자!"

이야기가 정리되었다. 다쓰키와 겐고도 얼굴이 고양되어 있었다. '분명 나도 그렇겠지.' 오자키는 멍하니 생각했다.

* * *

유우는 가스레인지의 불을 껐다. 오자키의 차가 오는 소리가 들렸다.

에조사슴 고기를 사용한 포토푀는 자신있는 요리였다. 게이조도 맛있게 먹어 주었다.

'밥은 여섯 시 반에 지어지도록 세팅해 두었어요. 포토푀를 만들어 뒀으니까 데워서 드세요.'

게이조 앞으로 적은 메모를 식탁 위에 놓고 유우는 현관으로 향했다. 어디로 데려가는지는 모르겠지만 아무래도 샌들은 좀 아닌 것 같아서 로퍼를 신고 있는데 문이 열렸다.

"스니커즈나 다른 거 있어?"

오자키가 말했다.

"있긴 한데, 어디 가는 거예요?"

"쓰쓰지가하라"

들어 본 적은 있었지만 실제로 가 본 적은 없었다. 확실히 이 시기에는 이소쓰쓰지라는 꽃이 만개해 있을 것이다.

"이소쓰쓰지를 보러 가는 거예요?"

"그냥 이소쓰쓰지가 아니야. 황금빛으로 빛나는 이소쓰쓰지야. 안개 폭포에 필적할 만한 광경이래."

"광경이래라니, 오자키 씨가 직접 본 게 아니에요?"

"밝을 때에 간 적은 있지만. 자, 가 볼까?"

유우가 스니커즈를 다 신자 오자키가 돌아섰다. 유우는 그 뒤를 따라가서 차에 올라탔다. 시동을 끄기 전까지는 에어컨이 잘 작동했었겠지만 석양이 들어오는 차내는 땀이 밸 정도로 따뜻해져 있었다. 오자키가 시동을 걸자 차가운 공기가 흘러나왔고 유우는 안도의 한숨을 내쉬었다.

233

"이 정도 더위로 힘들어하면 도쿄에서 살아갈 수 없어."

오자키가 액셀을 밟았다. 차가 천천히 움직이기 시작했다.

"오자키 씨는 역시 도쿄에 살았어요?"

"태어난 것은 동북 지역인데 대학교 때부터는 도쿄에서."

"도쿄 어디쯤에서 살았어요?"

"초후調布라는 곳이야."

"그렇구나. 저, 대학교 학비까지 할아버지한테 내달라고
는 말 못 하니까 고등학교 졸업하면 일할 생각이에요. 초후
는 집세가 비싼가요?"

"미나토구港区나 시부야구에 비하면 싸지만 여기에 비하
면 말도 안 되게 비싸지."

"고졸 월급으로 집세 낼 수 있어요?"

"어떻게든 될 거야, 아마. 멋진 맨션 같은 걸 기대하지만
않으면."

"어째서 도쿄에서 이런 곳으로 온 거예요? 정말 목조 작
가가 되려고?"

오자키가 미소 지었다. 그 옆모습은 어딘가 쓸쓸했다.

"나 같은 사람은 도쿄에 있으면 점점 닳아서 없어져 버리
거든. 지금은 그 닳아 버린 양만큼 되찾은 느낌."

"나는 반대려나……?"

유우는 중얼거렸다.

"무슨 의미야?"

"저는 여기에 있으면 내 자신이 닳아서 없어져 가는 듯한 느낌이에요."

"그렇구나. 사람은 제각각이니까."

에코 뮤지엄센터가 보였다. 쓰쓰지가하라는 산책길 같은 곳을 걸어가면 그 끝에 있을 것이다.

"얼마나 걸어요?"

"10분하고 조금?"

주차장에는 차가 두 대 세워져 있을 뿐이었다. 오자키는 빈 공간에 차를 세웠다.

"스마트폰 잘 챙겨."

"그러고 보니 오자키 씨, 스마트폰 바꾸셨죠? 전화번호도 바꾸고 메일 주소도 새로 만들고……. 통신사를 바꾼 거예요?"

"뭐, 그런 거지."

오자키가 차에서 내렸다. 뒤로 돌아가 문을 열고 짐받이에 있던 등산 가방을 등에 멨다.

"배고프면 말해. 주먹밥이랑 샌드위치도 준비했고, 마실 것도 있으니까."

"네."

오자키가 가방 사이드 포켓에 넣어 둔 분무기를 꺼내서

안에 든 액체를 자신에게 뿌렸다.

"히라노 양도 쓰는 게 좋을 거야."

"뭐예요, 이게?"

오자키가 건넨 분무기를 손에 쥐었다.

"방충제. 스기야마라는 분이 특별히 만든 거야. 나눠 주셨어."

유우는 방충제를 얼굴과 팔에 뿌렸다.

"그럼, 가 볼까?"

오자키가 에코 뮤지엄센터를 뒤로하고 걷기 시작했다. 유우도 뒤를 쫓았다. 조금 걷기 시작하자 숲이 나왔다. 벌레의 날갯소리가 들렸지만 다가오지는 않았다.

"아아, 숲속은 기분 좋아."

오자키가 말했다. 걸으면서 심호흡을 반복하고 있었다. 확실히 숲 밖과는 공기가 다른 기분이 들었다.

"왜 이소쓰쓰지를 저에게 보여 주려고 한 거예요?"

"말했잖아. 안개 폭포에 필적하는 아름다움이라고. 히라노 양은 내년 봄에는 여기서 나갈 거니까 그 전에 이 주변의 예쁜 경치를 전부 보여 주고 싶어서. 게이조 씨가 히라노 양을 그런 곳에 데려다 줄 것 같지는 않고 말이지."

"그야 비 오는 날에 학교에 바래다 주는 것도 귀찮아하는 사람인 걸요."

"분명 게이조 씨가 어렸을 때는 비가 오든, 눈이 오든, 태풍이 불든, 혼자 걸어서 학교를 갔을 거야."

"그랬을지도 모르지만……."

오자키가 나무라는 게 아니라는 것은 알고 있었지만 왠지 뒤가 켕기는 기분에 사로잡혔다.

"봐봐, 숲 너머로 황금빛이 보여."

오자키가 전방을 가리켰다. 나뭇잎 사이로 비치는 햇빛이라고 하기에는 선명하고 밝은 빛이 나무들 사이를 통해 숲속으로 들어오고 있었다.

"아아, 다행이다. 일몰은 일곱 시 전후지만 산에 둘러싸여 있어서 태양이 언제 저무는지 전혀 알 수가 없었거든. 빨리 나와서 제시간에 맞은 거 같아."

"제시간에 안 맞았으면 어떻게 할 생각이었어요?"

"또 다른 날에 가자고 하려 했지."

비춰 들어오는 석양이 오자키의 서글서글한 미소에 신기한 그림자를 만들었다.

"그거 너무 대충대충 아니에요?"

"여기서 생활하다 보면 대충대충 해도 될 거 같은 생각이 들어."

"도쿄에 있을 때는 달랐어요?"

"그렇지. 긴장감으로 어깨에 힘이 잔뜩 들어가 있었지.

아, 이제 금방이야."

주변이 밝아졌다. 숲을 다 지나온 것이었다.

"사진 찍을 준비는 됐어?"

"네."

유우는 스마트폰을 손에 쥐고 카메라 모드로 전환했다.

숲을 빠져나오자 그곳에는 광활한 대지가 펼쳐져 있었다. 이소쓰쓰지 꽃들이 저녁노을을 받아 황금빛으로 빛나고 있었다. 동쪽으로 우뚝 솟아 있는 것이 이오산이었고, 그 위 하늘도 노란빛을 띠고 있었다. 꽃가루인지 뭔지 가는 입자 같은 것이 공기 중을 떠돌고 있었다. 평원을 날아다니고 있는 벌레들의 날개도 황금빛이었다. 모든 것이 환상적이었다.

"예쁘다……!"

"금빛 융단을 깔아 놓은 것 같아."

산책길 끝에는 나무로 만든 발판이 있었다. 그 발판에 서서 이소쓰쓰지 평원을 바라보았다. 태양이 저물어 감에 따라 평원을 물들이는 빛의 색깔도 조금씩 바뀌어 갔다.

유우는 정신없이 사진을 찍었다. 옆에 선 오자키도 자신의 스마트폰으로 사진을 찍었다.

"가장 보기 좋은 시기는 6월 말에서 7월 초 정도까지래. 하지만 이걸로도 충분히 아름답지."

"네."

"와서 다행이지?"

"네."

"안개 폭포도 그렇지만 자신이 살고 있는 곳에 이렇게 멋진 광경이 펼쳐지고 있을 줄은 몰랐지?"

"네. 근데 잠깐만 조용히 해 줄래요?"

유우는 오자키의 목소리가 성가셨다. 사진을 찍는 것도 그만두었다. 아무 생각도 하지 않고 눈앞에 펼쳐진 경치를 넋을 놓고 보고 싶었다. 얼마나 지났을까. 금빛 평원에 그림자가 드리웠다. 굿샤로 호수의 외륜산 그림자였다.

태양이 산 너머로 저물려 했다. 황금빛은 머지않아 사라졌고, 길게 뻗은 그림자가 평원 전부를 뒤덮으려 하고 있었다.

"벌써 끝이구나……."

"짧은 시간 동안밖에 즐길 수 없으니까 좋은 거야. 여기 밤하늘도 아름답지 않을까."

오자키가 벤치에 앉았다.

"어두워질 때까지 기다려 볼까?"

"돌아가는 길, 위험하지 않아요? 외등도 없고 캄캄해질 거예요."

오자키가 의기양양하게 웃었다. 가방에서 회중전등을 꺼냈다.

"미군용 플래시 라이트. LED이지만 한밤중에도 대낮처럼 밝게 비춰 주니까 걱정 없어."

"그럼, 밤하늘의 별을 한번 볼까나?"

유우는 오자키의 옆에 앉았다. 집으로 돌아가서 수험 공부에 매진해야 했지만, 여기를 떠나는 것은 조금 아쉬운 마음이 들었다.

오자키가 샌드위치와 물이 든 페트병을 건네 주었다. 조금씩 어둠이 짙어졌다. 이소쓰쓰지 꽃이 풍기는 향기와 이오산에서 풍겨 오는 이오산의 향기가 섞인 독특한 내음이 코를 찔렀다.

"히라노 양의 어머니는 어떤 사람이었어?"

갑자기 오자키가 물어왔다.

"어떤 사람이라니, 평범한 엄마였는데요."

"자신이 아이누의 피를 이어받았다는 것을 어떻게 생각했을까?"

"이야기한 적 없어요."

유우는 대답했다.

"응?"

"엄마는 아이누에 대해서는 한마디도 하지 않았어요. 나도 여기에 오기 전까지 내가 아이누인이라는 걸 몰랐고요."

"그렇구나……."

"네. 아빠는 알고 있었을지도 모르지만 나는 아무것도 들

240

은 게 없었으니까⋯⋯."

"구름의 움직임이 뭔가 심상치가 않아졌네."

오자키의 말에 유우는 고개를 갸웃했다.

"구름의 움직임? 뭐가요?"

"하늘 말이야, 하늘."

유우는 하늘을 올려다봤다. 불과 몇 분 전까지만 해도 푸른 하늘이 펼쳐져 있었는데 어느새 하늘의 반 이상을 구름이 뒤덮고 있었다.

"오늘은 밤하늘의 별은 무리일 거 같은데, 돌아갈까?"

"그러네요. 밤하늘의 별은 겨울이 더 이쁘기도 하구요. 초승달이 뜰 때는 집에서 올려다 본 하늘에도 별이 잔뜩 있어요."

먹다 남은 샌드위치를 입에 밀어 넣고 유우는 자리에서 일어났다. 페트병을 손에 쥔 채 회중전등으로 발밑을 비추는 오자키와 어깨를 나란히 했다.

"엄마 안 보고 싶어?"

오자키가 말했다.

"보고 싶어요."

"나도 어머니를 보고 싶어. 만나서 묻고 싶은 게 엄청 많아."

오자키가 고개를 끄덕이며 말했다.

"그렇구나⋯⋯. 저도 엄마를 만나서 물어보고 싶은 게 엄청 많아요."

거기까지 말하고 유우는 입을 닫았다. 방금 전의 기억이
되살아난 것이었다. 유우의 옆에서 사진을 찍는 오자키가
가지고 있는 스마트폰은 전에 갖고 있었던 스마트폰의 신형
이었다. 통신사를 바꿨기 때문에 전화번호도 메일 주소도
바뀌었다고 했는데, 그건 거짓말이었다. 유우는 살짝 오자
키의 얼굴을 엿보았다. 오자키는 올곧은 얼굴로 발밑을 바
라보고 있었다.

20

"할머니, 택배 왔으니까 짐 받아가요."

오자키의 머리카락을 자르면서 가토 하루미加藤晴美가 가
게 안쪽을 향해 외쳤다. 하루미는 모코토 미용실의 단 한
명뿐인 미용사이자 점주였다. 가게 유리창 안쪽에서 밖에
정차되어 있는 택배 트럭이 보였다.

"여기로 온 택배라는 걸 잘 아시네요?"

오자키가 말했다.

"시간을 지정해서 도착하게 하는 게 있어. 지금 딱 그 시
간이거든."

"과연."

트럭에서 내린 운전수가 짐칸으로 돌아가서 작은 상자를 옆구리에 끼고 미용실을 향해 왔다.

"택배가 왔다고?"

가게 안쪽에서 노파가 모습을 드러냈다. 목소리를 내지 않았으면 아이로 착각할 정도로 작았다. 키는 140센티미터 대일 것이다. 체중도 30킬로그램 언저리밖에 나가지 않을 것 같았다. 머리카락은 새하얗고, 눈도 코도 입도 주름 속에 파묻혀 있었다.

"안녕하세요, 택배입니다."

택배 직원이 가게 문을 열고 들어왔다. 노파가 전표에 사인하고 물건을 수령했다.

"이 물건, 어디에 두면 돼?"

"부엌 테이블 위에."

"예, 예."

가게 안쪽으로 돌아가려던 노파가 거울에 비친 오자키에게 시선을 보냈다.

"어라. 못 보던 사람이네?"

"오자키라고 합니다."

오자키는 미소 지었다.

"얼마 전부터 에코 뮤지엄센터에서 일하고 있습니다."

"본토 사람이야?"

"네. 근데 여기가 마음에 들어서 눌러앉아 버렸습니다."

"이런 시골이 좋다니 별난 사람이네. 역시, 내지 사람은 바보 같아. 이해할 수가 없구만."

"히라노 씨 제자로 들어가서 목조 기술도 배우고 있대요."

하루미가 말했다.

"히라노라면, 게이조를 말하는 건가?"

"그렇습니다. 게이조 씨의 작품에 매료되어 버려서요."

"이런 곳에 눌러 사는 것도 모자라서 게이조의 제자가 되다니, 정말 이해할 수가 없구만."

"할머니, 손님에게 실례예요."

"괜찮습니다. 저 정말 바보니까요."

"요즘 젊은이들은 재밌는 소리를 하는구만."

노파가 웃었다.

"할머니, 게이조 씨의 여동생 분의 소꿉친구라고 들었는데, 정말입니까?"

"게이조의 여동생이라면, 사토코 말하는 건가?"

"네, 그렇습니다."

"옛날에는 자주 함께 놀았지. 아버지께서는 아이누인 애들과 놀지 말라고 야단치셨지만 신경 안 썼어. 왜냐하면 사토코는 똑똑하고 밝아서 같이 놀면 정말 즐거웠거든."

"다음에 사토코 씨와의 추억 이야기 좀 들려주세요. 게이조 씨는 그런 이야기는 전혀 해 주지 않아서요."

"다음에 말고, 지금도 돼."

노파는 그렇게 말하고는 손님들 대기용으로 사용하는 가죽 소파에 오도카니 앉았다.

"손님, 우리 할머니 한 번 이야기하면 안 끝나는데 괜찮겠어요?"

"상관없습니다. 사토코 씨는 어떤 분이었습니까?"

"정말 똑똑한 아이였어. 공부를 정말 잘했지. 하지만 그 시절이었으니까 진학하고 싶어도 할 수가 없었어. 정말 불쌍했어. 아이누인의 아이가 공부해 봤자 뭐가 되겠냐면서 짓궂은 말을 하는 사람도 많이 있었고."

"할머니."

하루미가 얼굴을 찡그렸다.

"어쩔 수 없어. 사실인걸. 옛날에는 지독했어."

"사토코 씨가 집을 나간 것은 그 때문인가요?"

"그런 것도 있었지만 어느 쪽이냐고 한다면 게이조에게서 도망치고 싶었던 거야. 옛날의 게이조는 돼먹지 못한 사람이었으니까."

"많은 사람들이 그렇게 이야기했어요."

"그 사람도 손녀딸이 오고 나서 바뀐 거야. 엄청 놀랐어.

그럴 거면 사토코나 딸이 있을 때에 변했으면 참 좋았을 텐데. 정말 어리석은 남자야."

노파의 주름이 물결쳤다. 아마도 얼굴을 찡그린 걸 테다.

"게이조 씨의 딸도 알고 계십니까?"

"여기는 작은 마을이니까 모두 낯이 익지. 게이조의 딸이라기보다는 사토코의 딸 같은 느낌이었어. 얼굴도 닮았고, 공부를 잘하는 점도 쏙 빼닮았었지."

"빨리 집을 나간 것도."

오자키의 말에 노파가 고개를 끄덕였다.

"그래. 여동생에게도 딸에게도 버림받은 거야, 그 남자는."

"할머니."

"너도 옛날에 게이조가 술에 절어서 큰소리치며 돌아다니던 거 기억하지? 그 사람의 걸걸한 목소리가 들리면 무섭다면서 나한테 안겨 들었잖아?"

"어릴 때 이야기잖아요. 손님, 머리 감겨 드릴 테니까 이쪽으로 오세요."

머리 커트를 끝낸 하루미가 오자키에게 말을 건넸다. 거울에 비친 머리 모양은 오자키의 주문대로였다.

"하루미 씨, 커트 잘하시네요. 도시에서도 먹힐 거 같은데요, 이 실력이라면."

오자키는 말하면서 샴푸 의자로 이동했다.

"본토 사람은 말솜씨가 좋다니까."

"할머니는 사토코 씨가 어디로 갔는지 알고 계십니까?"

오자키는 물었다.

"처음에는 삿포로로 갔어. 열차를 갈아타고. 숙식하면서 신문 배달을 하며 돈을 모았다고 하더라고. 그 돈으로 다음에는 도쿄로 갔어. 도쿄라면 아이누인이라는 소리를 들을 일도 없을 거라면서."

유우도 같은 이유로 도시로 나가고 싶어 했다. 지금 시대에도 힘들다면 옛날에는 더욱 힘들었을 것임에 틀림없었다.

"의자 눕힐게요."

하루미의 목소리와 함께 의자가 뒤로 젖혀지기 시작했다. 눈 위에 수건이 얹어졌고 샤워기에서 물이 뿜어져 나오는 소리가 들렸다.

〈은의 물방울 내리고 내리는 주변에, 금의 물방울 내리고 내리는 주변에〉

노파가 말했다.

"유카라군요?"

"사토코는 이걸 좋아했어. 늘 흥얼거렸고 이 유카라가 실린 책을 들고 다녔지."

어머니가 흥얼거리던 유카라가 귀에 되살아났다.

〈은의 물방울 내리고 내리는 주변에, 금의 물방울 내리고 내리는 주변에〉 애절하고 가슴이 메어왔다.

"사토코 씨가 도시로 간 뒤에도 편지를 주고 받으셨나요?"

"처음에는 그랬지. 하지만 한 달에 두 번 오던 편지가 한 달에 한 번이 되고, 두세 달에 한 번이 되고, 반년에 한 번, 일 년에 한 번 그러고는 소식이 끊겼지. 흔히 있는 일이지."

하루미가 샴푸를 시작했다.

"사토코 씨의 도쿄 주소는 알고 계십니까?"

"분명 스기나미杉並였던가. 찻집에서 웨이트리스 일을 했었을 거야."

"편지는 아직 가지고 계십니까?"

노파가 고개를 젓는 듯한 느낌이 전해졌다.

"이미 꽤 오래전에 처분했어. 가지고 있어도 별 수 없으니까."

"그렇긴 하죠."

"사토코는 이 하늘 아래 어딘가에서 살아 있긴 하려나."

노파의 중얼거림을 들으면서 오자키는 눈을 감았다. 할머니가 돌아가시고 사망 신고서를 낼 때, 호적 등본을 봤었다. 할머니에게는 부모도 형제도 친척도 없었다. 본적은 도쿄 스기나미로 되어 있었다. 어머니에게 물으니 "할머니는 고아셨어."라는 대답이 돌아왔다. 태어난 뒤에 곧바로 버려져 보육원에서 자랐고 그 보육원이 구청에 이야기해서 호적을 만들어 주었다고도 했다. 그때는 그 이야기를 곧이곧대로 믿었다.

지금은 할머니가 게이조의 여동생이라는 생각이 머리에서 떠나지 않았다. 나에게도 아이누의 피가 흐르고 있는 것이다. 어머니가 게이조가 만든 조각상을 소중하게 다루고 유카라를 흥얼거리던 것은 할머니에게서 모든 것을 들었기 때문임에 틀림없었다.

"그런데 어째서 그렇게 사토코에 대해서 알고 싶어 하는 건가?"

노파가 말했다.

"그냥 궁금해서요……. 할머니는 사토코 씨를 좋아하셨군요?"

가족과 고향을 버리고, 어떻게 했는지는 알 수 없지만 가짜 호적을 만들어야만 했던 인생이었지만 할머니에게는 소꿉친구가 있었고, 사랑하는 남자와 만나 어머니를 낳았다.

"하나야."

노파가 말했다.

"할머니가 아니라 하나. 화려할 화華를 써서 하나. 하나라고 불러 줘."

"이야기 해 주셔서 감사합니다, 하나 씨."

오자키는 말했다. 그리고 가슴 속에서 하나 씨에게 감사를 표했다.

* * *

"이 근처야."

겐고가 언덕길 중간에서 차를 세웠다. 오른쪽이 삼나무 숲 언덕으로 되어 있었다. 언덕 너머는 구마가이 야스오가 회원으로 등록되어 있는 골프장 부지였다. 다쓰키가 골프장 팸플릿을 펼쳤다.

"이 언덕 위는 아마 7번 홀일 거야."

7번 홀은 도그레그(좌우로 구부러진 모양의 홀)로 되어 있었다. 초보자가 힘을 잘못 주면 자주 숲속으로 때려 넣는 듯했다. 다쓰키가 이 골프장에서 캐디 아르바이트를 하고 있는 중년 여성과 친해진 후 정보를 얻어 왔다.

"꽤 가파르네."

언덕을 올려다보면서 겐고가 말했다.

"하지만 여기는 차도 인적도 거의 없어."

오자키는 올라온 길을 내려다 봤다.

"가끔 골프공이 날아와서 차에 맞는 경우가 있대. 그걸 염려해서 동네 사람들은 이 길을 피한대."

다쓰키가 말했다. 캐디 아주머니는 꽤나 정보통인 듯했다.

"나 잠깐 올라갔다 올 테니까, 너희들은 망 좀 잘 봐줘."

겐고가 가드레일을 뛰어넘어 언덕의 경사면에 발을 붙였

다. 눈에 띄지 않도록 허리를 숙인 채 살금살금 올라갔다.

"역시 전직 자위대원. 난 도중에 지칠 거 같은데."

다쓰키가 얼굴을 찡그렸다.

"나도 한 번에 올라갈 자신은 없어."

오자키는 대답했다.

"그렇지만 숲으로 때려 넣는 녀석들이 많다고 해서 구마가이가 반드시 공을 때려 넣는 건 아니잖아? 그 녀석이 이 골프장에 올 때마다 잠복해서 숲으로 공을 때려 넣길 기도하며 기다릴 거야?"

"그것밖에 없다고 겐고가 말했잖아."

"그건 그렇지만……."

겐고가 세운 계획은 심플했다. 꼬리가 잡히지 않는 차와 은신처를 조달한다. 골프장에서 구마가이가 숲으로 공을 때려 넣는 그때를 진득하게 기다린다. 그때가 오면 슬리퍼 홀드로 구마가이를 기절시킨 뒤 차에 태워서 자리를 뜬다. 일단 은신처에서 며칠을 보내면서 경찰의 수색을 따돌리고 그런 다음 후쿠시마로 가서 구마가이가 후쿠시마 현민들에게 사죄하는 모습을 영상으로 담아서 인터넷으로 올린다. 그것뿐이었다.

"은신처는 구해 놨어?"

오자키는 다쓰키에게 물었다.

"어. 옛날에 아르바이트 하던 곳의 지인이 기사라즈木更津 쪽에 있는 창고를 가르쳐 줬어. 창고를 소유하고 있던 회사 가 도산하는 바람에 관리도 허술해져서 출입이 자유롭대. 다음에 겐고랑 같이 사전 답사를 하고 올게."

"여기서 기사라즈까지라니, 꽤 머네."

"응, 하지만 지금 상황에서 마음대로 골라잡을 수는 없잖아?"

"그렇긴 하지."

"그래. 겐고가 차로 끌고 오기만 하면 그 뒤는 어떻게든 될 거라고 했고."

"아마추어로서는 전직 자위대원의 명령에 따르는 것이 최 선인가."

다쓰키가 고개를 끄덕였다.

"오자키는 진심이구나."

"진심이라니?"

"전혀 주저함이 없어. 나만 해도 진짜 하는 건가? 하고 꽤 망설여지는데."

"그야……."

오자키는 입술을 핥았다.

"누군가가 책임을 져야 하잖아."

겐고가 언덕의 경사면을 내려왔다.

"갈 수 있어. 숲은 꽤 넓고 페어웨이까지는 거리가 있어.

몸을 숨길 수 있을 정도의 나무도 많이 있고. 구마가이 혼자만 숲으로 쳐서 공을 찾으러 온다면⋯⋯."

겐고는 오른팔을 굽혀 보였다.

"이걸로 녀석을 보내고 나서 끌어안고 경사면을 뛰어 내려올 거야. 시간과의 싸움이야. 같이 골프장을 돌고 있는 녀석들이 수상하게 생각하기 전에 차로 끌고 와서 자리를 뜨는 거야."

겐고는 흥분하고 있는 것 같았다.

"잘 될까?"

다쓰키가 말했다.

"잘 될까가 아냐. 잘해야 해."

겐고가 다쓰키를 다그쳤다.

* * *

여름 휴가가 시작되었다. 가와유 주변에도 삼삼오오 관광객의 모습이 눈에 띄었다. 오고 가는 차들에도 '와ゎ' 넘버(일본에서 렌터카에 사용하는 번호판 분류 코드)가 섞여 있었다. 많은 관광객들은 카디건 같은 얇은 상의를 입고 있었다. 유우는 더워서 못 견디는 것 같았지만 본토 사람들에게는 쌀쌀한 듯했다.

평소에는 좀처럼 인적이 드문 버스 정거장에 동급생들이 모여 있었다. 데시카가에 있는 학원에 다니기 위해서였다. 좋은 학교에 가길 희망하는 학생들은 여름 방학에는 가와유와 데시카가를 왕복하며 보낸다.

유우는 버스 정거장에서 떨어진 곳에서 발을 멈추었다. 버스 정거장에 모여 있는 동급생들은 유우를 놀리거나 괴롭히지는 않았다. 그래도 발이 자연스럽게 멈춰 버렸다. 게이조가 봤다면 한심하다고 웃었을 것이다. 게이조는 자신이 아이누인이라는 것을 부끄러워하지 않는다. 아니, 분명 자랑스러워 할 것이다. 어릴 적부터 본토 사람들의 차별이나 편견과 싸우며 사냥꾼으로서, 목조 작가로서 본토 사람들에게 자신을 인정받아 왔기 때문이었다. 게이조처럼 되고 싶다고 몇 번이나 생각했던가. 다른 사람들의 시선 같은 것은 신경 쓰지 않고 자신이 나아가고 싶은 길을 똑바로 나아가는 것을. 문제는 자신이 나아가고 싶은 길을 찾지 못했다는 것이었다. 지금 유우의 머릿속에 있는 생각은 이 마을에서 나가고 싶다는 것, 자신이 아이누라는 것을 항상 인식하지 않아도 되는 곳에서 살고 싶다는 것. 그것뿐이었다.

유우는 자신의 몸에 아이누의 피가 흐르고 있다는 것을 모르고 자랐다. 부모님이 돌아가시고 게이조에게 맡겨지고 나서야 비로소 자신의 태생과 마주했다. 학교에서 처음으로

놀림당했을 때의 일은 평생 잊을 수 없을 것이다. 동급생들의 무심한 말에 영혼이 찢겨나가는 듯한 마음의 고통을 느꼈다. 그때의 일을 생각하는 것만으로도 다리가 움츠러들었다. 어디에도 갈 수 없게 되어 버렸다. 철이 들었을 때부터 자신이 아이누인이라는 자각이 있었다면 조금은 달랐을까. 좀 더 씩씩하게 있을 수 있었을까.

버스가 와서 정거장에 섰다. 동급생들이 올라타는 것을 기다렸다가 유우도 버스에 올라탔다. 얼굴을 숙이고 운전석 바로 뒷자리에 앉았다. 동급생들은 버스 뒷쪽에 자리를 차지하고 있었다. 버스가 움직이기 시작했다. 유우는 가방 안에서 수학 참고서를 꺼냈다. 국어와 영어에는 자신이 있었지만, 수학이나 과학은 자신이 없었다. 이번 여름 방학 동안 어떻게든 극복하고 싶었다.

참고서를 읽는 데에 정신이 팔려 있었더니 순식간에 시간이 지나갔다. 정신을 차리니 학원에서 가장 가까운 정류장에 버스가 다 와가고 있었다. 참고서를 가방에 집어넣고 내릴 준비를 했다. 내릴 때와 마찬가지로 동급생들이 내리는 것을 기다렸다가 자리에서 일어났다. 유우가 버스에서 내렸을 때 동급생들은 진즉에 학원이 있는 건물 안으로 사라졌다. 학원 교실에서도 유우는 출입구와 가까운 끝자리에 앉았다.

국어, 수학, 과학, 사회에 영어. 저녁 때까지 빈틈없이 수업이 이어졌다. 점심시간에는 밖으로 나가 멀리 있는 공원까지 걸었다. 그곳 벤치에서 직접 준비해 온 도시락을 먹고 다시 학원으로 돌아오면 딱 오후 수업이 시작되는 시간이 되었다. 수업이 끝나는 것은 저녁쯤이었고, 동급생들이 올라타는 것을 기다렸다가 유우도 버스에 올라탔다. 올 때와 같은 자리에 앉고 똑같이 참고서를 펴고…….

"히라노, 잠깐 괜찮아?"

불쑥 들려오는 소리에 유우는 가슴을 억눌렀다. 심장이 빠르게 뛰었다.

"왜?"

뒤돌아보니 같은 반인 다카시나 사야高階沙耶가 미소를 짓고 있었다.

"히라노는 영어를 잘하지? 오늘 예제 중에서 잘 모르는 부분이 있었거든. 괜찮으면 좀 가르쳐 주지 않을래?"

"으, 응."

목소리가 갈라졌다. 자기혐오에 빠질 것만 같았지만 사야는 천진난만한 미소를 지은 채로 유우의 뒷좌석에 앉았다.

"관계대명사 부분 말인데…….'

사야의 영어 참고서는 곳곳에 밑줄이 그어져 있었다.

"지난번 모의시험에서 영어 점수가 아슬아슬했어. 그래서 지금 굉장히 마음이 급해. 수학이나 과학은 괜찮은데 말이지……."

"난 반대야. 국어나 영어는 괜찮은데, 수학이나 과학이
좀 위험해서……."

"모르는 게 있으면 물어봐. 서로 잘하는 분야를 알려 주
자. 아, 여기 말인데……."

사야가 참고서에 적힌 예문을 가리켰다.

"이건 말야, 이렇게 생각하면 이해하기 쉬워."

유우는 예문을 여러 개의 문절로 나누어서 해석할 때의
요령을 알려 줬다.

"정말이네. 그렇게 하니까 바로 알겠어. 그럼, 이거는?"

유우는 사야가 가리킨 다른 예문도 막힘없이 해석했다.

"예문이 길어도 기본은 같아. 단어의 의미만 머릿속에 들
어 있으면 어떻게든 돼."

"고마워. 그런 건 학교 선생님도 학원 선생님도 가르쳐 주
지 않았어."

"폰으로 검색하다가 도쿄대에 한 번에 합격했다는 사람이
쓴 '수험 공부 첫걸음'이라는 블로그를 발견했는데, 거기에
실려 있었어."

"그렇구나."

사야는 맞장구를 쳤지만 그 눈은 참고서의 예문에 고정되
어 있었다. 차례차례로 예문을 훑고는 혼자서 고개를 끄덕

였다. 머릿속으로 해석하고 있는 것이었다.

"대단해. 히라노 덕분에 지금까지 고생했던 관계대명사가 들어간 문장을 금방 해석할 수 있게 되었어."

"요령을 익히면 쉽지."

유우는 미소 지었다.

"앞으로도 모르는 게 있으면 물어볼 거니까, 가르쳐 줘. 히라노도 사양하지 말고 나한테 물어봐."

"그래도, 괜찮아?"

조심스레 물었다.

"괜찮냐니, 뭐가?"

"나……."

아이누인이니까라는 말을 유우는 집어 삼켰다.

"아아."

사야가 고개를 끄덕였다.

"반 안에는 아이누인이 어쨌다느니 이래저래 떠드는 녀석들도 있지만, 나는 신경 안 써. 봐봐, 난 홋카이도 토박이가 아니니깐."

그 말을 듣고 나니 생각났다. 사야의 부모님은 이주자였다. 부부 동반으로 농사를 짓고 있었다.

"부모님은 내가 여기 남아서 농장을 이어받길 바라시지만, 난 여전히 도시가 그리워. 홋카이도의 대자연도 좋지만……. 히라노는 구시로에 있는 고등학교에 시험 볼 거야?"

"응, 그럴 생각이야."

사실은 더 먼 학교로 가고 싶었다. 구시로는 너무 가까웠다.

"나는 가능하면 삿포로의 고등학교로 가고 싶지만 하숙비 같은 걸 못 낼 거 같아서. 나도 구시로이려나……. 고등학교 붙으면 어떻게 할 거야? 부모님 차 타고 통학해?"

유우는 고개를 저었다.

"하숙할 예정이야. 할아버지가 그래도 된다고 말씀해 주셨고."

"아, 미안. 히라노, 부모님 돌아가셨지? 무신경한 말을 해 버렸네."

"괜찮아. 신경 안 써."

"저기 있잖아, 히라노. LINE 해?"

"응."

"톡방 만들까? 나랑 히라노만 있는."

"좋아."

"다른 사람은 절대 초대 안 할게."

"고마워."

가와유에 도착할 때까지 사야와 끊임없이 이야기를 나누었다. 그리고 버스에서 내린 뒤 서로 손을 흔들며 헤어졌다. 다른 동급생들이 기이한 눈으로 사야를 봤다.

평소와 다르게 그것이 신경 쓰이지 않았다. 가와유에 오고 나서 처음이라고 말해도 좋을 정도로 상쾌한 기분이 들었다.

21

여름 성수기가 시작되자 시간의 흐름이 한 번에 가속화 되었다. 거리에는 관광버스와 렌터카들이 오가고, 호텔이나 여관도 활기를 되찾았다. 에코 뮤지엄센터에도 끊임없이 관광객들이 방문했고 오자키를 비롯한 스태프들은 손님 대응에 여기저기 치여 다녔다. 쉴 틈 없이 이리저리 돌아다니다가 정신을 차리면 업무 시간이 지나 있었다. 매일 그것이 반복되었다. 게이조가 있는 곳에 얼굴을 비출 기회도 많이 줄어들었다. 게이조는 개인전을 위한 작품 제작에 몰두해 있었다. 가능하면 그 모습을 자세히 관찰하고 싶었지만 시간에는 한계가 있었다.

눈이 돌아갈 것 같은 분주함이 일단락된 것은 역시 오봉(역자주 : 일본의 추석, 양력 8월 15일이다)이 지난 뒤였다. 관광객들이 모습을 감춘 것은 아니었지만 익숙해져서 시간을 효율적으로 쓸 수 있게 되었다.

"오늘은 일찍 퇴근해도 좋아요."

도쓰카 게이코의 목소리에 오자키는 환히 웃었다.

"그렇다면 사양 않고 그 말을 따르겠습니다."

책상 위를 빠르게 정리하고 게이조의 집으로 향했다. 안채에 사람의 기척은 없었다. 유우는 여름 방학 동안 데시카가에 있는 학원에 다니고 있었다. 아틀리에에서는 게이조가 나무를 깎는 소리가 들려왔다.

"잘 지내셨죠?"

말을 걸며 아틀리에로 들어갔지만 게이조는 얼굴을 들지도 않았다. 정신을 집중해서 나무에 홈을 내고 있었다. 오자키는 숨을 삼켰다.

게이조가 파고 있는 것은 한 마리의 늑대였다. 언덕 위에서서 온몸의 털을 바짝 세우고 무언가를 노려보고 있었다. 벌어진 입으로 드러난 어금니는 잘 갈린 칼 같았고, 지금 당장이라도 울음 소리를 낼 것만 같았다. 털색은 회색이었다. 나무를 깎은 것뿐이었고 도료가 칠해진 것도 아니었는데도 오자키는 그렇게 생각했다. 멋진 회색 털을 두른 고고한 늑대에 게이조가 생명을 불어넣으려 하고 있었다. 게이조는 칼끝이 가는 조각칼로 바꿔 쥐고 늑대의 눈을 깎기 시작했다. 오른쪽 눈을 깎고, 왼쪽 눈을 깎고, 조각칼을 작업대 위에 내려놓고 깊은 한숨을 내쉬었다.

"완성입니까?"

오자키의 목소리에 게이조는 천천히 얼굴을 들었다. 볼이 야위어 있었다. 눈이 푹 패어서 병든 사람 같았다.

"깎는 것은 끝났어. 나중에 사포로 문지르고 니스를 칠하면 완성이다."

게이조는 입술을 핥았다.

"커피 내올까요?"

"이따가."

게이조의 목소리도 행동도 지쳐 있었다. 꽤나 온 힘을 썼던 것이다.

"그런데 엄청난 박력이네요, 이 늑대."

"불곰의 냄새를 맞닥뜨린 거야. 그래서 털을 바짝 세우고 있지. 저쪽에도 네가 안 오는 동안에 완성해 둔 것이 있어."

게이조가 아틀리에의 안쪽 선반을 가리켰다. 선반의 중단에 다른 늑대가 자리 잡고 있었다. 이 늑대도 역시 언덕 위에서 하늘을 향해 울부짖고 있었다. 게이조의 눈앞에 있는 늑대와는 달리 그 표정에는 고독함이 새겨져 있었다.

"멀리서 울부짖으면서 동료를 부르고 있는 거군요."

"잘 아는구만."

"당연하죠. 누가 봐도 울부짖고 있는 늑대입니다."

"안채로 돌아가자. 씻고 나서 맥주를 마시고 싶다."

게이조가 자리에서 일어났다. 평소처럼 단호한 발걸음으

로 아틀리에를 나갔다. 오자키는 그 뒤를 따라갔다.

"식사는 제대로 하고 계신 겁니까? 잠깐 못 본 사이에 꽤 마르셨는데요…….."

안채에 들어가자 게이조는 곧장 씻을 준비를 시작했다. 오자키는 부엌으로 향했다. 가스레인지 위에 올려져 있는 것은 물주전자 뿐이었다. 냉장고를 열었지만 평소라면 유우가 준비했을 법한 게이조의 식사가 보이지 않았다.

"히라노 양과 싸우기라도 한 겁니까?"

"안 싸웠어."

욕실 쪽에서 게이조의 목소리가 돌아 왔다.

"히라노 양이 반찬을 안 만들어 뒀는데요?"

"유우는 지금 제 나름대로 바빠."

게이조가 욕실에서 돌아왔다.

"지금까지는 아무리 바빠도 게이조 씨의 식사 준비는 제대로 했었잖아요. 근데 여름 방학이라서 그렇다는 건 좀 이상해요."

오자키는 물고 늘어졌다.

"친구가 생겼어."

"친구요?"

"본토 아이야. 본토에서 이주해 왔는데 유우가 아이누의 피를 이어받았다고 해서 색안경을 끼고 보지는 않는가봐.

여기 온 뒤로는 본 적이 없을 정도로 들떠 있더라고. 학원에서 돌아오면 그 아이 집에 가서 또 공부를 해. 너무 기뻐하니깐 내 밥은 신경 쓰지 말라고 말해 버렸지. 유우가 오기 전에는 뭐든지 혼자서 해 왔어. 밥도 혼자 만들 수 있어."

"하지만 살이 많이 빠지셨잖아요. 뭘 만들어 먹고 계신 겁니까?"

게이조의 눈이 흔들렸다. 오자키는 싱크대 위의 수납 선반을 열었다. 컵라면이 대량으로 들어 있었다.

"설마……."

"요즘 컵라면은 맛있어. 세 끼 다 라면만 먹어도 질리지가 않아."

"어린 애가 아니잖아요, 매일 컵라면만 먹고 몸이 버틸 리가 없잖습니까?"

"여름 방학이 끝나면 유우가 또 식사 준비를 해 줄거야."

어이가 없어서 말이 나오지 않았다. 오자키는 다시 한번 냉장고를 열었다. 무와 당근 등의 채소 외에 제대로 된 식재료는 들어 있지 않았다.

"뭐라도 좀 만들 테니까 천천히 욕조에 몸 담그고 계세요."

오자키는 거친 말투로 말하고 냉동실을 열었다. 에조사슴 고기가 잔뜩 쌓여 있었다. 게이조가 씻으러 들어갔다.

오자키는 에조사슴 고기를 전자레인지에 넣었다. 고기가

해동되는 것을 기다리는 동안에 냄비에 물을 끓이고, 다시
마로 맛국물을 냈다. 쌀을 씻고 전기밥솥의 스위치를 켰다.
건조 미역을 물에 담그고, 맛국물로 된장국을 만들었다. 된
장국 간을 하고 있는데 고기 해동이 완료되었음을 알리는
소리가 울렸다. 고기를 얇게 썰고 무와 당근도 잘게 썰었
다. 안면이 있는 동네 사람들에게서 자주 에조사슴 고기를
받았다. 덕분에 에조사슴 요리도 자신이 있었다. 중화 냄비
에 기름을 데우고 연기가 올라올 즈음에 고기와 채소를 볶
기 시작했다. 소금과 후추와 냉장고에 있던 양고기 소스로
맛을 냈다.

밥이 다 지어지는 것을 기다리고 있기라도 한 것처럼 게
이조가 다 씻고 나왔다. 편한 옷으로 갈아입고 목욕 수건으
로 머리를 닦으면서 부엌으로 왔다. 냉장고에서 캔맥주를
꺼내더니 맛있게 마시기 시작했다.

"냄새 좋군."

"냉장고 안이 거의 텅 비어서 반찬은 하나뿐이지만 불평
은 하지 마십시오."

"요 근래에 계속 컵라면밖에 못 먹었어. 불평 따위 할 것
같냐?"

밥과 된장국, 에조사슴 고기볶음을 식탁에 진열하고 있는
데 맥주를 다 마신 게이조가 냉장고에서 새 캔을 꺼냈다.

"너도 한 잔 할래?"

"차가 있어서요."

"이 시기에는 말이야, 경찰도 단속을 잘 안 해. 여름에만 오는 관광객들을 단속으로 잡으면 점점 발길이 끊어진다면서 겁을 내거든. 한심하기는."

"그래도 음주운전은 안 됩니다."

오자키는 대답했다. 음주운전뿐만 아니라 경찰의 눈을 끌 법한 일은 해서는 안 된다.

"잘 먹겠습니다."

게이조가 자리에 앉자 오자키는 합장을 했다. 게이조는 아무 말도 하지 않고 젓가락을 손에 쥐었다.

"맛있네."

에조사슴 고기볶음을 입에 넣더니 게이조가 눈을 얇게 떴다.

"양고기 소스는 만능 조미료니까요."

오자키도 볶음에 젓가락을 갖다 댔다.

"히라노 양은 항상 몇 시쯤에 돌아옵니까?"

"아홉 시 정도이려나. 돌아와도 곧바로 자기 방으로 틀어박혀서 LINE인지 뭔지를 하고 있어."

"히라노 양 정말로 기쁜가 보네요. 새로운 친구가 생겨서."

"이곳에 온 뒤로 처음 사귄 본토 출신 친구니까."

"처음이라니, 본토 사람이라고 해도 아이누인을 차별하는

266

애만 있는 건 아니잖아요."

"태어났을 때부터 여기서 자랐다면 본토 출신인 소꿉친구도 있겠지. 하지만 유우는 타지에서 왔어. 적응하는 것도 쉽지 않았어."

"그런 겁니까?"

"그런 거야. 혼자서 마시니까 재미가 없군. 너도 마셔."

오자키는 게이조의 표정을 살폈다. 눈이 풀려 있는 건 아니었다. 표정도 밝았다. 취기가 돌고 있는 것도 아니었다. 작업을 끝낸 뿌듯함에 젖어 있는 것이었다.

"자고 가도 돼. 유우에게는 내가 말해 둘게."

"그럼, 잘 마시겠습니다."

오자키는 일어나서 냉장고에서 캔맥주를 꺼냈다. 뚜껑을 따자 기분 좋은 소리가 났다. 캔을 들었다.

"작품 완성을 기념하며."

"아직 완성한 거 아니라고 했잖아."

게이조는 그렇게 말했지만 자신의 캔을 오자키의 캔에 부딪쳤다. 오자키는 맥주에 입을 댔다.

"맛있다."

"유우가 있지, 정말로 즐거운 목소리를 내더라고."

게이조가 말했다.

"그 본토 출신 아이와 전화로 이야기하고 있을 때 말이야.

나는 그런 목소리를 여태까지 들어본 적이 없어."

오자키는 맥주를 들이키면서 게이조의 말에 귀를 기울였다.

"유우만큼은 행복해졌으면 싶어서 내 나름대로 노력했었지. 스스로를 억눌렀어. 이제 나이도 먹을 만큼 먹었으니까 그만하면 됐잖아 하고 스스로를 타이르면서."

게이조가 맥주 캔을 찌그러뜨렸다. 속은 텅 비어 있었다. 자리에서 일어나 복도 쪽으로 걸어갔다. 돌아왔을 때는 소주 한 병을 손에 들고 있었다. 게이조는 자조하듯이 미소 지었다.

"다른 사람들한테서 들었을지도 모르겠지만, 난 술버릇이 고약해."

"알고 있습니다."

오자키는 부엌에서 유리컵을 두 잔 들고 왔다. 게이조가 소주를 따랐다.

"그 때문에 여동생도 딸도 나에게서 정을 뗐지. 둘 다 나를 버리고 집을 나갔어."

"알고 있습니다."

게이조가 소주를 마셨다. 오자키도 입을 댔다. 알코올 도수가 높았다. 목이 탈 것 같았다.

조금 남아 있던 맥주로 입 안의 소주를 헹궈 냈다.

"유우에게만큼은 술로 폐를 끼치지 않겠다고 결심했어.

그리고 스스로도 놀랄 정도로 지금까지 잘 지켜 왔어. 하지만 유우는 나가겠지. 나를 버리고 떠나겠지."

게이조는 소주를 핥듯이 마셨다. 먼 곳을 보는 듯한 눈은 울부짖는 늑대 조각상의 눈과 매우 닮아 있었다. 그 늑대처럼 게이조도 동료를 찾고 있는 것이었다. 고독에 지쳐 있는 것이었다.

"게이조 씨, 술만 마시지 말고 밥도 제대로 드세요."

오자키는 말했다. 게이조가 얼굴을 찡그렸다.

"알고 있어."

게이조는 컵을 두고 차게 식은 밥을 입에 가져갔다.

"히라노 양은 좋은 아이예요. 여기에서 나가도 멋지게 살아갈 겁니다."

"알고 있어."

게이조의 입술 끝에 밥풀이 들러붙어 있었다. 오자키는 손을 뻗어 그 밥풀을 떼어 자기 입으로 가져갔다.

"뭐하는 거야, 바보 같이."

게이조가 얼굴을 찡그렸다. 오자키는 미소 지었다.

* * *

"유우가 돌아오기 전에 잘 거다."

게이조는 그렇게 말하고 자기 방으로 사라졌다. 머지않아 코 고는 소리가 들려왔다. 시간은 아홉 시 전이었다.

뒷정리를 끝내고 커피를 끓였다. 게이조가 의외로 빨리 술자리를 끝냈기 때문에 그다지 취하지는 않았다. 커피를 마시고 잠시 쉬면 차를 운전해도 괜찮을 것이다. 막 끓인 커피를 홀짝이면서 TV 스위치를 켰다. 오자키의 집에는 TV가 없었다. TV를 보는 것은 오랜만이었다. 드라마나 예능 방송에는 흥미가 없었다. 뉴스를 내보내고 있는 NHK로 채널을 돌렸다. 겐고의 얼굴 사진이 비춰지고 있었다.

"경시청은 오늘 전 동일본전력 사장, 구마가이 야스오 씨 살인 사건으로 도쿄도 미타카三鷹시에 사는 나카타 겐고 용의자를 지명수배했습니다. 경시청에 따르면 구류 중인 모리 다쓰키 용의자의 교우 관계를 조사하던 중, 나카타 겐고 용의자의 존재가 떠올랐다고 전했습니다."

다쓰키와 겐고가 반원전 집회나 데모에 자주 얼굴을 비추었다고 하는 아나운서의 목소리가 귀를 스쳐갔다. 경찰은 다쓰키를 체포하고 겐고의 존재도 파악했다. 오자키의 존재가 알려지는 것도 시간문제일 것이다.

"앞으로 얼마나 남은 걸까……."

중얼거리면서 TV를 껐다. 다시 커피를 마셨다. 방금 전까지는 확실히 느껴졌던 향기나 맛이 사라졌다. 그냥 쓸 뿐이었다.

"다녀왔습니다."

현관에서 유우의 목소리가 울렸다. 오자키는 양손으로 얼굴을 때리고 웃음을 띠웠다.

"어서 와."

현관까지 마중 나가자, 유우가 의아한 듯이 오자키를 바라봤다.

"게이조 씨의 작품이 하나 완성되었어. 그래서 가볍게 축배를 들었어. 조금 있다가 돌아갈 거야."

"할아버지는요?"

"이미 주무셔."

유우는 오자키의 옆을 지나쳐 거실로 향했다.

"오자키 씨가 할아버지 식사를 준비해 준 거예요?"

"오랜만에 얼굴을 봤더니 홀쭉해지셨더라고. 뭔가 제대로 된 음식을 해 드려야겠다 싶어서."

"제대로 된 음식? 할아버지, 직접 밥 만들어서 먹고 있다고……."

"요즘 들어 아침 점심 저녁 컵라면만 먹는대."

"말도 안 돼."

유우가 손톱을 깨물기 시작했다. 데시카가에 있는 학원을 다니며 집에 돌아오자마자 새로 생긴 친구 집으로 갔다. 적어도 요 며칠 동안은 게이조의 얼굴도 제대로 보지 못했을 것이다. 봤으면 게이조의 이상할 정도로 야윈 모습을 눈치 챘을 것이다. 유우는 게이조를 짜증스럽다고 생각하긴 했지만, 미워하는 것은 아니었다.

"할아버지가 여름 방학 동안에는 자기 일은 신경 쓰지 않아도 된대서……."

"작업이 궤도에 접어들었어. 분명히 식사를 만들 시간도 아까웠을 거야."

"말을 해 줬으면 좋았을 텐데. 그랬으면 내가 식사를 만들어 줬을 텐데."

"친구가 생겨서 히라노 양이 굉장히 즐거워 보인다고 하셨어. 분명 히라노 양을 방해하고 싶지 않으셨던 거야."

유우가 손톱을 물어뜯는 것을 멈췄다.

"내가 즐거워 보인다고 할아버지가 그래요?"

"여기에 와서 살게 된 뒤로 그렇게 기뻐 보이는 히라노 양은 본 적이 없다고 하셨어."

"그렇다고 해서 컵라면만 먹다니 바보 같아요. 어린 애도 아니고."

오자키는 웃었다.

"나도 똑같은 말을 했어."

"내일부터 제대로 식사 준비 하고 갈게요."

"그렇게 해 드려. 게이조 씨, 본인 입으로는 히라노 양에게 절대 아무 말도 안 하니까."

"고마워요."

유우가 말했다. 퉁명스러운 말투였지만 마음이 담겨 있다는 것이 전해졌다.

"별말씀을. 자, 나는 이만 돌아갈게. 실례 많았습니다."

현관에서 신발을 신었다. 유우의 시선이 등 뒤에 꽂혔다.

"동일본전력의 전 사장이 살해당한 사건, 새로운 용의자가 지명수배 당했네요."

유우가 입을 열었다.

"그렇구나. 난 TV도 안 보고 신문도 안 읽으니까 세상 돌아가는 일에는 점점 어두워져."

오자키는 재빨리 둘러댔다.

"스마트폰이 있잖아요."

"요즘 들어 일이 죽을 만큼 바빠서 집에 돌아가면 그대로 잠들거든. 아침에도 아슬아슬할 때까지 자다 출근하니까 스마트폰 만질 시간도 없어."

"그렇구나. 그래도 바쁜 것도 이제 곧 끝날 거예요. 8월이 끝나면 조용해지거든요. 그 다음 분주해지는 것은 단풍이 드는 계절이려나. 그래도 골든위크나 여름 성수기에 비하면 아무것도 아니죠."

"응, 조금 더 분발할게. 그럼, 잘 자."

"안녕히 주무세요."

유우의 목소리를 들으면서 밖으로 나가 차에 탔다. 술은 완전히 깼다. 유우는 왜 갑자기 그런 소리를 한 걸까. 수험을 앞둔 중학생이 마음에 둘 만한 뉴스라고는 도저히 생각되지 않았다. 시동을 걸면서 집 쪽을 바라보았다. 유우의 방의 불이 켜졌다. 그뿐이었다. 기다리고 있어도 아무 일도 일어나지 않았고 그저 집을 둘러싼 어둠이 짙어져 갈 뿐이었다.

* * *

골프공이 소나무를 맞고 튀어 올랐다. 꽤나 꺾여 버린 듯했다. 공이 떨어진 곳에서는 페어웨이가 전혀 보이지 않았다.

"구마가이다."

지면에 엎드려서 쌍안경을 들여다보던 겐고가 말했다. 오자키는 차에서 대기하고 있는 다쓰키에게 전화를 걸었다.

"구마가이가 숲속으로 공을 쳤어. 시동 걸어 둬."

"오케이."

"두 번째 사람은 페어웨이 한복판."

구마가이는 골프 친구 두 명과 함께 치고 있었다. 다른 두 사람 중 한 명이 구마가이처럼 숲속으로 친다면 오늘은 철수였다. 지난번에는 구마가이가 숲으로 치는 일이 없었고 그 전에는 함께 하던 세 명 모두 숲으로 쳤었다.

"슬슬 결말을 짓고 싶군."

겐고의 혼잣말 같은 중얼거림에 오자키는 고개를 끄덕였다. 그때, 드라이버가 공을 때리는 소리가 들렸다.

"좋았어!"

겐고가 주먹을 쥔 오른손을 번쩍 들어올렸다.

"세 번째 사람은 오른쪽으로 휘었어. 구마가이가 혼자 이쪽으로 올 거야."

겐고는 쌍안경을 벗고 방한모를 썼다. 오자키도 그 모습을 따라하며 등 뒤에 메고 있던 군용 더플 백을 땅에 내려놓았다. 겐고가 준비한 것으로, 등산 가방처럼 등에 멜 수 있도록 되어 있었다. 몸집이 작은 구마가이라면 다리를 접어서 구부리면 안에 넣을 수 있었다.

겐고가 공 근처 굵은 소나무 옆에서 배를 깔고 누웠다. 초록색 옷감이 베이스인 위장복을 입고 있었기 때문에 언뜻 봐서는 그곳에 사람이 누워있는지는 알 수 없었다.

오자키는 가방 지퍼를 열어 나무그늘에 몸을 숨겼다. 심장이 빠르게 뛰고 있었다. 목이 바짝 말라서 탈 것 같았다. 잔디를 밟는 발소리가 가까워졌다.

"이렇게나 휘다니 힘을 너무 많이 줬어."

구마가이의 목소리도 들려왔다. 무릎이 떨렸다. 떨림은 금세 온몸으로 퍼졌다. 멈추려 해도 멈춰지지 않았다. 오자키에 비해 겐고는 경이로운 자제심을 발휘하고 있었다. 꿈쩍도 하지 않고 지면과 동화되어 있었다.

"어디에 있는 거야……."

구마가이의 목소리가 생각보다 가까운 데에서 들려왔다. 놀라서 목소리가 나올 것만 같아서 오자키는 오른손 엄지손가락을 질끈 깨물었다. 구마가이가 공을 찾으면서 이쪽을 향해 왔다. 캐디의 모습은 보이지 않았다.

"이렇게 꺾여 있을 필요는 없잖아……. 페어웨이가 안 보인다고."

구마가이는 겐고를 향해 걸어오고 있었다. 이대로라면 겐고를 밟아 버릴 것이다. 하지만 겐고는 움직이지 않았다.

'어쩔 셈이야, 겐고?' 마음속에서 외친 순간, 구마가이의 발이 멈췄다.

"여기 있다."

공을 발견한 구마가이가 발을 내딛는 방향을 바꿨다. 겐고에게서 등을 돌린 형태가 되었다. 그 순간, 겐고가 일어났다. 등 뒤에서 구마가이를 꽉 껴안고 오른팔을 목에 감았다. 왼손으로 자신의 오른손목을 꽉 잡고 구마가이의 몸을 자신의 가슴으로 끌어당겼다. 구마가이는 목소리를 내는 것도 불가능했다. 손발을 허둥거리더니 이윽고 그 손발도 움직이지 않게 되었다.

"이봐!"

겐고가 오자키를 불렀다. 하지만 발이 움직이지 않았다.

"빨리 가방을 이쪽으로. 서둘러!"

겨우 다리가 움직였다. 더플 백을 양손으로 끌어안고 겐고가 있는 쪽으로 향했다. 단 몇 미터 거리였는데도 계속 발이 걸려 넘어졌다.

"뭐하는 거야!"

"미안."

겐고의 질책을 받으며 오자키는 더플 백을 땅에 내려놓았다. 겐고가 구마가이를 더플 백 안으로 밀어 넣었다. 구마가이는 완전히 실신해 있었다. 겐고가 지퍼를 잠그고 백을 등에 멨다. 왜소하다고는 하지만 구마가이는 60킬로그램 이상은 될 것이다. 겐고의 어깨에 더플 백의 손잡이가 파묻혔다.

"가자."

"으, 응."

언덕을 뛰어 내려갔다. 아직도 다리가 떨렸다. 구마가이를 등에 메고 있는 겐고가 오자키를 앞질러 가 버렸다.

'뭐 하고 있는 거야, 나.' 오자키는 자신을 채찍질하며 필사적으로 달렸다.

숲을 빠져나오니 눈 아래에 길이 보였다. 갓길에 차가 세워져 있었다. 이날을 위해 모두가 돈을 보태서 손에 넣은 낡은 봉고차였다. 뒷좌석 문이 열리고 다쓰키가 이쪽을 올려다보고 있었다. 겐고가 가드레일을 넘었다. 다쓰키가 겐고에게 손을 내밀었다. 조금 늦게 오자키도 가드레일을 뛰어 넘었다.

"서둘러."

구마가이가 들어 있는 더플 백을 뒷좌석에 올린 뒤 겐고도 차에 올라탔다. 다쓰키가 운전석에, 오자키는 조수석에 올라탔다. 문이 닫히기도 전에 차가 움직이기 시작했다. 가속하면서 언덕길을 내려갔다. 핸들을 쥔 다쓰키의 옆모습은 굳어 있었다. 오자키는 방한모를 계속 뒤집어쓰고 있었다는 것을 눈치채고 모자를 벗었다. 모자 밑은 비라도 맞은 것처럼 흠뻑 젖어 있었다.

뒤를 돌아봤다. 겐고가 가방의 지퍼를 열고 있었다. 구마가이의 입에서 신음소리가 새어 나왔다. 정신을 차리려 하고 있었다. 겐고가 익숙한 모습으로 구마가이의 손발에 포승줄을 휘감았다. 페이스 타월을 재갈 대신으로 하고 수면용 마스크로 눈가리개를 했다.

"이걸로 일단 안심이야."

겐고는 이마의 땀을 닦았다.

"정말 저질러 버렸네, 우리들."

다쓰키가 마음을 놓은 듯 말했다.

"응, 정말로 저질러 버렸어."

오자키는 전방을 바라봤다. 내리막길이 끝나고 간선 도로와의 교차점이 보였다. 무의식적으로 경찰차가 있는지 없는지 탐색하는 자신이 있었다.

"안전 운전 부탁해, 다쓰키. 기사라즈까지는 머니까."

"알고 있어."

핸들을 잡은 다쓰키의 손가락 관절이 창백해져 있었다.

"좀 더 진정해."

"알았다고 했잖아."

다쓰키답지 않은 히스테릭한 반응이었다.

"미안. 화나게 할 생각은 아니었어."

"화난 게 아니야. 그냥 운전에 집중하게 해줬으면 해서."

오자키는 고개를 끄덕이고 입을 닫았다.

재갈이 물린 구마가이의 입에서 목소리가 새어 나왔다. 아무래도 완전히 정신을 차린 듯했다.

"구마가이 야스오 씨, 조용히 안 하면 험한 꼴을 당할 겁니다."

겐고가 구마가이의 귓가에 속삭였다. 구마가이의 목소리

가 더욱 커졌다.

"조용히 하라고 했잖아!"

겐고가 구마가이의 옆구리에 주먹을 세게 찔러 넣었다. 구마가이의 몸이 반으로 접혔다. 목소리가 멈췄다.

"그래, 그 상태. 난동 피우거나 떠들면 더 아프게 해 줄 테니까, 잊지 말라고. 네놈들 때문에 고향에서 쫓겨난 사람들을 생각하면 그 정도는 해 줄 수 있잖아?"

구마가이가 움직이지 않게 되었다. 숨을 쉴 때마다 가슴만 움직였다.

차의 속도가 확 떨어졌다. 뒤차가 클랙슨을 울렸다.

"왜 그래, 다쓰키?"

오자키는 속삭였다. 다쓰키가 앞쪽으로 턱을 치켜 올렸다. 수십 미터 앞에서 경찰차가 달리고 있었다.

"아무리 그래도 이건 너무 느려."

"그, 그렇지?"

"너무 빨라도, 너무 느려도 안 돼. 이건 다쓰키 네 입으로 말한 거야."

"알고 있어."

차의 속도가 약간 올라갔다. 더 속도를 내야 했지만 오자키는 입을 닫았다. 이 이상 말을 걸면 아까 같은 반응이 돌아올 것 같았다. 다쓰키는 극도로 긴장하고 있었다. 그것은

280

자신도 마찬가지였다. 평정심을 유지하고 있는 것은 자위대에서 혹독한 훈련을 받아 온 겐고뿐이었다.

"긴장하는 게 당연한 거야."

오자키는 자신을 다독이듯 중얼거렸다.

22

8월도 중반을 지나자 아침과 밤공기에서 가을이 느껴졌다. 반팔 셔츠 한 장으로는 자칫하면 몸이 차가워질 정도였다. 관광객의 모습도 추석 시즌이 종료됨과 함께 줄기 시작했다. 앞으로 한 달만 더 지나면 단풍이 들기 시작할 것이고, 활엽수 잎이 지면 혹독한 겨울이 찾아올 것이다.

게이조의 개인전 준비도 시작되고 있었다. 개인전 장소는 삿포로에 있는 미술관으로 예정되어 있어서 우라노가 몇 번이나 삿포로로 발걸음을 옮겼다. 게이조는 아틀리에에 계속 틀어박혀 있었다. 작품 제작은 순조롭게 진행되고 있는 듯보였지만 아틀리에에서 나올 때의 게이조는 항상 찌푸린 얼굴을 하고 있었다.

오자키는 국자로 푼 카레를 맛보았다. 토마토를 많이 넣고 물기 없이 조리한 카레는 산미와 매운맛의 밸런스가 딱 좋았다. 점심이 지나서부터 보글보글 졸인 덕분에 에조사슴 고기도 입 안에서 녹을 만큼 부드럽고 잡내도 없었다. 큰 냄비에 만들었기 때문에 3, 4일은 거뜬할 것이다. 유우나 오자키가 없어도 게이조가 굶을 걱정은 없어졌다.

요즘 들어 유우는 학교가 끝나면 친구 집으로 가서 열심히 공부를 했다. 집에 돌아오는 것은 오후 아홉 시 너머일 때가 많은 듯했다.

전기밥솥에서 전자음 멜로디가 흘러나왔다. 밥도 다 되었다. 장아찌도 준비되었다. 다음은 먹는 것만 남았다. 가스레인지의 불을 끄고 아틀리에로 향했다.

"게이조 씨, 슬슬 저녁 드시지 않겠습니까?"

노크도 하지 않고 문을 열었다. 조각상 앞에 게이조가 서 있었다. 게이조는 팔짱을 낀 채 조각상을 바라보고 있었다. 멋진 뿔을 가진 에조사슴이었다. 게이조의 다른 작품들 같이 털 날림이 생생했다. 하지만 그 이상으로 뿔의 존재감이 눈에 띄었다. 걸작이었다.

"완성입니까?"

오자키의 말에 게이조가 고개를 끄덕였다.

"만듦새는 좋은 것 같은데, 어디가 마음에 들지 않은 겁니까?"

"만듦새는 만족해."

게이조는 얼굴을 찡그린 채 팔짱을 풀었다.

"개인전용으로 앞으로 하나 더 깎으려고 하는데, 모티브가 떠오르질 않아. 불곰이나 줄무늬올빼미나 늑대는 이제 충분해."

게이조는 코를 실룩거렸다.

"좋은 냄새군. 카레인가?"

오자키는 고개를 끄덕였다.

"배가 고프군."

"바로 준비할 수 있으니까, 드시죠."

게이조와 함께 안채로 돌아갔다. 게이조는 욕실로 직행했고, 10분도 채 안 되는 사이에 젖은 머리카락을 목욕 수건으로 닦으며 거실로 돌아왔다.

"정말 까마귀 목욕이군요. 히라노 양이 그거 엄청 싫어해요."

접시에 갓 지은 밥을 담고 카레를 부었다. 게이조는 냉장고에서 캔맥주를 가져왔다.

"공기가 건조해져서 땀도 안 나."

게이조는 식탁에 앉더니 맥주 캔을 땄다.

"자, 드시죠."

오자키도 식탁에 앉고 손을 마주했다.

"잘 먹겠습니다."

"맛있네."

카레를 입에 넣은 게이조가 말했다.

"내일이 되면 더 맛있어져 있을 겁니다. 많이 만들어 두었으니까 또 데워서 드세요."

"늘 미안하군."

게이조의 접시가 점점 줄어들어 갔다. 나이를 먹고 게이조의 식욕은 더욱 왕성해졌다.

"아까 하던 이야기 말인데요, 마지막 한 점, 동물 말고 깎고 싶은 것은 없습니까?"

"나는 말이야, 자랑은 아니지만 살아 있는 것밖에 깎아 본 적이 없어. 불곰, 에조사슴, 늑대, 줄무늬올빼미, 연어……. 토종말도 깎아 본 적이 있군."

"사람은 깎지 않습니까?"

"가끔은 깎아. 한 그릇 더 줘."

게이조가 다 비운 접시를 오자키 쪽으로 들이밀었다. 오자키는 미소 지었다. 한 그릇 더 달라는 이야기는 카레 맛이 마음에 들었다는 것이다.

"어떤 사람을 깎습니까?"

게이조의 접시를 들고 일어났다.

"옛날 아이누인의 모습. 숲이나 산이나 바다에서 신들과 함께 생활하던 옛날 아이누인이지."

"아틀리에에는 없죠?"

"전부 우라노가 가지고 갔지."

"아, 우라노 씨가."

밥과 카레를 담은 접시를 게이조 앞에 두었다. 게이조는 맥주를 마시고, 카레를 먹고, 다시 맥주를 마셨다.

"내가 깎은 작품 중에 가장 좋은 건 사람의 모습을 깎은 거라고 지껄이면서 말이지."

"우라노 씨가 그렇게까지 이야기한다면 한번 보고 싶네요."

"우라노 집에 가면 돼. 남몰래 간직하고 있지. 한심하기는."

게이조는 맥주 캔을 찌그러뜨렸다. 맥주를 한 캔 더 달라고는 하지 않았다.

"맞다. 히라노 양을 깎으면 어때요?"

오자키는 말했다. 모티브가 떠오르지 않는다는 게이조의 말을 들었을 때에 머릿속에 떠오른 아이디어였다.

"유우를?"

"히라노 양을 위해서 하는 개인전이잖아요. 이렇게 말하면 뭐하지만, 히라노 양이 고등학교에 가면 이제 이곳에는 돌아오지 않을지도 모르니까 추억을 남기기 위해서라도 히라노 양을 모델로 깎으면 어떨까 싶어서."

"돼먹지 않은 소리."

게이조는 자리에서 일어났다. 몽유병 환자 같은 불안한 발걸음으로 부엌으로 가서 새 맥주 캔을 냉장고에서 꺼냈다. 그 자리에서 캔 뚜껑을 따고 꿀꺽꿀꺽 목을 울리며 마셨다.

"좋은 생각이지 않습니까?"

게이조가 눈을 감았다. 미간에 깊은 주름이 새겨졌다.

"유우를 말이지……?"

게이조의 입이 움직였다. 눈은 닫은 채로.

"해 보시죠."

게이조가 눈을 떴다.

"근데 목재가 없어. 이왕 할 거면 실제 크기로 유우의 모습을 깎고 싶어."

"그렇다면 산에 찾으러 가시죠. 히라노 양의 모습을 깎을 나무를."

"유우가 싫어하지 않을까. 내가 유우의 모습을 깎는 것을."

"기뻐할 거예요, 분명."

"그럴까?"

게이조는 맥주를 다 비우고, 캔을 찌그러뜨렸다.

* * *

오자키가 만들었다는 에조사슴 카레는 놀랄 정도로 맛있었다. 야채와 고기의 단맛과 풍미가 깊고 진했고, 향신료가 그것을 돋우고 있었다.

"다음에 레시피 가르쳐 달라고 해야지."

마지막 한 입을 입에 넣으면서 유우는 중얼거렸다. 접시와 숟가락을 부엌에서 설거지하고 냉장고에 넣어 둔 치즈 케이크를 꺼냈다. 사야의 어머니가 직접 구운 케이크였다. 오늘 돌아갈 때에 할아버지와 함께 먹으라고 한 판을 건네 주었다.

이미 열 시에 가까웠지만 게이조와 오자키는 아틀리에에서 뭔가 이야기에 열중하고 있었다. 요즘 들어 게이조는 개인전을 목표로 작품 제작에 몰두하고 있었다. 항상 심기 불편한 얼굴을 하고 있어서 말을 거는 것도 주저하게 될 정도였다. 오자키도 아틀리에를 살짝 들여다보기만 하고 집에 돌아가는 일이 많았다.

"무슨 일이 있었던 거지?"

케이크를 자르고 먹었다. 레몬의 풍미가 감돌았다. 사야의 어머니는 이곳에 와서 농사를 시작하기 전에는 유명한 케이크 가게에서 일했었다고 한다.

"모처럼이니까 두 사람에게도 맛보여 줄까?"

물이 끓는 동안에 케이크를 잘랐다. 홍차 잎을 넣은 포트에 뜨거운 물을 붓고 케이크와 머그컵을 함께 쟁반에 담았다. 샌들을 구겨 신고 밖으로 나갔다. 그 순간, 차가운 공기가 몸에 감겼다. 짧은 여름이 끝나려 하고 있었다. 9월의 냄새를 맡으면 가을이 빠른 걸음으로 찾아 올 것이다. 가을은 순식간에 깊어지고 산의 나무들은 빨강과 노란빛으로 물들어 간다. 그리고 그 잎이 떨어지면 길고도 혹독한 겨울이 된다. 얼어붙은 새하얀 세상이 반년 가까이 계속된다. 겨울이 끝나고 봄이 오면 유우는 가와유를 떠나게 된다.

밤하늘에 빛나는 별들을 바라보고 있는 사이에 감상적인 기분이 되었다. 그렇게나 싫어했었는데, 막상 여기를 떠나게 되니 쓸쓸함이 가슴을 스쳤다. 한숨을 한 번 내쉬고 유우는 아틀리에로 발길을 향했다.

"사람 크기의 조각상을 깎으려면 나름 거목이 필요해. 베어 낸 뒤에 산에서 밑으로 옮기는 것도 고생이야."

"그러니까 제가 돕겠다니까요."

게이조와 오자키의 대화가 들려왔다. 게이조의 목소리가 열기를 띠고 있었다. 뭔가에 열중해 있다는 증거였다.

"한심한 녀석 같으니라고. 얼마나 무거운지 알기는 해?"

"무겁든 어떻든, 여기까지 옮겨오지 않으면 히라노 양의 조각상을 만들 수 없잖아요. 그럼 해야죠."

유우는 발을 멈췄다.

"나의 조각상?"

'사람 크기의 조각상을 깎는다.' 게이조는 그렇게 말했었다.

"네가 나였으면……."

게이조가 한숨을 쉬었다.

"무슨 말입니까?"

"젊었을 적의 나 같은 녀석이 있었으면 나와 그 녀석으로 어떻게든 됐을 거야. 하지만 너는……."

"그거야 저는 젊었을 적의 게이조 씨에 비하면 허약할지도 모르겠지만, 이번 여름 내내 산을 걸어서 돌아다녔다고요. 다리 힘도 조금 붙었고……."

"우라노에게 부탁해서 사람을 보내 달라고 할까……."

"게이조 씨, 제 이야기 듣고 있습니까?"

"한심해서 듣고 있을 수가 없어."

"너무하시네요, 진지하게 이야기하고 있는데."

대화가 끊겼다. 유우는 당황해서 소리를 높였다.

"할아버지, 들어가도 돼요? 차와 과자를 가지고 왔는데."

"유우냐? 그래, 들어와."

게이조의 목소리가 돌아오는 것을 기다렸다가 유우는 아틀리에의 문을 열었다.

"오자키 씨, 안녕하세요?"

"안녕."

"홍차랑 치즈케이크예요. 먹고 갈 거죠?"

"으, 응. 잘 먹을게."

오자키는 온화한 미소를 띠웠다. 게이조는 팔짱을 끼고 얼굴을 찡그리고 있었다. 오자키는 거짓말을 잘한다. 그러나 게이조는 말할 것도 없었다. 쟁반을 작업대에 두고 컵에 홍차를 따랐다.

"이렇게 늦게까지 무슨 이야기를 열심히 하고 있어요?"

게이조에게 물었다.

"별 거 아냐."

역시, 게이조와는 이야기가 안 된다. 유우는 홍차를 따른 컵을 오자키의 앞에 두고 얼굴을 들여다보았다.

"개인전용 작품을 앞으로 한 점 더 만들어야 하는데, 뭐로 할까 하는 이야기를 하고 있었어."

오자키는 상쾌한 얼굴로 홍차를 입에 댔다.

"사람 크기가 어쩌고저쩌고 하는 소리가 들렸는데 할아버지, 또 아이누인의 모습을 깎을 거예요?"

"몰라."

게이조는 홍차에 손을 대려고도 하지 않았다.

"이 케이크, 친구 어머니가 구워 주신 거예요. 엄청 맛있어요. 드셔 봐요."

오자키에게 케이크를 권했다.

"맛있다. 뭐야, 이거? 진짜 맛있잖아. 케이크 가게에서 사온 거 아냐?"

케이크에 입을 댄 오자키가 눈을 동그랗게 떴다.

"그쵸? 사야의 어머니, 옛날에 케이크 가게에서 일했대요.

전직 파티세래요."

"그래서 이렇게 맛있구나. 감격했어. 게이조 씨도 드셔 보시죠? 정말 맛있어요, 이 케이크."

"그거 다 먹으면 돌아가. 이미 늦었어. 난 잘 거다."

게이조는 자리에서 일어나 아틀리에에서 나갔다.

"모처럼 히라노 양이 준비해 줬는데, 차도, 케이크도 안 드시네."

"거짓말을 잘 못해요. 거짓말을 해야 하는 상황이 되면 저런 식으로 어물쩡 넘기면서 그 자리를 떠요, 늘."

"거짓말이라니……?"

"확실하게 들었어요. 할아버지, 제 모습을 조각상으로 만들 생각인 거죠?"

오자키의 얼굴에서 웃음이 사라졌다.

"내가 제안했어. 게이조 씨가 마지막 한 점으로 뭘 깎아야 할지 망설이고 있어서."

"흐음."

엿들은 이야기로 미루어 생각해 봤을 때, 게이조는 할 생각인 것이다.

"히라노 양은 맘에 안 들어?"

"모르겠어요."

유우는 솔직하게 대답했다. 아이누의 상징이라고도 할 수 있는 나무 조각 작품에 자신이 모델이 된다. 게이조는 유명한 목조 작가고, 개인전을 열 것이다. 작품은 많은 사람들의 눈에 띌 것이다. 자신이 아이누의 피를 이어받았다고 낙인찍히는 것 같은 기분이 들어서 가슴 속에서 무언가가 움찔움찔하고 있었다. 그와 동시에, 유우를 위해 여는 개인전에 유우의 조각상을 장식하고 싶은 게이조의 마음을 기쁘게 생각하는 자신도 있었다.

"모르겠다……구나."

오자키가 케이크를 먹으면서 중얼거렸다.

"나조차도 나를 모르겠다는 느낌, 오자키 씨는 없어요?"

"있어. 종종 있어."

오자키는 남은 케이크를 다 먹어 치우고 게이조의 몫에도 손을 뻗었다.

"이것도 다 먹을게."

"종종 있구나……."

유우는 고개를 끄덕이면서 말했다.

"망설이고 망설이면서 앞으로 나아가지. 그게 인생이지 않을까."

오자키는 게이조 몫의 케이크를 두 입 만에 다 먹어치웠다.

"진짜 맛있다 이 케이크. 케이크 가게를 열면 좋을 텐데."

오자키의 말은 유우의 귀를 그냥 스쳐갔다.

"있잖아요. 할아버지는 왜 저를 깎으려고 하는 걸까요?"

오자키가 어깨를 움츠렸다.

"나는 잘 몰라. 그건 게이조 씨에게 직접 물어봐야 하지 않을까?"

그것도 무서웠다. 물론 게이조가 뭐라고 대답할지 알고 싶었다. 하지만 그것을 아는 것도 무서웠다. 가슴이 아파 왔다.

"네, 그렇네요. 오자키 씨에게 물어도 별 수 없긴 하죠."

"난 이만 슬슬 가 볼게. 이야기에 열중하다 보니 시간 가는 줄 몰랐네. 잘 먹었어."

오자키는 컵에 남아 있던 홍차를 한 번에 마셨다.

"조심히 돌아가요."

아틀리에를 나와 오자키를 배웅했다. 오자키의 차가 부지에서 나갔을 때에는 결심이 서 있었다. 묻자. 제대로 물어 보자. 왜 내 모습을 깎으려고 하는 건지.

"할아버지."

집 안으로 들어가 말을 걸었다. 대답은 없었다.

"할아버지?"

복도 안쪽을 들여다봤다. 일어나 있다면 문틈으로 새어 나와야 할 빛이 보이지 않았다. 희미하게 코 고는 소리가 들려왔다. 게이조는 이미 잠들어 있었다.

"뭐야 정말."

김이 빠진 유우는 퉁명스럽게 말했다. 모처럼 용기를 내서 물어보려고 결심했는데.

부엌에서 설거지를 끝내고 자기 방으로 향했다. 사야한테서 LINE이 와 있었다. 시시한 대화를 주고받고 나서 책상으로 향했다. 오늘 사야에게 배운 수학 문제의 풀이 방법을 복습해 두고 싶었다. 문제집을 펼쳤다. 그런데 문제가 머리에 들어오지 않았다.

'사람 크기의 조각상을 깎는다.'

게이조의 목소리가 귀에 달라붙어서 떨어지지 않았다. 유우가 기억하고 있는 한, 게이조가 최근에 야생 동물 이외의 것을 모티브로 삼은 적은 없었다. 게이조는 굿샤로 호수 주변의 자연을 사랑한다. 산이나 호수, 강, 숲, 그곳에 살고 있는 동물들을 신으로 우러르고 자연이 주는 은혜를 필요한 만큼 받으며 산다. 아이누족이 오랜 옛날부터 보내온 삶에 경의를 품고 있다. 불곰이나 줄무늬올빼미, 에조사슴을 깎는 것은 그런 대자연에 대한 감사의 마음에서 나오는 거라고 유우는 생각하고 있었다. 게이조에게 있어 인간은 더러운 존재다. 숲을 파괴하고 호수를 더럽힌다. 인간에 의해 불곰이나 줄무늬올빼미는 서식지가 좁혀졌고, 멸종 위기에 처하는 동물들까지 나타났다. 그와는 반대로 천적이 사라진 에조사슴은 폭발적으로 증식해서 생태계를 파괴했다. 모든 것은 인간들 탓이다. 인간만 없으면 평화롭고 풍족한 세계가 되살아날 것이다. 술에 취한 게이조가 그렇게 말했었다. 게이조는 인간을 싫어한다. 그래서 줄곧 혼자서 살아왔다.

유우가 오기 전까지는.

"그런데 어째서 오자키 씨를 제자로 받은 거지? 왜 내 모습을 깎기로 한 거지?"

두 번째 질문의 답은 알고 있었다. 유우가 손녀이기 때문에. 유우가 게이조의 곁을 떠날 것을 알고 있기 때문이었다. 그래서 유우를 위해서, 그리고 자신을 위해서 깎는 것이다. 묻지 않아도 알고 있다. 그래도 묻고 싶은 것은 확인하고 싶기 때문이었다. 하지만 오자키에 대해서만큼은 모르겠다. 확실히 좋은 사람이긴 하다. 다정하고, 배려심이나 눈치도 있다.

문제집을 덮었다. 오늘밤은 더 이상 공부를 하려고 해도 소용없었다. 집중을 할 수가 없었다.

아까보다도 더 큰 코골이 소리가 들려왔다.

"어째서?"

유우는 목소리를 냈다.

"어째서 오자키 씨를 제자로 받은 거지? 오자키 씨에게 뭔가 있는 건가?"

코골이 소리는 끊이지 않고 계속되었다.

* * *

더플 백 안에서 구마가이가 날뛰고 있었다.

"얌전히 굴지 않으면 죽여 버린다."

겐고가 구마가이를 협박했다. 텅 빈 창고에 겐고의 목소리가 살벌하게 울렸다.

"지금부터 밖으로 꺼내 줄 건데 이건 그냥 협박이 아냐. 난동 피우면 진짜 죽여 버릴 거다."

구마가이가 얌전해졌다. 겐고가 다쓰키를 보고 고개를 끄덕였다. 다쓰키가 더플 백의 지퍼를 열었다. 겐고가 가슴팍을 잡고 구마가이를 일으켜 세웠다.

"여…… 여……, 여기는 어디야? 자네들은 누군가?"

구마가이의 양손은 포승줄에 포박당해 있었고 눈가리개가 씌워져 있었다.

"입 닥쳐."

겐고가 말한 뒤, 구마가이를 철제 의자에 앉히고 눈가리개를 벗겼다. 주머니에서 꺼낸 칼의 날을 세워 구마가이에게 들이댔다.

"우리들이 됐다고 하기 전까지 입 열지 마."

구마가이가 떨면서 고개를 끄덕였다. 오자키는 창고 구석에 가서 스마트폰으로 앱을 켜 민영 방송 뉴스를 찾았다.

전 동일본전력 사장이 행방불명.

아나운서가 원고를 읽고 있었다. 골프 중에 구마가이의 모습이 사라졌다는 사실을 알리고 있을 뿐이었다. 아직 구마가이의 신변에 무슨 일이 일어났는지 파악되지 않은 것이었다.

"어때?"

다쓰키가 다가왔다.

"아직 들키진 않은 거 같아."

오자키는 대답했다.

"그렇군……. 왠지 긴장되어서 어깨가 굳어졌어. 경찰은 언제 움직이려나."

"곧 움직이겠지."

오자키는 겐고에게 시선을 보냈다. 겐고는 칼을 손에 쥔 채 구마가이를 노려보고 있었다. 겐고는 이상할 만큼 흥분 상태인 것 같았다.

"겐고, 괜찮으려나……."

"꽤나 텐션이 올라가 있는 거 같지?"

오자키는 스마트폰 어플을 종료했다.

"하, 한 가지 여쭈어 봐도 되겠습니까?"

구마가이가 입을 열었다. 겐고의 눈이 치켜 올라갔다.

"멋대로 지껄이지 말라고 했을 텐데."

오자키는 겐고와 구마가이의 사이에 끼어들었다.

"뭐가 궁금한데?"

"무, 무엇이 목적입니까? 몸값이라면……."

"돈은 필요 없어."

오자키는 말했다.

"그, 그럼, 뭐가 목적입니까?"

"사죄를 해 줘야겠어. 후쿠시마 사람들에게. 그리고 우리들 일본 국민에게."

"그런……."

"계속 국민들을 속이면서 원전을 가동시켜 왔잖아. 사죄하는 게 당연하지 않나?"

겐고가 말했다.

"난 그냥 우연히 그때 사장이었을 뿐이고, 원전은 훨씬 전부터 가동되었어."

"그때 사장이었지. 그러니까 당신인 거야."

오자키는 말했다.

"이따가 후쿠시마로 이동할 거야. 그곳에서 당신은 사죄를 해야 해. 그리고 그걸 영상으로 찍어서 인터넷으로 올릴 예정이야."

"바보 같은 소리 그만 둬. 그런 짓을 해 봤자 아무 소용없다고!"

"뭐야, 이 녀석. 갑자기 위에서 내려다보는 듯한 말투로."

겐고가 앞으로 나왔다. 오른손에 쥔 칼이 차가운 빛을 뿜었다.

"미, 미안. 말투가 마음에 들지 않았다면 사과할게. 아니, 사과드리겠습니다."

구마가이의 눈은 충혈되어 있었다.

"어이, 칼은 넣어 둬. 필요 없잖아."

오자키가 말했다. 구마가이의 앞에서는 서로의 이름을 부르지 않기로 정해 뒀었다.

"아, 어어……."

겐고가 칼을 넣었다. 구마가이가 숨을 내뱉었다. 어깨에서 힘이 빠져 가는 것을 알 수 있었다.

"당신이 어떻게 생각하든, 우리들이 알 바 아냐. 당신을 사죄하게 만들고 영상을 찍어서 인터넷에 올릴 거야. 그것뿐이야."

"그런 짓을 해도 아무것도 바뀌지 않아."

"그럴지도 모르지. 하지만 누군가는 책임을 져야만 해."

오자키는 겐고를 향해 고개를 끄덕였다.

"하지만 나는!"

겐고가 검은 천으로 구마가이의 입을 막았다. 구마가이의 말이 신음소리로 바뀌었다.

"얌전히만 있으면 해는 끼치지 않아. 그걸 잊지 말라고."

구마가이는 눈을 계속 깜빡였다.

"야, 그만둬."

겐고가 짜증을 머금은 목소리를 냈다. 뒤돌아보니 다쓰키가 스마트폰으로 영상을 찍고 있었다.

"잘 찍히고 있어. 이거면 괜찮을 거 같아."

다쓰키가 왼손 엄지손가락을 세웠다.

"그 영상 그냥 지워."

오자키는 말했다. 스스로도 놀랄 만큼 차분했다.

'나는 범죄자에 어울리는 성격일지도 모르겠다.' 그런 생각을 하면서 구마가이 옆을 벗어났다.

23

"이쯤이면 되겠다."

드디어 게이조가 발을 멈췄다. 오자키는 자신이 어디에 있는지도 알 수 없었다. 그저 오로지 게이조의 뒤를 따라왔다. 숲길에 트럭을 세우고 그대로 숲속을 비집고 들어갔다. 얼마간은 평탄했지만 이윽고 경사지기 시작했고 그것은 어느덧 급경사로 바뀌었다. 에코 뮤지엄센터에서 일하기 시작하면서부터는 가와유 근처의 산에 오를 일도 많았기 때문에 체력에는 어느 정도 자신이 있었다. 하지만 그 자신감은 두 시간 만에 무참히 무너져 버렸다. 정비된 등산길과는 다르게, 게이조가 걷는 것은 길도 아무것도 없는 숲속이었다. 잡초를 밀어 젖히며 길이 없는 길을 올라갔다. 숲의 깊이 때문에 방향조차 마음대로 잡히지 않게 되었지만 게이조는 망설이는 기색조차 보이지 않았다.

"이 산은 마당 같은 존재니까."

게이조는 말했다. 오자키는 꼭 집어 말할 순 없었지만 게이조는 짐승이 다니는 길만 골라서 걷고 있는 듯했다.

"이 산에 대해선 이 산에 살고 있는 동물들에게 물어보면 돼. 어디를 어떻게 가면 안전한지, 오가기 쉬운지 녀석들은 잘 알고 있어."

이야기하고 있는 동안에도 게이조의 호흡은 평소와 다름 없었다. 오자키는 숨을 헐떡이며 숲속을 나아갔다.

게이조가 메고 있던 짐을 땅에 내려놓았다. 용량이 30리 터 정도 되는 중형 등산 가방과 라이플이 들어 있는 케이 스, 허리에는 손도끼와 톱을 매달고 있었다.

"잠깐 쉬어도 되겠습니까?"

오자키도 등산 가방을 내려놓고 땅에 주저앉았다.

"그러니까 짐이 너무 많다고 했잖아."

게이조는 오자키를 차갑게 바라본 후 톱을 손에 쥐었다. 오자키의 가방은 60리터나 되었다. 갈아입을 옷과 식료품을 빵빵하게 채워 넣은 탓에 묵직했다. 게이조의 가방에 들어 있는 것은 우비와 쌀, 거기에 소금과 된장뿐이었다. 쌀 이외 의 식료품은 산속에서 조달하는 것이 당연한 거라고 했다.

오자키는 주변을 둘러보았다. 숲을 지나 평지가 살짝 트 여 있었다. 평지의 끝은 산의 표면이었고, 높이가 2미터는 될 거 같은 큰 바위가 튀어나와 있었다. 게이조는 말라 죽 은 나무를 톱으로 자르고 있었다.

"여기서 뭘 하는 겁니까?"

"베이스캠프를 만드는 거다."

게이조는 자른 나무를 바위 주변에 모았다.

"쉬고 있지만 말고 너도 도와."

게이조의 말에 오자키는 자리에서 일어났다. 거친 호흡도 진정되었다. 땀으로 젖은 셔츠를 갈아입고 싶었지만 그런 이야기를 꺼냈다가는 게이조에게 호통을 들을 것이다.

　게이조는 베어 낸 나무줄기와 고목을 써서 텐트의 뼈대 같은 것을 만들었다. 천장이 닿는 부분에 나뭇가지를 늘어 세웠다. 베이스캠프의 골격이 완성되자, 게이조는 손도끼로 근처에 있는 풀과 잎을 베었다. 그것을 천장에 늘어놓은 나뭇가지 위에 전체적으로 깔았다.

　"이거면 됐어."

　게이조가 만족한 듯이 고개를 끄덕였다.

　"이게 베이스캠프입니까?"

　오자키는 말했다. 게이조가 말하는 베이스캠프는 다다미 한 장 남짓한 공간밖에 없었다. 여기에서 취사를 하고 성인 남자 두 명이서 잔다는 건가.

　"이거면 충분해."

　게이조는 그렇게 중얼거리더니 허리를 숙여 자신의 가방에 손을 뻗었다. 꺼낸 것은 컵으로 된 일본주였다. 게이조는 컵술을 땄다. 땅에 주저앉은 뒤 숲을 향해 양반다리를 했다. 깊이 숨을 들이키는가 싶더니 뭔가를 외기 시작했다. 그것은 노래 같기도 했고, 기도 같기도 했다. 게이조의 목소리와 함께 엄숙한 분위기가 감돌았고, 오자키는 게이조의 등 뒤에서 똑같이 양반다리를 했다. 게이조는 이 산에 사는 신들에게 기도를 드리고 있는 것이었다. 더러운 몸으로 성역에 들어온 자신들을 용서해 달라고 기도하고 있었다. 아이누어는 몰랐지만 게이조가 외치는 말의 의미는 오자키의 마음에 곧바로 울려왔다.

이윽고 게이조의 목소리가 끊어졌다. 게이조는 컵술을 양손에 쥐고 내용물을 땅과 바위, 나무에 뿌리며 돌았다.

"이걸로 됐어."

"지금 한 것은 이 산의 신들에게 기도를 드린 겁니까?"

"그래. 카무이노미를 드린 거다. 산에 들어갔을 때에는 반드시 하지. 사실은 정식으로 하는 방법이 있지만 요즘에는 이 정도만 해도 용서해 주시지. 이 앞에 계곡이 있어. 나는 거기서 물을 길어 올 테니까, 여기서 불을 피워 둬."

게이조가 자신의 가방에서 꺼낸 것은 성냥 상자였다. 오자키는 건네받은 상자를 유심히 바라보았다. 성냥 같은 것은 몇 년 동안 본 적도 없었고 사용한 적도 없었다.

"성냥은 소중히 사용해라."

"알겠습니다."

게이조가 숲속으로 사라졌다. 오자키는 허리춤에 손을 대고 한숨을 내쉬었다.

"'알겠습니다.'라고는 했지만, 모닥불을 피우라는 이야기잖아? 그런 건 해 본 적도 없는데……."

 긁어모은 마른 장작을 가는 것부터 밑으로 깔고 쌓아올렸다. 성냥으로 불을 붙이고, 불이 옮겨 붙는 것을 기다렸다. 하지만 불은 금방 꺼져 버렸다.

 "이상하네……. 이렇게 하면 안 되는 건가?"

 가늘고 작은 장작을 더욱 모아 다시 불을 붙였다. 입을 오므려서 숨을 불어넣었다. 이번에는 위쪽의 마른 장작에도 불이 옮겨갔다. 연기가 피어오르고, 딱딱 소리를 내며 불이 튀었다.

 "좋아, 좋아."

 오자키는 미소 지었다. 불의 힘이 조금만 더 강해지면 마른 장작을 보태기만 하면 되었다.

 "어라? 잠깐만, 잠깐만."

 불의 세기가 약해져 갔다. 오자키는 당황해서 숨을 불어넣었다. 연기는 크게 나왔지만 불은 약해져 갈 뿐이었다.

 "뭐 하고 있는 거야?"

 목소리가 들려 얼굴을 드니 게이조가 양손에 페트병을 들고 돌아오는 참이었다.

 "뭘 하긴요, 불을 때려고 하고 있는데요?"

 "한심하기는. 그렇게 해 가지고 불이 붙겠냐? 불 피우는 방법도 모르는 거냐? 한심한 녀석."

게이조는 한심하다를 연발하며 오자키에게서 성냥 상자를 빼앗아 들었다.

"이 물로 쌀을 씻어 둬라. 2인분이다. 반합과 쌀은 내 가방 안에 들어 있다."

오자키는 페트병을 받았다. 게이조의 가방에서 반합과 쌀을 꺼내면서 게이조의 작업을 지켜봤다. 게이조는 먼저 마른 장작이 아니라 주먹 크기 정도의 돌을 대여섯 개 모아서 원형으로 늘어놓았다. 그 중앙에 솔방울과 삼나무 잎을 전체적으로 깔았다.

"솔방울 같은 게 쓸 데가 있습니까?"

게이조가 고개를 저었다.

"정말 아무것도 모르는구만, 너란 녀석은. 솔방울과 삼나무 잎은 최고의 불쏘시개야."

"그런 걸 배우는 것도 이번 목적 중 하나입니다만……."

게이조는 모멸감을 드러낸 눈빛으로 오자키를 슬쩍 노려보고는 솔방울에 불을 붙였다. 불은 곧바로 피어올랐다. 게이조가 불꽃 위로 마른 장작을 지폈다. 마른 장작에 불이 옮겨 붙었고, 마른 장작을 더 넣으니 불이 커져 갔다.

"이걸로 이젠 괜찮을 거다. 빨리 쌀을 씻어."

게이조는 손도끼와 톱을 손에 쥐고 주위의 나무들을 날카로운 눈빛으로 봤다. 점찍은 나뭇가지를 베어 낸 뒤 칼로 표면을 깎고 형태를 잡아 갔다. 뭘 하고 있는 건지는 오자키도 알 수 있었다. 밥을 짓기 위해 반합을 불 위에 매달기 위한 장치를 만들고 있는 것이었다.

오자키는 반합에 쌀을 넣고 씻었다.

"밥을 짓는 것은 그렇다 치고, 반찬 같은 건 어떻게 합니까? 통조림을 몇 종류 가지고 오긴 했는데."

게이조가 고개를 저었다.

"불곰이 냄새를 맡으면 골치 아파져."

"여기에 불곰이 나옵니까?"

"이 주변은 그 녀석들에게는 마당 같은 곳이야."

오자키는 목을 움츠리고 주변을 둘러봤다. 깊은 숲 너머에 불곰이 몸을 숨기고 있는 듯한 기분이 들어 등줄기에 소름이 끼쳤다.

"그럼, 흰 쌀만 먹는 겁니까?"

"소금과 된장이 있다."

"매일 주먹밥만 먹습니까?"

"거 참, 까다롭구만. 머리에 밥 생각밖에 없는 거냐?"

"꼭 그런 건 아니지만……."

게이조가 나뭇가지를 베던 손을 멈췄다. 한쪽 끝은 연필처럼 가늘고 예리하게 되어 있었다. 다른 한쪽은 가지를 잘쳐서 Y자 형태로 다듬었다. 나머지 하나도 똑같이 깎았다.

다 완성되자, 모닥불을 사이에 두듯이 해서 깎아 둔 나뭇가지 두 개를 땅에 꽂았다. 곧은 나뭇가지에 반합의 손잡이를 통과시키고 두 나뭇가지의 Y자 부분에 걸어서 늘어뜨렸다.

"물을 떠 와라."

게이조가 쌀을 씻고 텅 빈 페트병을 건네주었다.

"2, 3분 정도 걸어가면 계곡이 나온다."

"불곰이 나오면 어떻게 합니까?"

"거 참 말 많은 놈이구만."

게이조가 손도끼를 들이밀었다.

"이걸 가지고 가라."

"손도끼 같은 걸로 불곰에게 맞설 수 없잖습니까?"

"만약 가까이 있다 해도 덮쳐 오지 않을 거야. 저 녀석들은 이쪽을 보고 있을 뿐이야. 거리가 가까워지면 살짝 도망가지."

"그런 겁니까?"

"이 냄새를 눈치채고 있을 거야."

게이조는 라이플 케이스를 자기 쪽으로 끌어당겼다.

"이 산에서도 가끔씩 에조사슴을 잡고 있거든. 불곰도 이 소리는 싫어해."

"무슨 일이 생기면 소리를 지를 테니까 반드시 구하러 와 주세요."

"아무 일도 안 생겨."

오자키는 떨떠름하게 숲속을 헤집고 들어갔다. 게이조가 잡초를 밟은 자국이 나 있었다. 그 자국을 거슬러 가자 바로 계곡이 나왔다. 주변을 신경 쓰며 물을 펐다. 숲속과 바위 그늘 속에 불곰이 숨어 있을지도 모른다고 생각하니 몸이 움츠러들었다. 물을 다 푸고 뜀걸음으로 베이스캠프로 돌아왔다.

"빨리 왔군."

게이조는 자신의 가방에서 신문지에 감싸진 것을 꺼냈다. 신문지 포장을 뜯으니 소금이 들어간 작은 병과 플라스틱 용기가 나왔다. 용기 안에는 거뭇거뭇한 덩어리가 들어 있었다.

"컵 가지고 왔나?"

"물론이죠."

오자키는 철제 머그컵을 게이조에게 건넸다. 게이조는 플라스틱 용기 안에 있는 덩어리를 손가락으로 건져낸 뒤 머그컵 안에 넣었다.

"물을 부어서 잘 섞은 뒤에 마셔 봐."

컵을 받아들고 게이조가 말한 대로 해 보았다.

"뭡니까, 이건?"

"술과 미림에 된장을 풀어서 건조시킨 거다."

냄새를 맡아 봤다. 확실히 된장 냄새가 난다. 오자키는 덩어리가 풀어지는 것을 기다렸다가 입을 댔다. 된장의 염분과 술과 미림의 단맛이 적절히 조화되어 있었다. 뜨거운 물이 없어도 맛있게 마실 수 있었다.

"이거랑 소금만 있으면 열흘간 산에 틀어박혀 있어도 거뜬해."

게이조가 말했다.

"저도 그렇게 될까요?"

"너랑 열흘이나 산에 들어와 있는 건 사양이야."

반합에서 김이 올라오기 시작했다. 쌀 향기가 감돌아서 배가 울렸다. 아침밥을 먹은 뒤로 이래저래 여섯 시간은 지나 있었다.

"밥이 다 되면 주먹밥을 만들어서 먹고 그러고 나서 나무를 찾으러 나갈 거다."

게이조가 케이스에서 라이플을 꺼냈다. 천으로 총열을 닦았다. 여기저기에 흠이 눈에 띄는 오래된 총이었다.

"이 라이플 종류가 무엇인가요?"

"레밍턴 M700이다."

"조준경은 없습니까?"

"그런 걸 누가 써? 한심하기는."

"그걸로 사냥감을 쏴서 저녁 밥반찬으로 하거나 하지는

310

않나요?"

게이조가 고개를 저었다.

"이건 불곰과 에조사슴용이야. 작은 동물들은 총이 아니라 덫으로 잡는 거다."

게이조는 다 닦은 라이플을 쥐고 자세를 취했다. 등줄기가 쫙 펴졌고 불필요한 힘이 어디에도 들어가 있지 않았다. 검술의 달인 같은 자세였다.

"옛날에 비해서 눈이 말을 잘 안 듣게 되었어. 이 총을 사용하는 것도 앞으로 고작 몇 년 정도겠지."

"저도 엽총 면허를 딸까요? 목조 기술뿐만 아니라 사냥꾼으로서도 게이조 씨의 후계자가 돼야겠습니다."

"좋을 대로 해."

게이조는 뱉어 버리듯 말하고는 라이플을 케이스에 넣었다.

"슬슬 반합을 불에서 내릴 거다. 너도 도와."

"네. 네."

오자키는 컵 안의 내용물을 다 마셨다. 엽총 면허는 못 딸 것이다. 왜냐하면 범죄자이기 때문이다. 몇 년 뒤, 가와유는 우수한 사냥꾼을 한 명 잃게 될 것이다. 후계자는 없다. 그러니 적어도 목조 기술만큼은 게이조에게 인정받을 수 있도록 되어야지. 오자키는 텅 빈 컵을 발밑에 두었다.

＊　＊　＊

"그럼 고등학교에 가면 여기에는 두 번 다시 돌아오지 않을 생각이야?"

사야가 침대 위에서 눈을 동그랗게 떴다.

"추석이나 설에는 돌아오겠지만……."

유우는 맨투맨 티셔츠의 옷깃을 잡았다. 사야에게 빌린 거였지만 목이 조금 꼈다. 게이조가 오자키를 데리고 산으로 들어간 지 이틀이 지났다. 게이조가 산에서 내려올 때까지 혼자 보낸다고 말했더니 사야의 부모님이 자고 가라고 권해 주었다.

공부를 끝내고 사야의 어머니가 만들어 준 쿠키와 차를 마시고, 시시콜콜한 대화를 주고받다 보니 순식간에 깊은 밤이 지나고 있었다.

"유우는 할아버지랑 둘이서 생활하고 있잖아. 할아버지는 어떻게 하고?"

"그 사람은 혼자 사는 게 편한 사람이니까."

"나이가 들면 이야기가 달라. 나는 대학교는 삿포로나 도쿄로 갈 생각이고, 취직도 도시에서 할 거야. 그렇지만 부모님이 나이가 들어서 일을 할 수 없게 되면 부모님을 불러들이든, 내가 여기로 돌아오든 할 거야."

"보통은 그렇지. 하지만 우리 집은 보통 가정이랑은 조금 달라."

"할아버지가 싫어?"

"그런 건 아니야."

애매모호한 말밖에 나오지 않았다. 함께 살기 시작했을 무렵에는 게이조가 싫었다. 너무너무 싫어서 견딜 수가 없었다. 게이조의 모습을 보면 분명 자신의 몸에도 아이누의 피가 흐르고 있다는 것을 싫어도 뼈저리게 느끼게 되기 때문이었다. 구릿빛 피부에 윤곽이 뚜렷한 얼굴. 도시에 있을 때는 이국적이라고 불렸던 얼굴이 여기서는 야유의 대상이 될 때가 있었다. 그래서 조금이라도 빨리 자취 생활을 시작하고 싶었다. 게이조에게서 이 마을에서 벗어나고 싶었다.

"자취 생활도 허락해 주셨고 네 학비를 위해서도 열심히 일하시고. 좋은 할아버지잖아."

사야가 말했다. 알고 있었다. 옛날처럼 싫은 것은 아니었다. 피가 이어져 있음을 느꼈고, 감사함도 느끼고 있었다. 그래도 자신은 이곳에서 살 수 없다. 나답게 있을 수가 없다.

"저기 있잖아, 만약에 마음에 거슬렸다면 용서해 줘……. 나 그런 거 잘 모르니까."

"그런 거라니?"

"여기에 돌아오고 싶지 않다는 거는 유우가 아이누인이라

313

는 거랑 관계가 있어?"

너무나도 솔직한 질문이었기 때문에 유우도 솔직하게 고개를 끄덕였다.

"역시 이래저래 사정이 있구나. 나는 잘 모르지만."

"난 말이야, 할아버지랑 살게 되기 전까지는 내가 아이누인이라는 것도 몰랐었어. 아빠와 엄마가 죽은 뒤에 할아버지에게 맡겨졌어. 그랬는데 갑자기 나를 아이누인이라면서 괴롭히기도 했어. 엄청 충격이었지. 할아버지도 그러셨지만, 내가 멘탈이 약하대."

"뭐, 확실히 유우에 대해서 이래저래 말하는 녀석들이 있긴 하지."

사야는 볼을 부풀렸다. 사야와 친해지고 나서 알게 된 것이었지만, 사야는 정의감이 강한 소녀였다.

"나는 멋있다고 생각하지만."

사야가 유우의 얼굴을 들여다봤다.

"멋있다고?"

"응. 아이누 민족이라는 건, 다른 보통 일본인이랑은 다르다는 이야기잖아. 개성적이라는 거지."

"그럴까?"

"그렇다니까. 모두 비슷한 옷을 입고, 비슷한 머리 모양을 하고, 비슷한 화장을 하고…… 그런 거 나는 싫어. 남들과 다른 걸 해 보고 싶고, 남들과는 다른 존재가 되고 싶어."

"사야는 다정하구나."

"그런가? 꽤나 단호한 성격이라고 하던데. 난 유우의 할아버지도 멋있다고 생각해. 옛날에는 솜씨 좋은 사냥꾼이었고, 지금은 개인전도 여는 목조 작가고. 그런 노인이 과연 많을까?"

유우는 몇 명의 노인들의 얼굴을 머릿속에 떠올려 보았다.

"없을지도."

"그렇지? 유우의 할아버지는 엄청 멋있다니깐."

유우는 애매하게 고개를 끄덕였다. 사야의 말은 당연하다고 생각한다. 하지만 사야는 본토 사람이었다. 그러므로 사야는 절대로 유우의 기분을 이해할 수 없다.

"다음에는 내가 유우의 집에서 잘까나."

"안 돼, 안 돼. 엄청 낡은 집인 데다 좁고, 더럽고."

"우리 집도 낡았는걸."

"예쁘게 리폼했잖아."

사야의 부모님은 낡은 집이 딸린 농지를 샀다. 나무로 만든 집이었지만, 외벽을 다시 깔고 리폼도 싹 해 두었다. 내장만 봐서는 새집과 다름없었다.

"유우의 할아버지랑 제대로 이야기해 보고 싶어. 그리고 제자 분과도. 이름이 뭐였더라?"

"오자키 씨."

"맞아, 오자키 씨. 얼마 전에 에코 뮤지엄센터 근처에서 본 적 있어. 꽤 잘생겼던데?"

"그런가. 그냥 이상한 사람이야. 카레랑 커피는 잘 만들지만."

사야가 웃었다.

"요즘 같은 때에 목조 작가가 되고 싶다니, 멋있잖아. 근데 있잖아, 유우는 꿈이 뭐야?"

"꿈?"

유우는 사야의 얼굴을 말똥말똥 쳐다봤다.

"그래, 꿈. 장래에 어떤 일을 하고 싶다든가, 뭐가 되고 싶다든가 하는."

"생각해 본 적 없어."

항상 먼 미래의 꿈을 그리기보다는 가까운 미래에 대해서만 생각했다. 여기에서 나가고 싶다. 도시로 가고 싶다. 아이누에 대해서 모르는 사람들만 사는 곳에서 살고 싶다.

"나는 아티스트가 되고 싶어."

사야는 노래하듯 말했다.

"다른 사람들은 할 수 없는 일을 하고 싶어. 나밖에 만들 수 없는 것을 만들어 보고 싶어. 유우의 할아버지처럼. 수학이나 과학에 자신 있으니까 지금은 건축가가 되어 볼까

하고 생각하고 있어."

"사야라면 될 수 있을 거야."

유우는 눈을 깜빡였다. 사야가 눈부시게 느껴졌다.

"유우도 찾았으면 좋겠어, 꿈."

"그래."

10년 후의 자신은, 20년 후의 자신은 어디서 무엇을 하고 있을까. 가와유를 떠난다면 자신은 어떤 꿈을 이루게 될 것인가.

"슬슬 잘까."

사야가 말했다.

"그래. 내일 학교도 가야 하니까."

"수면 부족은 수험생의 최대의 적."

"적을 해치우자!"

유우가 웃었다. 사야도 웃었다. 무척이나 행복한 기분이 들었다.

*　*　*

날이 밝았다. 밤새 TV에서도, 인터넷에서도 전 동일본전력 사장이 유괴됐다는 뉴스로 떠들썩했다. 범인은 누구인가, 무엇이 목적인가. 무책임한 억측이 총탄처럼 난무하고 있었다.

"슬슬 출발 준비하자."

다쓰키가 아침식사로 편의점에서 사 온 주먹밥을 다 먹은 겐고가 자리에서 일어났다.

"그러자."

오자키는 대답하며 먹다 만 샌드위치를 비닐봉투에 집어 넣었다. 식욕이 없었지만 먹어야만 한다는 생각에 억지로 밀어 넣었다. 빵에 수분을 빼앗겨서 입 안이 말랐다. 페트병에 있는 물을 마셨다.

"처음에 누가 운전할래?"

다쓰키가 입을 열었다. 후쿠시마까지는 고속도로를 피해 일반 도로를 지날 계획이었다. 긴 운전이 될 것이다. 운전은 교대로 할 예정이었다.

"처음은 내가."

오자키가 손을 들었다.

"차를 돌리고 올게."

"오케이."

만에 하나를 생각해서 차는 조금 떨어진 장소에 있는 코인주차장에 세워 두었다.

구마가이가 신음소리를 냈다. 눈 깜빡임을 끊임없이 반복했다. 안색이 나빴다. 오자키가 구마가이에게 다가갔다.

"소란 피우지 마. 알고 있지?"

구마가이가 고개를 끄덕였다. 오자키는 재갈을 풀어 주었다.

"화, 화장실에 가게 해 주세요."

다급한 표정이었다.

"조금 더 참아."

겐고의 목소리가 날아왔다.

"한계입니다."

구마가이의 얼굴이 일그러졌다.

"가게 해 주자. 연기가 아닌 것 같아."

오자키가 말했다. 겐고가 혀를 찼다.

"하는 수 없군. 내가 데려갈 테니까, 넌 차를 빼 와."

다쓰키가 일어났다.

"알았어."

오자키는 상의 주머니에서 칼을 꺼낸 뒤, 바닥에 무릎을 댔다. 구마가이의 양발을 속박하고 있던 포승줄을 잘라 주었다. 이 작업이 번거로워서 겐고는 초조해했다. 칼을 다시 주머니에 넣은 순간, 가슴에 충격을 받았다. 오자키는 쓰러졌다. 무슨 일이 일어났는지 이해할 수 없었다.

"기다려, 이 자식!"

겐고의 노성이 울렸다. 구마가이에게 가슴을 발로 차인 것이었다. 겨우 깨달았다. 가슴에 통증을 느끼기 시작했다. 오자키는 얼굴을 찡그리면서 일어섰다. 겐고와 다쓰키가 구마가이를 쫓고 있었다. 구마가이는 창고 출입구를 향했다. 하지만 그 발걸음은 불안했다. 긴 시간 같은 자세를 강요당한 탓에 피가 잘 안 통했을 것이다.

"거기 서라고 했지!"

겐고가 팔을 뻗어 구마가이의 어깨를 잡았다. 구마가이가 비틀거렸다.

"부탁이야, 놔 줘. 자네들에 대해서는 아무에게도 말하지 않을 테니까. 부탁해!"

구마가이가 겐고에게 딱 달라붙었다.

"웃기지 마!"

겐고가 구마가이를 들이받았다. 구마가이는 비틀거리며 무릎을 꿇었다. 무릎을 꿇은 그 자세로 겐고에게 다가갔다.

"제발 부탁이야, 날 놔 줘."

"후쿠시마 사람들에게 죄송한 마음은 없는 거냐?"

"그, 그건 내 탓이 아냐. 나만 잘못한 게 아니라고!"

"너 이 자식, 네가 사장이었잖아."

겐고의 표정이 변했다.

"높은 급료를 받고 비싼 차를 타면서 매주 골프 삼매경이었지. 지금도 임시 주택에 살고 있는 사람들에 대해서 생각해 본 적은 있어? 어?"

"겐고, 이제 됐어."

오자키는 목소리를 높였다.

"다쓰키, 겐고를 말려."

"왜 이름을 불러?"

다쓰키가 오자키를 노려봤다.

"됐으니까 겐고를 말리라고."

겐고가 구마가이의 멱살을 잡고 일으켜 세웠다.

"전 재산을 내놓고 사죄를 하는 게 도리 아니야? 이 썩을 놈아!"

겐고가 오른 주먹을 구마가이의 얼굴에 내리쳤다. 가차 없는 일격이었다. 구마가이는 충격으로 벽에 머리를 세게 박고 그 자리에 푹 쓰러졌다.

"일어나, 인마. 이 정도로 기절하지 마!"

겐고가 한 번 더 구마가이를 일으켜 세우려 했다.

"이제 됐어. 그만해!"

다쓰키가 겐고와 구마가이 사이에 끼어들었다.

"얼굴에 멍이라도 들면 억지로 사죄하게 만들었다는 걸 알게 될 거라고."

다쓰키가 겐고를 노려보고 있었다.

"어디까지나 이 녀석이 자발적으로 사죄하는 걸로 하고 싶으니까."

겐고가 숨을 내뱉었다.

"미안. 머리에 피가 거꾸로 솟아 버렸어."

"하여간. 이봐, 아저씨. 일어나. 우물쭈물 하고 있을 여유 없으니까."

다쓰키가 구마가이의 몸을 흔들었다. 구마가이의 반응은 없었다.

"잠깐만, 뭔가 이상해."

오자키는 다쓰키를 밀어젖히고, 구마가이를 들여다봤다. 구마가이는 숨을 쉬고 있지 않았다. 목에 손가락을 대 보았다. 맥박도 없었다.

구마가이는 죽어 있었다.

24

불꽃이 흔들거리고 마른 장작이 튀었다. 불똥이 떨어졌다. 오자키는 질리지도 않고 그 모습을 바라봤다. 몸은 완전히 녹초였다. 산에 틀어박힌 지 나흘째. 게이조가 이거다 하고 점찍은 나무를 베어 낸 뒤, 톱으로 높이 2미터로 잘라 나누었다. 그것을 등에 동여매어 짊어지고 게이조의 소형 트럭을 세워둔 산기슭까지 운반하고 다시 돌아온 것이다. 습기를 머금은 나무는 무거웠다. 경사가 가파른 내리막에서는 여러 번 넘어질 뻔했다. 게이조에게 몇 번이나 혼나가며 이를 악물고 운반했다.

오자키는 나무를 소형 트럭의 짐칸에 내리자마자 그대로 땅에 주저앉았다. 등과 허벅지 근육이 경련을 일으켰다. 너무 피로한 나머지, 이제 두 번 다시 일어설 수 없는 것은 아닌가 하고 생각했을 정도였다. 게이조는 쌩쌩했다. 노골적으로 조롱 섞인 웃음을 띠우며 오자키를 내려다보고 있었다. 이 정도로 녹초가 되어 가지고는, 한심하기는. 게이조는 말로 하지는 않았지만 그렇게 생각하고 있음에 틀림없었다.

아침 동안 만들어 둔 된장 주먹밥을 먹자 한시름 놓였다. 된장이 품은 염분과 당분, 미네랄과 아미노산 등이 지쳐 버린 몸에 활력을 넣어 주었다. 하지만 다시 산을 거슬러 올라가는 길은 고행일 뿐이었다. 금방 다리가 꼬이고 숨이 헐떡였다. 10미터 정도를 나아가고는 나무 몸통에 기대어 쉬면서 기력이 돌아오기를 기다렸다. 게이조의 뒷모습은 이미 시야에서 사라져 있었다. 극도의 피로 앞에서는 불곰에 대한 공포도 희미해져 버렸다.

베이스캠프에 도착한 것은 해가 지기 직전이었다. 기운이 있었다면 세 시간 정도의 여정이었겠지만, 배 이상의 시간이 걸려 버렸다. 이미 불이 피워져 있고 그 위에 반합이 매달려 있었다.

오자키는 마른풀을 넓게 깐 자신의 침상에 가로누웠다. 다 지어진 흰 쌀밥의 냄새가 감돌았지만 식욕은 돌지 않았다. 식욕이 있다고 해도 여느 때처럼 된장이나 소금을 뿌려 먹을 뿐이었다.

눈을 감았다. 몸은 녹초였지만 좀처럼 잠을 잘 수가 없었다. 너무나 지쳐 있었다. 피로도 극한에 다다르면 잠조차 빼앗아 버린다.

"너도 먹어라."

잠시 후, 게이조의 목소리가 들려왔다. 눈을 뜨자 게이조가 된장을 올린 밥을 입에 넣고 있었다.

"필요 없습니다. 식욕이 없습니다."

"안 먹으면 몸이 못 견뎌. 먹어."

오자키는 몸을 일으켰다.

"밥알을 씹는 것도 귀찮다면 물에 말아서 흘려 넘겨. 어쨌든 먹어라."

"알겠습니다."

플라스틱 용기에 밥을 담고 된장을 조금 올렸다. 그 위로 물을 붓고, 플라스틱 스푼으로 휘저었다. 한 입 먹자 구역질이 올라왔다. 구역질을 참고 억지로 넘겼다. 이대로 먹어 두지 않으면 틀림없이 내일은 움직일 수 없게 될 것이다. 게이조의 짐이 되고 싶지는 않았다. 어떻게든 용기 안에 있는 음식을 다 먹었다. 그것만으로도 다시 피로가 도졌다.

　게이조가 자신의 가방에서 낡은 수통을 꺼내 자신과 오자키의 머그컵에 내용물을 부었다.

　"마셔. 조금 편해질 거다."

　"뭡니까?"

　"소주다."

　머그컵을 받아들고 핥듯이 마셨다.

　"항상 산에서 혼자 마십니까?"

　게이조가 고개를 저었다.

　"산에서는 거의 안 마셔. 오늘은 특별해. 좋은 나무가 손에 들어왔어."

　"저 나무, 몇 킬로그램 정도 나갈까요?"

　"하나에 20킬로그램은 족히 넘고도 남을 거다."

　"무거웠어요. 그럼 게이조 씨는 늘 이걸 혼자서 옮기신 거네요?"

　"너랑은 바탕이 달라. 꼬맹이 때부터 산에서 일해 왔어."

　바람이 불고 여기저기서 잎이 바람에 스치는 소리가 났다. 산 전체가 미소 짓고 있는 듯한 소리였다. 나무들 사이에서 별이 반짝이고 있었다.

　"옛날 아이누인은 모두 게이조 씨 같았겠죠?"

　"글쎄, 어렸을 때는 나 같은 남자가 많이 있었어. 산나물이나 버섯, 나무 열매를 채집하거나 사냥을 하는. 하지만 지금은 이제 나 정도밖에 없지."

게이조는 소주를 단숨에 들이켰다.

"다들 돈이 안 되는 일은 하고 싶어 하지 않으니까. 내가 마지막이야."

오자키도 소주를 마셨다. 조금씩 알코올이 몸에 스며들었다.

"괜찮습니다. 제가 확실하게 뒤를 이을 테니까요."

"이정도로 녹초가 되는 풋내기 주제에 입만 살아가지고."

"그야, 진심이니까요."

게이조는 자신의 머그컵에 소주를 더 부었다.

"사토코는 언제 죽었어?"

게이조의 말투가 변했다.

"저에 대해서 눈치채셨던 겁니까?"

오자키가 머그컵을 꽉 쥐었다.

"눈매가 닮았어. 순수 일본인치고는 이목구비가 뚜렷하고, 무엇보다도 요즘 같은 때에 목조 작가가 되겠다고 덤벼드는 젊은이가 어디 있어? 뭔가 이유가 있을 거라고는 생각했었어."

오자키는 입술을 핥았다. 게이조는 알고 있었던 것이다. 그래서 오자키를 제자로 인정한 것이었다.

"할머니는 제가 중학생일 때 돌아가셨어요. 심근경색이었습니다."

"그렇군."

"결혼한 뒤 다나카田中라는 성으로 바뀌었지만 결혼 전에
는 야마구치 도키에山口時惠였어요."

"너는 어째서 그 야마구치 도키에가 내 여동생 사토코라
는 걸 안 거냐?"

"집에 아이누인의 신요집 책이 있는데 거기에 사토코라는
이름이 적혀 있었습니다. 그러나 저는 저에게 아이누의 피
가 흐르고 있는 줄은 몰랐었습니다."

"그렇지만 그 사토코가 내 여동생일 거라고는 알지 못했
을 텐데."

"어머니가 게이조 씨가 만든 조각상을 가지고 있었습니다.
굉장히 소중하게 다루었어요. 어머니의 이름은 유키에였습
니다. 신요집을 일본어로 번역한 것은 지리 유키에라는 분이
죠? 할머니는 그 분의 이름을 어머니에게 붙인 것 같아요."

"그렇군."

게이조는 다시 소주를 마셨다. 집에 있을 때와는 다르게
한 입 한 입, 맛을 음미하듯이 마시고 있었다.

"어머니는 미야기에 살고 있었는데 대지진과 쓰나미의 습
격을 당했습니다. 임시 주택에서 살고 있을 때에 쓰러지셨
고 그대로 돌아가셨습니다.

"그래서 내가 있는 곳에 온 건가?"

"확인하고 싶었습니다. 내 몸에 정말로 아이누의 피가 흐르고 있는지 어떤지. 할머니도 어머니도 저에게는 아무것도 가르쳐 주지 않았으니까요."

"나 때문이다."

게이조가 말했다.

"사토코는 아이누인이라는 것을 싫어했던 것이 아냐. 나를 싫어하고, 원망했던 거지."

그랬다. 할머니는 아이누인인 자신이 싫었던 것이 아니었다. 그래서 신요집을 가지고 있었고, 어머니에게 자신의 출신을 말해 주었다. 어머니가 게이조의 작품을 손에 넣었던 것은 그 때문이었다.

"게이조 씨의 작품을 맨 처음 봤을 때 확신했습니다. 게이조 씨는 나의 가족이다. 그래서 어머니는 그 조각상을 그렇게도 소중히 여겼던 거라고."

"사토코는 행복하게 살았었나?"

"그랬을 겁니다."

"너의 어머니도 행복했어?"

"재해로 모든 것을 잃기 전까지는 행복했죠."

게이조가 다시 소주를 마셨다.

"내 딸도 사토코와 마찬가지로 나를 싫어하고 원망해서

집을 나갔어. 그런데 그 녀석이 교통사고로 죽은 뒤, 유우가 내가 사는 곳으로 왔지. 그리고 사토코의 딸……. 유키에가 죽고, 너도 내가 있는 곳으로 왔다는 건가?"

"그렇게 되네요."

오자키는 소주에 입을 댔다. 어느새 몸이 달아오르고 풀어졌다.

"유우가 왔을 때 생각했어. '이것은 신이 나에게 속죄하라고 말씀하시는 거구나.'라고. 그러니까 나는 술을 절제하고 필사적으로 일하면서 유우가 성인이 되는 것을 지켜볼 거다. 그것이 딸에게 모진 행동을 한 거에 대한 속죄야. 너를 제자로 받겠다고 생각한 것도 마찬가지다. 난 여동생에게 속죄해야만 해."

오자키는 게이조에게 머그컵을 내밀었다.

"소주 한 잔 더 주세요. 큰 할아버지."

게이조가 콧방귀를 꼈다. 오자키는 게이조가 따라 준 소주를 입에 머금었다.

"피로가 꽤 풀린 것 같군."

"소주 덕분에요."

"너무 마시지 마. 내일도 있어."

"아직도 나무가 더 필요합니까?"

"내일 하루 더 찾아보고 마음에 드는 것이 안 나오면 그대로 하산한다."

"안 나오기를 빌겠습니다."

오자키는 힘없는 웃음을 지었다.

"나올 거야. 내가 유우의 모습을 깎는다고. 분명 기문카무이께서 최고의 나무를 나에게 주실 거야."

"그렇네요. 산신께서 분명 축복해 주실 겁니다. 맞다, 게이조 씨, 유카라는 못 부르십니까?"

"옛날에 할머니가 불렀던 걸 몇 개 기억하고 있는 정도다."

"들려주실 수 있습니까?"

게이조는 소주를 단숨에 마셨다. 다 마신 뒤 서서히 입을 뗐다. 게이조의 유카라는 파도처럼 숲으로 퍼져 갔다.

* * *

유우는 버스 정류장 옆 주차장에 세워 둔 자전거에 올라 탔다. 안장이 뜨거웠다. 오늘도 아침부터 구름 하나 없는 푸른 하늘이 펼쳐졌다. 낮 동안의 기온은 높았지만 8월 전반에 비하면 습도는 낮고, 바람이 상쾌했다. 평소 같았으면 좀 더 앞 정류장에서 내려서 사야의 집에 들러 사야의 어머니가 손수 만든 간식을 먹고, 예습과 복습을 하고 나서 집에 돌아갔을 것이다. 하지만 사야는 어제부터 여름 감기로 드러누워 있었다.

집 앞에는 오자키의 차가 세워져 있었다. 게이조의 소형 트럭의 모습은 없었다. 아직 산에서 내려오지 않은 것이다. 두 사람이 산에 들어간 지 오늘로 나흘째였다. 슬슬 돌아와도 될 때였다. 혼자 있으니 식사 준비할 마음도 생기지 않아서 컵라면으로 저녁을 해결했다. 홍차를 끓이고 방 책상으로 향한 뒤 문제집을 폈다. 사야에게 배우게 된 뒤로 꽤 나아졌다고는 해도 여전히 수학은 어려웠다. 세 번째 문제가 도저히 풀리지 않아서 유우는 창밖으로 눈을 돌렸다. 밖은 아직 밝았다. 산들은 아직 초록으로 뒤덮였고 밭에는 농작물이 여물어 있었다.

"그리고 보니 밤하늘을 보러 가자고 했었는데……."

오자키와 나눈 약속은 이미 뒷전이었다. 성수기에 들어가자 오자키는 일에 치였고, 겨우 성수기가 끝나나 싶더니 게이조와 함께 산에 들어가 버렸다.

차 한 대가 이쪽을 향해 오는 것에 시선이 멈췄다. 경차였다. 지인의 차는 아니었다. 경차가 오자키의 차 바로 뒤에 멈췄다. 시동을 켜둔 채였다. 차에서 사람이 나오는 기색은 없었다.

"하지만……."

유우는 혼잣말했다. 시선을 느낀 것이었다. 경차 운전수가 지그시 이쪽 상황을 살피고 있었다.

기분이 안 좋았다. 이 주변의 치안은 좋다. 여태껏 외출할 때에 문을 잠그지 않는 사람도 있을 정도였다. 본 적이 없는 차가 찾아왔나 싶으면 그런 건 대체로 지인이 차를 바꾼 것이었고, 평소와 다름없는 모습으로 차에서 내려 말을 걸어왔다.

유우는 스마트폰에 손을 뻗었다. 만일의 경우에는 경찰에 연락을 할 생각이었다. 숨을 죽이고 지그시 경차의 모습을 살폈다. 경차는 시동을 걸어 둔 채 움직일 기미도 없었다. 답답함을 못 참고 스마트폰 화면을 봤다. 꽤 오랜 시간이 지난 듯한 기분이 들었었는데 3분밖에 지나 있지 않았다.

"뭔가 짜증나네."

유우는 중얼거리며 스마트폰을 꽉 쥔 채 일어섰다. 방을 나서더니 일부러 큰 발소리를 내며 현관으로 향했다. 샌들을 신고 밖으로 나갔다.

"무슨 볼일 있어요?"

경차에 대고 말을 걸었다. 아무 반응도 없었다.

"저기요, 우리 집에 무슨 볼일 있어요? 시동을 계속 켜 두면 엄청 민폐거든요?"

유우는 목소리를 높였다. 경차의 시동이 꺼졌다. 운전석에서 남자가 내렸다. 얼룩무늬 바지에 군화 차림으로, 상반신은 반팔 무지 티셔츠였다. 근육이 튀어나와서 셔츠가 터질 것 같았다.

"죄송합니다. 잠깐 지도를 보고 있어서."

남자는 말했다. 오자키와 동년배처럼 보였다.

"여기가 히라노 게이조 씨의 집 맞나요?"

남자의 목소리는 스스럼없었다.

"그런데요, 할아버지께 무슨 볼일이라도 있나요?"

"아뇨, 히라노 씨가 아니라 마사히코가 이곳에 있을지도 모른다는 이야기를 들어서……."

"오자키 씨의 아는 사람이에요?"

"아아, 나카무라中村라고 하는데요, 에코 뮤지엄센터에 갔더니 마사히코가 휴가 중이라고 해서요. 모처럼 찾아왔는데 어떻게 된 건가 했더니 뮤지엄센터 사람이 혹시나 히라노 씨 집에 있을지도 모른다고 해서요."

나카무라는 볼을 긁었다. 얼굴 아래의 절반은 수염이 덥수룩하게 덮혀 있었고, 눈 밑에는 다크서클이 껴 있었다.

"공교롭게도 할아버지와 오자키 씨는 둘 다 나가고 없는데요."

"언제 돌아오나요?"

"글쎄요."

유우는 고개를 갸웃했다.

"내일이 될지, 모레가 될지."

"무슨 뜻이죠?"

"두 사람은 산에 들어가 있어요. 작품에 쓸 나무를 구하러 가 있어서요. 할아버지 마음에 드는 나무를 찾을 때까지는 돌아오지 않을 것 같아요."

"언제부터 산에 들어가 있었던 거죠?"

"오늘로 나흘째요."

"이런……. 뮤지엄센터에서도 마사히코가 목조 작가인 히라노 씨의 제자라는 이야기는 들었지만, 정말이었군……."

나카무라는 한숨을 내쉬고 어두컴컴해진 하늘을 올려다봤다.

"꽤 진지한 모양이에요."

"언제 돌아올지 예상할 수 없나요?"

"이번 주 내로는 돌아올 것 같아요. 식량도 그렇게 많이 갖고 있지 않을 테니까요. 아, 하지만 할아버지라면 에조사슴을 잡거나 산토끼를 덫으로 잡아서 먹을 때도 있으니까……."

"히라노 씨는 목조 작가만 하는 게 아니라 사냥도 합니까?"

유우는 고개를 끄덕였다.

"사냥꾼은 이제 거의 은퇴했지만요."

"하는 수 없군. 잠깐만 기다려요."

나카무라는 경차 운전석으로 돌아갔다. 유우는 스마트폰을 바꿔 쥐었다. 본인이 생각하고 있는 것보다 더 긴장했었는지, 오른쪽 주먹이 땀으로 젖어 있었다. 나카무라가 다시 밖으로 나왔다. 오른손에 쥐고 있던 종이 조각을 유우에게 건네었다.

"제 연락처입니다. 마사히코가 돌아오면 전화해 달라고 말해 줄래요?"

유우는 종이 조각을 받아들었다. 가타카나로 '겐고'라고 적혀 있고 그 옆에 스마트폰 전화번호가 적혀 있었다.

"친구인데 전화번호 같은 거 교환 안 했어요?"

"스마트폰을 바꾼지 얼마 안 돼서요. 그럼, 잘 부탁해요."

나카무라는 다시 경차에 올라타 시동을 걸었다. 경차는 무로란室蘭 시의 넘버였다. 멀어져 가는 경차를 지켜보며 유우는 오자키에게 전화를 걸었다. 연결되지 않았다. 게이조 일행이 있는 산에는 전파가 닿지 않았다.

유우는 집으로 돌아왔다. 나카무라에게서 받은 쪽지를 바라봤다. 오자키도 스마트폰을 바꿨다. 나카무라도 바꾼지 얼마 안 됐다고 했다. 왠지 목이 말라서 견딜 수가 없었다. 부엌의 서버에 남아 있는 홍차를 컵에 옮겼다. 유우는 완전히 식어 버린 홍차를 한 번에 다 마셨다. 오자키와 나카무라를 만나게 해서는 안 돼. 문득 그런 생각이 머릿속에 떠올랐다.

'그래. 오자키와 나카무라를 만나게 해서는 안 돼.' 왠지 불길한 일이 일어날 것만 같은 기분이 들었다.

유우는 게이조의 성냥을 가지고 왔다. 산에 들어갈 때는 라이터보다도 성냥이 믿을 수 있다면서 게이조가 대량으로 구입해 두었다. 싱크대 위에서 성냥에 불을 붙이고 쪽지에 불을 갖다 댔다. 종이는 순식간에 타올랐고 재가 되어 싱크대에 떨어졌다. 유우는 재를 물로 흘려 넘겼다. 오자키가 산에서 돌아오면 나카무라가 찾아왔다는 것을 알려야 할까. 아니면 입을 닫고 있는 편이 나을까.

"정말. 이래서는 전혀 공부에 집중을 할 수 없잖아. 오자키 바보."

기분을 진정시키기 위해 허브티를 끓여 자기 방으로 돌아 갔다. 진정 효과가 있다고 알려져 있는 허브티를 마셨지만, 문제집 내용은 유우의 머리에 들어오지 않았다.

＊ ＊ ＊

"뭐 하는 거야, 정말."

다쓰키가 머리털을 쥐어뜯었다. 겐고는 얼빠진 얼굴로 구마가이의 시체를 내려다보고 있었다.

"우리들, 이제 살인범과 그 공범들이잖아."

다쓰키의 목소리가 울렸다.

"미안."

"미안하면 끝이야? 도대체 어쩔 셈이야, 겐고!"

"미안."

겐고는 같은 말을 되풀이했다. 오자키는 시체 쪽으로 다가갔다. 모든 것이 현실감을 상실해 있었다. 마치 오자키와 세상 사이에 얇은 막이 쳐져 있는 것 같았다. 구마가이는 어이없게 죽었다. 너무도 어이없게.

시체를 만졌다. 시간에 경과할 때마다 시체는 차가워져 갔다. 그 차가움만이 유일한 현실감이었다.

"진짜 어떡하냐고, 이거!"

다쓰키가 히스테릭한 소리를 냈다.

"할 수 있는 일은 두 개야."

오자키는 시체에서 손을 뗐다.

"두 개?"

다쓰키와 겐고가 오자키를 봤다.

"자수를 하든지, 시체를 어딘가에 숨기고 도망치든지."

다쓰키와 겐고가 얼굴을 마주봤다.

"도망쳐도 언젠가는 잡히겠지만, 지금은 아직 잡히고 싶지 않아. 하고 싶은 일이 있어. 하지만 두 사람이 자수하겠다고 한다면 나도 같이 경찰서에 가겠어."

오자키는 두 사람을 번갈아 바라봤다.

"여기서 도망치면 재판 때에 심증이 나빠지겠지."

"하지만 도망친다고 해도 어떻게 도망치지?"

다쓰키가 말했다.

"뿔뿔이 흩어지는 게 좋을 것 같아."

오자키는 대답했다.

"그래. 뭉쳐서 도망치는 것보다는 흩어지는 편이 낫겠어."

겐고가 고개를 끄덕였다.

"건방진 소리 마, 겐고. 너 때문에 이렇게 된 거잖아."

다쓰키의 말에 겐고는 입술을 깨물었다.

"다쓰키는 어떻게 하고 싶어?"

오자키가 물었다.

"나, 나도 역시 잡히고 싶지 않아. 왜냐하면 이렇게 될 일이 아니었다고."

"겐고는?"

오자키는 다쓰키의 푸념을 가로막았다.

"실제로 살해한 건 나야. 잡히면 징역 20년은 기본이겠지."

겐고는 다시 구마가이를 내려다봤다.

"내가 잘못했다는 건 알지만 이런 녀석 때문에 교도소에 가는 건 싫어."

"그럼 정해졌네. 시체를 어떻게든 하고 도망치자."

다쓰키가 오자키를 봤다.

"마사히코, 어째서 그렇게 냉정한 거야? 사람이 죽었다고. 겐고가, 우리의 동료가 죽였다고."

"일어나 버린 일은 원래대로 되돌릴 수 없어. 그렇지?"

지진이나 쓰나미로 죽은 많은 사람들, 지금도 고향으로 돌아가지 못하고 고통 받고 있는 많은 사람들. 그들은 얼마나 슬퍼했을까. 그러나 한탄해도 시간은 돌아오지 않는다. 지진이나 쓰나미를 없었던 걸로 할 수도 없고, 지금도 계속 새어 나오는 방사능이 어느 날 갑자기 사라질 일도 없을 것이다. 그저 일어난 일을 가슴에 묻고 미래를 향해 나아갈 수밖에 없는 것이다.

"시체는 어떻게 할까?"

오자키는 말했다. 스스로도 남의 일처럼 말하는 것 같다고 느꼈다.

"보통은 묻거나, 바다에 빠뜨리거나 하지."

겐고가 대답했다.

"다마가와多摩川(역자주 : 도쿄에 있는 강)에 버린다든가 하는 방법도 있잖아?"

다쓰키가 말했다. 오자키만이 아니었다. 다쓰키도 겐고도 남의 일처럼 말하는 투였다. 모두가 현실감을 상실해 있었다.

"가위바위보 하자."

오자키가 말했다.

"내가 이기면 바다에 빠뜨리고 겐고가 이기면 땅에 묻자. 다쓰키가 이기면……."

"다마가와. 근데 진심으로 말하는 거야, 마사히코?"

"굉장히 진지해."

"그럼 하자."

세 명이서 가위바위보를 했다. 오자키와 겐고는 가위를 냈고, 다쓰키는 주먹을 냈다.

"다마가와로 정해졌네."

"이런 걸로 정해도 될까?"

다쓰키가 입술을 삐죽 내밀었다.

"그럼 제비뽑기라도 만들까?"

겐고가 말했다. 다쓰키는 고개를 숙였다.

"어두워지면 시체를 차에 싣고 출발하자. 시체를 버리고 나면 그대로 안녕이야."

오자키는 시체를 내려다봤다. 거대한 지진과 쓰나미에 의해 빼앗긴 무수한 죽음은 조금씩 풍화되었다. 그 당시 동일본전력의 사장이었던 남자의 죽음은 그 풍화에 브레이크를 걸어 줄까.

"마사히코는 아무 느낌도 없는 것 같네?"

다쓰키의 목소리가 들렸다. 오자키는 다쓰키에게 얼굴을 돌렸다.

"그렇지 않아. 너무 힘들고 너무 괴로워서 눈물도 안 나와. 하지만 머리를 회전시키고 있으면 조금은 마음이 풀려. 그것뿐이야."

어머니를 생각했다. 아들이 살인 공범자라는 것을 알게 된다면 어머니는 얼마나 슬퍼하고 한탄하실까.

"어머니, 죄송해요."

오자키는 겐고와 다쓰키에게는 들리지 않게 중얼거렸다.

25

훌륭한 호두나무였다. 울창한 숲속에서 그 나무 주변만이 트여 있었다. 마치 다른 나무들이 호두나무를 꺼리고 있는 것만 같았다. 게이조의 목소리가 멎었다. 호두나무 주변에 소주를 두르고 기도를 드리고 있었다. 숲속에서 이 나무를 만난 순간, 게이조의 눈빛이 바뀌는 것을 오자키는 봤다. 게이조의 눈은 글썽거렸고 턱 근육이 부들부들 떨렸었다. 운명적인 만남이었다. 게이조는 이 호두나무에 한눈에 반한 것이었다.

기도인 카무이노미는 길게 이어졌다. 산의 신에게, 그리고 이 나무에 깃든 신에게, 나무를 베는 것에 대해 용서를 구하고 기도를 드렸다. 게이조의 입에서 나오는 말을 알아들을 수는 없었다. 그러나 그 의미는 오자키도 확실히 알 수 있었다.

'이 나무를 베는 것을 용서해 주십시오. 마음을 담아서 깎겠습니다. 가장 사랑하는 손녀딸의 모습을 깎겠습니다. 그 모습에 신도 마음이 씻기실 겁니다. 베어지는 것을 허락해 주십시오. 신이 깃든 나무이기에 제가 깎는 손녀딸의 조각상은 생명을 얻을 것입니다.'

카무이노미를 끝낸 게이조는 도끼를 호두나무의 몸통에 세게 박았다. 건조한 소리가 숲에 울려 퍼졌다. 도끼를 번쩍 들어올릴 때마다 게이조의 몸이 부풀어 올랐다. 근육이 역동했다. 온 정신을 집중해서 도끼를 휘두르는 게이조는 아름다웠다.

"교대하겠습니다."

게이조의 숨이 차올라왔을 즈음 오자키가 말을 걸었다. 게이조의 얼굴은 땀으로 젖어 있었다.

도끼를 건네받고 마음속으로 기도를 했다.

'게이조를 위해, 히라노 양을 위해, 이 나무를 쓰러뜨리는 것을 용서해 주십시오.'

도끼를 휘둘렀다. 나무줄기에 날을 수직으로 대지 않으면 도끼가 튕기고 팔이 저린다. 그렇게 되지 않도록 신중하게 그러나 대담하게 도끼를 휘둘렀다. 금방 숨이 차올랐다. 가와유에 와서 체력은 늘었지만, 게이조에 비하면 어린아이와 마찬가지였다. 저렇게 될 수 있을까. 강인한 근육과 마음을 손에 넣을 수 있을까.

옛날 아이누인들은 모두 게이조처럼 강한 힘을 자랑했을 것이다. 산이나 강이나 바다에서 신들에게 기도를 드리고, 자신들이 먹을 만큼의 식량을 조달하고, 자연과 함께 살아왔다. 강해지지 않으면 살아갈 수 없었을 것이다. 자연에 대한 경외의 마음이 없으면 그런 삶을 살 수 없었을 것이다.

'내가 마지막이다.' 게이조는 말했었다. 그러나 마지막이 되어서는 안 된다. 내가 이어받을 것이다.

"이제 됐어."

게이조의 목소리에 정신이 돌아왔다. 도끼날이 꽤나 들어갔고 호두나무가 살짝 기울어졌다. 도끼를 손에 쥔 채로 뒤로 물러나 엉덩방아를 찧었다. 온몸이 땀범벅이었다. 팔과 등 근육이 경련을 일으켰다.

게이조가 톱으로 나무를 자르기 시작했다. 톱날이 리드미컬하게 움직이고 톱밥이 날렸다. 잠시 후 게이조는 톱을 움직이는 손을 멈추고 호두나무를 손으로 밀었다. 둔탁한 소리를 내며 나무가 쓰러졌다. 게이조가 눈을 감았다. 입에서 말이 새어나왔다. 감사의 말을 바치는 것이었다. 오자키도 눈을 감았다. 산의 신, 나무의 신에게 감사의 마음을 바쳤다. 기도를 끝내자 톱과 손도끼로 나뭇가지를 털어내고 줄기를 가지런히 잘랐다.

"밥 먹을까?"

게이조가 이마의 땀을 닦으면서 말했다. 오자키는 고개를 끄덕이고 가방에서 주먹밥과 수통을 꺼냈다. 산에 들어간 지 닷새째. 아침, 점심, 저녁을 흰쌀과 소금이나 된장으로 배를 채워 왔다. 처음에는 성에 차지 않아 온종일 내내 배가 고팠다. 그러나 지금은 주먹밥을 하나 먹으면 공복은 사라졌고 피로도 어느 정도 회복되었다. 그걸 게이조에게 이야기했더니 "연비가 좋아졌군."이라고 했다. 게이조는 지금의 일본인은 연비가 굉장히 나쁘다고 했다. 주먹밥을 다 먹자, 게이조는 자리에서 일어났다.

"자, 이걸 트럭까지 가져가 실을 건데, 괜찮겠어?"

"괜찮습니다."

오자키는 대답했다.

"어제는 우는 소리만 해댔잖아."

"오늘은 괜찮습니다."

이 호두나무라면 아무리 무거워도 신경 쓰이지 않았다.

게이조가 한눈에 반한 나무였다. 게이조가 마음을 담아서 깎을 나무였다. 무거울 리가 없었다.

게이조의 도움을 받으며 나무를 짊어졌다. 로프를 이용해 나무를 몸에 감았다. 무거웠다. 마음이 약해질 것만 같았다. 하지만 이를 악물었다.

"간다."

게이조가 걷기 시작했다. 등에 나무를 메고 있는 것은 오자키와 같았지만 게이조는 그 외에 손도끼와 톱을 허리춤에 매달고, 라이플이 들어간 케이스를 어깨에 걸치고 있었다. 오자키는 그 뒤를 쫓았다. 트럭을 세워 둔 곳까지 내리막길로 두 시간. 나무를 트럭에 실은 뒤 다른 짐을 회수하기 위해 돌아와야만 했다. 일몰 전에는 베이스캠프에 있어야 했다. 넋 놓고 있을 여유는 없었다.

여전히 게이조의 다리는 빨랐다. 마치 맨몸으로 걷고 있는 듯이 경쾌하게 내려갔다. 오자키의 입장에서는 게이조의 등을 놓치지 않도록 하는 것이 최선이었다. 길이 없는 길을 지나 계곡을 건너, 다시 숲속을 내려갔다. 게이조와의 거리는 벌어지기만 했고 그 사이에 등조차도 보이지 않게 되었다. 하지만 이번 5일 동안 게이조가 걸은 흔적을 알 수 있게 되었다. 오로지 그 흔적을 쫓아 내려갔다. 로프가 어깨를 짓누르고, 숨이 차오르고, 전신이 달아올랐다. 이윽고 구역질도 올라왔다. 쉬고 싶었다. 하지만 쉬면 어떻게 될지는 어제의 경험으로 알고 있었다. 다시 걸으려면 정신력을 총동원하지 않으면 안 될 것이다.

게이조가 순간 멈췄다. 오자키 쪽을 돌아보며 손바닥을 들이댔다. 움직이지 말라는 신호였다. 오자키는 발을 멈추었다. 게이조가 손바닥을 뒤집었다. 오자키를 손짓으로 불렀다.

'가능한 한 소리를 내지 않고 이쪽으로 와라.'

나무로 인해 피폐해진 몸에 채찍질을 하며 발소리를 죽이고 게이조가 있는 곳으로 이동했다.

"무슨 일입니까?"

오자키가 속삭였다. 게이조의 대답은 없었다. 오자키는 게이조의 시선을 쫓았다. 숲의 몇 미터 앞에 공간이 펼쳐져 있었다. 작은 계곡이 흐르고 있었다. 그 계곡 근처에서 무언가가 움직이고 있었다.

"북방여우 새끼다."

게이조가 말했다. 오자키는 응시했다. 두 마리의 북방여우가 서로 뒹굴며 놀고 있었다. 위로 올라탔다가 아래로 누웠다가, 떨어졌다가 도망가고, 쫓아가다 다시 위가 되거나 아래가 되거나 하면서 생명이 요동치고 있었다. 살아있는 기쁨으로 가득 넘치고 있었다. 두 마리 모두 이 이상 즐겁고 기쁜 일은 없다는 듯이 활짝 웃고 있었다. 북방여우가 생을 구가하는 모습은 봐도 봐도 질리지가 않았다. 호두나무의 무거움조차 잊고 빠져 버렸다.

"웃고 있네요."

오자키가 중얼거리자, 게이조가 고개를 끄덕였다.

"녀석들은 자주 웃어. 북방여우도 불곰도 에조사슴도 모두 웃지. 웃지 않는 때는 인간이 가까이 있을 때뿐이야."

게이조가 깎은 동물들 중에서도 웃고 있는 것이 적지 않았다.

"동물은 과거의 일을 후회하거나 미래의 일을 두려워하거나 하지 않아. 그때그때를 진지하게, 전력으로 살고 있지. 놀 때도 전력이다. 전력으로 뛰어 돌아다니고 전력으로 웃지."

북방여우들의 몸싸움놀이가 끝나고 술래잡기로 바뀌었다. 도망치는 쪽도 쫓는 쪽도 전력질주였다. 그리고 여전히 웃고 있었다.

"아이누인도 옛날에는 저랬을 거다. 그 순간순간을 살았고, 마음이 풍족했어. 하지만 지금의 아이누인들은……."

게이조가 말을 집어삼켰다. 북방여우들이 술래잡기를 멈추고, 이쪽을 바라보았다. 다음 순간 두 마리는 몸을 돌려 숲속으로 사라졌다.

"한심하구만."

게이조가 머리를 긁었다.

"저 때문입니까?"

"아니야. 내 탓이야. 그만 머리에 피가 거꾸로 솟았어. 그래서 녀석들이 눈치챈 거야. 현역 사냥꾼이었을 시절에는 이런 일 없었는데."

"무심결에 발끈하실 정도로 지금의 아이누인의 삶이 화가 난다는 겁니까?"

"글쎄다. 옛날에는 괘씸하다고 생각했었어. 지금은……. 아무래도 좋아. 가끔씩 피가 거꾸로 솟을 때는 있지만 나는 단지 유우가 행복하게 살았으면 좋겠어. 아이누인이라는 게 싫다면 그걸로 됐어. 도시에 나가 많은 사람들 속에 파묻혀서 살아가면 돼. 그 녀석이 성인이 되어서 스스로 생활할 수 있도록 되기 전까지는 내가 돌봐 줄 거야."

"히라노 양은 돌아올 겁니다."

오자키가 말했다. 게이조의 눈썹이 치켜 올라갔다.

"고등학교에 가고 대학교에도 가고, 사랑을 하고, 어쩌면 도시에서 결혼할지도 모릅니다. 그래도 히라노 양은 언젠간 돌아올 것이다. 그런 기분이 듭니다."

"그렇게도 여기를 싫어하는데 돌아올까?"

"어릴 때는 주변에 있는 것의 소중함을 잘 모르지 않습니까? 게다가 히라노 양은 영혼이 너무 깨끗하다는 느낌이 들어요."

게이조는 눈도 깜빡 안 하고 오자키를 바라보고 있었다.

"도시에서 살면 신경이 닳아 없어지는 타입이에요. 저도 그랬고요. 같은 일족이라서 그런가."

"네 말대로라고 해도 유우가 돌아오는 것은 내가 죽은 뒤일 거다."

"그래도 좋지 않습니까?"

게이조가 천천히 고개를 끄덕였다.

"그래. 내가 살아있든, 죽었든 아무래도 좋아. 유우가 신들의 품에서 사는 삶을 선택해 준다면 그걸로 충분해. 자, 가자."

"네."

다시 산을 내려갔다. 북방여우 형제를 만나기 전보다 발걸음이 가벼워졌다.

"개인전이 끝나면 다음은 사냥의 기초를 알려 주지."

게이조가 말했다.

"정말입니까?"

"내가 알고 있는 것을 전부 가르쳐 주지. 그 대신 정말로 유우가 여기로 돌아온다면……. 유우에게 아들이 생긴다면 네가 나에게 배운 것을 그 아이에게 가르쳐 줘."

"물론입니다."

게이조와 함께 계곡을 건넜다. 북방여우들의 잔향이 감돌고 있는 듯한 기분이 들었다.

＊ ＊ ＊

게이조 일행이 산에서 내려왔다. 그런데 평소답지 않게 도중에 당일치기로 온천에 들렀다 왔다고 했다.

"더 이상은 몸에 냄새가 너무 나서 한계야."

아직 젖어 있는 머리카락을 헤치며 오자키가 말했다. 산에 들어가기 전보다 몸이 한 둘레 커진 것 같은 기분이 들었다. 베어온 나무를 트럭에서 다 옮긴 뒤, 게이조는 그대로 아틀리에로 들어가 버렸다.

"할아버지, 밥은 어떻게 하실 거예요?"

아틀리에 밖에서 말을 걸었다.

"먹을 거야."

대답은 돌아왔지만 밖으로 나올 기색은 없었다.

"안절부절 못하시는 걸 거야. 굉장히 맘에 드는 나무를 발견했거든. 깎고 싶어서 참을 수 없을 거야."

"오자키 씨도 밥 먹고 갈래요?"

"그래도 돼?"

"지치셨잖아요? 먹고 가도 돼요. 메뉴는 카레지만."

오자키가 눈살을 찌푸렸다.

"산에 있는 동안 쌀밥밖에 먹질 않았어. 라면이나 그런 게 먹고 싶어. 그리고 고기랑 채소도 잔뜩 먹고 싶어."

"하지만 고기는 냉동 사슴밖에 없는데요."

"사러 가자. 어차피 게이조 씨는 나무 깎는 데에 정신이 팔려서 저녁밥이 늦어져도 뭐라고 하지 않을 거야. 샤브샤브 해 먹자. 채소랑 고기가 잔뜩 들어간 샤브샤브를 먹고 마무리로는 고기와 채소를 듬뿍 우려낸 소스로 끓인 라면, 어때? 돈은 내가 낼게."

"저는 상관없지만……."

"그럼, 가자."

오자키가 재촉하는 바람에 유우는 차 조수석에 탔다. 오자키는 익숙한 듯 핸들을 조작하며 차를 달렸다. 마을에 하나 있는 슈퍼에 갈 생각이었다. 그 옆모습은 평소보다 더 밝았다. 나카무라라고 했던 남자의 얼굴과 전 동일본전력 사장 살인 사건의 보도가 머릿속에서 빙글빙글 소용돌이를 일으켰다. 만약 오자키가 그 사건에 관련되어 있다면, 어째서 이렇게도 밝게 행동할 수 있는 것일까. 사람의 죽음, 그것도 살인에 대해서 마음의 아픔이나 고통을 느끼지 못하는 이상자라고 느껴지지는 않았다.

"왜 그래? 내 얼굴에 뭐라도 묻었어?"

오자키가 말했다. 유우는 당황해서 고개를 저었다.

"산속에서 할아버지랑 무슨 일 있었나 해서요."

재빨리 거짓말을 했다.

"왜?"

"할아버지가 산에서 내려오자마자 온천에 간다든가, 아틀리에에 틀어박힌다든가 하는 일은 지금까지 없었거든요."

"아까도 말했잖아? 엄청 마음에 드는 나무를 발견했다고. 그래서 게이조 씨의 텐션이 올라가 있는 거야. 온천도 처음에는 싫어하셨지만 중요한 작품을 깎기 전에 몸을 깨끗이 해야 한다고 했더니, 그것도 그렇다면서."

오자키가 웃었다. 슈퍼에 도착하자 오자키는 엄청난 기세로 식품을 카트에 넣었다.

"통조림을 갖고 갔지만 게이조 씨가 냄새 때문에 불곰이 다가온다고 겁을 준 바람에 계속 흰 쌀과 된장과 소금만 먹으면서 보냈어. 어젯밤에는 고깃집에서 배 터지게 먹는 꿈까지 꿨어."

오자키는 소고기는 물론, 얇게 썬 돼지고기와 양고기도 카트에 던져 넣었다.

"그런 일도 있을 테고 해서 오자키 씨는 반드시 도중에 도망갈 거라고 생각했어요."

유우는 말했다.

"나도 그렇게 생각했었어. 아무튼 처음 며칠 동안은 배가 너무너무 고파서 죽을 것 같았어."

"그래도 도망가지 않았네요."

"응, 열심히 버텼어."

"왜요?"

유우는 오자키의 얼굴을 똑바로 바라봤다. 오자키가 눈을 피했다.

"어째서 그렇게까지 할아버지의 제자가 되고 싶은 거예요? 어째서 나무 깎는 일을 하고 싶은 거예요?"

오자키가 카트를 밀었다. 고기 매장에서 라면의 생면을 파는 코너로 이동했다.

"역시 샤브샤브를 먹은 뒤의 마무리는 굵은 면보다는 가는 면이지?"

"질문에나 제대로 답해요."

"나무 깎는 일뿐만이 아니야."

오자키는 라면 봉지를 손에 쥔 채 대답했다.

"굿샤로 호수 주변 산에 대해, 숲에 대해, 강에 대해, 그리고 사냥에 대해 게이조 씨가 알고 있는 것은 전부 배우고 싶어."

"어째서요? 오자키 씨는 본토 사람인데 아이누인 흉내를 내서 뭐가 즐거워요?"

"나는……."

"어, 오자키 씨."

오자키가 입을 엶과 동시에, 오자키의 등 뒤에서 소리가 났다. 에코 뮤지엄센터의 도쓰카 게이코였다.

"드디어 산에서 내려온 거예요?"

"네에, 방금 전에."

"왠지 듬직해진 것 같은 기분이 드네요. 유우, 안녕?"

"안녕하세요."

"수험 공부는 잘되어 가?"

"네."

"그렇구나."

도쓰카 게이코는 미소를 지으며 오자키에게로 다시 방향을 돌렸다.

"내일부터 일하러 나올 수 있겠어요?"

"괜찮을 것 같습니다."

"오오호리大堀 씨가 여름 감기에 걸려서 몸져누웠어요. 조금 더 쉬고 싶겠지만, 부탁해요."

"알겠습니다."

"아아, 그리고 3일 정도 전이었나? 지인이라고 하면서 사람이 찾아 왔었어요."

"지인이요?"

오자키의 눈꺼풀이 떨렸다.

"네. 이름은 말 안했지만 여기가 오자키 마사히코의 직장입니까? 하면서요. 약간 유도 같은 걸 할 것처럼 체격이 좋은 남자였어요. 오자키 군과 동년배로 보이는. 짐작 가는 사람 있어요?"

오자키가 고개를 끄덕였다.

"그래서 그 녀석은 어떻게 했어요?"

"휴가 중이라고 했더니 곤란한 얼굴을 했어요. 연락처를 알려줄 수 없겠냐고 하기에 그건 좀 곤란하다고 거절했죠. 어떻게 아는 사이예요?"

"아마 대학 시절 친구일 겁니다. 올해 여름에 홋카이도를 한 바퀴 돌 거니까 들를 수 있으면 들르겠다고 말했었으니까요."

유우는 입 안에 고인 침을 삼켰다. 어느새 긴장이 되었고 등이 경직되었다.

"그렇구나. 그럼 이미 다음 목적지로 출발했겠네요?"

"그랬을 겁니다."

"그럼 실례할게요. 유우, 게이조 씨에게 안부 부탁해."

도쓰카 게이코는 상냥하게 웃으며 사라졌다. 유우는 그 뒷모습을 언제까지나 바라보았다.

"혹시 말이야, 게이조 씨 집에도 왔어?"

오자키가 물어왔다. 갑자기 훅 들어오는 바람에 유우는 당황하며 고개를 저었다.

"몰라요. 아무도 안 온 거 같은데요?"

"그래? 그럼 다행이지만⋯⋯. 자, 계산 끝내고 돌아가자. 배가 너무 고파."

오자키는 카트를 밀며 걷기 시작했다.

"그 친구, 이름이 뭐예요?"

"겐고라고 불렀어."

"성은요?"

오자키의 발이 멈추었다. 고개를 갸웃하며 골똘히 생각하는 듯한 표정을 띄웠다.

"잊어버렸어."

"네?"

"옛날부터 그냥 겐고였어. 대화할 때에도 문자를 주고받을 때에도, 항상 겐고. 상대방은 나를 마사히코로, 성은 안 붙였어. 그래서 잊어버렸어. 그렇다 해도 큰일이네, 겐고의 성이 기억나지 않다니. 청년성 치매인가."

오자키는 머리를 긁적였다. 진심으로 말하고 있는 것처럼도 느껴졌고, 연기처럼도 느껴졌다.

계산을 끝내고 집으로 돌아오자 오자키가 식사 준비를 시작했다.

"채소를 잘라서 냄비에 넣고 푹 끓이는 것뿐이니까 히라노 양은 공부라도 하고 있어. 준비가 다 되면 부를게."

오자키는 콧노래를 섞으며 부엌칼을 손에 쥐었다.

"네. 그럼, 부탁할게요."

유우는 허둥지둥 자기 방으로 들어갔다. 곧바로 스마트폰을 손에 쥐고 검색을 했다.

「동일본전력 전 사장 살인 용의자」

키워드를 입력하고, 검색 버튼을 클릭했다. 어슴푸레하게 기억하던 이름이 바로 발견되었다.

나카타 겐고. 그것이 용의자의 이름이었다. 오자키를 찾아 방문했던 남자는 자신을 나카무라라고 말했다. 오자키는 에코 뮤지엄센터를 찾아온 친구는 겐고라고 말했다.

나카무라 겐고, 나카타 겐고. 우연일까?

"그럴 리가 없어."

유우는 중얼거리고는 본인의 목소리에 놀라 가슴을 억눌렀다.

'그럴 리가 없어.'

'오자키가 그런 흉악한 사건에 연관되어 있을 리가 없어.'

'그럴 리가 없어.'가 머릿속에서 증식되어 갔다. 부엌에서는 오자키의 콧노래가 흘러나왔다. 유우는 숨 막히는 답답함을 견딜 수 없어서 눈을 꽉 감았다.

* * *

구마가이의 시체가 하류로 흘러내려 갔다.

"금방 발견될 거야."

다쓰키가 말했다.

"가위바위보로 정한 거야. 어쩔 수 없어."

겐고가 말했다.

"그럼, 여기서 헤어지자."

오자키가 말했다.

"벌써?"

다쓰키가 입을 삐죽 내밀었다.

"여기 오래 있어 봤자 별 수 없잖아."

"패밀리 레스토랑이라도 갈래?"

오자키는 고개를 저었다.

"여기서 헤어지는 게 좋겠어. 누구도 다른 두 사람이 어디로 갔는지 모른 채로 말이야. 만일 잡혔다고 해도 아무것도 모르면 경찰에게 이야기할 것도 없어."

"마사히코 말대로야."

겐고가 고개를 끄덕였다.

"그건 알지만 좀 섭섭하잖아. 어쩌면 두 번 다시 만날 수 없을지도 모르는데."

"두 번 다시 안 만날 거야. 만난다면 각자의 재판에서 증인으로서 출석할 때려나?"

"마치 틀림없이 체포될 거라고 믿고 있는 듯한 말투네."

오자키는 겐고에게 고개를 돌렸다.

"체포될 거야. 그렇지 않으면 언젠가 자수할 거야. 이런 짓을 하고도 아무 일도 없었던 것처럼 살아간다니, 난 그렇게 못해."

"그럼 지금 바로 자수하러 가면 되잖아?"

다쓰키가 발밑에 있는 작은 돌멩이를 주워 강 수면으로 던졌다.

"말했잖아, 하고 싶은 일이 있다고. 아니, 해야만 하는 일이 있다고 말하는 쪽이 낫겠다. 아무튼 그걸 하기 전까지는 되도록 잡히고 싶지 않아."

"나는 잡히고 싶지 않아."

다쓰키가 말했다. 다쓰키는 자신이 던진 돌이 떨어진 강 수면을 쏘아 보고 있었다.

"나도 가능하면 잡히고 싶지 않아. 녀석을 죽인 건 나니까……. 마사히코가 말한 대로 무슨 면목으로 태평하게 살아갈 건가 하는 생각은 들지만······."

"신경 쓰지 마. 사람은 다 제각각이니까. 자수한다고 해도 너희들에 대해서는 절대로 말 안 할게."

"끝까지 묵비권을 행사하면 심증이 나빠져서 형이 무거워지지 않을까?"

"상관없어."

직접 자신이 손을 쓴 것은 아니었지만 사람의 목숨을 빼앗았다. 어떠한 형량이 내려져도 받아들일 생각이었다.

"해야만 하는 일이라는 게 대체 뭐야?"

겐고가 물어왔다.

"개인적인 일이야."

오자키는 대답했다. 그 불곰 조각상의 의미를 찾을 것이다. 어째서 어머니가 그렇게 소중히 간직했었는지.

"왠지 부럽네."

다쓰키가 말했다. 다쓰키는 조약돌을 하나 더 주워서 던졌다.

"부럽다고?"

"나만 해도 분명 도망 다니기 급급할 거야. 옴진리교 녀석들처럼 이름도 바꾸고, 머리 모양도 바꾸고, 입는 것도 바꾼 뒤에 어디 시골에서 가만히 숨죽이며 살겠지."

"그렇게 되겠지."

"해외라도 갈까?"

겐고가 말했다. 다쓰키가 고개를 저었다.

"나 여권 안 갖고 있어. 지금에서야 만드는 것도 왠지 위험할 거 같고. 겐고는 여권 가지고 있어?"

겐고가 고개를 끄덕였다.

"좋겠네. 범죄인 인도 협정이었나? 그걸 맺지 않은 나라에 가면 될 텐데 말이야."

다쓰키는 평소보다도 더 말이 많았다. 불안함을 얼버무리기 위해 수다를 떨었다.

"언제까지 떠들고만 있어 봤자 별 수 없어. 슬슬 가자."

오자키는 두 사람을 재촉했다.

"그러네. 여기에 있어도 사람들 눈에 띌 뿐이야. 차는 내가 처분할게. 그래도 되지?"

"어. 부탁할게."

"마사히코는 어떻게 할 거야?"

"나는 전차를 탈 거야."

"역까지는 꽤 멀어."

"상관없어."

"그럼 나도 적당히 걷다가 버스나 전차 탈래."

다쓰키가 하늘을 쳐다보았다. 두툼한 구름이 서쪽에서 다가오고 있었다. 조만간 비가 내릴 것이다.

"그럼."

오자키는 오른손을 내밀었다.

"그럼."

겐고가 오자키의 손에 자신의 오른손을 포갰다.

"그럼."

다쓰키가 그 위에 자신의 오른손을 올렸다.

"잘 가, 겐고, 다쓰키."

"잘 가."

"잘 가."

오자키는 손을 뺀 뒤, 두 사람을 등졌다.

"있잖아 우리들 말이야, 진짜 사람을 죽인 걸까?"

다쓰키의 목소리가 들렸다. 뒤돌아보지 않았다.

"어째서 이렇게 되어 버린 걸까?"

목멘 소리였다. 다쓰키는 울고 있었다. 오자키는 돌아보았다. 역시 다쓰키는 울고 있었다. 겐고는 무표정이었다. 오자키는 두 사람에게 손을 흔들었다.

26

"지금 거신 전화는 없는 번호이오니……."라는 음성메시지가 흘러나왔다. 역시 겐고도 가지고 있던 스마트폰을 버린 것이다. 지금은 새로운 것을 가지고 있다. 어떻게 자신이 있는 곳을 알아낸 것일까. 오자키는 스마트폰을 손으로 만지작거리면서 고개를 갸웃했다. 겐고가 오자키와 게이조의 관계를 알아낼 방법은 없었다. 오자키 자신도 자신과 게이조가 혈연관계라고 확신했던 것은 여기, 이곳에 오고 조금 지나고서였다.

"설마 구글링을 하면 나온다던가, 그런 건 아니겠지……."

'오자키 마사히코'로 검색을 해 봤다. 에코 뮤지엄센터 홈페이지 안에 있는 스태프 소개라는 페이지에, 오자키의 이름이 나와 있었다.

"그러고 보니 그랬었구나."

오자키는 얼굴을 찡그렸다. 여름 성수기가 막 시작되었을 즈음, 어린 스태프가 홈페이지의 스태프 소개에 실어도 되냐고 물었던 적이 있었다. 그때에는 경황도 없었고 금방 나가야만 했었다. 나중에 거절하려는 생각으로 애매하게 고개를 끄덕이는 걸로 넘겼던 것을 기억했다. 그 뒤로는 일에 치여서 그 일을 완전히 잊어버리고 말았다. 다른 스태프는 사진이나 프로필이 달려 있지만, 오자키는 이름과 나이만 적혀 있을 뿐이었다. 하지만 雅彦(마사히코)라는 한자라면 어떨지 몰라도 雅比古(마사히코)는 흔치 않았다. 이름이 같고 나이도 같다고 한다면, 겐고에게는 쉽게 추측이 갈 것이었다.

"나 참 바보네……."

오자키는 탄식했다.

"자신이 경찰에게서 도망치고 있는 신분이라는 것도 깜빡 잊어버렸구나."

오자키는 집을 나와 옆집 문을 노크했다. 옆집에 살고 있는 것은 다니가와谷川라고 하는 80대 노인으로, 넓은 정원에서 텃밭을 가꾸고 있다. 가끔 밭일을 도와주고는 신선한 채소를 받아가곤 했다.

"밭일이라면 오늘은 이미 끝났어."

다니가와가 문을 열면서 말했다.

"잠깐 여쭈어 보고 싶은 일이 있어서요……. 며칠 전에 저와 비슷한 연배의 남자가 찾아오지 않았습니까? 약간 다부진 체격을 가진 녀석입니다만……."

"유도 선수 같은 녀석 말인가?"

"그렇습니다."

"왔어, 왔어. 오자키 군의 옛 친구라고 말했었어. 예의 바른 남자여서 확실히 자네의 친구인가 했지."

"그래서 그에게 무슨 이야기를 하셨습니까?"

"홋카이도 여행 온 김에 일부러 가와유에 들렀는데 자네를 만날 수 없을지도 모르겠다면서 아쉬워하기에 게이조 씨가 있는 곳에 있을지도 모른다고 가르쳐 주었지."

역시, 정보의 출처는 다니가와였다. 가와유는 작은 마을이다. 마을에 있는 아무나에게 옛 친구라고 말하며 오자키의 집을 물어보면 친절한 사람이라면 간단하게 알려 줄 것이다. 겐고는 그렇게 해서 오자키의 집에 도달했고 다니가와에게 게이조에 대해서 물어본 것이었다.

"내가 뭐 잘못했나?"

"아뇨, 아뇨. 저와 게이조 씨가 산에 들어가 있을 동안에 그 녀석이 게이조 씨의 집을 방문했다기에 어떻게 제가 게이조 씨의 제자로 들어간 거를 알고 있나 해서요. 그것뿐입니다, 알려 주셔서 고맙습니다."

"그래, 잠시만."

발길을 돌리려고 했을 때, 다니가와가 불러 세웠다.

"오이랑 토마토, 가지고 가. 슬슬 제철도 끝이야."

"항상 잘 먹고 있습니다."

양손으로는 다 받지도 못할 만큼의 채소를 들고 오자키는 집으로 돌아왔다. 이 양은 혼자서 다 먹을 수 없었다. 게이조의 집으로 가지고 가려고 채소의 절반을 차에 싣고 출발했다. 게이조 집에 가기 전에, 정처 없이 마을 안을 달렸다. 겐고가 가와유를 떠났다고는 생각되지 않았다. 혼자서 도망 다니는 일에 지쳐서 오자키를 찾아온 것임에 틀림없었다. 어딘가에서 숨을 죽이고 있을 것이다. 30분 정도 차를 달렸지만 그럴듯한 모습과 차도 보이지 않았다. 더 이상 찾는 것은 포기하고 게이조 집으로 향했다.

안채에 사람의 기척은 없었다. 유우는 학원에 가 있을 것이다. 유우의 성적이라면 희망하는 학교에는 문제없이 붙을 거라고 했다. 그래도 불안함에 사로잡히는 것은 이해가 갔다. 젊다는 것은 불안함에 휩싸여 있는 것과 같다. 뭘 하려해도 불확실하고 예측이 가지 않는다.

채소를 현관에 두고, 오자키는 게이조의 아틀리에를 방문했다. 조각칼과 끌을 가는 소리가 들려왔다. 살짝 문을 열고 안으로 들어갔다. 그 순간 열기가 몸에 휘감겨 왔다. 홋카이도의 동쪽은 이미 초가을의 옷을 두르고 있었다. 아침과 저녁에는 두꺼운 옷이 없으면 추위에 떨 정도였고 대낮에도 반팔 셔츠 한 장으로는 살짝 불안했다. 그런데도 아틀리에 안은 한여름처럼 더웠다. 그도 그럴 것이, 난로에 지펴진 땔감이 새빨갛게 불타고 있었다. 게이조는 상반신을 벗은 채로 칼을 갈고 있었다.

"난로 같은 걸 피우고 대체 뭘 하고 계신 겁니까?"

오자키는 이마에 맺힌 땀을 닦았다.

"산에서 가지고 온 나무를 건조시키고 있는 거다. 젖은 채로 깎기 시작하면 못 쓰게 되거든."

"그건 알고 있지만 작업은 밖에서 하면 되지 않습니까?"

"이것도 일종의 카무이노미다. 땀을 흘리며 몸을 정화하지."

"그것도 아이누의 전통입니까?"

게이조가 칼날을 갈던 손을 멈췄다. 오자키에게 고개를 돌리고, 개구쟁이처럼 미소를 띄웠다.

"이건 내가 고안해 낸 카무이노미야."

"늘 하는 겁니까?"

"기합을 넣고 깎을 때에는 반드시 하지."

"저는 좀 사양하겠습니다. 탈수 증상을 일으키지 않도록 조심하세요."

오자키는 도망치듯 아틀리에를 뒤로했다. 세차게 불어오는 바람이 상쾌했다. 안채로 돌아가려는데 발이 멈췄다. 오자키의 차 뒤에 낯선 차가 세워져 있었다. 하얀 경차였다. 운전석에 앉아 있는 것은 겐고였다. 헤어졌을 때보다 살이 빠져 있었고, 입 주위가 덥수룩한 수염으로 뒤덮여 있었다. 겐고가 차에서 내렸다. 입고 있는 티셔츠는 소매가 길었다.

"오랜만이야, 마사히코."

겐고가 말했다.

"이 집을 망보고 있었던 거야?"

"네가 언제 돌아올지 몰라서. 24시간 감시하고 있었던 건 아니지만……."

겐고가 천천히 다가왔다. 오자키는 아틀리에로 시선을 보
냈다. 게이조가 나오는 기척은 없었다. 칼을 가는 일에 몰
두하고 있을 것이다.

"나한테 무슨 볼일이야? 이제 만나지 않기로 약속했을 텐데."

"그보다 너, 바보야? 본명을 인터넷에 올리다니. '나는 여
기에 있습니다.' 하고 외치는 꼴이잖아!"

겐고가 발을 멈췄다. 체취가 감돌았다. 산에 틀어박혀 있
었을 때의 자신과 같았다. 오랫동안 씻지 않은 것이다.

"잡혀도 상관없으니까 그런 것도 신경 안 써."

"덕분에 금방 너를 찾을 수 있었지만."

"나를 찾아서 어쩔 셈인 거야?"

"다쓰키가 잡혔어."

"알고 있어."

"불안하지 않아?"

"말했잖아. 나는 잡혀도 상관없다고."

"너는 안 죽였으니까."

겐고의 얼굴이 일그러졌다.

"나는 너와 동일범이야. 실제로 손을 썼냐 안 썼냐는 관계
없어."

"배심원이나 재판관 입장에선 죽인 건 나야."

오자키는 어깨를 움츠렸다. 확실히 겐고의 말대로였다. 오자키가 자신의 생각을 토로해 봤자 위로가 되지 않았다.

"잠깐이면 되니까 네가 있는 곳에 머무르게 해 주지 않을래?"

겐고가 말했다. 오자키는 고개를 저었다.

"안 돼. 빨리 여기서 떠나 줘."

"이제 가지고 있는 돈도 거의 없다고."

오자키는 바지 뒷주머니에서 지갑을 뺐다. 만 엔짜리 지폐 한 장과 동전이 들어 있었다.

"언젠가 돌려 줘."

겐고에게 돈을 건네려고 했다.

"돈이 필요하다는 말이 아니잖아."

겐고는 돈을 받지 않았다.

"알고 있어. 하지만 내가 할 수 있는 일은 이 정도밖에 없어."

"하룻밤만이라도 좋으니까 재워 줘."

오자키는 고개를 저었다.

"가지 않는다면 경찰을 부르겠어."

"너도 잡힐 거야."

"상관없어."

겐고의 눈이 가늘어졌다. 오자키의 표정을 읽고 있었다.

"진심이야?"

"진심이야."

오자키는 자신이 어떤 사람인지 무엇을 하고 싶은지를 알 수 있었다. 이대로 잡혀 버린다면 더 이상 게이조에게서 배울 수 없게 되겠지만, 그것도 역시 운명이었다. 설령 게이조가 죽더라도 곤란할 일은 없었다. 자신이 걸어야 할 길은 알고 있었다.

"알았어. 돈을 줘. 나는 사라질게."

겐고가 내민 손에 오자키는 돈을 올렸다.

"미안해. 주변 사람들에게 폐를 끼치고 싶지 않아."

"너는 아직 이름도 나오지 않았고 말이지. 나와 다쓰키는 옛날부터 함께 다녔으니까……."

"나 혼자서 도망 다닐 생각은 없어. 언젠가 자수할 거야."

"변했구나, 마사히코."

오자키는 미소 지었다.

"변했다기보다도, 지금까지는 진짜 내 자신을 깨닫지 못했던 거야."

"행복해 보이네. 네가 부러워."

겐고는 고개를 저은 뒤 오자키를 등졌다.

"죗값을 치르고 나면 나는 여기로 돌아올 거야. 그때 겐고와 다쓰키가 온다면 실컷 재워 줄게."

오자키는 겐고의 등에 대고 말했다. 겐고는 아무 말도 하지 않은 채 경차에 올라탄 뒤 떠났다.

* * *

"오자키 씨가 그 살인 사건에 연루되어 있다는 거야?"

사야가 큰 소리를 내고는 스스로 자신의 입을 막았다.

"진짜로?"

손가락 사이로 속삭이는 듯한 목소리가 새어 나왔다.

"진짜로 그런지 어떤지는 모르겠지만……."

유우는 얼굴을 찡그렸다.

"그래도 확실히 수상하네."

유우는 머릿속의 응어리가 풀리지 않아서 사야에게 지금까지의 경위를 이야기한 것이었다.

"그치?"

"그렇지만 말야, 슬쩍 한 번 본 게 다긴 하지만 오자키 씨 밝고 좋은 느낌이었어. 살인 사건에 연관 있는 사람처럼은 안 보였는데……."

"그 점이 걸린단 말야……."

지금까지 알게 된 일만 생각한다면 오자키가 그 사건에 연루되어 있을 가능성은 높게 느껴졌다. 하지만 오자키의 인간성을 생각한다면 그런 일은 있을 수 없다고 생각했다.

"애당초 만약 그 사건의 범인 중 한 명이라면, 이런 곳에서 한가롭게 일한다는 건 있을 수 없지 않아?"

"응."

사야의 말 그대로였다. 오자키를 찾아온 겐고라는 남자는 무척이나 도망자다운 풍모였다. 몸 전체가 어딘가 모르게 꾀죄죄했고, 덥수룩한 수염이 눈에 띄었고, 몹시 지쳐 있었다. 이름을 댄 것도 가명이었다. 그 반면, 오자키는 당당히 일하고 있었다.

"확실히 살해당한 건 동일본전력의 전 사장이었지? 대지진 당시의……. 오자키 씨는 반원전 운동 같은 걸 했던 걸까?"

유우는 고개를 저었다.

"모르겠어. 가와유에 오기 전까지의 일은 그다지 잘 몰라."

"그래도 그런 일을 할 것 같은 사람인지 어떤지는 알 수 있잖아?"

"할 거 같기도 하고, 안 할 거 같기도 하고."

"진지하게 묻고 있잖아."

사야가 입술을 삐죽 내밀었다.

"나도 진지하게 대답하고 있다고, 이래 봬도."

문을 노크하는 소리가 났다. 유우와 사야는 입을 닫았다.

"사야, 차 가지고 왔어."

사야 어머니의 목소리가 들렸다.

"네."

사야 어머니인 교코恭子가 들어왔다. 쟁반에 홍차 세트와

372

롤케이크가 올라와 있었다.

"늘 감사합니다."

유우는 교코에게 머리를 숙였다.

"유우는 늘 '맛있어요, 맛있어요.' 하면서 먹어 주니까 만드는 보람이 있어. 더 먹고 싶으면 주저하지 말고 이야기하렴."

교코는 쟁반을 두고 나갔다. 유우는 주전자에 든 홍차를 컵에 따랐다.

"하지만 말이야."

사야가 롤 케이크를 입에 넣으며 말했다.

"만약 오자키 씨가 진짜로 사건에 연관되어 있다면 유우와 할아버지가 큰일이잖아."

"큰일이라니?"

"범인 은닉이라든가 뭔가, 그런 죄로 처벌받게 되는 거 아냐?"

"그거는 범인이라는 걸 몰랐으면 딱히 괜찮지 않아?"

"그치만 유우는 의심하고 있잖아."

"뭐, 듣고 보니 그렇긴 하지만……."

유우 자신이 생각해도 애매모호하다고 생각했다. 그럴 리가 없었다. 오자키는 그런 사람이 아니다. 하지만 의심을 씻어낼 수 없었다.

"있잖아, 오자키 씨는 유우에게 있어서 어떤 사람이야? 유우뿐만이 아니라 할아버지에게 있어서도 말이야."

유우는 고개를 저었다. 오자키는 유우 자신에게 있어서 어떤 존재인 걸까. 눈을 감으니 처음 만났을 때부터의 짧은 나날들이 떠올랐다. 처음에는 짜증난다고밖에 생각하지 않았다. 요즘 같은 때에 목조 작가가 되고 싶어 하다니 머리가 이상한 게 분명하다고. 하지만 하루하루 오자키를 만나는 사이에 그런 마음은 사라져 버렸다. 비 오는 날에는 싫은 기색 하나 없이 학교까지 바래다주었다. 안개 폭포를 보기 위해 몇 번씩이나 일찍 일어나서 마슈 호수에 데려다 주었다. 오자키 덕분에 이곳을 떠나기 전에 자신의 눈으로 안개 폭포를 볼 수 있었다.

"유우, 내 이야기 듣고 있어?"

사야가 어깨를 두드렸다.

"듣고 있어. 오자키 씨는 오빠 같은 사람이려나?"

사야의 얼굴에 미소가 번졌다. 무척이나 다정한 웃음이었다.

"할아버지에게 있어서는?"

"분명 아들 같은 사람일 거라고 생각해."

"그렇다면 오자키 씨는 유우와 할아버지에게 있어서 가족 같은 존재인 거네?"

"응."

"그러면 우물쭈물 고민하지 말고 본인에게 직접 물어 보지 그래?"

"직접?"

사야가 고개를 끄덕였다.

"그래. 진짜 오빠였다면 물어봤을 거잖아?"

실제로 형제를 가져 본 적이 없어서 몰랐다. 그렇지만 사야가 하는 말은 지당한 것 같은 기분이 들었다.

"유우의 착각이라면 그걸로 된 거고 만약 진짜로 사건에 연관되어 있다면 자수하도록 설득해야지."

"자수라니……."

"죄를 저질렀으면 죗값을 치러야지. 인터넷에서 보니까 그런 사람은 죽어도 마땅하다는 글을 쓰는 사람들도 많이 있었지만, 그 사람도 가족이나 친구가 있을 테고 분명 슬퍼하고 있을 거야."

"그렇겠지."

그렇다. 죄를 저질렀으면 속죄해야 한다.

"가족이라면 그렇게 해야 한다고 생각해."

"응."

유우는 롤 케이크에 입을 댔다. 달아야 할 케이크가 어쩐지 짜게 느껴졌다.

27

유우가 집 밖에서 기다리고 있는 것이 보였다. 오자키는 차의 속도를 낮추고 유우 바로 옆에 멈췄다.

"미안, 조금 늦어 버렸네."

오자키는 조수석에 올라탄 유우에게 사과했다. 조금 정도가 아니었다. 늦잠을 자서 30분이나 지각해 버린 것이었다.

"괜찮아요, 신경 안 써요. 같이 쇼핑 가 달라고 한 건 저니까."

오늘은 일요일이었다. 쇼핑을 하고 싶으니까 구시로까지 같이 가 달라고 유우에게서 연락이 온 것은 그저께의 일이었다.

"공부는 어때? 순조롭게 되어 가?"

오자키는 차를 출발시켰다.

"근데 있잖아요, 갑자기 마음이 바뀌었어요."

"마음이 바뀌었다고?"

"구시로가 아니라 시레토코에 가 보고 싶어요."

오자키는 유우의 옆모습을 바라봤다. 진지한 표정을 하고 있었다.

"나는 상관없지만……."

"잘 생각해 보니까 시레토코에 가 본 적이 없어요. 세계

유산이잖아요, 한번 봐 두고 싶어서요."

고등학교에 입학하면 유우는 이곳으로는 돌아오지 않을 것이다. 고등학교를 졸업하면 도쿄로 나갈 것이다. 그곳에서 일을 찾고, 사랑을 하고, 결혼해서 가정을 꾸릴 것이다. 그리고 두 번 다시 홋카이도에는 돌아오지 않을 것이다. 그렇게 다짐하고 있었다. 하지만 언젠가 유우는 이곳으로 돌아올 것이다. 기묘한 확신이 있었다.

"그럼, 시레토코로 가자."

오자키는 핸들을 꺾었다. 도도를 타고 북상해서 오호츠크 해에 맞닥뜨리면 국도를 따라 동쪽으로 가면 되었다. 순조롭게 간다면 두 시간 정도의 드라이브가 될 것이다.

"공부는 괜찮아요."

출발하고 5분 정도 지났을 무렵, 유우가 입을 열었다.

"모의시험 점수도 좋고 이대로 게으름만 안 피우면 희망하는 학교에 합격하는 건 확실하대요."

"구시로에 있는 고등학교?"

"구시로랑 오비히로에 있는 공립학교에 원서를 낼 생각이에요. 원래는 삿포로에 있는 고등학교에 가고 싶었지만, 하숙비 같은 게 비싸니깐……."

유우가 얼굴을 내렸다. 갈 수만 있다면 도쿄의 고등학교에 가고 싶은 것임에 틀림없었다.

"오자키 씨는 고등학교 수험 공부할 때 어땠어요?"

유우가 화제를 바꾸었다.

"나는 느긋했어. 선생님이 너라면 좋은 고등학교에 갈 수 있으니까 좀 더 열심히 하라고 말씀하셨지만 공부하는 게 싫었거든. 집 근처에 있는 고등학교에 가려고 했어. 원서만 내면 누구라도 들어갈 수 있는 고등학교. 나중에 대학교에 가려고 했을 때, 착실히 공부해서 다른 고등학교에 갔으면 좋았을 걸 하면서 후회했지만 말이지."

"공부를 싫어했어요?"

"국어나 영어는 좋아했어. 하지만 수학이랑 과학이 너무 너무 싫어서 견딜 수가 없었어. 곱셈이랑 나눗셈만 할 줄 알면 그걸로 충분하잖아 하면서."

"그거, 저랑 똑같네요."

유우가 웃었다.

"'수학자라든가 물리학자가 될 것도 아닌데 왜 그런 어려운 거를 공부해야만 하지?' 하면서."

"그렇구나. 히라노 양도 문과구나."

국도에서 도도로 들어갔다. 조금만 더 나아가면 센모본선 釧網本線의 선로가 보일 것이다. 해안가에 있는 샤리斜里 마을까지 도도는 선로와 평행하게 이어져 있었다.

"시레토코에 도착할 때까지 조금 자도 돼요?"

"어제도 늦게까지 공부했어? 그래, 도착하면 깨워 줄게."

"그럼 좀 잘게요."

유우가 눈을 감았다. 표정이 아이 같아졌다. 어른이 되면 유우는 멋진 여성이 될 것이다. 오자키는 액셀에서 발을 떼고 차의 속도를 낮췄다. 유우의 잠을 방해하고 싶지 않았다.

* * *

차가 멈췄다. 오자키가 차에서 내리는 기척이 났다. 유우는 어렴풋이 눈을 떴다. 편의점 간판이 눈에 들어왔다. 편의점으로 들어가는 오자키의 등이 보였다. 유우는 기지개를 켰다. 자는 척을 해서 몸이 뻐근했다. 사건에 대해 오자키에게 물어봐야만 한다. 하지만 어떻게 말을 꺼내야 좋을지 몰라서 한 시간 넘게 자는 척을 하고 있었던 것이다. 허리가 뻐근했다. 차에서 내려 등을 폈다. 그랬더니 스위치가 켜진 것처럼 오줌이 마려웠다. 유우는 편의점으로 들어갔다. 오자키는 장바구니에 생수가 든 페트병을 넣고 있었다.

"일어났어?"

"네, 화장실 가고 싶어서요."

유우는 오자키를 향해 웃어 보이고는 화장실로 들어갔다. 볼일을 보고 나오니 오자키는 도시락이 진열되어 있는 구역에 있었다.

"점심을 어떻게 할까 싶어서. 잠깐 스마트폰으로 찾아봤는데, 나무로 된 산책길이 있는데 시레토코 호수를 볼 수 있어. 그러면 주먹밥이나 도시락을 가지고 가서 대자연 속에서 먹는 게 좋지 않을까?"

"도시락, 만들어 왔어요."

유우는 말했다. 오자키의 눈이 동그래졌다.

"아침부터 구시로가 아니라 시레토코에 가고 싶다고 생각했어요. 그래서 도시락도 만들어 버렸어요."

"내 것도 있어?"

"물론이죠."

"잘 됐네. 쓸데없이 돈 쓸 뻔했네."

오자키는 바구니 안에 넣었던 주먹밥을 선반에 돌려놨다. 바구니에는 마실 것 외에 봉지 과자나 초콜릿이 들어 있었다.

"계산 끝내고 갈 테니까 먼저 차에 돌아가 있어."

"네."

유우는 편의점에서 나와 주변을 둘러봤다. 아무래도 샤리 마을에 있는 듯했다. 공기에 호수의 향기가 섞여 있었다. 시레토코는 이 근방이었다.

'확실히 말해야 해. 확실하게 물어봐야 해.'

주문처럼 외면서 유우는 차에 올라탔다. 오자키가 편의점에서 나왔다. 비닐봉지를 뒷좌석에 두고 운전석에 앉았다.

"자, 갈까? 앞으로 30분 정도 가면 돼."

오자키는 시동을 걸고 차를 출발시켰다. 잠시 뒤, 전방에 바다가 보였다. 오호츠크해였다.

"바다 보는 거, 오랜만이에요."

유우는 중얼거리듯이 말했다.

"나도야. 뭐, 굿샤로 호수도 바다 같은 거긴 하지만."

"호수랑 바다는 파도가 다른 걸요."

"그건 그렇지만……."

전방의 신호가 파랑색에서 노랑색으로 바뀌었다. 오자키가 브레이크를 밟았다. 유우는 창밖을 보는 척을 하면서 입술을 깨물었다. 사야와 나눈 대화가 머릿속에 되살아났다.

'물어봐야만 해. 확실히 해 둬야 해.'

"있잖아요……."

유우는 오자키 쪽으로 얼굴을 향했다.

"왜?"

"얼마 전에 오자키 씨를 찾아온 사람, 나카타 겐고라는 사람이죠?"

차가 휘청했다. 오자키의 옆모습이 굳었다.

"동일본전력의 전 사장 살인 사건으로 지명 수배된 사람이죠?"

오자키의 반응은 없었다.

"어째서 그런 사람이 굳이 오자키 씨를 찾아와요?"

오자키는 비상등을 깜빡이며 차를 갓길에 세웠다. 크게 한숨을 내뱉고 천정으로 고개를 향하고 눈을 감았다.

"언제 그가 지명 수배된 남자라는 걸 눈치챘어?"

오자키가 말했다.

"계속 이상하다고 생각했었어요. 구시로에 함께 갔을 때 라디오에서 뉴스가 흘러나오니까 오자키 씨의 태도가 이상해져서."

"그래서 내가 살인범일지도 모른다고 의심하고 고민했구나."

유우는 고개를 저었다.

"오자키 씨가 살인을 저지를 사람이 아니라는 건 알고 있어요."

오자키가 눈을 떴다. 미소 짓고 있었다.

"자수하려고 생각했었어. 하지만 그 전에 어떻게든 해 두고 싶은 일이 있어서."

"그게 뭔데요?"

"나의 뿌리를 알아내는 것."

오자키는 방향등을 점멸시켰다. 등 뒤를 확인하고 나서 차를 출발시켰다.

"내 어머니는 대지진 이후 임시 주택에서 돌아가셨는데,

게이조 씨가 만든 불곰 조각상을 소중히 간직하셨었어."

"할아버지가 만든 조각상을요?"

"그래. 왜일까 하고 줄곧 생각했었어. 어머니가 홋카이도 여행을 갔었다는 이야기는 들은 적도 없었고. 그리고 기분이 좋으실 때에는 시 같은 걸 자주 읊으셨어. 〈은의 물방울 내리고 내리는 주변에, 금의 물방울 내리고 내리는 주변에〉라고 하시면서."

"그거 혹시 신요예요?"

"그래. 여기 와서 알게 됐는데 아이누의 신요야. 아무튼 어째서 게이조 씨가 만든 조각상이었을까 싶었거든. 다른 목조 작가들도 있는데 말이지."

유우는 가슴에 손을 얹었다. 왠지 심장이 빨리 뛰었다.

"이곳에 와서 이것저것 알아본 뒤에 알게 되었어. 내 할머니는 게이조 씨의 여동생이었어."

"거짓말……."

'오자키 씨는 유우와 할아버지에게 있어서 가족 같은 존재인 거네?' 사야의 목소리가 되살아났다.

"내 몸에 아이누의 피가 흐르고 있는 줄은 전혀 몰랐어. 그리고 내 할머니는 히라노 양과 히라노 양의 엄마와도 같아."

"그게 무슨 뜻이에요?"

"할머니는 아이누인인 것이 싫어서 그걸 감추고 살아왔

어. 하지만 분명 어머니에게는 진실을 이야기했을 거라고 생각해. 그래서 어머니는 게이조 씨가 만든 조각상을 지니고 있었던 거야."

입 안이 바싹바싹 말랐다. 몸도 화끈 달아올랐다. 발밑의 감각이 애매해져서 의지할 데가 없었다. 꿈을 꾸고 있는 듯했다.

"나의 뿌리를 알게 되었으니 하루 빨리 자수하면 좋았겠지만 욕심이 생겨 버렸어. 아이누에 대해서 좀 더 알고 싶다. 게이조 씨에게 좀 더 배우고 싶다. 나무 깎는 것도 더 배우고 싶고 산속에서 아이누의 지혜도 익히고 싶은 생각이 들었어. 게이조 씨도 말했지만, 아이누의 관습과 문화는 점점 사라져 가기만 하니까. 적어도 내가 게이조 씨의 지식을 이어받아서 그걸 다음 세대에 전할 수만 있다면……. 뭐, 혼자만의 바람이지만."

이곳에서 나가고 싶다, 아이누에 대해서 모르는 사람들의 세상에서 살고 싶다, 줄곧 그렇게 바라 왔다. 그런데 오자키는 스스로 뛰어들어온 것이었다. 눈물이 흘렀다. 코 안쪽이 뜨거웠다.

"기뻤던 거죠?"

유우는 입을 열었다.

"오자키 씨는 자신이 아이누인이라는 걸 알고 기쁜 거죠?

바보 같아요."

"그래. 난 바보야. 그런데 그런 사건에 연루되어 버렸어. 이제야 깨달았어."

"그게 아니라……. 아이누인은 늘 무시당하고, 괴롭힘 당하고, 차별 당하기만 하고 좋은 건 아무것도 없다고요."

"나는 너처럼 힘든 경험을 하지 않았으니까 우쭐해져 있는 것뿐일지도 몰라. 하지만 나는 아이누인으로서 살아가겠다고 결심했어. 내 결단은 나만의 것이야. 히라노 양의 결단은 히라노 양의 것이고. 누구도 거기에는 간섭할 수 없어."

"할아버지도 알고 계셔요?"

"요전에 산에서 이야기했어."

"어째서 나한테 말 안 한 거지?"

"내가 이야기할 테니까 게이조 씨는 잠자코 있어 달라고 부탁했어."

게이조가 죽으면 자신은 천애고아가 될 거라고 생각했었다. 그것이 싫은 것은 아니었다. 게이조가 죽고 도쿄에서 살게 되면 유우가 아이누인이라는 것을 아는 사람은 없게 된다. 자유로워질 수 있다. 하지만 오자키가 나타났다. 육촌 형제가 되는 건가? 어쨌든 친척이다. 유우와 아이누를 연결시킬 사람이 나타난 것이었다. 화가 나야 할 터였다. 오자키가 싫어져야 할 터였다. 그런데 그런 감정은 생기지 않았다. 반대로 오자키와 연결점이 생겼다는 것을 기뻐하는 자신이 마음속에 있었다.

"조만간 자수할 거야. 원래는 게이조 씨의 혼신의 작품이 완성될 때까지만 지켜보고 싶었지만 그건 너무 제멋대로니까. 아마 15년 정도 교도소에 들어가게 될 거 같아. 죗값을 다 치르면 여기로 돌아올 거야. 게이조 씨가 그때도 살아 계실까? 만약 돌아가셨다고 해도, 나는 여기로 돌아올 거야. 만약 히라노 양이 친정으로 돌아오고 싶어지면, 내가 여기 있을게."

"안 돌아올 거예요. 나는 여기서 나갈 거예요. 그리고 두 번 다시 안 돌아올 거예요."

"그러니까 '만약'이라고 했잖아."

전방 교차로에서 신호가 바뀌었다. 감속하면서 차를 세웠다. 오자키가 핸들에서 손을 떼고 바지에 손바닥을 문질렀다.

"다시 한번 소개할게. 처음 뵙겠습니다. 친척 오자키 마사히코입니다. 히라노 양의 육촌 오빠입니다."

유우는 오자키가 내민 오른손을 바라봤다.

"자, 반갑다는 악수."

오자키가 재촉해서 그 손을 잡았다.

"처음 뵙겠습니다. 유우입니다."

오자키의 손은 따뜻했다.

386

* * *

유우는 말수가 적어졌다. 시레토코의 웅대한 경치를 눈앞에 두고도 안개 폭포를 봤을 때처럼 눈을 반짝이는 일도 없었다. 혼자 생각에 잠겨 있었다. 오자키는 굳이 말을 걸지 않았다. 유우는 아직 열다섯 살이었다. 새롭게 안 사실을 받아들이는 데에 시간이 걸리는 것이 당연했다. 시레토코의 자연에는 압도되었다. 굿샤로 호수 주변도 웅대했지만 시레토코의 그것은 사람을 거부하는 냉엄함이 있었다.

"배고프다."

주차장으로 돌아오자 유우가 입을 열었다.

"그러네. 슬슬 점심 먹을까."

눈에 들어온 벤치로 발길을 옮겨 오자키는 메고 있던 가방을 내려놨다. 가방 안에 유우가 만든 도시락과 마실 것이 들어 있었다. 둘이서 벤치에 앉아 도시락을 열었다. 깨소금을 묻힌 밥에 닭튀김, 계란말이, 우엉조림과 장아찌가 들어 있었다.

"잔기 도시락이다!"

오자키는 소리를 질렀다. 홋카이도에서는 닭튀김을 잔기라고 불렀다.

"닭이 아니라 에조사슴 고기이지만요."

"에조사슴 튀김? 처음 먹어봐. 잘 먹을게."

오자키는 잔기를 입에 넣었다. 고기에 양념이 잘 배어들어서 맛있었다.

"맛있어."

"정말로요?"

"응, 엄청 맛있어. 히라노 양이 직접 만든 요리 중에서 제일 맛있어."

"그러면 평소에 내 요리가 맛없는 것 같잖아요."

유우가 입술을 삐죽 내밀었다. 평소의 유우로 돌아오고 있었다.

"평소에 하는 요리는 대충 하는 감이 없지 않아 있잖아? 근데 이건 혼신의 혼신을 기울인 느낌이 가득한 걸?"

"확실히 실력 발휘를 해서 만들긴 했지만……."

유우가 웃었다.

'이 아이는 웃는 얼굴이 무엇보다 어울린다.' 오자키는 생각했다. 대화는 끊겼지만 위화감은 없었다. 유우가 만든 도시락을 음미하면서 먹었다. 그것만으로도 마음이 충만해져 갔다. 형제를 갖고 싶다. 어렸을 때, 그런 생각을 자주 했었다. 남동생이든 여동생이든 좋으니 동생이 생겼으면 싶었다. 함께 놀고, 함께 성장하며 가족으로서의 유대감을 키워가는. 그런 상대가 있었다면 인생은 또 다른 의미를 가졌을 것이다.

"히라노 양은 형제를 가지고 싶다고 생각한 적 없어?"

도시락을 다 먹자, 오자키는 유우에게 물었다.

"옛날에는 그런 생각 안 했었는데 요즘에는 해요."

"오빠? 남동생?"

유우는 고개를 저었다.

"다정한 언니가 있었으면 좋겠어요. 식사 준비도 세탁도 청소도, 언니가 다 해 주는 거예요."

"뭐야, 그게."

오자키는 웃었다.

"외동이라는 이유로 불만 같은 건 없었어요. 하지만 부모님이 사고로 돌아가셨을 때, 누군가가 있어 줬으면 좋겠다는 생각을 했어요. 언니든 오빠든 남동생이든 여동생이든 다 좋으니까. 이 슬픔과 괴로움을 함께 나눌 사람이 있어 줬으면 하고 말이죠."

"그 마음, 알 것 같아. 나도 어머니가 돌아가셨을 때 같은 기분이 들었어. 세상에 혼자 남겨진다는 게 좋은 게 아니구나 하는 생각이 들면서 말이야. 우리는 육촌 남매지간이긴 하지만 내가 유우의 오빠가 되어 줄게."

오자키는 유우의 이름을 다정하게 불렀다. 기분 좋은 울림이었다.

"그럼, 저는 오자키 씨의 여동생이 되는 거예요?"

"오빠한테 대고 오자키 씨라고 하는 건 좀 이상한데."

"하지만……."

"마사히코 씨라든가."

"지금까지 계속 오자키 씨라고 불러 와서 부끄러워요."

"나는 전혀 아무렇지도 않아, 유우."

유우는 고개를 숙이고, 다 먹은 도시락을 정리하기 시작했다.

"잘 먹었습니다."

오자키는 유우에게 고개를 숙였다.

"정말 맛있었어. 고마워."

"자수하기 전에 제대로 된 밥을 만들어 줄 테니까 먹으러 와요. 교도소에 들어가면 먹을 수 없게 되어 버리잖아요, 내가 만든 요리."

"교도소에 들어가지 않아도 내년이 되면 유우가 만든 요리는 못 먹게 돼."

"그렇네요."

유우는 갑자기 불편한 표정을 지었다.

"화장실 갔다 올게요."

유우는 그렇게 말하며 일어났다. 오자키는 유우가 정리한 도시락 상자를 가방에 넣었다.

"차 안에서 기다려도 돼요."

유우가 뒤돌아봤다.

"오빠!"

유우는 얼굴을 붉히며 화장실을 향해 달려갔다.

28

게이조는 무시무시한 기세로 나무를 깎고 있었다. 숨을 쉬는 것도 아깝다는 듯이 끌을 휘두르고 있었다. 통나무에는 이미 유우의 윤곽이 깃들기 시작했다.

"죄송합니다. 당분간 이곳에 못 오게 될 거 같습니다."

오자키는 게이조의 등에 대고 말했다.

"당분간이라면 어느 정도냐?"

게이조가 나무를 깎으면서 말했다.

"15년 정도요."

게이조의 움직임이 멈췄다.

"15년?"

게이조가 뒤돌아봤다. 땀범벅이 된 얼굴로 눈을 계속 깜빡거렸다.

"교도소에 가게 될 거 같아서요."

"뭔 짓을 한 거냐."

"동일본전력의 전 사장이 죽은 사건 알고 계십니까?"

"그러고 보니 그런 사건이 있었지."

"제가 했습니다. 저와 동료들이."

게이조가 끌과 나무망치를 작업대 위에 얹었다.

"네가 죽인 거냐?"

"죽인 건 제가 아니지만, 공범입니다."

"무엇 때문에 그런 한심한 짓을……."

"누군가에게 책임을 지게 하고 싶었습니다. 어머니는, 게이조 씨의 조카는 임시 주택에서 죽었습니다. 그 지진과 원전 사고가 없었다면 죽지 않았을지도 모릅니다. 어머니뿐만이 아닙니다. 그런 사람들이 많이 있습니다. 하지만 누구 하나 행동하지 않았고 어느 누구도 책임을 지려고 하지 않았어요."

게이조는 근처에 있던 둥근 의자를 끌어당겨 의자에 앉았다.

"웬·아페의 열에 당한 거로군."

"웬·아페요?"

"나쁜 불이라는 의미의 말이야. 모닥불로 피우는 불도, 원전의 불도 아페후치카무이의 은총이다."

오자키는 고개를 끄덕였다. 아페후치카무이라는 것은 불의 신을 말하는 것이었다. 아이누인에게 있어서 가장 소중한 신이 아페후치카무이라고 산에 들어가 있는 동안 게이조에게 들었다.

"신이 주신 은총을 어떻게 쓸지는 인간들 하기 나름이야. 원전은 웬·아페는, 사람을 미치게 하는 나쁜 불이야. 너도 그 불의 열기에 당한 거다."

"······. 그럴지도 모르겠군요."

"나쁜 행동에 응보를 내리는 것은 신의 역할이야. 인간이 해서 될 일이 아냐."

"지금이라면 알 것 같습니다."

"인간이 할 수 있는 것은 용서하고 받아들이는 것뿐이다. 너 때문에 죽은 사람을 위해 기도해라."

"네."

게이조가 눈을 감았다. 땅을 기는 듯한 낮은 목소리가 나왔다. 아이누의 기도의 말이 아틀리에에 가득 찼다. 오자키도 눈을 감았다. 게이조의 말에 귀를 기울이며 빌고 또 참회했다.

그렇다. 구마가이 한 사람이 나쁜 것이 아니다. 그 남자는 어쩌다 보니 그 당시 사장이었을 뿐이었다. 후쿠시마의 원전은 구마가이가 세운 것이 아니었다. 지진과 쓰나미를 구마가이가 불러들인 것도 아니었다. 다들 원전에서 만든 전기를 사용하지 않았는가. 아무 생각도 하지 않고, 무서운 미래를 생각하지도 않고, 무작정 써대고, 써대고, 또 마구 써댔다. 그럼에도 불구하고 무시무시한 사고가 일어나자 일단 전력회사와 정부를 몰아세웠던 것이다. 자신들의 행동은 뒤돌아보지도 않고. 오자키와 다쓰키와 겐고처럼, 누군가에게 책임을 전가하려고 기를 썼다. 누구의 탓도 아니다. 원전 사고로 인한 이 사상 초유의 재해는 일본인 전체의 책임이다. 인류의 책임인 것이다. 오자키의 책임이기도 하고, 어머니의 책임이기도 하다.

일본인의 세상밖에 모를 때에는 그것을 알지 못했다. 아이누의 가르침을 접하면서 자신의 책임에 대해 정면으로 마주할 수 있게 되었다.

'위대한 신이시여, 신들이시여, 무지했던 저를 용서하시옵소서. 어리석은 저를 구제하여 주시고, 겐고를 용서하여 주시옵소서. 다쓰키를 용서하여 주시옵소서. 구마가이 씨의 영혼에 구마가이 씨의 유족들에게 평안을 내려 주시옵소서.'

오자키는 진심으로 바라며 기도했다.

게이조의 목소리가 들리지 않게 되었다. 눈을 떴다. 게이조의 온화한 눈빛이 오자키를 향해 있었다.

"정말 15년이나 교도소에 들어가는 거냐?"

"아마 그 정도가 아닐까 싶습니다."

"그럼, 네가 출소할 즈음에는 나는 죽었겠구만."

"오래 사세요. 배워야 할 것들이 아직도 잔뜩 있으니까요."

게이조가 뒤돌아서 유우의 모습을 깎고 있는 나무의 표면을 어루만졌다.

"이걸 완성시킨다면 미련은 없어."

"그런 말씀 마시구요."

"이곳의 토지를 너에게 남기겠다. 유우에게 줬다간 팔아치울지도 모르니깐 말이다."

"유우는 그런 짓 안 해요."

게이조가 눈을 뒤집었다.

"지금 유우라고 한 거야?"

"네."

"그렇군. 이야기한 거냐."

"받아들여 줬어요. 유우를 위해서도 자수하겠습니다."

"유우가 돌아올 수 있는 장소를 남겨 두고 싶다."

"알고 있습니다."

"정말이지, 바보 같은 짓을 저질러 가지고는."

"죄송합니다."

"너에게는 많은 것을 가르쳐 줄 참이었다."

"죄송합니다."

"다른 할 말은 없는 거냐."

"죄송합니다."

게이조가 쓴웃음을 지었다.

"한심한 놈이야, 너란 녀석은."

"칭찬으로 받아들이겠습니다. 가능하면 유우의 조각상이 완성되는 것을 끝까지 지켜보고 싶었지만요."

"이건 누구에게도 팔지 않을 거다. 쭉 이 집에 놔 둘 거다. 교도소에서 나오면 네 거다."

"감사합니다."

오자키는 정중히 고개를 숙였다. 게이조를 찾아와서 다행이었다. 게이조의 제자가 되어 다행이었다. 자신은 게이조와 피가 이어져 있었고, 이보다 기쁜 일은 없었다. 고개를 들었다. 게이조는 나무망치와 끌을 쥐고 나무를 마주하고 있었다.

* * *

망설이고 망설인 끝에 메뉴는 햄버그스테이크로 결정했다. 사야의 집에서 얻어먹은 햄버그스테이크의 맛이 잊히지 않았던 것이다. 오랫동안 만날 수 없게 될 소중한 사람에게 어떻게든 먹여 주고 싶다고 말하면서 사야의 어머니에게 레시피를 배웠다.

잘게 썬 양파를 잘 볶은 뒤 열을 식혀 둔다. 다진 고기에 소금과 후추를 치고 육두구를 첨가한 뒤 양파와 함께 잘 섞는다. 적당히 섞이면 얇게 썬 우지와 미리 만들어 둔 우무를 손으로 으깬 것과 달걀, 우유에 불린 빵가루를 넣고 다시 섞는다. 우무를 넣는 것이 포인트였다. 모든 재료를 버무리고 나면 냉장고에서 하룻밤 재운다. 반죽이 잘 배어서 모양을 내기 쉬워진다고 사야의 어머니가 말했었다. 곁들여 먹을 채소의 밑준비를 끝내자, 유우는 얇게 썬 감자를 전자레인지에 돌렸다. 오자키에게 저녁식사는 오후 일곱 시부터라고 전해 두었다. 게이조에게도 여섯 시에는 일을 끝내고 씻으라고 일러두었다.

사야의 어머니가 적어 준 레시피를 한 번 더 훑어보았다. 반죽을 빚은 뒤, 달군 프라이팬에 굽는다. 불 조절은 강한 중불에서 양면을 1분하고 조금 더 굽는다. 여기서 일단 햄버그스테이크를 꺼내는 것이 비결이었다. 얇게 썬 감자와 피망, 토마토 등의 채소를 프라이팬에 넓게 깔고 채소가 잠길락 말락 할 때까지 콘소메 소스를 붓는다. 채소 위에 햄버그스테이크를 올리고, 뚜껑을 덮고 불에 올려놓는다. 채소와 함께 햄버그스테이크를 찌는 것이다. 그렇게 하면 햄버그스테이크가 촉촉하게 완성된다. 불에 올려놓는 것은 5분하고 조금. 햄버그스테이크와 채소가 다 익으면 꺼내고, 남은 조림 국물에 레드 와인, 케첩, 우스터 소스를 넣어서 바짝 졸이면 소스도 완성된다. 사야의 집에서 이 햄버그스 테이크를 먹었을 때의 기억을 떠올렸다. 폭신폭신하면서도 육즙이 가득하고, 마치 제대로 된 레스토랑에서 먹고 있는 듯한 맛이었다.

전자레인지가 소리를 냈다. 감자가 다 익은 것이다. 감자를 올려 둔 접시를 꺼낸 뒤 랩을 벗겼다. 전기밥솥은 타이머를 일곱 시로 세팅해 두었고, 맥주는 냉장고에서 식혀 두었다. 할아버지 드리라며 사야의 어머니가 준 레드 와인도 식탁에 있었다. 코르크 마개뽑이가 안 보여서 당황했지만 오자키에게 가지고 와 달라고 부탁해 두었다.

요리를 시작하기에는 아직 시간이 일렀다. 오자키에게는 최고로 맛있는 상태에서 먹게 해 주고 싶었다. 둘이서 시레토코에 다녀온 이후부터 오늘까지 3일 동안 줄곧 오자키에 대해서만 생각했었다. 시레토코에서 돌아오는 차 안에서 오자키는 어째서 그런 사건을 일으켰는지를 친절하게 이야기해 주었다. 개인적인 분노와 의분에 의해 마음이 움직였었다고 오자키는 말했다. 하지만 그건 잘못된 것이었다고도 말했다. 사람은 사람을 심판할 수 없다. 원전 사고는 동일본전력 탓이 아니라, 일본인 전원에게 책임이 있는 것이다. 게이조와 많은 시간을 함께 하며 그것을 깨달았다. 옛날 아이누인이었다면 금방 그것을 깨닫고 의분에 사로잡히기 전에 자신의 잘못을 용서해 달라고 신들에게 빌었을 것이다. 분노하는 대신 희생자의 영혼에 대해 생각했을 것이다. 그 것을 깨닫고 나는 구제받았다. 오자키는 마지막에 한숨을 내뱉듯 그렇게 말했다. 유우가 몹시 싫어하는 아이누의 피로 인해 오자키는 구제받은 것이었다.

"나하고 오빠는 다르니까."

유우는 중얼거렸다.

"그야, 오빠는 괴롭힘 당한 적도 무시당한 적도 없잖아?"

멀리서 경찰차의 사이렌 소리가 들렸다. 한 대가 아니었다. 여러 대의 경찰차가 사이렌을 울리고 있었다.

"무슨 일이지? 화재나 교통사고인가?"

유우는 샌들을 걸쳐 신고 밖으로 나갔다. 사이렌 소리가 들려온 것은 마을 북쪽에서였다. 하늘을 올려다봤지만 연기는 올라오지 않았다. 집 안으로 돌아가려는데 집 뒤쪽의 숲 속에서 뭔가가 돌아다니는 소리가 들렸다. 가끔 북방여우가 돌아다닐 때가 있었지만 마른 가지를 밟는 소리는 좀 더 큰 생물이 내는 소리였다.

"불곰? 에이 설마……."

이 주변에서 불곰이 모습을 드러낸 적은 없었다. 라이플의 냄새를 눈치채고 절대로 가까이 다가오지 않는다고 게이조도 말했었다.

"뭐지? 에조사슴인가?"

유우는 뒤쪽으로 돌아갔다. 자연이나 동물에 관해서는 게이조의 말을 백 퍼센트 신뢰했다. 게이조가 오지 않는다고 하면, 불곰은 이곳에 오지 않는다.

뒤뜰은 잡초가 무성했다. 옛날에는 게이조가 채소를 재배했었다고 했지만, 지금은 초봄에 한 번 잡초를 베는 것 말고는 방치되어 있었다. 뒤뜰 앞은 숲으로 이루어져 있었다. 마른 가지를 밟는 발소리가 이쪽을 향해 왔다. 유우는 스마트폰을 손에 쥐고 카메라 모드로 전환했다. 에조사슴을 아주 가까이서 본 적은 없었다.

"사진보다 동영상이 좋겠지, 역시?"

중얼거리면서 스마트폰을 눈앞에 치켜들었다. 동영상으로 촬영을 시작했다. 그 다음 순간, 숲에서 뭔가가 뛰쳐나왔다. 에조사슴은 아니었다. 인간이었다. 오자키를 만나러 온 남자, 나카타 겐고였다.

"소리 내지 마."

유우의 존재를 눈치 챈 나카타 겐고가 숨죽인 듯한 목소리를 냈다. 오른팔을 유우에게 겨누었다. 그 손에는 권총이 쥐여져 있었다. 다리가 움츠려들었고 스마트폰이 손에서 굴러 떨어졌다. 나카타 겐고가 뒤뜰의 잡초를 헤치며 이쪽으로 달려왔다. '도망가야 해.' 머리로는 생각하면서도 몸이 말을 듣지 않았다.

"시키는 대로만 하면 해치진 않을 거야."

뒤뜰을 가로질러온 겐고가 말했다. 어깨로 숨을 쉬고 있었지만, 유우를 겨눈 권총은 그대로였다. 경찰차의 사이렌은 나카타 겐고를 쫓고 있었던 것이다. 나카타 겐고는 자신의 존재가 발각되어서 오자키에게 도움을 요청하러 온 것임에 틀림없었다.

"마사히코는?"

나카타 겐고가 말했다. 유우는 고개를 저었다.

"목소리를 내서 대답해. 마사히코는 어디에 있지?"

"오, 오늘은 일 때문에 데시카가에 간다고……."

목소리가 떨렸다.

"젠장, 하필 이런 때에 그 녀석은. 차는 있어?"

"소형 트럭이라면요."

"열쇠는?"

"혀, 현관에……."

"따라와."

겐고는 유우의 오른팔을 꽉 잡고 후두부에 권총을 들이밀었다. 공포에 휩싸여 목이 막힐 것만 같았다.

"어, 어디로 가는 거예요?"

"잔말 말고 따라와. 도망치려고 했다간 쏠 테니까."

나카타 겐고의 눈은 치켜 올라갔고 충혈되어 있었다. 진심으로 쏠 생각이라는 것이 전해졌다. 비틀거리면서 나카타 겐고에게 떠밀려 현관 쪽으로 이동했다. 안채 너머에 아틀리에가 보였다. 안에는 게이조가 있었다. 소리를 질러서 도움을 구하고 싶었다. 하지만 권총은 후두부에 겨눠진 채였다.

"절대로 소리 내지 마."

나카타 겐고가 말했다.

"트럭 열쇠는?"

"혀, 현관 신발장 위……."

나카타 겐고가 왼손으로 현관을 열었다. 신발장 위에 아무렇게나 놓인 열쇠를 집었다.

"타."

트럭 쪽으로 몸을 밀었다.

"싫어요."

유우는 고개를 저었다.

"타라고."

나카타 겐고는 다짜고짜 힘으로 한 번 더 밀었다. 유우는 따를 수밖에 없었다. 유우가 조수석에 올라타자, 나카타 겐고가 운전석으로 돌아 들어갔다. 그 동안에도 권총은 유우를 향해 있었다. 운전석에 앉은 나카타 겐고가 시동을 걸었다. 유우는 아틀리에를 보았다. 게이조가 나오는 기척은 없었다.

나무를 깎는 데에 몰두하고 있는 것이다. 트럭이 움직였다.

"할아버지!"

유우가 소리쳤다.

"입 닥쳐. 진짜 쏜다."

나카타 겐고가 총을 들이밀었다. 유우는 입을 닫고 얼굴을 숙이고, 눈물을 흘렸다.

29

여섯 시 반이 조금 지나 있었다. 일곱 시부터 시작하는 만찬에는 충분한 여유가 있었다.

유우를 도와줄 생각으로 빨리 일을 끝냈다.

에코 뮤지엄센터 사람들에게는 아무 이야기도 하지 않았다. 당연히 오자키가 없어지면 다소 혼란이 일어날 것이다. 그걸 최소한으로 막기 위해 후임이 일을 파악하기 쉽도록 서류를 정리했다.

게이조의 집 앞에 차를 세웠다. 그런데 게이조의 소형 트럭이 없었다.

"재료가 부족해서 사러 나갔나?"

혼잣말을 하면서 차에서 내렸다.

"안녕하세요, 실례하겠습니다."

대답을 기다리지 않고 집으로 들어갔다. 게이조가 거실 한가운데에서 꼼짝 않고 서 있었다.

"왜 그러십니까?"

"유우가 없어."

게이조가 말했다. 확실히 거실에도 부엌에도 유우의 모습은 없었다.

"오늘은 반드시 여섯 시까지 일을 끝내고 씻으라고 닦달을 했었다고. 그래서 여섯 시 전에 작업을 끝냈는데…….
유우가 없어. 트럭도 없어졌고."

오자키는 부엌을 들여다봤다. 밑작업을 해 둔 식재료가 있을 뿐이었다. 가슴이 두근거렸다. 저녁 즈음부터 마을 여기저기서 경찰차의 사이렌이 울려 퍼졌었다. 겐고가 또 이 마을에 돌아온 걸지도 모른다.

"트럭도 없어졌다니 좀 이상하네요."

유우는 운전을 할 수 없었다.

"뭔가, 달라진 것은 없었습니까?"

게이조가 고개를 저었다.

"작업에 몰두해 있어서……. 유우는 요리에 매달려 있을 거라고만 생각했지……."

"잠깐만 기다리세요."

오자키는 밖으로 나갔다. 뭔가 발견되지 않을까 하고 집 주변을 돌아보았다. 뒤뜰의 잡초가 눈에 들어왔다. 누군가가 걷다가 밟은 건지, 잡초 일부분이 쓰러져서 길이 만들어져 있었다. 땅에 떨어져 있는 스마트폰이 눈에 띄었다. 유우의 스마트폰이었다. 갑자기 숨쉬기가 괴로웠다. 스마트폰을 집어든 손이 떨렸다. 스마트폰을 떨어뜨리기 직전까지 유우는 동영상을 찍고 있었던 것 같았다. 오자키는 동영상 파일을 재생시켰다. 잡초가 무성한 뒤뜰에서 누군가가 집을 향해 달려왔다. 금방 알 수 있었다. 겐고였다.

"소리 내지 마."

영상 속 겐고가 말했다. 겐고의 오른손에는 권총이 쥐어져 있었다. 그 다음 순간, 영상이 흐트러졌다. 유우가 스마트폰을 떨어뜨린 것이다.

"겐고! 이 멍청한 자식!"

오자키는 뛰어서 집 안으로 돌아왔다.

"게이조 씨, 이것 좀 보세요."

게이조에게 영상을 보여 줬다.

"누구야, 이 녀석은?"

"제 동료입니다."

게이조의 오른쪽 눈썹이 치켜 올라갔다.

"도망 다니는 거에 지쳐서 저에게 의지하러 왔습니다. 하지만 돌려보냈습니다. 이곳을 떠났다고 생각했었는데…….
저녁 즈음부터 여기저기서 경찰차 사이렌 소리가 들려왔습
니다. 경찰에게 발각되어서 도움을 구하러 온 걸지도 모릅
니다."

"이 녀석이 유우를 끌고 간 거군."

"그런 것 같습니다."

"위험한 녀석이냐?"

겐고는 평소에는 온순했지만 흥분하면 감정을 주체하지
못했다. 그 때문에 사람을 죽여 버린 것이다.

"궁지에 몰려 있을 테니, 위험하죠."

"차에 탈 준비를 해 둬라."

게이조는 오자키를 밀치듯 하며 밖으로 나갔다.

"뭘 할 작정이십니까?"

허겁지겁 쫓아갔지만 게이조는 뒤돌아보지도 않고 아틀
리에 안으로 들어갔다. 오자키는 차에 올라탄 뒤, 시동을
걸었다. 자책감이 밀려왔다. 내 탓이다. 내 탓으로 유우가
위험한 상황에 처했다. 빨리 자수했으면 좋았을 것을.

아틀리에에서 게이조가 나왔다. 등산용 가방을 등에 메고
가죽 케이스에 든 라이플을 품고 있었다.

"그런 걸 가지고 나와서 뭘 어쩔 셈입니까?"

게이조는 입술을 한 일자로 닫은 채 조수석에 올라탔다.

"차를 출발시켜. 먼저 파출소로 간다."

"파출소 말입니까?"

"일단 유우가 이 남자에게 끌려갔다는 사실을 신고해야 해."

"다행이네요."

"뭐가 다행이야?"

"그야 갑자기 라이플을 가지고 나오시니까 무슨 짓을 할 생각이신가 싶어서 조마조마했거든요. 파출소에 신고만 할 거면 라이플은 필요 없지 않을까요?"

"경찰이 제대로 처리한다면 경찰에게 맡길 거야. 그렇지 않으면……."

"직접 유우를 구하겠다는 말씀입니까?"

"유우는 내 손녀다."

"알고 있습니다."

"유우가 죽으면, 난 어찌해야 되냐?"

"유우는 죽지 않습니다."

오자키는 강한 어조로 말했다.

"그래. 죽거나 하지는 않을 거야."

게이조가 고개를 끄덕였다. 오자키는 차의 시동을 걸고 출발했다.

"확실히 사이렌 소리가 많군."

게이조가 말했다. 게이조의 청각은 산짐승처럼 발달되어

있었다.

"경찰은 아직 겐고가 게이조 씨의 트럭을 훔쳤다는 것을 모를 겁니다. 무턱대고 겐고를 찾고 있겠죠. 좀처럼 큰 사건은 일어나지 않는 마을이니까 당황하고 있을 거라는 점도 있고요."

"내가 알고 있는 한, 교통사고나 사냥꾼의 총이 오발되는 걸 제외하고 사람이 죽은 사건은 일어난 적이 없어."

"그렇겠지요."

파출소가 보였다. 경찰인 엔도가 전화로 누군가와 이야기하고 있었다. 전화를 받는 몸짓으로 보아 상대는 경찰 쪽 상사인 듯했다.

"여기 세우고 너는 차 안에서 기다려."

게이조가 말했다.

"너와 같이 있으면 여러모로 설명이 복잡해져. 유우를 구하기 위해서는 네 도움이 필요하니까 아직은 경찰에 잡히면 안 돼."

"알겠습니다."

오자키는 갓길에 차를 세웠다.

"유우의 스마트폰을 줘."

스마트폰을 건네받자, 게이조는 라이플을 뒷좌석에 두고 차에서 내렸다. 그리고 파출소까지 달려갔다. 엔도에게 전화를 끊게 한 뒤, 유우의 스마트폰을 보여 줬다. 엔도의 안색이 변해 가는 것을 멀리서도 확실히 알 수 있었다. 엔도가 다시 수화기를 귀에 대고 뭔가를 호소했다. 그 모습을 지켜보면서 오자키는 머릿속으로 굿샤로 호수 주변의 지도를 펼쳤다. 자신이 겐고였다면 어디로 도망가려고 할까? 간선 도로에는 경찰차가 돌아다니고 있다. 소형 트럭이라면 논길이나 숲길을 달리면 눈에 띄지 않는다. 남쪽으로는 향하지 않을 것이다. 데시카가를 필두로 구시로 같은 큰 마을이 있다. 언젠가 검문이 깔릴지도 모른다. 그런 곳으로 차를 돌릴 용기는 없을 것이다. 겐고는 북쪽으로 향할 것임에 틀림없었다.

"겐고, 이 멍청한 자식."

오자키는 중얼거렸다. 달아날 수 있을 리가 없었다. 다쓰키가 붙잡힌 시점에서 모든 퇴로는 끊겼고 죗값을 치러야만 했다.

"자수하라고, 겐고. 왜 발버둥치고 있는 거야."

실제로 사람을 죽인 것은 겐고였다. 그러므로 우리들보다 죄의식과 공포가 크다는 것은 이해한다. 하지만 죄에 크고 작은 것은 없다. 언젠가 겐고도 그것을 깨달을 것이다. 깨닫기 전에 새로운 죄를 저지르지 않도록 빌 수밖에 없었다.

여러 개의 사이렌 소리가 가까이 다가왔다. 이윽고 경찰차 세 대가 파출소 앞에 섰다. 경찰관들이 내려와서 게이조를 둘러쌌다. 유우의 스마트폰을 보고 있는 것이었다. 한 경찰이 경찰차로 돌아와 무선을 사용하기 시작했다. 지시를 내리고 있는 건지 지시를 받고 있는 건지 그 표정은 굳어 있었고 엄청난 긴박감이 전해졌다. 무선으로 대화가 끝나자, 경찰은 다시 파출소로 돌아왔다. 다른 경찰의 어깨를 두드리며 주의를 살피며 말을 걸었다. 파출소에 모인 것은 여섯 명의 경찰이었지만, 그 중 네 명이 두 대의 경찰차를 타고 다급하게 나갔다. 게이조가 돌아왔다.

"뭔가 알아냈습니까?"

게이조가 조수석에 앉는 것을 기다리지 못하고 오자키는 물었다.

"모코토산 근처의 도로에서 내 트럭을 봤다는 녀석이 있는 것 같아. 검문을 펼치니 마니 하면서 경찰들이 단단히 벼르고 있어."

모코토산은 굿샤로 호수 북쪽에 있었다. 역시 겐고는 북쪽으로 향하고 있었다.

"가실 거죠, 모코토산?"

게이조가 고개를 끄덕였다. 오자키는 기어를 드라이브에 넣고 액셀을 밟았다.

"나카타 겐고라고 하더군."

게이조가 말했다. 오자키는 고개를 끄덕였다.

"어떤 녀석이냐?"

"전직 자위대원이었고, 정의감이 강한 남자입니다. 다만 지금은 본래의 모습을 잃어버렸지만요."

"유우를 해칠 거라고 생각하나?"

"기본적으로 그런 짓은 못하는 녀석이지만, 궁지에 몰리면 무슨 짓을 할지 모르겠습니다."

"어째서 자수하지 않은 거지?"

"동일본전력의 전 사장을 실제로 죽인 것은 겐고입니다. 그래서 잡히면 무거운 형을 받을 거라고 생각하고 있어서 공포심도 저보다 강할 거예요."

"너랑은 각오가 다른 거야. 너는 죄를 저지른 사람이 가야 할 길을 알고 있어."

"게이조 씨에게 배운 겁니다."

오자키는 말했다. 게이조가 콧방귀를 꼈다.

마슈 국도라고 불리는 국도 391호를 따라 북상하면 도도 102호와 맞닥뜨리는 교차로가 나온다. 그 교차로에서 왼쪽으로 꺾어서 긴 도로를 달리면 이윽고 경사가 가팔라지고, 길이 구불구불해지기 시작한다.

"트럭이 목격된 것은 어디쯤입니까?"

"전망 주차 공원 근처라더군."

"이제 금방이네요."

전망 주차 공원은 도도 옆, 고도 430미터 근처에 설치된 주차장 겸 공원이었다. 굿샤로 호수와 주변 산들을 내다볼 수가 있었다. 여기저기서 경찰차의 사이렌 소리가 울렸다. 도주에 이용된 차량도 경찰에게 발각되어 버린 것이다. 이제 어디에도 도망갈 수 없었다.

"휴대전화를 빌려 줘."

게이조가 말했다. 오자키는 스마트폰을 게이조에게 넘겼다.

"사용하는 방법, 아십니까?"

"전화 정도는 걸 수 있어."

게이조는 서툰 손놀림으로 스마트폰을 조작하기 시작했다. 산에 틀어박혀 있을 때와 나무를 깎고 있을 때와는 다른 사람 같았다.

"여보세요? 엔도 씨인가? 나 히라노인데, 내가 간 뒤에 뭔가 알아낸 건 없소?"

게이조가 전화를 건 상대는 경찰인 엔도였다.

"……. 그렇다는 건 모코토산으로 향했다는 건가?"

게이조의 목소리에 힘이 들어갔다. 차로는 도망칠 수 없었다. 그렇다면 겐고는 차를 버릴 것이다. 산속을 헤치고 들어가 활로를 열려고 할 것이다. 활로 따위는 어디에도 없는데도.

"알겠수다. 허튼 행동 안 한다니까, 그저 손녀가 걱정되니까 그런 거지. 또 뭔가 알아내면 알려 주시오."

게이조가 전화를 끊었다.

"모코토산 등산로 입구 근처에 내 트럭이 버려져 있다는군."

역시 겐고는 산을 헤치고 들어간 것이다.

"유우는요?"

게이조가 고개를 저었다. 밤의 어둠이 깊어졌다. 불도 없이 산으로 들어갔다가 등산로에서 벗어나면 조난을 당하기 십상이었다.

"전직 자위대원이라고 했나? 육군?"

"그렇습니다. 육상 자위대원이었습니다."

"그렇다면 어느 정도는 산에 대해서 알고 있을지도 모르겠군."

게이조는 팔짱을 끼고 헤드라이트 불빛에 양쪽으로 갈라진 어둠을 지긋이 바라봤다.

30

"젠장."

나카타 겐고가 핸들을 세게 쳤다. 초조함이 옆모습에 새겨져 있었다. 여기저기서 경찰차의 사이렌 소리가 울려 퍼지고 있었다. 처음에는 마슈 국도를 따라 남쪽으로 향해 달리고 있었다. 사이렌 소리가 가까워질 때마다 트럭의 방향을 바꾸다 결국은 다시 가와유로 돌아왔고, 지금은 북쪽으로 향하고 있었다. 북쪽에서는 사이렌 소리가 들리지 않았다.

"경찰차에 발각되면 이런 소형 트럭으로는 달아날 수 없을 거 같은데……."

유우는 입을 열었다. 하지만 그 다음 순간, 말을 내뱉은 것을 후회했다. 나카타 겐고가 무서운 눈으로 노려봤기 때문이었다.

"이 길은 어디로 가는 길이지?"

"고시미즈 마을을 나와서 그 앞은 오호츠크해예요. 오호츠크해에서 왼쪽으로 가면 아바시리網走이고, 오른쪽은 샤리 마을이려나?"

유우는 직접 운전을 하지는 않았기 때문에 도로와 마을의 위치 관계를 잘 알지 못했다.

"샛길은 있어?"

"몇 개 있는 거 같은데……. 죄……죄송해요. 잘 모르겠어요."

"이걸로 찾아."

나카타 겐고는 자신의 핸드폰을 던져서 넘겼다. 유우의 것과 같은 기종이었다. 지도 어플을 켜고 굿샤로 호수 주변

414

이 나오게 했다.

"조금 더 가면 도도 102번과 맞닥뜨리는 교차로가 나와요. 모코토산 쪽으로 가는 길이에요. 다른 쪽은…… 다른 샛길은 훨씬 더 앞까지 가야만 하는 것 같아요."

"이렇게나 휑한데 국도가 하나밖에 안 뚫려 있는 거야?"

"오히려 너무 넓다고 생각하는데요."

유우는 말을 한 뒤, 아차 싶어서 입을 닫았다. 나카타 겐고는 입술을 깨물고 앞을 바라보았다.

서쪽 하늘이 자줏빛으로 물들어 있었다. 동쪽 하늘을 석양이 집어삼키려 하고 있었다.

"모코토산은 어떤 산이야?"

모코토산에는 작년에 야외 수업겸 반 전체가 올라간 적이 있었다.

"고도가 1,000미터 정도 되는 산이에요. 고도 750미터쯤에 등산로 입구가 있고, 산 정상까지는 한 시간 정도이려나. 등산로가 하나 더 있는데 그쪽은 산 정상까지 30분 정도라고 들었어요."

"그 산 너머는 어떻게 되어 있지?"

"원시림이랄까, 숲이 펼쳐져 있을 뿐이에요."

"마을은 없는 거야?"

"비호로美幌 마을이 있는 것 같은데……. 꽤 멀어요. 걸어

가는 건 무리예요. 길도 없고."

　도도와 맞닥뜨리는 교차로가 보였다. 나카타 겐고가 깜빡이를 점멸시켰다. 뒤쪽에서는 사이렌 소리가 들려왔다.

　"진심으로 모토코산으로 갈 생각이에요?"

　나카타 겐고가 유우를 봤다. 씁쓸한 눈이었다.

　"달리 갈 곳이 없어. 너에게는 미안하게 생각하고 있어. 하지만 조금만 더 같이 가 줘."

　나카타 겐고는 차를 왼쪽으로 꺾었다.

　"마사히코는 진심으로 나무 깎는 걸 하고 있는 거야?"

　도도에 들어서자 나카타 겐고가 물었다.

　"네, 진심이에요."

　"어째서 나무 조각 같은 걸……. 게다가 경찰에게 쫓기고 있는데."

　"아이누인의 피가 흐르고 있으니까요."

　"뭐라고?"

　트럭이 비틀거렸다. 나카타 겐고가 핸들을 고쳐 잡았다. 다른 차는 눈에 띄지 않았다.

　"오자키 씨는 저의 육촌 오빠예요. 할아버지 여동생의 손자죠."

　"그런 이야기는 그 녀석한테서 들은 적 없어."

　"여기로 오고 나서 알게 된 거예요. 알게 되었달까, 확인하기 위해 이곳에 온 걸지도."

"마사히코에게 아이누의 피가……."

"오자키 씨, 내일 자수할 거예요. 그래서 오늘 밤은 자수하기 전에 다 같이 밥을 먹기로 했어요. 메뉴는 햄버그스테이크인데, 친구 어머니의 레시피로 만들어서 엄청 맛있을 거예요. 레드 와인도 준비했고, 할아버지도 일을 빨리 끝내고……."

햄버그스테이크는 준비하던 도중이었다. 게이조는 꺼내놓은 채로 그대로 놓여진 식재료를 봤을까. 냉장고에 제대로 넣어 줬을까? 모처럼 큰 맘 먹고 좋은 고기를 샀는데……. 못 쓰게 되는 건 아까웠다.

"미안해. 정말 면목 없다. 일이 이렇게 될 줄은 나도 생각하지 못했어."

"나카타 씨는 자수할 생각은 없는 거예요?"

나카타 겐고는 고개를 흔들었다.

"평생을 계속 도망 다닐 거예요?"

"마사히코는 나보다 죄가 가벼워. 그러니까 자수 같은 걸 생각할 수 있는 거야."

그렇구나. 동일본전력의 전 사장을 죽인 것은 나카타 겐고였다. 오자키는 그곳에 함께 있었을 뿐이었다.

일직선이었던 길이 왼쪽으로 커브를 그리기 시작했다. 이

앞은 자그마한 고갯길이었고, 조금 더 달리면 모코토산 전
망 주차 공원이 나온다.

"이 앞에서 길이 두 개로 갈라져서 오른쪽으로 가면 고시
미즈 마을까지 이어지고, 방금 전의 국도와 맞닥뜨려요."

유우는 나카타 겐고의 스마트폰으로 시선을 떨궜다.

"왼쪽으로 가면 도중에 모코토산 등산로로 들어가는 길이
있고, 등산로에 들어가지 않고 곧장 가면 시레토코 국도에
맞닥뜨려요. 그대로 도도를 따라 쭉 나아가면 아바시리 쪽
으로 향하게 되고, 국도에서 왼쪽으로 꺾으면 비호로나 기
타미北見 쪽으로 가는 것 같아요."

전망 주차 공원이 보였다. 맞은편 차선에서 게이조의 트
럭과 쏙 닮은 소형 트럭이 달려왔다.

"모코토산은 전망이 좋아?"

나카타 겐고가 말했다.

"아, 네. 엄청 예뻐요. 설마 올라갈 건가요? 그건 곤란해요.
지금부터는 밤이라서 아주 캄캄해질 거고, 불곰도 나올 거
예요."

"회중전등도 있고, 불곰에 대한 대책이라면 권총이 있어."

"그, 그치만, 이곳의 밤은 장난 아니게 어두워요. 도시 사
람들은 상상할 수 없을 정도로요."

"밤의 산 정도는 알고 있어. 자위대에서 산속 훈련 같은

걸 자주 했었으니까."

"자위대원이에요?"

"전직, 이지만. 등산로는 험해?"

"산책길이 정비되어 있어요. 도중에 약간 험한 곳은 있지만."

땅거미가 기세를 더하며 퍼져 갔다. 황혼의 시간이었다. 그것도 머지않아 끝났고, 완전한 밤이 찾아왔다.

"저기군."

나카타 겐고가 한 쪽 눈을 가늘게 떴다. 하이랜드 고시미즈 725를 가리키는 표식이 세워져 있었다.

"하이랜드 고시미즈?"

"등산길 입구에 있는 휴게소에요."

"아직 영업하고 있나?"

"어두워지기 전에 닫을 거예요."

"알았어."

트럭이 도도에서 숲길로 들어갔다. 나무들이 우거진 숲길은 한 발 빠르게 밤에게 지배되었다. 숲길 양옆은 농밀한 어둠에 뒤덮여 트럭의 헤드라이트가 없으면 아무것도 보이지 않았다. 가슴이 조여들어 오는 듯한 감각이 엄습해 왔다. 나카타 겐고는 정말로 모코토산에 올라갈 생각인 걸까. 나도 데려갈 생각인 걸까. 스스로 적극적으로 산에 올라 본 적은 없었다. 하지만 게이조를 통해 산의 무서움은 익히 들어 왔다. 게이조는 뭘 하고 있을까. 오자키는 어떻게 된 걸까. 요리 밑작업 도중에 모습을 감춘 자신에게 무슨 일이 일어났는지 눈치챘을까. 경찰에 신고했을까. 자신을 찾고 있을까.

"정말 어둡군."

"그러니까 말했잖아요."

숲길은 언덕으로 되어 있었다. 언덕을 다 올라간 곳에 하이랜드 725가 있었다. 725는 고도 725미터를 의미한다고 했다. 휴게소 건물도 불이 꺼져 있어서 황혼의 하늘이 그 실루엣만을 띄우고 있었다. 인기척도 없었다. 관광객이 줄어드는 이 시기에는 가게 문을 빨리 닫아 버리는 경우도 있다고 들었다.

나카타 겐고는 트럭을 주차장 안쪽으로 끌고 간 뒤 시동을 껐다. 굿샤로 호수와 주변 산들과 숲을 내려다 볼 수 있었다.

"아름답군."

나카타 겐고의 말 그대로, 황혼의 밑에 가라앉은 굿샤로 호수 호면에 서쪽 하늘에 희미하게 남은 자줏빛이 비쳤다. 9월이 되면 단풍이 들기 시작한다. 굿샤로 호수를 둘러싼 산과 숲이 빨갛게 물드는 모습은 분명 장관일 것이다. 가와유를 떠나기 전에, 무슨 일이 있어도 꼭 봐 두고 싶었다. 좀 더 전에 보러 왔으면 좋았을 것을. 어째서 나는 이렇게도 풍요로운 자연에게 눈길을 주지 않았던 걸까. 스스로의 껍질 안에 틀어박혀서 주위를 보려고도 하지 않았다. 반 친구들의 가시 돋친 말도, 음흉한 괴롭힘도, 눈앞에 펼쳐진 대자연 앞에서는 그저 한순간에 불과했다. 그걸 깨달은 것은 안개 폭포를 봤을 때였다. 그것은 눈물이 나올 정도로 아름다웠다. 말을 잃었다. 인간은 얼마나 보잘것없는 존재인가 하는 생각이 들었다. 인간도 대자연의 일부다. 안개 폭포도, 단풍도, 설경도, 하늘에 가득한 별도, 자신의 일부다. 대자연을 향해 눈을 돌려 대자연에 몸을 맡기면 인간은 치유될 것이다. 대자연의 앞에서는 일본 본토인도 아이누인도 관계없었다.

게이조는 알고 있었던 것이다. 옛날의 아이누인은 모두 알고 있었던 것이다. 산과 숲과 강과 호수와 바다는 신들이 사는 곳. 인간은 신들이 베푼 은혜 속에서 살고 있다. 신을 우러르고, 감사의 마음을 잊지 않는다면 행복하게 살아갈 수 있다. 오자키가 없었다면 안개 폭포를 보러 갈 일도 없었을 것이다. 안개 폭포를 보지 않았다면 이런 기분을 느낄 수도 없었을 것이다. 오자키가 가와유에 와 줘서 정말 다행이었다.

밤의 어둠이 황혼을 집어삼켰다. 하늘에는 얼룩덜룩한 구

름이 껴 있었다. 달도 뜨지 않았기에 별빛도 좀처럼 기대
할 수 없었다. 희미하게 붉은 빛을 띠던 서쪽 하늘이 까맣
게 물들어 갔고, 진짜 밤이 찾아왔다. 신들의 시간이었다.
인간은 집에서 얌전히 있어야만 했다. 밤에 산을 헤치고 들
어가는 것은 당치도 않았다. 게이조처럼 산을 훤히 꿰고 있
고, 늘 신들에 대한 경외의 마음을 가지고 있는 인간만이
출입이 허락되었다.

"점점 어두워져 가는군."

나카타 겐고가 중얼거렸다.

"더 어두워질 거예요. 시골의 밤은 숨막힐 정도로 깊다고
요."

"일단 미군이 쓰는 플래시 라이트이긴 한데."

나카타 겐고는 운전석 발밑에 놔 둔 배낭에서 길고 가는
회중전등을 꺼냈다. 스위치를 켜자, 눈부신 빛을 냈다.

"이렇게 어두우면 이 정도 광량으로도 조금 불안한걸."

차 밖으로 향한 광선은 주차장을 비췄지만 압도적인 어
둠 앞에서는 믿음직스럽지 못했다.

"그만 두자구요."

유우는 매달리듯이 말했다. 나카타 겐고는 입술을 깨물었다.

"할아버지가 사냥꾼이라서 산에 대해 잘 알아요. 장비도 충
분하지 않은데 밤에 산에 들어가는 짓은 절대 하지 않아요."

"나도 밤의 산이 위험하다는 것 정도는 알고 있어."

나카타 겐고가 불을 껐다. 그 순간, 아무것도 보이지 않았다. 숨을 쉬기가 괴로워졌다. 어둠에 짓눌릴 것 같은 착각을 느꼈다. 어둠에 눈이 익숙해지기를 기다렸다. 나카타 겐고의 옆모습이 어렴풋이 보였다. 나카타 겐고는 괴로워 보였다.

"죽일 생각은 없었다고."

갑자기 나카타 겐고가 입을 열었다.

"도망치려고 하기에 살짝 때려서 조용하게 만들 생각이었어."

"나카타 씨는 살인자로는 보이지 않아요."

유우는 자신이 한 말에 놀랐다. 마치 자신이 아닌 누군가가 멋대로 유우의 입을 움직이고 있는 듯했다.

"사고였던 거죠?"

"그래. 그건 사고였어."

"그래도 사람이 죽은 건 사실이에요. 죗값을 치러야 해요."

"마사히코는 자수해서 죗값을 치를 생각인 거지?"

유우는 고개를 끄덕였다.

"마사히코처럼 될 수만 있다면……."

나카타 겐고는 망설이는 듯했다. 잡히고 싶지 않다는 마음과 죄책감 사이에서 흔들리고 있었다.

"될 수 있어요."

유우는 말했다. 여전히 자신이 아닌 누군가가 말하고 있는 듯한 감각이 있었다.

"오자키 씨도 처음부터 지금 같진 않았어요. 자신의 뿌리를 알게 되었고, 할아버지와 함께 산에 들어갔죠. 그러고 나서 다시 태어난 게 아닐까요?"

"나는……."

나카타 겐고가 말을 도중에 삼켰다. 어둠을 응시하며 무언가를 귀 기울여 듣고 있었다. 유우에게도 들렸다. 차의 엔진소리였다. 숲길 쪽에서 이쪽을 향해 오고 있었다. 호기심 많은 관광객 외에 이런 시간에 여기를 찾아오는 사람은 없다.

"경찰인가……."

나카타 겐고가 허리에서 권총을 뺐다.

"가자."

목소리가 긴박감을 띠었다. 표정도 달라져 있었다. 주저함이 사라진 것이다. '도망칠 수 있는 데까지 도망가자.' 나카타 겐고의 옆모습은 그렇게 말하고 있었다.

"가겠다니, 무모해요."

"조용히 하고 따라와, 알겠어?"

나카타 겐고가 트럭에서 내려 회중전등을 켰다. 배낭을

메고 총구를 흔들며 차에서 내리도록 유우를 재촉했다.

"저, 지금 샌들을 신고 있어서……."

유우는 말했다.

"빨리 내려."

나카타 겐고의 말투에는 억지스러운 울림이 있었다. 유우는 한숨을 억눌렀다. 괜찮아. 할아버지와 오빠가 구하러 와 줄 거니까. 그래. 게이조와 오자키가 이곳으로 향하고 있을 거야. 두 사람이 와 준다면 나는 괜찮을 거야. 유우는 결심을 하며 트럭에서 내렸다.

31

경찰차 두 대가 게이조의 트럭을 사이에 두고 서 있었다. 차에서 내린 게이조가 경찰차를 향해 갔다. 가만히 있지 못하고 오자키도 그 뒤를 쫓았다.

"누구냐?"

게이조가 다가오는 것을 눈치 챈 경찰 한 명이 회중전등의 불을 비췄다.

"히라노라고 합니다. 손녀가 범인의 인질로 잡혀 있습니다만."

경찰들의 긴장이 풀렸다.

"아무래도 모코토산으로 향한 것 같습니다. 아직 엔진이 따뜻한 것을 보니, 뜬 지 얼마 되지 않은 것 같습니다만."

"어째서 빨리 찾으러 가지 않는 겁니까?"

게이조의 사나운 얼굴에 경찰들이 쩔쩔맸다.

"걱정하시는 건 알겠습니다만, 범인이 권총을 소지하고 있다는 정보도 있고, 한밤중의 산입니다. 수색 태세를 제대로 갖추고 나서 움직이지 않으면 위험하니까요."

연배가 있는 경찰이 게이조에게 말했다.

"여기는 우리들 경찰에게 맡기고 히라노 씨는 집으로 돌아가세요. 손녀 분은 반드시 무사히 확보하겠습니다."

게이조가 코웃음을 쳤다.

"밤의 산을 무서워하는 사람이 뭘 할 수 있나?"

게이조는 말을 내뱉으며 발길을 돌렸다.

"가자."

"가다니, 어디로요?"

"긴레이소銀嶺荘 쪽의 등산로 입구다."

모코토산에는 두 개의 등산로가 있었다. 하나는 이곳 하이랜드 고시미즈에서 가는 길이었고, 또 하나는 긴레이소라고 불리는 산막에서 가는 길이었다.

"여기서부터 산으로 들어가려고 해도 저 녀석들에게 저지

당할 거야. 경찰들이 모이기 전이라면 저쪽에서 산으로 들어갈 수 있어."

"두 사람을 쫓을 거군요."

"전직 자위대원이라고 해도 이 주변의 산에 대해서는 아무것도 모를 거야. 불곰을 맞닥뜨릴지도 모르니까 빨리 유우를 구해내고 싶어. 함께 가 달라고는 하지 않겠지만……."

"물론 가겠습니다. 당연한 것 아닙니까?"

차에 올라타고 도도로 되돌아갔다. 긴레이소로 가는 길은 도도를 따라 북쪽으로 좀 더 달린 지점에서 숲길로 들어가는 경로였다. 몇 개의 사이렌 소리가 이쪽을 향했다. 오자키는 액셀을 밟았다. 서두르지 않으면 경찰들이 들이닥쳐서 산에 들어갈 수 없게 된다.

긴레이소에 도착하자, 게이조가 가방에서 헤드램프를 꺼내 장착했다. 오자키도 자신의 것을 장착했다. 산에 들어가기 위해 필요한 것들은 차에 쌓아 둔 채로 놔두었다.

"물도 있습니다."

물이 든 페트병을 게이조에게 건네고 자신의 몫을 가방 사이드 포켓에 집어넣었다. 게이조는 라이플을 케이스에서 꺼내 탄을 장전했다.

"너는 이걸 가지고 있어라."

게이조에게 건네받은 것은 손도끼였다. 사용감이 있는 손도끼의 손잡이가 손에 착 감겼지만, 그 무게에 오자키는 침을 삼켰다. 만일의 경우에는 이걸로 겐고에게 덤벼들어야 하는 것인가.

오자키는 머리를 흔들었다. 자신은 그런 짓을 할 수 없었다. 하지 않을 것이다. 이것은 호신용이었다. 겐고를 향해 쓰는 것이 아니라 불곰을 맞닥뜨렸을 때에 몸을 지키기 위한 용도였다.

"준비는 다 됐어?"

게이조의 목소리에 오자키는 이마에 장착한 헤드램프 스위치를 켰다. LED의 불빛이 어둠을 관통하여 지면을 비췄다. 밝기는 충분했다. 게이조가 걷기 시작했다.

"먼저 산 정상까지 가서 하이랜드 고시미즈 쪽으로 내려갈 거다."

하이랜드 고시미즈에서 올라가는 것과는 다르게, 긴레이소에서 올라가는 것은 산 정상까지 30분 정도밖에 안 걸리는 짧은 루트였다. 겐고가 산 정상을 목표로 하고 있다면 내리막 어딘가에서 딱 마주칠 것이다.

묵묵히 등산길을 올랐다. 게이조의 발은 빨랐다. 따라가기 급급했고, 금세 호흡이 흐트러지기 시작했다. 둘이서 산에 들어가 있을 때도 이 정도 페이스로 걸은 적은 없었다.

그때의 게이조는 오자키를 배려했던 것이었다. 혼자였다면 짐승처럼 숲속을 왔다 갔다 했을 것이다. 이를 악물고 올랐다. 산 정상까지는 20분도 걸리지 않았다. 표준 코스 타임의 절반이었다. 걷는다기보다는 뜀걸음에 가깝게 달렸다.

"아직 올라오지는 않았군."

하이랜드 고시미즈로 이어지는 내리막길을 보면서 게이조가 말했다.

"이쪽으로는 안 오지 않을까요?"

오자키는 대답했다. 모코토산의 산중턱에는 두 개의 등산길 외에 몇 개의 산책길이 만들어져 있었다. 등산이 목적이 아니었기 때문에 겐고가 산책길을 지나고 있을 가능성이 높았다. 혹은 경찰의 추적을 따돌리려고 길을 벗어났을 가능성도 있었다. 숲속을 걷고 있다고 한다면 불곰과 조우할 확률은 껑충 뛰었다. 유우의 얼굴이 뇌리를 스쳤다. 얼마나 불안하고, 얼마나 무서워하고 있을까.

"금방 구하러 갈게."

오자키는 중얼거렸다. 게이조가 있다. 산을 빠삭하게 알고 있는 아이누인이 손녀를 구하려고 전력을 기울이고 있다. 반드시 유우를 찾아낼 것이다.

게이조가 달리듯이 내려가기 시작했다. 헤드램프가 비추는 땅을 응시하면서 오자키도 뛰어 내려갔다. 아무 일도 없다면 40분 정도면 하이랜드 고시미즈에 도착한다. 하지만 이 페이스라면 30분도 걸리지 않을 것 같았다. 내려가기 시작한지 5분 정도 경과했을 무렵, 병풍암이라고 불리는 바위 덩어리가 보였다. 게이조의 속도가 떨어졌고 병풍암 앞에서 완전히 발을 멈췄다.

"잠깐 기다리고 있어."

게이조는 병풍암에 매달려서 기어오르기 시작했다. 게이조의 헤드램프가 꺼졌다. 바위 위에서 산중턱을 내려다보고 있는 듯했다.

"이쪽 산중턱에는 아직 없군."

헤드램프를 켠 게이조가 바위에서 내려왔다.

"역시 등산길에서 벗어날 거라 생각하십니까?"

"도망칠 생각이라면 그렇게 하겠지. 등산길이나 산책길을 걷고 있는 한, 잡히는 건 시간문제야."

"하지만 그런 바보 같은 짓을."

"하지 않아? 그런 녀석이야?"

오자키는 고개를 저었다. 궁지에 몰리면 무슨 짓을 할지 모른다. 그렇기 때문에 더더욱 겐고는 무모하게 트럭을 버리고 모코토산으로 들어온 것이었다.

"가자."

게이조가 다시 달리기 시작했다. 병풍암에서 1킬로미터

정도 내려간 지점에 등산길과 산책길의 분기점이 있었다. 그곳까지 한 번에 뛰어 내려갈 생각이었다. 돌에 걸려 발을 휘청거리면서 어떻게든 게이조에게 따라붙어 갔다. 게이조의 다리와 허리의 힘과 밸런스 감각은 인간의 수준을 뛰어넘었다. 중심이 항상 안정되어 있었고, 오자키처럼 돌에 다리가 걸려도 밸런스가 무너지지 않았다.

"올해로 연세가 어떻게 되시죠?"

혀를 내두를 수밖에 없었다. 게이조처럼 되고 싶다고 생각하는 것 자체가 주제넘은 것이었다. 어릴 때부터 산과 함께 살아온 인간만이 게이조처럼 될 수 있었다. 머지않아 분기점에 도달했다. 곧바로 내려가면 하이랜드 고시미즈. 왼쪽으로 꺾으면 망악대 산책길이었다. 산책길은 2킬로미터 정도의 길이로, 다른 두 개의 산책길과 연결되어 있었다. 게이조는 분기점에서 멈춰서더니 전후좌우로 날카로운 시선을 보냈다. 여기서부터 등산로의 입구까지는 300미터 정도였다. 귀를 기울이면 경찰들의 목소리가 희미하게 들려왔다.

"여기다."

게이조가 말했다. 등산로의 오른쪽 덤불을 응시했다.

"알아보겠어?"

오자키는 고개를 끄덕였다. 잡초가 밟혀 쓰러진 흔적이 있었다. 누군가가 등산길을 벗어나서 숲속으로 비집고 들어간 것이었다. 흔적이 생긴 지는 아직 오래되지 않았다. 겐고와 유우의 것임에 틀림없었다. 덤불 너머는 사스래나무 숲이었다.

"멍청한 자식."

무심결에 말이 나왔다.

'어리석은 짓은 그만두고 죗값을 치르자. 그 외에 네가 할 수 있는 일은 없어, 겐고. 어째서 그걸 모르는 거야?'

게이조가 등산길을 벗어나서 덤불을 밟고 갔다. 오자키도 게이조를 따랐다. 등산길을 따라 갔을 때와는 다르게, 게이조의 발걸음은 신중했다. 숲의 분위기에 신경을 곤두세우며 겐고와 유우의 흔적을 더듬어 가면서 걷고 있었다. 사람의 손이 닿지 않는 숲에는 야생의 냄새가 가득했다.

"2, 3일 전에 이 근방을 기문카무이가 지나갔군."

숲을 헤치고 들어간 지 얼마 되지 않아 게이조가 말했다. 기문카무이는 산신, 즉 불곰을 말하는 것이었다.

"정말입니까?"

"냄새로 알 수 있어."

게이조의 말에 오자키는 코를 실룩거렸다. 희미하게 짐승의 냄새가 났다. 그러나 그것이 불곰의 것인지, 에조사슴이나 북방여우의 것인지까지는 알 수 없었다. 게이조가 불곰이라고 한다면, 그것은 불곰인 것이다.

"괜찮을까요?"

불곰의 서식지에 발을 들였다는 것을 안 순간, 공포가 목 끝까지 차올랐다. 하지만 게이조가 있다. 게이조라면 불곰 과도 상대할 수 있다. 몇 번이나 스스로를 다독이며 게이조 의 등 뒤를 쫓았다. 문득 게이조가 멈춰 섰다. 오자키는 게 이조에게 부딪힐 뻔하며 발을 헛디뎠다.

"갑자기 멈춰 서지 마세요."

게이조가 허리를 웅크리고 뭔가를 주워들었다.

"뭡니까?"

"유우의 샌들이다."

게이조가 손에 들고 있는 샌들은 본 기억이 있었다. 확실 히 유우의 것이었다.

"샌들을 신고 산에 들어간 건가……."

유우를 걱정하는 마음과 동시에, 겐고에 대한 분노가 거 세졌다. 막무가내인 것도 정도가 있다.

"네 친구는 평소에 어떤 신발을 신고 있어?"

"편상화를 자주 신습니다. 왜 그, 병사들이 주로 신고 있 는 신발 있잖습니까?"

"등산용 신발이 아닌 것에는 변함이 없군."

"유우, 괜찮을까요? 맨발로 이런 산속을 돌아다니는데."

"괜찮을 리가 없지."

게이조는 유우의 샌들을 가방 사이드 포켓에 집어넣었다.

"그렇게 멀리 있진 않아. 샌들에 아직 온기가 남아 있었어. 서둘러 찾자."

"네."

오자키는 고개를 끄덕였다.

32

"꾸물대지 마."

나카타 겐고가 초조한 듯 뒤돌아봤다.

"샌들이라고요. 이 이상 빨리는 못 걸어요. 앞도 캄캄하고……."

유우는 말했다. 나카타 겐고의 혀 차는 소리가 들려왔다.

"가능한 한 서둘러."

나카타 겐고가 발밑을 비춰 주었다. 그 빛을 의지하며 걸어갔다. 샌들이 몇 번이나 벗겨질 것 같았다.

"이 앞은 어떻게 되어 있지?"

유우가 따라붙자, 나카타 겐고가 입을 열었다.

"조금 더 가면 분기점이 있는데 똑바로 가면 산정상이고, 오른쪽으로 들어가면 산책길이었던 것 같아요."

"산책길은 어디로 이어져 있지?"

"가 본 적은 없어서 잘 모르겠지만, 산에 오르기 전에 봤던 안내도에 따르면 다른 산책길과 연결되어 있었던 것 같은데……. 캠프장으로 가는 산책길이나, 또 다른 등산길로 이어지는 산책길이요."

"즉, 이 산중턱을 빙글빙글 돌게 되겠군."

"그런 거 같아요……."

겐고가 어두워진 산 표면을 올려다봤다. 어둠 속에서 흐릿하게 보이는 그 얼굴에는 초조함이 들러붙어 있었다. 회중전등의 불을 의지하며 등산길을 나아갔다. 미군에 납품하는 라이트는 확실히 밝을지 몰랐지만, 비춰지는 범위가 너무 좁았다. 몇 발짝 나아갈 때마다 돌에 걸려 넘어져서 비명이 작게 새어나올 지경이었다.

지금쯤이면 게이조와 오자키와 함께 햄버그스테이크를 먹고 있을 터였다. 사야의 어머니에게 배운 레시피대로 만들어 낸 햄버그스테이크에 두 사람은 감동했을 것이다. 유우의 요리 실력을 과장되게 칭찬했을 것이다. 와인과 맥주잔도 오가고 게이조의 입가도 느슨해져서 즐겁고 단란한 분위기가 됐을 터였다. 오자키가 교도소에 들어가기 전에 최고의 저녁식사가 되었을 것이다. 하지만 현실은 샌들을 신고 등산길을 걷고 있다. 자신에게 닥친 불운을 저주해도 현실은 변하지 않았다. 오자키라면 '하는 수 없지.' 하며 웃어넘길 것 같은 기분이 들었다. 무서워도, 돌에 부딪힌 손가락 끝이 아파도, '뭐 그런 거지.' 하며 웃어넘길 것이다. 유우는 오자키처럼은 될 수 없었다. 하지만 오자키를 본받는 거라면 할 수 있을 것 같은 기분이 들었다. 억지로 미소를 짓고 걸었다. 이런 것쯤 아무것도 아냐. 부모님의 죽음을 알았을 때가 훨씬 힘들었다. 처음으로 아이누인이라는 이유로 괴롭힘 당했던 때가 더 괴로웠다.

나카타 겐고가 발을 멈췄다. 갈림길에 접어들었다. 나카타 겐고는 회중전등으로 등산길과 산책길을 번갈아 비췄다.

"역시 안 되겠는데?"

회중전등의 불이 등산길 밖을 향했다. 덤불 너머로 울창한 숲이 펼쳐져 있었다.

"그쪽은 안 돼요."

유우는 무심결에 입을 열었다.

"산속은 정말 위험해요."

"알고 있어. 하지만 다른 선택지가 없어."

유우는 겐고에게 팔을 붙들렸다.

"가자."

"자, 잠깐만 기다려요."

나카타 겐고는 대수롭지 않게 등산길 밖으로 발을 내딛었다. 팔을 잡은 힘이 강해서 유우는 저항할 도리가 없었다. 나카타 겐고가 덤불을 짓밟고 갔다. 관목의 가지나 잎이 맨살에 닿았다. 어두워서 잘 알 수 없었지만 여기저기에 쓸린 상처가 생겼을 것이다. 아픈 곳이 늘어갈 뿐이었다.

"좀 더 천천히 걸어요. 부탁이에요."

유우는 간절히 부탁했다. 하지만 나카타 겐고의 걸음은 바뀌지 않았다. 어둠 속을 점점 나아갔다. 오른쪽 발끝에 뭔가에 걸려 샌들이 벗겨졌다.

"잠깐만요, 진짜 잠깐만요. 샌들이……."

나카타 겐고는 신경 쓰지 않고 앞으로 나아갔다. 발바닥에 작은 가시인지 뭔가가 박혔고 유우는 비명을 질렀다. 오자키처럼은 될 수 없었다. 이 아픔을 웃어넘기는 것은 불가능했다. 유우는 그 자리에 웅크리고 울었다. 어느새 팔을 잡은 힘이 사라졌다.

"귀찮게 구네."

나카타 겐고가 유우를 내려다봤다. 회중전등으로 유우의 오른쪽 다리를 비추었다.

"이걸 등에 메."

나카타 겐고가 가방을 내리고, 유우에게 들게 했다.

"발이 아파요. 이런 거 못 멘다고요!"

"잔말 말고 메. 싫으면 여기 두고 갈 거다."

유우는 뒤돌아보았다. 어둠에 뒤덮여서 등산길이 어디에 있는지도 알 수 없었다. 여기에 내동댕이쳐진다면 아침까지 움직일 수 없을 것이다. 그 사이에 불곰이라도 접근해 온다면 어찌할 도리가 없었다. 울상을 지으면서 가방을 짊어 멨다. 무엇이 들어 있는지 가방은 화가 날 정도로 무거웠다. 어째서 이런 걸 메야만 하는 걸까.

"업혀."

나카타 겐고가 유우를 등지고 허리를 숙였다.

"네?"

"그 다리로는 걸을 수 없잖아. 업혀."

"그, 그치만……."

"빨리 업혀. 진짜 두고 간다."

나카타 겐고의 무서운 표정에 떠밀려 유우는 마지못해 그의 등에 달라붙었다.

"꽉 잡아."

나카타 겐고가 일어섰다. 등은 넓었고, 유우의 양 다리를 감싼 팔은 힘이 넘쳤다.

"미안하게 생각해. 하지만 어쩔 수가 없어."

나카타 겐고는 무뚝뚝하게 말하고 걷기 시작했다.

"적어도 스니커즈 정도는 신게 해 줄 걸 그랬네."

"정말 미안하게 생각한다면 이제 이런 일은 그만둬요. 오자키 씨와 함께 자수하면 돼요."

발에서 올라오는 아픔이 유우를 대담하게 만들었다.

"마사히코는 자수한다고 했었지? 그 녀석이라면 그렇게 할 거야. 하지만 나는······."

어느새 덤불을 빠져나와 숲속으로 들어와 있었다. 여기저기서 짐승의 냄새가 감돌았다.

"다쓰키라는 녀석이 있어. 머리는 좋은데, 약간 얼빠진 구석이 있어서 잡혀 버렸지. 바보 녀석."

숲의 농밀한 공기에 나카타 겐고가 떨고 있었다. 나카타 겐고의 등 너머로 그것이 전해졌다. 공포를 얼버무리기 위해 나카타 겐고는 말이 많아졌다.

"그 녀석이 잡히지 않았다면 나는 홋카이도 같은 곳엔 오지 않았어."

"홋카이도에는 오자키 씨를 만나러 온 거예요?"

"그래. 혼자 있으면 불안해서. 함께 도망치거나, 숨겨 주길 바랐지, 한심하게도. 그런데 마사히코 녀석은 얼굴은 그을려져 있고, 체격도 듬직해져 있고, 목조 작가라느니 뭐니 영문을 알 수 없는 소리나 해대고······. 도망자가 그래도 되는 거야?

"정말 그렇네요. 뭔가 이상해요, 오자키 씨는."

"너무 이상하다고. 그런 녀석, 동료로 두는 게 아니었어."

입가가 괜스레 벌어졌다. 모두 오자키를 실없는 녀석이라고 생각한다. 처음 만났을 무렵의 유우도 그랬다. 오자키의 태도가 괘씸해서 견딜 수 없었다.

나카타 겐고의 말이 끊겼다. 너무 많이 떠들었다는 걸 후회하듯 묵묵히 걸었다.

"저기, 어디로 향하고 있는지 알고 있어요?"

"서쪽으로 향하고 있어."

나카타 겐고가 왼손을 치켜들었다. 액정의 문자판이 빛나고 있었다.

"이 시계의 컴퍼스는 신뢰할 수 있어."

"서쪽으로 걸어가면 어쩔 건데요?"

"계속 걸으면 언젠가 길이 나오겠지."

"식량도 물도 없는데도요? 길이 나올 때까지 며칠이 걸릴 거라고 생각하는 거예요?"

나카타 겐고는 대답하지 않았다. 자신이 잘못된 일을 하고 있다는 것은 알고 있었다.

"불곰도 우글우글하다구요. 지금부터 가을에 걸쳐서 동면을 하려면 많이 먹어 둬야 하기 때문에 이 시기의 불곰은 위험하다고 할아버지도 말씀하셨고……."

"그래도 갈 수밖에 없어."

나카타 겐고의 목소리에는 완고한 울림이 만연했다. 자살

행위라는 것을 알면서도 왜 되돌릴 수 없는 것일까. 어째서 이렇게까지 완강한 걸까. 유우는 허탈함에 짓눌릴 것만 같았다.

"오자키 씨는 확실히 특이한 사람이지만 자신이 틀렸다고 생각하는 일은 절대로 하지 않아요."

유우는 중얼거리듯이 말했다.

"원전 일로 분노했고 그래서 자신이 옳다고 생각한 일을 했고 사람이 죽었다. 그때는 옳다고 생각했지만 역시 틀렸다. 그렇게 생각했기 때문에 오자키 씨는 자수하는 거예요. 나카타 씨는 자신이 틀린 일을 하지 않았다고 생각하는 거예요?"

나카타 겐고의 걸음이 느려졌고 이윽고 발이 멈췄다.

"아무도 하지 않으니까 내가 해 주겠어. 그렇게 생각했어. 누군가에게 책임을 지게 해야 한다고. 재해를 입은 사람들이 너무 불쌍했어."

나카타 겐고의 목소리는 어둠에 녹아 사라졌다.

"그때의 동일본전력의 사장은 확실히 잘못된 일을 했을지도 모르겠지만 그 사람에게도 가족은 있어요. 소중한 사람이 있을 거라고요. 그 사람들은 재해자와 마찬가지로 슬퍼할 거라고 생각하지 않아요?"

오자키였다면 그렇게 생각했을 것이다. 그렇게 생각한 것을 말했다. 게이조가 가끔씩 입에 담는 아이누의 가르침을 말했다.

"아이누인인 할아버지가 자주 그런 말씀을 하셨어요. 사람의 죄를 벌하는 것은 신의 일이다. 인간이 할 수 있는 것은 용서하는 것뿐이라고요."

용서하자. 자신을 두고 떠난 부모님을 용서하자. 완고하고 무서웠던 할아버지를 용서하자. 자신을 괴롭혔던 반 친구들을 용서하자. 계속 투정부리기만 했던 자신을 용서하고 자신을 받아들이자.

"용서……인가."

나카타 겐고가 말했다.

"나는 용서받을 수 있을까?"

"저는 나카타 씨를 용서할게요."

나카타 겐고가 미소 짓는 것을 알 수 있었다.

"그렇군. 나를 용서해 주는 건가."

"용서해요."

"고마워."

나카타 겐고가 몸의 방향을 바꿨다.

"돌아가자. 분명 저 주차장은 경찰차로 가득할 거야. 마사히코와 함께 자수하고 싶지만 내가 먼저 잡히겠어."

"오자키 씨도 금방 자수할 거예요. 오늘밤 집에서 할아버지와 식사를 하고 내일 자수할 예정이었으니까요."

"그 식사도 내가 엉망진창으로 만들었군. 미안해. 정말
미안해."

나카타 겐고가 걷기 시작했다. 그 다음 순간, 맹렬한 짐승
의 냄새가 코를 찔렀다.

"움직이지 마요."

유우는 속삭이듯이 말했다. 에조사슴이나 북방여우의 냄
새는 몇 번이나 맡은 적이 있었다. 하지만 지금 코를 타고 넘
어오고 있는 짐승의 냄새는 그런 만만한 냄새가 아니었다.
나카타 겐고도 이상한 분위기를 눈치챈 듯했다. 발을 멈추
고, 뒤돌아봤다.

"뭐야, 이거."

"아마 불곰일 거예요. 어딘가에 가까이 있는 것 같아요."

말을 끝낸 뒤, 유우는 숨을 깊게 들이켰다. 그것만으로도
숨이 막힐 것 같았다. 생각해 내자. 만약 불곰을 조우하면
게이조가 어떻게 하라고 했었지? 죽은 척 하는 건 이야기할
가치도 없었다. 도망쳐서도 안 된다. 그 자리에서 가만히
움직이지 않고 공포를 꾹 억누른다. 그리고 불곰과 대자연
에 대한 경외의 마음을 상대에게 던져라.

"그런 건 무리라고……."

숲 안에서 무언가가 이동하는 소리가 났다. 조금씩 이쪽

으로 다가왔다. 무릎에서 힘이 빠질 것 같은 것을 참는 것이 겨우였다. 나카타 겐고가 양 손으로 총을 쥐었다. 소리가 나는 방향을 응시했다.

"쏘면 안 돼요."

유우는 말했다. 게이조의 말이 뇌리에 되살아났다.

"쏜다면 한 발로 목숨을 끊어야만 해요. 상처를 입은 불곰은 흉포해져서 손을 쓸 수가 없대요."

"그렇다고 해서 잠자코 있을 수만도 없잖아."

나카타 겐고의 목소리는 떨렸다.

"진짜 불곰이야?"

"모르겠어요. 하지만……."

"알았어. 내가 저 녀석의 주위를 끌 테니까 너는 도망쳐."

밤눈으로도 나카타 겐고의 얼굴이 땀으로 흠뻑 젖어 있는 것을 알 수 있었다.

"함께 도망치는 편이 나아요. 이렇게 어두운데다가 권총으로는 무리예요. 우리 할아버지는 라이플로 불곰을 잡아요. 라이플로 쏴도 급소를 벗어나면 안 죽는대요……."

"이것밖에 없으니까 어쩔 수 없잖아. 어서 도망쳐."

나카타 겐고가 재촉했지만 다리가 움직이지 않았다. 숲 너머의 나뭇잎 스치는 소리는 이제 꽤나 가까이에서 들려왔다.

"뭐 하는 거야?"

"다리가 안 움직여요."

"제길."

나카타 겐고가 뒤돌아봤다. 그리고 재빨리 유우에게 다가오더니 유우를 들쳐 안고 달리기 시작했다.

동시에 나뭇잎 소리가 멎었다. 대신 울음소리가 울려 퍼졌다. 유우는 눈을 감고, 나카타 겐고에게 매달렸다.

안 돼. 따라잡힐 거야. 불곰은 달리는 것도 엄청나게 빠르다고 게이조가 말했었다. 맨 몸으로도 달리는 속도가 다른데 유우를 끌어안고 있다가는 반드시 따라잡힐 것이다. 짐승 냄새가 더욱 강해졌다. 마른 가지를 바스러뜨리는 소리가 바로 옆으로 따라왔다.

"제기랄."

나카타 겐고가 발을 멈췄다. 몸의 방향이 바뀌었다고 생각한 순간, 귀청이 찢어지는 듯한 굉음이 계속해서 울려 퍼졌다. 나카타 겐고가 총을 쏜 것이었다. 포효가 울려 퍼졌다. 나카타 겐고가 엉덩방아를 찧었다. 유우는 눈을 떴다. 몇 미터 앞에 불곰이 있었다. 핏발이 서서 번쩍이는 눈이 유우와 나카타 겐고를 노려보고 있었다.

"할아버지, 살려 줘요!"

유우는 외쳤다.

33

총소리가 계속 울려 퍼졌다. 다섯 발. 그리 멀지는 않았다.

"불곰을 맞닥뜨린 것인가……."

게이조의 발이 더욱 빨라졌다. 따라가는 것만으로도 숨이 차올랐다. 게이조는 걸으면서 케이스를 어깨에서 내려놓고, 라이플을 꺼냈다.

"라이플 쏘는 방법은 배워 뒀어?"

"라이플요? 만져 본 적도 없습니다."

"나는 노안이라 이런 어둠에서는 제대로 조준할 수가 없어. 네가 쏴."

"쏘다니, 뭐를요?"

"불곰이다. 방금 전의 총소리로 상처를 입게 되었다면, 숨통을 끊는 수밖에 없어."

"엉뚱한 소리 마세요. 라이플 같은 건 한 번도 쏴 본 적 없는 사람에게 불곰의 숨통을 끊으라니."

"내가 가르쳐 줄게. 내가 하라는 대로 하면 돼."

오자키는 하늘을 올려다봤다. 별들의 미덥지 못한 빛은 숲 안까지 닿지 않았다. 헤드램프의 불만이 버팀목이었다.

"할아버지, 살려 줘요!"

게이조의 발이 멈췄다. 유우가 외치는 소리였다. 게이조

가 유우의 목소리가 울려 퍼진 방향으로 얼굴을 돌렸다. 헤
드램프의 불이 밤의 어둠과 동화된 나무들을 비췄다.

"보여?"

게이조가 속삭였다. 오자키는 한쪽 눈을 가늘게 떴다. 사
스래나무의 낮은 숲 너머로 불곰 같은 실루엣이 보였다. 유
우와 겐고의 모습은 확인할 수 없었다.

"기문카무이가 화가 났어."

게이조가 말했다.

"총알을 맞은 거야. 상처를 입었어."

"상처 입은 불곰은 성가시다고 말씀하시지 않으셨나요?"

"권총으로 불곰에게 맞서다니, 바보나 하는 짓이지. 들어."

게이조가 라이플을 들이밀었다.

"총알이 들어 있으니까, 방아쇠에 손가락을 걸지 마."

오자키는 라이플을 받아들였다. 푸념을 늘어놓고 있을 틈
은 없었다. 하지 않으면 유우의 생명이 위태로워질 것이다.

"오른쪽 무릎을 땅에 대. 왼쪽 무릎은 세우고. 총을 쏠 자
세를 취하고, 왼쪽 팔꿈치를 대퇴부 위에 두고 총을 제대로
받쳐."

게이조의 지시를 따랐지만 왠지 감이 딱 오지 않았다.

"개머리판에 볼을 딱 붙여. 아주 딱."

"어떻게 조준하는 겁니까?"

게이조의 라이플에는 조준경이 달려 있지 않았다.

"총구를 불곰에게 똑바로 겨누고 높이를 조절해. 심장 주위를 노려."

"그렇게 해서 맞습니까?"

"맞아. 반드시 유우를 구하겠다고 기도하면서 쏘면 맞아."

"기도요?"

"그래. 유우를 구해 달라고 기도하고, 기문카무이에게 죄송하다고 빌어. 그렇게 하면 총알은 맞을 거다. 기도가 진짜라면, 신들이 너의 기도에 응답해 줄 거다."

오자키는 총열을 불곰의 실루엣에 겨눴다.

"너는 초보야. 제대로 조준해도 맞을 리 없어. 그렇다면 기도해. 가슴속 깊은 곳에서 기도해."

오자키는 기도했다.

'산의 신들이여, 유우를 구해 주시옵소서. 기문카무이여, 당신의 성지에 함부로 발을 들인 끝에 생명을 빼앗을 어리석은 인간을 용서해 주시옵소서.'

"방아쇠에 손가락을 걸고 숨을 멈춰라. 방아쇠는 당기는 것이 아니야. 살짝 차분하게 조이는 거다. 알겠어?"

"네."

"기문카무이, 이쪽이다. 이쪽이다!"

갑자기 게이조가 외쳤다. 단전에서 내뱉어진 소리가 숲에 울려 퍼졌다. 움직이고 있던 불곰의 실루엣이 멈추었다. 게이조가 격하게 몸을 움직였다. 빛나는 헤드램프를 흔들며 불곰의 주위를 끌려고 하고 있었다. 게이조가 의도한 대로 불곰이 천천히 방향을 틀었다.

"기문카무이, 나는 여기 있다. 숲을 어지럽힌 것은 나다."

게이조가 다시 외쳤다. 불곰의 포효가 돌아왔다. 무시무시한 음량에 숲 전체가 흔들리는 것 같은 착각을 느꼈다.

"불곰은 빨라. 한 발에 숨통을 끊어."

게이조가 말했다. 오자키는 기도하면서 고개를 끄덕였다.

"와라, 기문카무이여!"

게이조가 고함쳤다. 불곰의 실루엣이 게이조를 '향해 움직이기 시작했다. 오자키는 방아쇠를 당겼다. 무시무시한 소리와 반동이 덮쳤다. 오른쪽 어깨에 통증이 스쳤고 밸런스가 무너지면서 바닥에 자빠졌다. 오자키는 곧바로 몸을 일으켰다. 그때 불곰의 실루엣이 돌진해 왔다. 빗나간 것이다.

"젠장."

새로운 총알을 넣고 쏴야만 했다. 하지만 어떻게 해야 좋을지 몰랐다. 배우지 않았다. 총의 기관부에 레버 같은 것이 달려 있었다. 그 레버를 당겼다. 탄피가 튀어나왔다. 불곰과의 거리는 이제 10미터도 되지 않았다. 라이플을 들고 조준할 틈도 없이 쐈다. 불곰은 두려워하지 않았다. 또 빗

나갔다. 한 번 더 레버에 손을 댔다. 불곰이 돌진해 왔다. 초조함과 공포 때문에 레버를 제대로 조작할 수 없었다.

"뭐하는 거야, 이 멍청한 놈아!"

스스로를 욕하며 어떻게든 레버를 당겼다. 불곰의 울음소리가 바로 곁에서 났다. 불곰은 눈앞으로 다가왔다.

'쏠 시간이 없다. 덮쳐 올 것이다.'

그렇게 생각한 순간, 게이조가 불곰에게 뛰어들었다. 오른손에 쥔 손도끼가 오자키의 헤드램프 불빛을 받으며 희미하게 빛났다.

"게이조 씨!"

오자키는 비명에 가까운 소리를 냈다. 아무리 그래도 너무 무모했다. 불곰이 앞다리를 휘둘렀다. 그 앞다리가 바람을 가르는 소리가 귀에 닿았다. 그것만으로도 나가 떨어져 버릴 것만 같았다. 게이조가 땅을 구르면서 불곰의 공격을 피했다.

"머리를 노려. 쏴!"

게이조의 목소리에 당황하면서 총을 쥐었다. 불곰은 게이조를 붙잡으려고 등을 구부렸다. 오자키는 총을 쐈다. 반응이 있었다. 불곰이 비틀거렸다. 불곰이 천천히 방향을 틀었다. 머리의 오른쪽 절반이 피범벅이 되어 있었다. 오자키를 노려보는 왼쪽 눈 안에서 분노의 불꽃이 피어올랐다.

"죄송합니다, 기문카무이. 이렇게 할 수밖에 없었습니다."

오자키는 말했다. 불곰의 입술이 말려 올라갔다. 어금니가 드러났다. 두 앞 다리를 번쩍 들어올리며, 오자키를 향해 왔다. 여기서 죽는다 해도 어쩔 수 없었다. 이제는 쏠 마음이 없었다. 불곰이 나쁜 것이 아니다. 그는 단지 갑작스레 등장한 침입자에 놀라 자신의 몸을 지키려고 했을 뿐이었다. 게다가 그 상처로는 얼마 버티지 못할 것이다. 이제 쏘지 않겠다. 충분하다. 더 이상 신의 성역을 더럽히고 싶지는 않다. 이걸로 유우를 구할 수 있다면 나는 죽어도 상관없다.

불곰이 다시 비틀거렸다. 모로 걷다가 멈춰서더니 그대로 무너져 내리듯이 쓰러졌다. 죽은 것이었다. 오자키는 참고 있던 한숨을 내뱉었다. 기듯이 불곰에게 다가가 몸을 만졌다. 불곰은 따뜻했다.

"정말 미안합니다."

눈을 감고 불곰을 위해 기도했다.

"게이조 씨!"

게이조의 기척이 없었다. 일어서서 주위에 불빛을 비췄다.

"할아버지!"

숲 안에서 유우의 목소리가 울려 퍼졌다. 게이조는 유우가 있는 곳으로 향한 것이다. 오자키도 뒤를 쫓았다. 덤불을 밀어 헤치고 나무들 사이를 누비며 나아갔다. 게이조에게 안겨 있는 유우가 보였다. 그 옆에서 겐고가 땅에 엉덩방아를 찧은 채 멍하니 있었다.

"유우, 괜찮아? 다친 데는?"

유우가 고개를 저었다. 뭔가를 말하고 있는 것 같았지만 울음이 섞여서 알아들을 수 없었다.

"겐고, 너는?"

"나는 괜찮아."

겐고가 대답했다. 목멘 소리였다. 눈이 빨갰다.

"미안, 마사히코. 저 아이를 위험한 일에 처하게 만들 뻔했어. 이럴 생각은 아니었어. 이럴 생각은……."

"함께 경찰서에 가자."

오자키가 말했다. 스스로도 놀랄 만큼 온화한 목소리였다.

"응, 그래야지."

그렇게 말하고, 겐고는 얼굴을 일그러뜨렸다. 소리를 내며 울기 시작했다.

"할아버지, 어디 가요?"

유우의 목소리에 뒤를 돌아봤다. 게이조가 불곰의 시체가 있는 쪽으로 걸어갔다.

"기문카무이를 제대로 보내 드려야지."

게이조가 말했다. 아직 오른손에 손도끼를 쥐고 있었다. 유우가 그 뒤를 쫓아갔다.

"가자."

오자키는 겐고를 재촉했다.

"겐고도 봐 두면 좋을 거야."

"뭐가 시작되는 거야?"

"아이누의 의식이야. 불곰을 산신을 저세상으로 보내 주
는 걸 거야, 분명."

그러고 보니 그 의식은 이오만테라고 부르지 않았던가.
게이조는 이오만테를 해서 넋을 달래려는 것이었다. 유우가
게이조의 작업을 떨어진 곳에서 지켜보고 있었다. 게이조는
시체 앞에서 몸을 웅크리고 있었다. 시체 여기저기를 손도
끼로 자르고 있었다.

"뭐 하시는 겁니까?"

"피를 빼는 거야. 피를 빼지 않으면 비린내가 나서 먹을
수가 없게 돼."

"먹는다고요?"

"먹는다. 가죽도 소중히 사용할 거다. 그렇게 하는 편이
기문카무이도 기뻐할 거다."

게이조는 이야기하면서 작업을 계속했다. 피 냄새가 주변
에 감돌기 시작했다.

"이오만테를 하는 것입니까?"

"아니야. 카무이 호프니레다."

게이조가 말했다.

"카무이 호프니레?"

"이오만테는, 마을에서 기른 불곰을 보낼 때의 제사야. 이렇게 산에서 죽인 기문카무이를 보내는 의식이 카무이 호프니레다. 내 가방 안에 이나우와 컵술이 들어 있어. 가지고 와 줘."

이나우라는 것은 아이누의 제구였다. 신도神道의 신장대와 닮았지만 이나우는 한 자루의 나무 막대로 깎아 낸다. 신장대와 다른 것은 카무이에 대한 제물로서 바친다는 것이었다. 게이조의 가방은 사스래나무 아래에 나뒹굴고 있었다. 가방 안에서 이나우와 컵술을 꺼냈다.

"늘 이나우를 갖고 다니는 겁니까?"

"산에 들어올 때는. 어디 가서 적당한 나뭇가지나 바위를 찾아와라. 이 기문카무이의 베개가 될 만한 것 말이다."

"네."

이나우와 컵술을 땅에 두고, 오자키는 헤드램프로 주위를 밝혔다. 바위를 발견했다. 차의 타이어 정도 크기라서 혼자서는 들고 옮길 수 있을 것 같지가 않았다.

"겐고, 도와줘."

겐고는 눈을 동그랗게 뜨고 게이조의 작업에 넋이 나가 있었다.

"아, 어어."

둘이서 바위를 끌어안고 불곰의 머리 옆으로 옮겼다.

"원래대로라면 머리를 떼어 냈겠지만, 이제 곧 경찰이 올 거다. 그 전에 끝내야만 해. 거들어."

겐고와 셋이서 불곰의 상반신을 들어올려 머리를 바위 위에 올렸다. 게이조가 이나우를 받들어 올리고 아이누의 말을 하면서 불곰의 머리에 술을 부었다. 오자키는 가슴 앞으로 손을 모으고, 눈을 감았다. 자기 나름대로의 언어로 불곰의 넋을 위해 기도했다. 게이조의 기도 소리에 유우의 목소리가 겹쳐졌다. 유우가 하고 있는 말은 표준 일본어였다. 오자키와 마찬가지로, 자신의 언어로 기도하고 있었다.

얼마나 지났을까. 어느새 게이조의 기도가 끝나 있었다. 그때, 느닷없이 이쪽을 향해 오는 발소리가 들렸다. 경찰들일 것이다.

"이쪽이다."

게이조가 외쳤다.

"인질로 잡혀 있던 손녀와 범인도 함께 있다. 범인은 저항할 생각은 없는 것 같다. 엉거주춤 걷지 말고 빨리 와!"

게이조의 목소리는 낭랑하게 울렸다.

"정말입니까?"

목소리가 돌아왔다.

"그래, 정말이다. 자수하겠다고 하는군."

오자키는 겐고를 봤다. 겐고가 권총을 건넸다.

"처음부터 자수했었다면 좋았을 것을."

겐고가 말했다.

"응. 그랬어야만 했어. 나도 겐고도 다쓰키도."

"마지막으로 좋은 걸 봤어. 뭐랄까, 마음이 경건해졌어. 나도, 그 녀석을 위해서 기도할게."

자신이 죽여 버린 동일본전력의 전 사장을 위해 기도하겠다고 겐고는 말했다.

"나도 겐고와 그를 위해 기도할게."

"나를 위해?"

"그래. 다쓰키를 위해서도 기도할게. 저지른 죄를 용서받을 수 있도록."

겐고가 고개를 끄덕였다. 경찰들의 발소리가 가까워졌다. 오자키는 권총을 땅에 두고, 라이플을 게이조에게 건넸다.

"제가 불곰을 쐈다는 걸 알게 되면 이후에 일이 성가셔지겠죠?"

"그렇겠군. 내가 쏜 걸로 해 두지. 그렇다 쳐도 너무 못 쐈어."

"그야, 쏴 본 적 없다고 말씀드렸잖아요."

사스래나무 너머에서 경찰들이 모습을 드러냈다. 조심조

심 이쪽으로 다가왔다.

"괜찮다고 했잖아. 근성 없는 놈들. 빨리 이리로 와서 내 손녀와 기문카무이를 밑으로 내리는 걸 도와줘."

"기문카무이?"

"불곰 말이다. 너무 커서 한두 사람 힘으로는 못 옮겨."

게이조의 태연한 목소리에 의심이 날아간 것인지 경찰들의 발걸음이 가벼워졌다.

"나카타 겐고는 어디에 있습니까?"

"나는 여기에 있다."

겐고가 양손을 들고 앞으로 나왔다. 경찰 세 명이 겐고를 둘러싼 뒤, 수갑을 채웠다.

"권총은 여기 있습니다."

오자키는 땅을 가리켰다.

"그대로 있어. 건들지 마."

경찰의 말에 고개를 끄덕이고, 양손을 앞으로 내밀었다.

"그리고 저는 나카타 겐고의 공범, 오자키 마사히코입니다. 동일본전력의 전 사장을 납치하고, 죽은 현장에도 있었습니다."

경찰들이 술렁거렸다.

"자수하겠습니다. 체포해 주세요."

"정말이야? 정말로 공범이야?"

"그렇습니다. 저와 나카타 겐고, 그리고 모리 다쓰키 셋이서 그 사건을 일으켰습니다."

"그렇다면……."

경찰 한 명이 다가왔다. 오자키의 오른손을 잡고 수갑을
채웠다.

"오빠!"

유우의 목소리에 뒤를 돌아봤다. 유우는 입술을 깨물고
있었다.

"죗값을 치르면 나는 가와유로 돌아올 거야. 오고 싶어지
면 놀러 와."

유우가 몇 번이나 고개를 끄덕였다.

"자, 가자."

경찰이 등을 밀었고 오자키는 발을 내딛었다. 머릿속으로
게이조가 읊었던 카무이 호프니레의 기도 소리가 울려 퍼졌
다.

34

"말도 안 되는 소리 하지 마."

게이조의 목소리가 주차장에 울렸다.

"그러니까 저곳은 범행 현장이라서 시체도 증거가 될지도

모르니까 옮길 수는 없대요."

경찰이 곤란한 얼굴로 게이조에 대답했다.

"감사하는 마음으로 가죽을 쓰고 고기를 먹으면 그걸로 기문카무이도 기뻐하며 저세상으로 가 주실 거라고!"

"아이누의 풍습은 알겠습니다만, 이건 규칙이라서요."

게이조의 어깨 근육이 솟아올랐다.

"할아버지."

유우는 게이조와 경찰 사이에 끼어 들어왔다.

"특별한 사정이 있으니까 기문카무이도 이해해 주실 거예요."

게이조의 얼어붙은 표정이 살짝 풀어졌다.

"그래?"

"저도 나중에 할아버지와 함께 기문카무이를 위해 기도할 테니까요. 그걸로 용서해 주실 거예요."

게이조는 불곰의 시체를 보고, 다시 유우를 봤다.

"오빠가 끌려 간다구요."

오자키를 태운 경찰차가 출발하려 했다. 유우는 게이조의 손을 잡고, 경찰차를 향해 달렸다.

"오빠!"

뒷좌석의 창문을 두드리며 안을 들여다봤다. 오자키가 미소 지었다.

'다친 덴 없어?' 오자키는 그렇게 말하고 있었다.

유우는 고개를 저었다.

"나는 괜찮아요, 정말로. 할아버지도 함께 있고요. 봐요."

유우는 게이조를 향해 돌아봤다. 그리고 다시 차 안으로 시선을 돌렸다. 오자키는 계속 미소 짓고 있었다. 두려움도 불안함도 없었다. 오자키는 그저 현실을 받아들이고 죄를 뉘우치려 하고 있었다.

"자, 비켜 줘."

경찰이 재촉하는 바람에 유우는 뒷걸음질 쳤다. 경찰차가 움직이기 시작했다. 가슴을 쥐어 뜯긴 것 같은 고통이 밀려 들었다.

"오빠……."

경찰차를 향해 오른팔을 뻗었다. 하지만 경찰차는 서서히 속도를 내며 멀어져 갔다.

"저 녀석은 괜찮을 거야."

게이조가 말했다.

"네."

유우는 오른팔을 뻗은 채로 고개를 끄덕였다. 마지막으로 한 번만 더 오자키를 보고 싶었다.

"돌아갈까."

"할아버지, 바보 같아."

"내가 바보 같다고?"

"참고인 조사가 남았잖아요. 지금부터 경찰서에 가야 해요."

"그런 거야?"

게이조가 옆에 있던 경찰에게 물었다.

"네, 데시카가 경찰서로 와 주셔야 합니다."

"이 아이는 아직 중학생이야. 내일은 안 되는 거야?"

"다친 데도 없는 것 같으니 가능한 한 오늘밤 중으로 와 주십시오. 할아버지도요."

"내 이름은 히라노 게이조다."

게이조가 눈썹을 치켜 올렸다. 유우 이외의 사람들에게 '할아버지'라고 불린 적은 없었다.

"가요. 나, 괜찮으니까."

유우는 게이조의 소매를 당겼다.

"경찰서에서 자택까지는 배웅해 드리겠습니다. 히라노 씨의 트럭도 증거품으로 채택되어서 경찰 쪽에서 잠시 맡게 되었으니까요."

"차가 없으면 곤란해."

"될 수 있는 한 빨리 돌려 드리도록 하겠습니다."

유우는 게이조와 함께 경찰차 뒷좌석에 탔다.

"할아버지, 고마워요."

유우는 게이조의 손을 잡았다.

"할아버지와 오빠가 반드시 구하러 와 줄 거라고 생각했어요. 그래서 그렇게 무섭지 않았어요."

"너는 내 손녀다. 구하러 가는 건 당연하다."

"그래도, 고마워요."

게이조가 손을 마주 잡았다. 게이조의 손은 푸석푸석했지만, 따뜻했다.

＊ ＊ ＊

교실은 사건에 대한 이야기로 계속 화제였다. 호기심에 가득 찬 많은 눈들이 유우에게 몰렸다. 유우는 그 시선을 무시했다. 평소처럼 자리에 앉고, 평소처럼 교과서와 노트를 폈다. 그 이상은 아무 일도 일어나지 않았고 미적지근하게 시간이 지나갔다. 하지만 반 친구들이 움직이기 시작한 것은 점심시간이 되고 나서부터였다.

"히라노, 인질이 되었다면서?"

염치없이 말을 던진 것은 사사키佐々木라는 남학생이었다. 그 목소리가 신호였다는 듯이, 다른 학생들도 유우의 주위에 모였다.

"왜 인질로 잡혔던 거야?"

사사키의 목소리와 표정에는 조롱의 기운이 담겨 있었다. 유우는 먼저 사사키를 노려보고 그리고 나서 다른 학생들에게로 시선을 옮겼다. 모두의 기가 꺾였다. 예전의 유우였다면 이런 때는 고개를 푹 숙일 뿐이었다.

"뭐야, 그 눈은."

"귀찮으니까 저리 가."

유우가 말했다. 말끝을 흐리는 일도, 목소리가 떨리는 일도 없었다. 의연하게 행동하면 된다. 나답게 행동하면 된다. 이제 아이누인이라든가 일본인이라든가 하는 건 관계없다.

"아이누인 주제에."

사사키가 말했다.

"아이누인인 게 뭐?"

유우는 조용히 말했다. 사사키는 한 방 먹은 듯했다.

"그래. 아이누인이 뭐 어쨌다는 건데. 너희들처럼 약한 사람을 괴롭히는 녀석들은 아이누인이니 일본인이니 하기 전에, 최악의 인간이야."

사야가 와서 유우와 사사키의 사이에 섰다.

"아이누인을 편드는 거야, 너?"

"편들 거야. 유우는 내 소중한 친구인 걸."

사야는 양손을 허리춤에 대고 사사키를 마주하고 얼굴을 들이밀었다.

"쓸데없는 소리 하지 말고 저리로 가라고. 그것도 모를 정도로 머리가 나쁜 거야?"

사사키의 볼이 빨개졌다. 양손으로 주먹을 쥐고 있었다. 사야를 때리려고 덤벼들지도 모른다. 그렇게 생각했더니 멋대로 몸이 움직였다.

"때릴 거면 날 때려."

사야를 밀어내고 사사키 앞으로 나왔다.

"자, 때리라고. 권총을 든 남자에게 인질로도 잡혀 봤고, 불곰과 맞닥뜨려서 하마터면 죽을 뻔도 했어. 너한테 맞는 거 정도는 아무렇지도 않으니까, 빨리 때리라고."

사사키는 입술을 깨물더니 유우에게서 등을 돌렸다.

"쳇."

사사키는 구시렁거리더니 교실을 나갔다. 다른 학생들도 겸연쩍은 표정을 띄우며 흩어졌다.

"고마워, 사야."

유우는 감사를 표했다.

"놀랬어."

사야가 눈을 동그랗게 떴다.

"뭐가?"

"저 녀석을 호통쳐서 쫓아버리다니 내가 알고 있는 유우가 아닌 것 같아. 평소 같았으면 얼굴 푹 숙이고 슬금슬금 도망쳤을 거잖아."

"아까 말했잖아. 총에 맞을 뻔도 하고, 불곰에게도 습격

당할 뻔했어. 그거랑 비교하니까 이제는 무서운 것 따위 없어졌어."

"좋아, 좋아."

"뭐야, 그 웃음은? 또 놀란 게 있는 것 같은데?"

"다른게 아니라, 유우는 웃는 얼굴이 어울린다고. 그런데 학교에서는 거의 웃지 않았잖아."

"그랬나?"

"그래. 있잖아, 인질로 잡혔을 때의 이야기 좀 더 자세하게 해 줘."

사야는 기쁘게 말했다. 유우가 기쁘면, 사야도 기뻤다. 그런 단순한 사실을 유우는 처음으로 깨달았다.

* * *

저녁식사 준비를 하고 있는데 게이조가 부엌으로 들어왔다.

"아틀리에에 계셨던 거 아니었어요? 배고프세요? 조금만 기다릴 수 있어요? 앞으로 20분 정도면 다 돼요."

"잠깐 와 봐."

유우는 부엌칼로 파를 썰고 있던 손을 멈췄다. 게이조의 목소리가 평소와는 달랐다.

"무슨 일이에요?"

"완성됐어. 맨 먼저 너에게 보여 주고 싶다."

"알겠어요."

퉁명스럽게 대답했지만 가슴이 두근거렸다. 행주로 젖은 손을 닦고, 샌들을 대충 신고 게이조의 뒤를 쫓았다. 아틀리에의 문은 활짝 열려 있었다. 게이조는 문 입구에 선 채 안으로 들어가려 하지는 않았다.

"들어가 봐."

유우는 게이조가 재촉해서 안으로 들어갔다. 작업대 위에 놓인 나뭇조각에 눈이 고정되었다. 중학교 교복을 입은 자신이 꿈을 꾸듯이 미소 짓고 있었다. 오른쪽 어깨에는 줄무늬올빼미가 앉아 있었고, 발밑에서 에조다람쥐 두 마리가 뛰어 놀고 있었다. 나무로 깎은 유우는 굿샤로 호수의 근처에 서 있었다. 문득 그런 생각이 들었다. 자신의 눈앞에는 호수가 펼쳐져 있다. 하늘에서는 새가 춤추고, 호수를 감싸고 있는 숲과 산에서는 동물들이 살아가고 있다. 나무에는 새겨져 있지 않은 광경이 생생히 뇌리에 떠올랐다.

"할아버지, 굉장해요."

유우는 말했다. 유우는 목조 작품에 대해서는 잘 모른다. 하지만 이것은 게이조가 만든 최고 걸작임에 틀림없었다.

"이것은 개인전에는 낼 거지만, 아무에게도 팔지 않을 거야. 네가 가지고 있었으면 좋겠다. 이곳에서 나가더라도, 누군가와 결혼하더라도, 계속 이거를……."

"그렇게 할게요."

유우는 말했다. 게이조의 말에 이만큼 솔직하게 대답한 것은 처음이었다.

"마음에 들어?"

"네. 아주 맘에 들어요. 정말 고마워요."

유우는 게이조를 마주보며, 머리를 숙였다.

"왜 머리를 숙여. 한심하기는."

게이조가 눈을 동그랗게 떴다. 부끄러워하는 것이었다.

"지금까지 정말 죄송했어요. 싫다는 마음만 가득해서 할아버지를 제대로 마주하려고 하지 않았어요."

"그건 나도 마찬가지다. 손녀가 있다는 것은 기쁘지만, 함께 사는 것은 귀찮다. 줄곧 그렇게 생각했었어. 하지만 그 녀석이 온 뒤로, 내가 모르는 너에 대해서 참 많이 가르쳐 주었어. 그래서 나도 어느 정도 바뀌었어."

"그 녀석이라면, 오빠 말이에요?"

게이조가 고개를 끄덕였다. 유우는 웃었다.

"저는요, 오빠에게서 아이누에 대해서나 이 주변의 자연에 대해서 배웠어요. 오빠는 외부인이었는데도요. 덕분에 이곳을 좋아하게 되었어요."

"그 녀석은 별난 녀석이니까."

오자키는 도쿄로 이송되어 구치소에서 재판이 시작될 때를 기다리고 있었다. 이곳에 있는 동안 몇 번이나 면회를 갔지만, 마치 구치소 안에 있는 것 따위는 신경 쓰지 않는 모습으로 웃고 있었다.

"몇 년 정도로 판결이 날까요?"

"지인에게 물어봤는데 5, 6년 정도이지 않을까 하더군."

"제 성인식에는 딱 맞을지도 모르겠네요."

"그러면 좋겠다."

"그리고 할아버지도 아직 살아 있을 거예요."

"그건 모를 일이야. 요즘 들어 몸도 생각처럼 움직이지 않아. 언제 저세상으로 불려 가도 이상하지는 않아."

"그런 소리 마세요."

유우는 게이조의 오른팔에 자신의 팔을 감았다.

"오빠가 교도소에 있을 때 할아버지가 죽어버리면 난 외톨이가 된다고요. 오빠가 출소할 때까지 죽으면 안 돼요."

"외톨이가 되는 건 싫어?"

"네."

"그렇다면 저 녀석이 나올 때까지 힘내 볼까."

게이조가 미소 지었다. 그 미소를 보고, 유우는 생각했다. 우리, 진짜 가족이 되었구나. 오빠가 우리들을 가족으로 만들어 주었구나.

"있잖아요, 할아버지, 부탁이 있어요."

유우는 게이조의 눈을 바라봤다.

"뭔데?"

"있잖아요 그게……."

유우는 피식 웃더니, 게이조에게 자신이 바라는 것을 자세하게 이야기했다.

35

디젤 열차가 평원을 지나갔다. 낯익은 경치가 열차 밖으로 펼쳐졌고 오자키는 눈을 가늘게 떴다. 푸른 하늘 아래, 봄의 태양이 비추는 대지는 5년 전과 무엇 하나 바뀌지 않았다. 열차가 속도를 낮췄고 비루와美留和역 홈에서 멈췄다. 드디어 다음 역이 가와유 온천역이었다. 가슴이 벅차오르는 것을 진정할 수가 없었다. 오자키는 상의 안주머니에서 봉투를 꺼냈다. 5일 전에 교도소에 도착한 유우가 쓴 편지였다. 구치소에 있을 때부터 한 달에 한 번, 유우는 반드시 편지를 써 주었다.

'오빠, 드디어 얼마 안 남았네요. 저도 할아버지도 가슴이 두근거리네요. 교도소까지 마중 가지 못하는 것은 아쉽지만, 오빠는 그런 거 신경 안 쓰죠? 스무 살이 된 저를 보고 놀라지 마요. 하네다羽田에서 구시로까지의 항공권과 구시로에서 가와유 온천까지 가는 열차표를 동봉해 두었어요. 제가 보내는 출소 선물이에요. 이걸 위해서 겨울 내내 엄청나게 추운 스키장에서 열심히 아르바이트 했다고요.

차 시간에 절대 늦지 마세요. 할아버지가 역까지 마중 갈 거니까요. 저는 출소 축하 파티 준비를 해야 해서 마중은 못 가요. 그러니까 실망하지 마요.

만나게 될 날이 기대돼요. 정말로 기대돼요. 출소까지 앞으로 며칠 안 남았으니 긴상 늦추지 말고 봄조심해요. 유우.'

귀여운 일러스트가 그려진 편지지 사이에 사진이 한 장 껴 있었다. 성인식 때의 유우의 사진이었다. 머리를 묶고, 화장을 하고, 후리소데(일본 미혼 여성의 예복)를 입고 있었다. 내성적이었던 소녀는 해바라기처럼 빛나는 여성으로 완전히 변모해 있었다.

"남자들이 가만 놔두질 않겠군."

오자키는 중얼거렸다.

"그건 그렇고, 정말 순식간이구나……."

재판은 일심에서 끝났다. 오자키는 항소하지 않았다. 겐고도 그랬다고 들었다. 다쓰키만이 고등 법원까지 싸웠다. 겐고가 징역 12년으로 가장 무거운 형을 받았다. 그래도 살인이 아니라 상해치사로 인정되었기에 그 정도의 판결로 끝난 것이었다. 오자키도 다쓰키도 겐고의 재판에 변호인 측 증인으로 출정해 그 일은 사고였다고 증언했다. 다쓰키는 징역 4년. 오자키는 5년. 오자키의 형량이 더 무거웠던 이유는 가와유에 체류했던 것이 도망을 꾀한 걸로 간주되었기 때문이었다. 국선 변호사는 항소를 권했지만, 오자키는 고개를 가로저었다. 죗값을 치르기 위해 교도소에 들어가는 것이다. 연수는 관계없었다.

주간에는 주어진 작업에 집중하고 밤에는 책을 읽었으며 자기 전에는 반드시 기도했다. 모든 것을 용서할 수 있는 사람이 되고 싶다고 기도했다. 그것만으로도 세월은 순식간에 흘렀다. 출소일이 다가오자, 교도소 밖의 세상을 향한 동경심이 싹텄다. 유우가 보고 싶었다. 게이조가 보고 싶었다. 굿샤로 호수 주변의 대자연이 그리웠다.

가와유 온천역에는 이제 10분 정도면 도착한다. 선반에 놔 둔 여행 가방을 발밑으로 옮겼다. 작은 여행 가방에 오자키가 가진 모든 것이 담겨 있었다.

'나는 홀가분하다.' 오자키는 생각했다. 이 이상 짐을 늘

리지 말자. 하루를 살아가는 데에 필요한 것 이외에는 손에
넣지 않겠다. 그저 하루하루를 있는 힘껏 살아가자. 옛날의
아이누인들이 그랬던 것처럼.

눈을 창밖으로 돌렸다. 선로의 왼쪽을 마슈 국도라고 불
리는 391번 국도가 나란히 달리고 있었다. 유우를 조수석에
태우고 몇 번이나 달렸던 길이다. 게이조를 만나기 위해 가
와유로 가서 자신의 뿌리를 알게 되었고, 자신이 나아가야
할 길을 알게 되었다. 짧은 기간이었지만 이곳에 와서 모든
것이 바뀌었다.

다시 열차 속도가 떨어졌다. 오자키는 자리에서 일어나
여행 가방을 들고 객차를 나섰다. 그리고 승강구의 발판에
서서 도착을 기다렸다. 가와유 온천이 보였다. 홈에는 남자
가 한 명 서 있었다. 게이조였다. 5년 전보다 야위어 있었
다. 주름도 깊어진 듯했다. 하지만 옛날과 다름없이 등줄기
는 곧게 뻗었고, 눈빛도 여전히 날카로웠다.

열차가 천천히 정지했다. 문이 열리고 온천가 특유의 냄
새가 코를 타고 넘어왔다. 열차에서 내리는 승객은 오자키
뿐이었다. 게이조가 손을 흔들고 있었다.

"게이조 씨."

오자키는 여행 가방을 끌면서 달려갔다.

"출소 축하한다."

게이조가 말했다.

"고맙습니다. 다행이에요. 게이조 씨가 아직 정정하셔서."

"왜지?"

"약속했잖아요, 5년 전에. 게이조 씨가 알고 있는 것, 전부 가르쳐 주겠다고."

"그랬었나……? 몸은 아직까지 팔팔하지만, 최근에 머리 쪽이 아무래도 좀."

"에이, 괜찮습니다. 만약에 망령이 드셔도 제가 돌봐 드릴 테니까요. 자, 가시죠. 빨리 유우를 보고 싶어요."

역사를 나와, 주차장에 세워져 있는 게이조의 소형 트럭에 올라탔다.

"새 차네요, 이 트럭?"

트럭 내부에 아직 새 차 냄새가 진하게 남아 있었다.

"그때 개인전을 한 뒤로 내 작품의 팬들이 늘었거든. 나름 잘 팔리게 되었어."

"그렇구나. 잘 됐네요."

게이조가 만든 조각상은 더 알려지고, 더 높게 평가되어야만 한다. 오자키는 자기 일처럼 기뻤다.

"그럼, 저는 일하지 않고 숙식하면서 배워도 되지 않을까요?"

"한심한 소리 마. 자기가 먹고 살 몫은 스스로 벌어."

게이조는 호통치면서 시동을 걸었다.

"드디어 게이조 씨다워졌네요."

"건방진 소리 지껄이기는."

트럭이 출발했다. 익숙한 거리가 창밖을 흘러갔다.

"유우, 예뻐졌더라고요."

오자키는 창밖으로 눈을 돌린 채 입을 열었다.

"어. 삿포로에서는 남자들이 들러붙어서 고생인 것 같더군."

유우는 2년 전에 홋카이도 대학에 합격해서 지금은 삿포로에서 혼자 살고 있었다.

"농학부라고 하지 않았습니까?"

"어. 졸업하면 이곳으로 돌아와서 농사를 한다더군."

"정말입니까?"

그런 이야기는 편지에는 한 마디도 적혀 있지 않았다.

"중학교 때, 친했던 애 있잖아. 내지에서 온 일본인 애 말이다."

"예."

"그 아이 부모님이 농원을 하고 있는데, 우선 그곳 일을 돕겠다고 했어."

"유우가 농사꾼이 되는 겁니까……? 그토록 이 주변을 싫어했는데."

"네 덕분이다."

게이조의 목소리는 평소보다 낮았다.

"뭡니까, 갑자기."

"그날 밤 이후로, 술은 한 방울도 입에 대지 않았어. 유우한테 이야기 들었어?"

오자키는 고개를 저었다.

"유우가 나를 받아들여 줬어. 그러니 나도 할아버지답게 행동해야지. 술을 마시면 그게 잘 안 되니깐 그래서 술을 끊었어."

"그래서 제가 출소할 때까지 오래 사실 수 있었던 거군요."

"그런 거지."

트럭은 국도를 따라 남쪽으로 내려갔다. 머지 않아 게이조의 집이 보였다.

"하나도 안 바뀌었네요. 작품이 잘 팔리게 되었다면 리모델링이나 보수라도 하면 좋았을 텐데."

"꾸준하게 팔리는 것도 아니고, 유우에게 송금도 해야 하니깐. 여윳돈은 없어."

"그렇다면 역시 저는 일을 해야겠네요."

"에코 뮤지엄센터는 두 팔 벌려 환영이라더군."

"정말입니까? 전 모두를 속였다고요."

"하지만 너는 성실하게 일하는데다 인간성이 좋다더군."

"뭐, 그건 그렇지만요."

"내가 한마디 덧붙이자면, 겸손함은 좀 부족하지만 말이지."

게이조가 방향등을 점멸시켰다. 트럭은 국도에서 게이조의 집으로 이어지는 옆길로 들어갔다. 어제 비라도 내렸던 것일까. 자갈길 군데군데에 웅덩이가 나 있었다.

"처음 이곳에 왔을 때를 지금도 생생히 기억하고 있습니다."

"나는 너와 만났을 때의 일은 잘 기억이 안 나. '이상한 녀석이 왔구나.' 했던 것은 기억하지만……."

트럭이 멈췄다.

"자, 빨리 내려. 유우가 애타게 기다리고 있어. 짐은 내가 집에 넣어 두마."

"네."

오자키는 차에서 내렸다. 상의 옷자락과 소매를 펴고, 현관문을 열었다. 맛있는 냄새가 감돌았다. 햄버그스테이크였다. 그날 저녁, 먹을 예정이었던. 유우가 한 번 더, 자신을 위해 햄버그스테이크를 구워 준 것이었다.

"다녀왔어."

오자키는 말했다.

"어서 와요."

유우의 목소리가 들려왔다. 5년 전보다 훨씬 어른스러운 목소리였다.

"뭐야. 현관까지 마중 안 나오는 거야?"

"지금 손을 놓을 수가 없어요. 빨리 들어와요."

오자키는 혀를 차려는 것을 참고, 신발을 벗었다. 거실로 들어서자마자 다리가 멈췄다. 아니, 전신이 얼어붙었다. 중앙에는 게이조가 만든 조각상들이 장식되어 있었다. 세 사람이 식탁을 둘러싸고 있는 조각상이었다. 게이조와 유우, 그리고 오자키. 아이누의 전통 의상을 몸에 두른 세 명이, 옛 아이누인들이 그랬던 것처럼 마루에 놓인 작은 테이블을 둘러싸고, 산해진미를 놔두고 입맛을 다시고 있었다. 게이조가 깎은 것은 가족의 초상이고 사랑이며 행복이었다. 보고 있는 것만으로도 가슴에 치밀어 오르는 것이 있었다.

어머니, 저는 발견했어요. 잘못된 일을 몇 번이나 반복하면서 그러면서도 발견했어요. 제가 있어야 할 곳을 발견했어요.

"놀랐어요?"

유우가 부엌에서 나왔다.

"어? 운다."

그 말을 듣고, 자신이 울고 있다는 것을 깨달았다.

"내가 할아버지에게 깎아 달라고 부탁했어요. 부탁한 것은 5년 전인데, 완성된 건 지난주예요."

"고마워."

오자키는 눈물을 닦았다.

"오빠가 가장 기뻐해 줄 출소 선물은 이거일 것 같아서."

"그리고 햄버그스테이크."

"와인도 5년 전에 준비했던 게 남아 있어요."

"게이조 씨 앞에서 마시는 건 미안하니까 사양할게."

"할아버지라면 괜찮아요."

오자키는 유우를 손짓하며 불렀다.

"왜요?"

"그냥 와 봐."

의심스러운 얼굴로 다가온 유우를 오자키는 끌어안았다.

"다녀왔어."

한 번 더 말했다.

"어서 와요."

유우가 말했다.

게이조와 유우가 옆에 있는 한, 앞으로 자신의 인생은 충분히 만족스러울 것이다. 오자키는 그렇게 확신했다.

신의 눈물

/ 神の涙 /

초판 인쇄일 2021년 1월 27일
초판 발행일 2021년 2월 3일

지은이 하세 세이슈
옮긴이 허성재
발행인 박정모
등록번호 제9-295호
발행처 도서출판 혜지원
주소 (10881) 경기도 파주시 회동길 445-4(문발동 638) 302호
전화 031)955-9221~5 **팩스** 031)955-9220
홈페이지 www.hyejiwon.co.kr

기획 · 진행 박혜지
표지 디자인 김보리
본문 디자인 전은지
영업마케팅 황대일, 서지영
ISBN 978-89-8379-727-8
정가 15,000원